HEMINGWAY
DIDN'T SAY THAT
THE TRUTH BEHIND FAMILIAR QUOTATIONS

海明威
才沒有這麼說

名言真正的作者，佳句背後的真相

迦森・奧托爾GARSON O'TOOLE——著

洪世民——譯

U0029516

「未來，人人都能成名十五分鐘。」
　　　——安迪・沃荷（Andy Warhol）

「露面，你就成功了百分之八十。」
　　　——伍迪・艾倫（Woody Allen）

CONTENTS 目 錄

緒論

偵探、資料庫與犯錯機制

我為什麼會去調查大家熟悉的語錄有哪些來源可疑呢?告訴你好了:九〇年代,我對電子書產生極大的熱忱。我覺得電子書有雄厚的潛力,能以更便宜又更有效率的方式將知識傳播到全球。可以有大規模的數位圖書館,每本書都在公眾領域,透過網路以低廉價格分享到世界各地——這種想法在我心底激起一股欲望,讓我想深入了解這種技術還能有哪些應用方式。

在此同時,電子出版界的先鋒布拉德・坦伯頓(Brad Templeton)彙編了一片開創性的CD-ROM,《一九九三年雨果獎與星雲獎合輯》(*Hugo and Nebula Anthology 1993*)。這是五本小說與多則短篇故事的數位選集,在當時是第一部當代寫作的電子書。那些作品都是雨果獎和星雲獎這兩項主要科幻文學獎的入圍者。而那個CD-ROM只賣今日一本精裝書的價錢:二九・九五美元。思想前衛的科幻小說迷正是這部創新選集的理想顧客。身為其中的一分子,我自是無法抗拒。我買了那片CD-ROM,認定它是未來先驅。然而坦伯頓的計畫太早問世,因此很遺憾,這始終沒有蔚為流行。

海明威才沒有這麼說

二○○○年代初，我上了專門探討電子閱讀的網站Teleread瀏覽，並評論文章。在站長大衛・羅斯曼（David Rothman）的鼓勵下，我開始撰文。羅斯曼希望成立一間「藏書豐富的國家數位圖書館」。那時他已經在《電腦世界》（*Computerworld*）等期刊寫專欄推廣這個概念十多年，而能夠找到跟我一樣相信電子閱讀潛力無窮的人，我也很高興。

　　我很快就發現有個前史丹佛大學研究生已著手探究這個概念。賴瑞・佩吉（Larry Page），Google創辦人之一，他也夢想著建立一座可檢索的數位圖書館——說不定還可以收納世上所有書籍。他及時付諸行動。Google工程師研發了高效率的機器，可運用多重照相機和感應器掃描一頁又一頁、一本又一本的書，並於二○○二年正式啟用。佩吉從大學時的母校密西根大學著手，掃描美國和英國各大研究圖書館的大量藏書。Google圖書的資料庫現今收納了超過三千萬本可搜尋的書籍。

　　幻想迅速成真。雖然複雜的版權問題一度讓資料庫有關閉之虞，但未來派的圖書館已然建立。只是在當時，雖有這樣一座浩瀚無垠的圖書館，我仍不知怎麼向他人證明它的能耐與價值。我們既然掌握了整部語言史，現在該怎麼做呢？得以搜尋單詞、片語，定會得到珍貴的連結和引用資源，但我們可以從中學到什麼？

　　為了測試這種搜尋過程能獲得的成果。我決定去查一句乍聽像祝福、細想像詛咒的名言背後的淵源：

祝你過得多采多姿。

（**May you live in interesting times.**）

　　這句話非常符合我的需求。一九六六年，羅伯特・甘迺迪（Robert F. Kennedy）在南非開普敦大學畢業典禮致詞提及此句，並說它是「來自中國的詛咒」。的確，也有其他人稱之為「古」諺。（較近期的例子是希拉蕊・柯林頓〔Hillary Clinton〕，她也在回憶錄《活出歷史：希拉蕊回憶錄》〔*Living History*〕用了這句話。）

　　我在二〇〇七年試圖追溯這句話的源頭，才發現原來已有許多人探究過它的歷史。維基百科的志工已為此主題建立詞條，說它在一九五〇年首度受到引用。於是，這個詞條就成了我的基準點。如果我能確定這句話曾在一九五〇年前出現，就要為TeleRead寫一篇文章，闡明用Google圖書進行研究的成效和潛力。

　　我只敲了幾下鍵盤就在Google圖書資料庫裡找到了：一九三〇年，《驚奇科幻小說》（*Astounding Science Fiction*）雜誌裡的一個短篇故事曾引用過這句話。然而我真的只憑一次搜尋就擊敗《維基百科》了嗎？並沒有。我第一次查詢像Google圖書這麼龐大的文本資料庫，立刻見識到它的複雜和困難。在反覆確認相關日期後，我確定我查到的那篇故事——也就是鄧肯・蒙羅（Duncan H. Munro）寫的〈迴轉〉（U-Turn）——其實是在一九五〇年出版！我大惑不解。Google圖書為什麼要提供不正確的日期？受制於版權法規，Google圖書能呈現的作品有嚴格限制，因而阻礙了謎題破解。內容符合比對的那期雜誌仍受版權限制，所以Google圖書只能顯示文本的「片段」，也就是僅包含幾行文字的畫面。

最後，我發現《驚奇科幻小說》是從一九三○年就陸續出版，以至於資料庫誤將許多期都歸到一九三○年，無視於它們個別的出版日期。（這類錯誤在二○○七年的Google圖書相當普遍，所幸現已漸入佳境。）

在摒棄其他日期標示不正確的比對結果後，我在一九四四年出版的丹尼斯・威廉・布洛根（Dennis William Brogan）的《美國性格》（ *The American Character* ）一書中找到符合項目。然而，我遇上另一種錯誤。Google圖書說，符合的項目位於第一六九頁，怪就怪在，依據詮釋資料（metadata），這本書只有一六八頁？我去附近圖書館查了一九五六年再版的版本，結果雪上加霜：完全找不到那句話的蹤影。我去遠一點的圖書館查閱最早一九四四年的版本，我要找的那句話就在沒標頁碼的一六九頁上：

有人告訴我，中國最令人懼怕的詛咒之一就是祝你的敵人「過得多采多姿」。我們生活在非常多采多姿的時代；是沒有什麼簡單解法能予以改善的時代。

綜合調查結果，我自豪地在TeleRead發表了一篇文章，標題為〈某著名「古中國詛咒」是否真於一九五○年創作？運用Google圖書搜尋之調查〉（Is a Famous "Ancient Chinese Curse" Really an Invention from 1950? An Investigation Using Google Book Search）。

而我學到四個重要的教訓：

1. 對研究人員而言，Google 圖書的資料庫是效用強大的工具。
2. Google 圖書提供的日期（以及其他詮釋資料的項目）有時會有誤。
3. 一本書再版時可能會修訂內容，修訂本也可能更改出版日期。我們必須蒐集相關版本最詳盡的資訊。
4. Google 圖書資料庫只能顯示片段內容，因此必須直接查閱精裝本，核對引言，確定引用能完整且精確。

滿懷理想的我認為，藉由提出一九四四年的引用，就已讓集結大眾知識這個共享事業向前邁進一大步。這次經驗令我心滿意足，而此項任務的順利完成，也可以稍微解釋我怎麼會轉型成名言調查員，或「QI」（Quote Investigator）。這時，另一起完全出乎意料的事件則提供了進一步的動力。

弗瑞德・夏皮羅（Fred R. Shapiro），《耶魯名言集》（*Yale Book of Quotations*）的編輯，該書列出眾多大家耳熟能詳的語錄出處，是公認當代最重要的參考資料。他首開先河，運用大規模的文本資料庫——涵蓋書籍、雜誌、期刊、小冊子和報紙——進行名言出處的研究調查。不知怎麼，他知道了我的部落格文章，不但讀了，也留了言。

他提到《耶魯名言集》中有關於那句詛咒的詞條，而最早在一九三九年就有人引用，比我對人類的貢獻還早五年。我的反應就是一整個囧！我還以為那麼多編纂《維基百科》「祝你過得多采多姿」詞條的人一定有誰去查過《巴特萊名言錄》（*Bartlett's Familiar Quotations*）、《牛津辭典名人語錄》（*Oxford Dictionary of Quotations*）和《耶魯名言

海明威才沒有這麼說

集》等參考資料。但事實上，沒有人做過那麼基本的核對。

我買了一本《耶魯名言集》，開始有目的地瀏覽其中詞條。運用 Google 圖書追溯名言俗語的構想對我依然重要。但現在，我的準備工作也要納入查詢最好的實體參考書。我給後續在 TeleRead 寫的文章下了標題，叫〈Google 圖書搜尋：調查詞語出處的強大工具〉（Google Book Search: A Powerful Tool for Investigating Phrase Origins），提出「不把蛋打破，做不成蛋捲」（You cannot make an omelet without breaking eggs）等諺語和「手術成功，但病患死了」（The operation was successful, but the patient died）等笑話的「全新」引用──比我在實體參考書裡找到的更早。我是生手，只想努力取得一點進展。

在 Google 圖書搜尋「蛋捲」一語，會出現一個相當誘人的早期引用：喬治・卡文迪許・泰勒（George Cavendish Taylor）所著的《一八五六年與英國軍隊的冒險日誌》（*Journal of Adventures with the British Army*）第二部。本身是軍人的泰勒在書中討論不同戰略，說到一個有點血腥的計畫：

> 這樣我們的損失當然比較大，但我們的成功將更全面，誠如佩利希爾（Pelissier）所言：「不把蛋打破，做不成蛋捲。」

《大英百科全書》（*Encyclopaedia Britannica*）說佩利希爾是「因征服阿爾及利亞而揚名的法國將軍，也是法國在克里米亞戰爭（Crimean War）的最後一位總司令。」

至於「手術成功」的那句妙語，我在一八八七年出版的《手術外科醫學手冊》（*Manual of Operative Surgery*）一書中找到類似變體：

要是發現偏向複雜或會危及病患生命的傷害，那麼必須立即動手術的一切想法都得擱置。這般深思熟慮能讓人們常掛在嘴邊的這句諷刺聽起來少些刺耳：「手術成功，但病患一命嗚呼。」

我就這樣繼續學習怎麼追溯引文。我逐漸擴大調查範圍，也使用 GenealogyBank 和 NewspaperARCHIVE.com 之類的報紙資料庫。這些電子資源最早是創設來協助系譜學者和歷史學者的，但事實證明，它們對於探究引言彌足珍貴。為了提升專業度，我訂購了給語言學研究者和圖書館員的通訊群組清單（mailing list），也開始用館際互借系統（interlibrary loan），從遙遠的館藏借書。我也誘拐朋友、家人和同事幫我進入全美各地一流研究圖書館的書架和資料庫。

這項活動成為強烈的嗜好。

最後，二〇一〇年，我啟用「名言調查員」（Quote Investigator）網站，開始一天投入好幾個小時認真進行調查。

使用網際網路搜尋引擎深入探查這些俗話，可能會既具啟發性又令人火冒三丈。搜尋引擎列出的連結中不乏資訊有誤、文本重複和資料不完整的網站。一般網路使用者幾乎不太可能穿越錯誤資訊的重重迷霧，怪不得諸如此類的錯誤會一直存在，而且不斷複製下去。

許多追求真相的人都陷在網路上那些相互矛盾、亂哄哄的資訊中苦苦掙扎。正確的資訊往往會被不正確的徹底淹沒。經營我這個網站

海明威才沒有這麼說

很棒的一點在於能提供以下機會：協助他人與真相交流。而這本書除了集結我所做的許多調查，也想要揭露那些張冠李戴的情況究竟是如何發生──我稱之為「犯錯機制。」

以下是各種機制的簡短摘要。（*請注意：一句引言的過往歷史通常會涉及多種機制。為了闡明每類錯誤，我自己做了些主觀判斷。*）

• 合成（及單純化）

人類的記憶天生就會縮短並簡化敘述。修飾語常被省略，字彙也可能變更。簡潔的句子比雜亂無章的句子更容易記，深刻的思想比平凡無奇的主張更可能被重述。當句子被放在一個會導致扭曲與語意不精確的演化過程中，「合成」和「單純化」指的就是引言的演化。

• 腹語

某甲仔細探究卓越人士某乙的寫作、訪問與演說，進而想出一句全新的描述，去濃縮某乙表達的觀念。某甲這句俐落或優雅的描述，其實不屬於該知名人士的作品或言論──甚至可能表達得不正確。然而，那句話卻是如此生動鮮明、使人難忘，導致人們最終認定那句話是某乙說的。

• 格言古諺

當一句引言被一再轉述，正確的來源常會遺失或遭竄改。若那句話流行起來，原創者卻沒沒無聞，句子很可能會地位提升，變成諺語或格言。當一句話的源頭不明，年代也會跟著無從確定。

• 文本相近

　　當一個眾所皆知的名字出現在某本書或某篇文章中，附近的引言（但是另一個人說的）也會一起被挖起來、重新分配給那位知名人士。如果知名人士的照片被擺在引言附近也會發生這種情況。提高這種犯錯機制發生的或然率原因有二：第一，那句引言實為較不知名的人或無名氏所創；第二，那句引言與該知名人士的公眾形象相符。這種機制有個迷人的變化形，發生在某本書或某本雜誌刊出引言列表的時候。當一連串名字與引言交替出現，讀者必須判定某句話是上面還是下面那個人說的，而這個過程很容易出錯。如果清單是按照字母排列，那麼引言就很容易在長得很像的名字間弄出張冠李戴。

• 現實相近

　　甲乙兩人在現實世界若關係相近，這句話也可能從「甲說的」變成「乙說的」。這裡舉兩個例子：吉姆・莫里森（Jim Morrison）和雷・曼薩雷克（Ray Manzarek）都是「門戶合唱團」（The Doors）這支備受爭議的搖滾樂團的創團成員。因為這層關係，本來是曼薩雷克說的話就被錯歸給人氣較高的莫里森。第二個例子是，華爾街交易人亨利・哈斯金斯（Henry S. Haskins）與當時同在紐約的圖書館員艾伯特・傑・諾克（Albert Jay Nock）曾是熟識。幾年後，哈斯金斯匿名出了本書，諾克幫他寫序，這層關係讓某些讀者誤以為書上一些段落屬於諾克，而非哈斯金斯。

• 名字相似

　　某甲說過的話可能會變成名字很像的某乙說的。這個機制和字母混淆不一樣，因為這不是誤讀引言列表所致。綽號蘇格拉底的加油站員工和名哲學家蘇格拉底；哈靈頓‧愛默生（Harrington Emerson）可能會和拉爾夫‧沃爾多‧愛默生（Ralph Waldo Emerson）搞混；詞曲創作者波兒（Poe）可能會被錯認為驚悚大師愛倫坡（Edgar Allan Poe）。

• 捏造

　　其實你很難證明某個引用或歸屬錯誤是刻意為之。本書提出的誤引大多是林林總總的意外所致。大多時候，罪魁禍首只是疏忽或失誤。不過，有時作家的確會捏造一些強而有力的引言來加油添醋。例如電影《閃電奇蹟》（*Powder*）和《獵殺紅色十月》（*The Hunt for Red October*），其中分別有偽造的愛因斯坦和哥倫布格言。另外，喜劇家、談話高手和專欄作家的軼事趣聞、揪心故事和幻想情節也會出現不正確的引言和典故。今日的網路時代也有惡作劇者靠著可疑的引言一夕爆紅。

• 虛構歷史

　　當真實人物被寫進電影、戲劇或書本，作者會杜撰對話或內心獨白的場景。有些讀者誤以為確有其言，即使連作者都坦承使用了創作授權（creative license），這種錯誤仍會發生。較有爭議的是，非小說（nonfiction）的書也可能有杜撰或變造的引言。

• 捕獲

本書最大的篇幅獻給簡單的歸屬之錯。某位名人引用原就存在的某個不知名或根本是無名氏的話，後來這句引言就直接被歸給這位知名人士。本質上，那句話是因為再次使用而被捕獲。就算這位名人仔細標出正確的原作者，竭力避免引言的歸屬遭到轉移，仍防不勝防。

• 宿主

馬克吐溫、愛因斯坦、瑪麗蓮夢露、邱吉爾、桃樂絲・帕克和尤吉・貝拉可說是引言界的超級巨星。這樣的人物既活躍又有魅力，因此成為大大小小他們從沒說過的名言的宿主。這種關係是共生的，多半魚幫水、水幫魚，同時提高宿主和引言的知名度。每名宿主都會吸引特定類型的引文，而且多半符合其個性或成就。例如馬克吐溫就搶了不少鋒頭——許多妙語根本不是出自他口，誤歸給貝拉的雙關語也有一長串。有趣的是，時間一久，隨著相關人士的名聲起落，某句流行語的歸屬也可能一變再變。

資訊到底有多脆弱？要是知道真相，你可能會大吃一驚，而我不禁擔心情況只會更糟。每次引言被傳達都可能會造成真相上的裂縫。時光荏苒，當眾人熟悉的名言和歸屬一再重新轉達，文本常會改變，連結也會更動。所幸，現代的大規模資料庫提供了一個史無前例的機會，讓我們得以研究這些變化，並修正錯誤資訊。

不過，除錯只是其中一個誘因。查證名言歸屬的工作還有一個美好的面向：為其他有意願但漫不經心的研究人員示範怎麼將紀錄校正

　　　　　　　　　　　　　海明威才沒有這麼說

過來。

　　現今的文本資料庫是人類史上最大的，而且還在不停增長中。與此同時，錯誤的資訊也可能以毫秒為單位在世界各地散播。追蹤誰說了什麼，是正確記錄歷史的核心要務之一。當今這代的研究人員擁有能修正從過去到現代諸多錯誤的工具，只是，他們願意接下這個挑戰嗎？

歸屬的錯

合成語／腹語／格言古諺

"Good artists copy, great artists steal."

「出色的藝術家抄襲；偉大的藝術家盜竊。」

——巴勃羅·畢卡索（Pablo Picasso）

一九八八年，澳洲《雪梨晨鋒報》（*Sydney Morning Herald*）刊出一篇報導，討論電腦產業的訴訟和麥金塔電腦系統的發展。文中提到偶像級企業家、蘋果電腦共同創辦人史蒂夫·賈伯斯（Steve Jobs）一句備受爭議的話[①]。

史蒂夫·賈伯斯說，研發期間，他始終謹記巴勃羅·畢卡索說過的那句「出色的藝術家抄襲；偉大的藝術家盜竊。」

後來，賈伯斯又在美國公共電視網（PBS）的節目《書呆子的勝利：帝國意外崛起》（*Triumph of the Nerds: The Rise of Accidental Empires*）

---

①：請見p.379書後附註，全書同。

中重提這句妙語。（這段專訪的完整版後來製成長片《賈伯斯——遺失的訪問》〔*The Lost Interview*〕登上大銀幕。）②

　　歸根究柢，你就是要努力去接觸人類創造出來最好的作品，並試著將那些作品融入你手上正在做的事。就像畢卡索所說：「出色的藝術家抄襲；偉大的藝術家盜竊。」【我和我的同事】一直厚顏無恥地偷取這些卓越的構想。所以我想，麥金塔能有此成績，部分是因為努力研發它的人既是音樂家、詩人、藝術家、動物學家和史學家，又剛好是世上最優秀的電腦科學家。

　　一九九六年，即PBS節目首播那年，《費城詢問報》（*Philadelphia Inquirer*）的一位電影評論員引述賈伯斯，但不知是一時不察還是一時衝動，把話給改了③：

　　以上都可證明巴勃羅・畢卡索所言：「不好的藝術家抄襲；偉大的藝術家盜竊」為真。

　　但賈伯斯是對的嗎？畢卡索真的那樣說過嗎？

　　名言調查員找到一個有趣的前例，出現在一八九二年《紳士雜誌》（*The Gentleman's Magazine*）刊出的文章〈模仿與剽竊〉（Imitators and Plagiarists）。作者戴凡波・亞當斯（W. H. Davenport Adams）寫道，「模仿」值得稱讚，但「偷竊」是卑鄙無恥。亞當斯讚揚名詩人艾佛烈・但尼生男爵（Alfred, Lord Tennyson）的作品，也舉出數個但尼生參考美學前輩的成果來作詩的例子④。

對於但尼生的模仿，也就是他如何採用前輩的意象或聯想逐步發展、融入本身閃耀動人的結構，我要舉幾個例子，並為前面的探討歸納出一條審慎的準則：「偉大的詩人模仿而精進，卑劣的詩人偷竊而糟蹋。」

值得注意的是，亞當斯似乎認為詩人偷竊是不對的，但賈伯斯不只接受抄襲、盜竊的藝術家，似乎還為了說明這種公然行竊能使出色的藝術家變成偉大的藝術家，把畢卡索拖下水。亞當斯評論但尼生的文章的總結就是再次讚美這位詩人，然後再次譴責剽竊。就這樣，一如名言調查員將在後文中提出的論點，「剽竊」（plagiarizes）一詞便被納入這句話後來的變體。

一九二〇年，知名詩人Ｔ・Ｓ・艾略特（T. S. Eliot）出版《聖林：論詩作及評論》（*The Sacred Wood: Essays on Poetry and Criticism*），提出這句格言的「艾略特版」。不知是否意在反諷，艾略特將《紳士雜誌》的用辭互換──「模仿」是卑劣的，而「偷竊」是值得嘉許。這麼一換，就跟賈伯斯採用的現代分身較為接近⑤。

最大的疑問在於詩人借用的方式。不成熟的詩人會模仿；成熟的詩人會偷竊（"Immature poets imitate; mature poets steal."）；壞的詩人汙損了他們拿取之物，好的詩人將之轉變成更好的──或起碼是不一樣的東西；好的詩人將贓物融入獨一無二的整體之中，與其原貌截

海明威才沒有這麼說

然不同，壞的詩人則把贓物扔進毫無關聯的事物裡。好的詩人通常會向年代遙遠、語言疏離或興趣迥異的作者取經。

一九四九年，《大西洋》月刊（*Atlantic Monthly*）一位書評在援用這句話時以「剽竊」取代「偷竊」（steal）。這位書評指出，這話是艾略特說的，從此這個版本流傳數十年之久⑥。

艾略特曾寫道，不成熟的詩人會模仿，成熟的詩人則剽竊。在艾略特之前，歌德（Goethe）曾對愛克曼（Johann Peter Eckermann）說：「若你見到大師，一定會發現他用了前人的好東西，而那正是他能夠偉大的原因。」

十年後出版的馬爾文・馬加拉納（Marvin Magalaner）的《學徒時代：年輕喬伊斯的小說》（*Time of apprenticeship: The fiction of James Joyce*），收錄了這句話的另一種變化。妙的是，馬加拉納雖然在提及該引文時聯想到T・S・艾略特，卻似乎沒想過（或沒去努力了解），艾略特說不定正是那句話的原作者。「詩人」在此被換成「藝術家」，「模仿」則改成「借用」⑦。

顯然，作者永遠會受到讀過的東西影響，連四十年前的T・S・艾略特都明白，他使一句老生常談變得永垂不朽，但在龐德（Ezra Pound）、艾略特、喬伊斯這類兼容並蓄的作家身上，這個公理格外真確。他們不僅會在意前人的籠統概念和技巧，也在意真正的遣詞用字，進而建構成嶄新的語言拼貼。我改述某位當代評論家的話：「不成熟的藝術家借用；成熟的藝術家盜竊」。而喬伊斯是成熟的藝術家。

三年後，亦即一九六二年，《君子雜誌》（*Esquire*）刊出一篇幽默小品：羅伯特·班頓（Robert Benton）和葛羅莉亞·史坦南（Gloria Steinem）撰寫的〈學生王子：或如何透過大學生掌權〉（The Student Prince; or How To Seize Power though an Undergraduate）。班頓和史坦南引用了好幾句話，而名言調查員認為，作者相信那些引文都是真的。以下三句話都出現在副標為「讓你通過高等考試的六句名言，請審慎使用」（Six Quotes to Get You Through Any Senior Exam. Use Them Wisely）之段落[⑧]：

> 印度的夏天像女人，成熟醇美、熱情洋溢，但反覆無常。
>
> ——葛麗絲·梅特里奧（Grace Metalious）

> 不成熟的藝術家模仿。成熟的藝術家盜竊。
>
> ——萊昂內爾·特里林（Lionel Trilling）

> 我認為我最喜愛的武器就是二十元鈔。
>
> ——雷蒙·錢德勒（Raymond Chandler）

歸給葛麗絲·梅特里奧的那句話確實出現在她一九五六年的鉅作《小城風雨》（*Peyton Place*）首行，不過標點和大小寫不大一樣。

雷蒙·錢德勒確實在一九五一年一封搞笑的信中寫了上述那句話。而名言調查員不知道傑出的文學評論家萊昂內爾·特里林有沒有這麼說過，但既然該句話刊載於《君子雜誌》，此話源於特里林的說法便更是廣為流傳。

到了六、七〇年代，在同樣的圈子裡可以聽到艾略特的原文，也可以聽到特里林和其他新偶像的版本。（或許這就可以解釋為什麼史蒂夫·賈伯斯會搞混。）一九六七年，洛杉磯樂評兼演說家彼得·葉慈（Peter Yates）出版《二十世紀的音樂：從和音時代末演化至現今的流行樂時代》（*Twentieth Century Music: Its Evolution from the End of Harmonic Era into the Present Era of Sound*），在書中自稱聽過傑出作曲家伊戈爾·史特拉汶斯基（Igor Stravinsky）用那句話。史特拉汶斯基的版本沒有提到「詩人」或「藝術家」，而是量身改造為「作曲家」[9]。

伊戈爾·史特拉汶斯基對我提起他的《三首莎士比亞之歌》（Three Songs from William Shakespeare）。他在裡面體現了對魏本（Anton Friedrich Wilhelm von Webern）音樂的領悟：「好的作曲家不模仿，會偷竊。」

一九七四年出版了一本主要探討舞臺設計的書，也寫到這句話的一個版本。作者表示此句出自諾貝爾獎得主威廉·福克納（William Faulkner）[10]。

威廉·福克納的心得或許道出了我們不想承認的真相：「不成熟的藝術家抄襲，偉大的藝術家偷竊。」知道要偷什麼、在什麼時候

偷，是設計師自我教育的重點。

一九七五年，《紐約客》（New Yorker）雜誌的長期供稿作家布蘭登‧吉爾（Brendan Gill）在回憶錄中寫了這句話的變化形，並將來源歸給T‧S‧艾略特。但他錯誤使用「剽竊」一詞，與一九四九年《大西洋》月刊所犯的錯誤遙相呼應[11]。

步入老年，我寫了首長敘事詩，得了獎，而想必大家都看得出來，那是模仿佛洛斯特（Robert Frost）之作。（那時我還沒讀到艾略特的格言：「不成熟的詩人模仿，成熟的詩人剽竊。」但我已身體力行。）

一九七七年備受歡迎的選集，勞倫斯‧彼得（Laurence J. Peter）的《珠璣集》（Peter's Quotations: Ideas for Our Time）是許多名言歸屬錯誤的源頭。那本書也收錄了這句話，並將來源歸給T‧S‧艾略特。不過，彼得跟吉爾一樣誤用了印在《大西洋》月刊的版本[12]。

就名言調查員所知，一九九五年PBS錄製史蒂夫‧賈伯斯專訪之前，那句話的最後一例出現在一九八六年，當時有一部教人如何製作電腦化文件的教科書《LaTex：文件製作系統》（La Tex: A Document Preparation System）。這本書列出的是又演化過一次的版本，並把來源給了史特拉汶斯基。不過到了第二版這個註腳就被刪除了[13]：

「次等的藝術家借用；偉大的藝術家竊用。」

——伊戈爾‧史特拉汶斯基

"Behind every great fortune there is a crime."

「每一筆巨大財富的背後,都有一件罪行。」

——歐諾黑·德·巴爾札克(Honoré de Balzac)

一九六九年,馬里奧·普佐(Mario Puzo)的大眾小說《教父》(*The Godfather*)述說黑手黨家族的殘暴故事,印上這句偽造的題詞[①]:

每一筆巨大財富的背後,都有一件罪行。

——巴爾札克

名言調查員認為這句話是受到歐諾黑·德·巴爾札克所寫的某個句子之啟發,只是詞句在演化過程中簡化了。以下是一八三四年《巴黎評論》(*Revue de Paris*)連載《高老頭》(*Le Père Goriot*)的法文原文[②]:

Le secret des grandes fortunes sans cause apparente est un crime oublié, parce qu'il a été proprement fait.

巴爾札克推出了一系列互有關連的小說，名叫《人間喜劇》（*Comédie Humaine*），《高老頭》就是其中一部。其後整個系列都被翻譯成英文。以下是上面那句話在一八九六年出版的譯文[③]：

The secret of a great success for which you are at a loss to account is a crime that has never been found out, because it was properly executed.

（如果你不知該如何解釋某件偉大的成就，很可能表示那是一樁始終沒被發現的罪行，而且是因為它得到妥善的執行。）

一九〇〇年出現另一個英譯版本[④]：

The secret of a great fortune made without apparent cause is soon forgotten, if the crime is committed in a respectable way.

（即使某筆巨大財富來得毫無緣由，如果罪行做得漂亮，這個謎團馬上會被遺忘。）

請注意，巴爾札克並未高呼這條通則：所有巨大財富的根源即是竊盜。然而，當代流行的簡化版本感覺更挑釁，因此也更令人難忘。

一九一二年，一家報紙刊出的例子就闡明了這簡化的過程。那是出現在倫敦一場晚宴的紀錄中，作者是被喻為「巴黎才子」的皮耶・米爾（Pierre Mille）。他說下面這段話出自一位身分不明的「法國作家」。名言調查員大膽假設，其靈感是來自他對巴爾札克之言的大略印象[⑤]：

海明威才沒有這麼說

一天晚上，他們邀我去卡爾登飯店（**Carlton Hotel**）用餐，眾人聊起美國幾位超級富豪——就是你做夢也不可能達到的富有程度。其中一位賓客憶起一個法國作家的話。「每一筆巨大財富底下都有一件滔天大罪。」我不得不說，這句話錯得離譜。在當今美國，巨大財富底下的是大膽無畏、聚財的才華、策略與合併的積極精神，就是沒有犯罪。

根據這份報紙，上面這段紀錄是先刊在法國期刊《小報》（*La Petit Journal*）上，所以這句簡潔版的格言便以兩種語言獲得傳播。

一九一五年，芝加哥一本商業刊物報導一位華府官員的言論，他也發表了句簡潔版的格言[6]。

美國對著無害的美國民眾放出法蘭克・沃爾許（**Frank P. Walsh**），這是隻什麼樣的怪物？沃爾許是聯邦勞資關係委員會的主席，據說他本週在本市發表的演說中提出：「每一筆鉅額財富，根本上而言都是一件犯罪」；「致富者必定曾在某一刻越過道德和刑法的界線」；「政府應將這個已被詐騙占領的國家討回。」

一九二二年，肯塔基州一家報紙刊登劇作家兼小說家山繆爾・梅爾文（Samuel Merwin）所寫的短篇故事。故事中的一個人物說了這句箴言的一例[7]。

都是搶劫，無一例外，事實也證明如此。每一筆巨大的財富——

每一筆！──都是建立在罪惡且往往是犯罪的行為之上。在建立起每筆財富的期間，總會碰到一些時刻──就是危機，你懂的──唯有某種程度的犯罪行為能挽救。

例如收買立法機關或法官、湮滅紀錄或證據，甚至對人暴力相向。

英國從政者詹姆斯・亨利・約克瑟爾（James Henry Yoxall）在一九二五年出版的散文選集中援用這句格言的簡化版，他語帶猶豫地指出那是巴爾札克所言[8]。

有人說──我想應該是巴爾札克吧──每一筆巨大財富的根基都有一件罪行，但願那不是真話；然而，在每一件光榮成就的根基都有某種能力，視其成就而定──像是體力、健康、勤勉、勇氣、進取心、智慧⋯⋯

一九五六年出版的《權力菁英》（*The Power Elite*）中，美國社會學家賴特・米爾斯（C, Wright Mills）表示格言的一例源自巴爾札克[9]。

鉅富的真相──無分現在或以往──有兩種廣為流傳但籠統的解釋。第一種是揭弊類。其中以古斯塔維斯・梅爾斯（**Gustavus Myers**）說得最好，他的作品廣泛且詳盡地闡釋了巴爾札克的主張：每一筆巨大財富背後，都有一件罪行。

一九五八年，作家丹尼爾・貝爾（Daniel Bell）在《美國社會學

期刊》（*American Journal of Sociology*）裡評論米爾斯的作品。他提出的
版本稍微更動了米爾斯將來源歸給巴爾札克的格言⑩。

　　有趣的是，米爾斯以贊同語氣引用巴爾札克的名言：「舉凡財富，
背後皆有犯罪。」並認為這句評判至今依然適用。

　　如本單元一開始所說，馬里奧・普佐一九六九年的暢銷書《教
父》包含一句歸給巴爾札克的題詞。這部小說大受轟動，後來也改拍
成大獲好評的電影。
　　一九七六年，財金專欄作家珍・布萊恩・奎因（Jane Bryant Quinn）
採用了另一種說法，但未指出來源⑪。

　　有人說，每一筆巨大財富都是建立在巨大罪行上，這是哈定政府
時代記在米勒帳簿上的箴言。[1]

　　總而言之，巴爾札克確實寫過一句話，將巨大的財富和犯罪扣在
一塊兒，但那只是別有含意地評論某類巨大財富。久了之後，他的話
被戲劇性的簡化，而這個簡潔有力的現代版本，實在無法就這麼歸功
於單一個人的創作⑫。

1　譯注：可能是指哈定總統（Warren Gamaliel Harding）任內，外國人財產管理局
　　（Office of Alien Property）主管湯瑪斯・米勒（Thomas W. Miller）受賄被判刑之
　　事。

筆記

感謝弗瑞德・夏皮羅分析《耶魯名言集》提供的引言，其中也收錄了一九五六年那次的重要引用。

　　　　　　　　　　　　　　　　　　　　　海明威才沒有這麼說

"No one can make you feel inferior without your consent."

「除非你允許，否則沒有人能讓你感到自卑。」

——艾琳娜‧羅斯福（Eleanor Roosevelt）

　　這句話被歸給艾琳娜‧羅斯福已超過七十五年。名言調查員相信，這句高深莫測的話的確出自第一夫人口中，只是稍做精簡，而這個簡化版最早出現在一九四〇年九月，正邁入全盛時期的《讀者文摘》（*Reader's Digest*）①：

> **除非你允許，否則沒有人能讓你感到自卑。**
>
> 　　　　　　　　　　　　　　　　——艾琳娜‧羅斯福

　　在顛峰時期，這本刊物幾乎和《聖經》一樣受歡迎，不但有多種版本在全球各地銷售，甚至有盲人點字版。不過，《讀者文摘》並沒有提出佐證資料，這句話也孤伶伶地出現在某個頁底，與上面的文章毫無瓜葛。諸如羅莎莉耶‧馬吉歐（Rosalie Maggio）和拉爾夫‧基斯

（Ralph Keyes）等引言專家都已探究起這句話的起源。出乎意料，他們徹底檢視第一夫人的著作和其他文獻後，皆未發現任何與這句引文類似的例子[②]。

名言調查員找到了一些有趣的證據，可證明這句話確是羅斯福夫人所說，並且相信這句格言的形成可追溯至一九三五年某起尷尬事件的評論：富蘭克林・羅斯福（Franklin D. Roosevelt）的勞工部長獲邀，於加州大學柏克萊分校的校慶日赴該校發表演說。校慶活動的主持人不太高興，因為她覺得不該找政治人物來演講，於是拒絕出任主持人。這種做法被數家報紙的評論者視為一種抵制和侮辱。

在白宮一場記者會上，艾琳娜・羅斯福被問到勞工部長是否遭到輕侮，而她的回應在報章媒體廣為傳播。以下是美聯社（Associated Press）一篇文章的摘錄[③]：

「輕侮，」第一夫人下了定義：「是自以為優越的人讓別人感到卑下做出的行為。要輕侮人，得先找到可能會因此覺得卑下的對象。」

羅斯福夫人可能自己修改過那句話，但截至目前為止，沒有證據支持這種可能性。比較有可能的是某位不知名人士在一九三五至一九四〇年間，基於羅斯福的話融合出一句精實且雅致的格言，於是便登上一九四〇年九月的《讀者文摘》。名言調查員認為，羅斯福在一九三五年說的這句話包含了一九四〇年那句引言的要素，而那句引言或許是某位技藝嫻熟但不太誠實的編輯刻意為她做嫁。《讀者文摘》的感言一出現，羅斯福的敘述也在其他媒體出現別種版本，僅文字略有

　　　　　　　　　　　　海明威才沒有這麼說

差異。下面是隔週後許多報刊聯合發表的「他們這麼說！」（So They Say!）專欄範例④：

　　我認為這是自以為優越的人想讓別人覺得卑下做出的行為。但首先，你得找到會因此覺得卑下的對象。

　　次月，一九四〇年十月，這句話出現在愛荷華州報紙一篇社論的第一行。該句打了引號，但沒有提到是誰說的⑤。

　　「除非你允許，否則沒有人能讓你感到自卑。」

　　這句話值得記起來。如果你缺乏自信，這便是值得牢記的忠告。若缺乏自信，就容易為一句輕蔑的話語感到自卑；假若充滿自信，就可一笑置之。

　　一九四〇年十月底，這句格言以獨立之姿出現在阿拉斯加一家報紙，並表明出自羅斯福⑥：

　　第一夫人艾琳娜・羅斯福：「除非你允許，否則沒有人能讓你感到自卑。」

　　次年夏天，這句箴言出現在阿拉巴馬州一家名為「布道綱領」（Sermon-o-grams）的報紙專欄，主題為獻給「家、教會、宗教、人格」

（Home, Church, Religion, Character）⑦。

一九四四年二月，這句話出現在沃爾特・溫切爾（Walter Winchell）聯合專欄，該專欄讀者眾多，而且也再次把來源給了羅斯福⑧。一年後，善於創造朗朗上口流行語的溫切爾又說了一遍⑨：

F. D. R.（指富蘭克林・羅斯福）夫人比誰都有哏，例如這句：「除非你允許，否則沒有人能讓你感到自卑。」

《耶魯名言集》收錄這句引言的一個令人印象深刻的前例，並列為對照參考的索引項目。早在上述引文問世一百多年前，美國牧師威廉・埃勒里・尚寧（William Ellery Channing）就說了下面這句話⑩：

沒有任何社會權勢、任何艱難處境，能讓你在知識、力量、美德與影響力上心灰意冷、精神消沉——除非你自己同意。

　　　　　　　　　　　　　　　　　　　海明威才沒有這麼說

"The arc of the moral universe is long, but it bends towards justice."

「道德宇宙的弧線雖長，但彎向正義。」

——馬丁・路德・金恩二世（Martin Luther King Jr.）

　　有時事情不是像表面那樣。名言調查員碰過很多案例，能夠證明某位偶像人物若從手邊摘了某個比喻——又也許只是一直在民間流傳的佚名說法——可能會發生什麼事。二〇〇九年，《時代雜誌》刊登了美國總統歐巴馬的一篇文章，表示某個強有力的歷史比喻是出自馬丁・路德・金恩二世[1]。

　　雖然你不見得能照自己的意思折彎歷史，但只要做好本分，如金恩博士所言，就能見證它「彎向正義」。所以我希望你們挺身而出，竭盡所能去服務你的社區、形塑我們的歷史、豐富你自己的生命，以及全國各地其他民眾的生命。

　　二〇一〇年，這句引言又出現在《時代雜誌》，他們表示此話出自金恩博士②。

馬丁・路德・金恩二世曾說：「我們知道，道德宇宙的弧線雖長，但彎向正義。」

一八一〇年出生的西奧多・帕克（Theodore Parker）是唯一神教派（Unitarian）的牧師，亦為重要的美國超驗論者（American Transcendentalist），他也主張廢奴。一八五三年，帕克出版《宗教十訓誡》（*Ten Sermons of Religion*），其中第三個訓誡標題為「正義與良心」（Of Justice and the Conscience），就收錄了這個「道德宇宙弧線」的比喻③：

看看這世界，你會看見正義逐步獲得勝利。我不敢自稱了解道德宇宙，它的弧線很長，我的雙眼只能看到一點點，無法經由視覺體驗去計算弧度、完成圖形，只能憑良知來推測。然而就我所見，我能確定它是彎向正義。

不會有任何事物願意一直處於處置失當的狀態，傑佛遜一想到奴隸就渾身戰慄，但他知道上帝是公正的。不要多久，全美都會一同戰慄。

帕克這番訓誡預示一八六〇年代的美國南北戰爭，該段落也在帕克後來的作品集中重印。《古代公認的蘇格蘭共濟會儀式的道德及教條》（*Morals and Dogma of the Ancient and Accepted Scottish Rite of Freemasonry*）一書也用了類似比喻的敘述。此書的版權日期為一八七一年，出版日期為一九〇五年，作者不詳④：

海明威才沒有這麼說

我們無法了解道德宇宙。該弧線之長，我們的眼睛只能看到一些些，無法經由視覺去計算弧度、完成圖形，但可以用良知推測，確知它彎向正義。正義不會失敗，雖然邪惡看似強大，且擁有與它同一陣線的軍隊和王權、富豪與全世界的榮耀，雖然窮人絕望地低下身軀，然而正義不會敗下陣，不會自人類的世界消滅。那些毫無道德、違背上帝律法之事將不會長久。

一九一八年，一個與現代版本類似的簡短版印在《偉大作家的見解》（*Readings from Great Authors*）一書，列於西奧多・帕克語錄的章節中⑤：

道德宇宙的弧線雖長，但彎向正義。

一九三二年，俄亥俄州《克里夫蘭公論報》（*Cleveland Plain Dealer*）的一位專欄作家提及自己看到一間教堂貼出諺語，幾乎跟一九一八年的版本一模一樣──獨缺「道德」一詞⑥。

尤克利德大道（Euclid Avenue）上的一間教堂每週都會在布告欄張貼雋語，這星期的是：「宇宙弧線雖長，但彎向正義。」我不知道這句話出自哪裡──聽起來很像愛默生──我努力想了三天，試圖搞清楚它的意義，但是徒勞無功。它聽來頗為鏗鏘有力，應該具有某種深意……又也許它是否種朦朧又詩意的主張，也就是「自然終究是公正的」。

有個讀者認出這句話是以西奧多·帕克的話為本，於是告知專欄作家。所以，第一篇文章刊出十四天後，專欄作家從帕克一八五三年出版的訓誡中摘錄相關文字，大肆頌揚一番[7]。

一九三四年，麻薩諸塞州摩頓（Malden）第一教區的賽斯·布魯克斯牧師（Reverend Seth Brooks）布道時使用這句話的一個變化形，《羅艾爾太陽報》（*Lowell Sun*）做了報導，然而沒有提供出處[8]。

我們必須如此相信：宇宙的弧線雖長，但彎向正義、彎向神的目的、彎向造物發展的方向。它向前、向前，永遠向前。

一九四〇年在洛杉磯，由雅各·孔恩拉比（Rabbi Jacob Kohn）發表的新年獻詞也沒有提到出處[9]。

「我們的信仰之所以能維繫，是由長久經驗建立起的知識所賜：歷史的弧線雖長，但彎向正義，」雅各·孔恩拉比在西奈猶太會堂（Temple Sinai）告訴會眾。「自羅馬和埃及統治以來，我們見過太多古代的暴君從塵世消失，因此，我們不該著眼於悲劇的現在，而該望向未來：歷史的弧線終將彎向正義、克敵與自由。」

一九五八年，《福音使者》（*Gospel Messenger*）刊出馬丁·路德·金恩二世撰寫的一篇文章，他在文中援引此話，並打了引號，表示這是早就存在的格言[10]。

　　　　　　　　　　　　海明威才沒有這麼說

邪惡或許會造出一些事件：如凱撒占領宮殿、耶穌釘死於十字架。但耶穌會復活，將歷史分成紀元前後，於是，就連凱撒的生卒日也出現耶穌之名。是的，「道德宇宙的弧線雖長，但彎向正義。」宇宙必將證明威廉・庫倫・布萊恩特（**William Cullen Bryant**）所言為真：「被壓垮的真理終將再起。」

六年後，金恩在康乃狄克州米德爾敦（Middletown）衛斯理大學（Wesleyan University）的畢業典禮致辭，再次引用這句話[⑪]：

「道德宇宙的弧線雖長，」金恩博士做了結語：「但彎向正義。」

總而言之，名言調查員認為，這句形容歷史進程的隱喻，原創者應為西奧多・帕克，首見於他在一八五三年出版的訓誡選集。到一九一八年，精簡版的說法也被歸給帕克。一九五八年，馬丁・路德・金恩二世在文章裡援引此話——但在前後打上引號，表示這句格言已在流傳。金恩顯然覺得這句話鏗鏘有力，才會在演說時數度引用。

筆記

紀念：感謝弟弟史蒂芬問了這句話。特別感謝大衛・韋恩伯格（David Weinberger）指出《宗教十訓誡》是在一八五三年出版。

"The only thing necessary for the triumph of evil is for good men to do nothing."

「邪惡得勝唯一的必要條件，便是好人袖手旁觀。」

——艾德蒙·柏克（Edmund Burke）

拉爾夫·基斯一本出色的參考書《名言考證者》（*The Quote Verifier*）談到甘迺迪總統（John F. Kennedy），說他偶爾會在演講時慷慨說出一些實為東拼西湊的名言。基斯指出，雖然甘迺迪說上面那句話出自艾德蒙·波頓，但尚未找到出處。基斯寫道[①]：

【那句引文】……（在《牛津辭典名人語錄》舉辦的民意調查中）被評為最受歡迎的現代語錄。就算事實擺在眼前：柏克不可能講過這句話，仍無人能判定話是誰說的。

最近一次聽到這句話廣受歡迎的發表，是出現在二〇一五年的電視連續劇《高堡奇人》（*The Man in the High Castle*）。該劇改編自菲利浦·K·迪克（Philip K. Dick）原著，講的是一個納粹占領美國的故

海明威才沒有這麼說

事。一位劇中人說了這句話，以彰顯他的英勇。（只是名言調查員在迪克的同名小說中找不到這句話。）這部影集是亞馬遜影業（Amazon Studios）製作，他們用了這句話，但在行銷用的海報及廣告板上都沒有標明出處。

針對這句名言追本溯源時，我遇上了爭議。其中一個分歧牽涉到一本重要的參考書，《巴雷特的名言錦句》（*Bartlett's Familiar Quotations*），以及知名文字專家威廉‧薩菲爾（William Safire）。

一九六八年，這句話出現在《巴雷特的名言錦句》第十四版。巴雷特說原作者是柏克，並舉了一封一七九五年的信件為證[2]：

> 邪惡得勝唯一的必要條件，便是好人袖手旁觀。
>
> ——寫給威廉‧史密斯（**William Smith**）的信，
>
> 一七九五年一月九日

一九八〇年，《紐約時報》（*New York Times*）語言專欄作家威廉‧薩菲爾寫到這句引言，並質疑其出處。他的質疑是來自一名鍥而不捨的通信者（可不是名言調查員喔）給的資訊。那人指出，巴雷特引用的那封信根本沒寫那句話[3]：

> 問題在於，那可能是偽造的。最近我使用「邪惡得勝」那句名言譴責自滿的行為，費城一位漢米爾頓‧龍恩（**Hamilton A. Long**）先生寫信來問，柏克是什麼時候、又是在哪裡說過這句話……

於是這位名言偵探啟動了陷阱。「那封信裡沒有那句話,」龍恩先生得意洋洋地說。「我找的其他引用書籍也都沒有這個來源;那是偽造的。」

一九八○年出版的《巴雷特的名言錦句》第十五版,編輯指出在柏克的著作中沒有發現那句話,而這本工具書也更新了版本,以對應這個事實。一九八一年,薩菲爾再次討論這句引言④。然而,在《巴雷特》的第十六版,這引言又列到了柏克之下,不過在積極搜尋之後仍未能在柏克的作品中找到這句話。

名言調查員解決了這個爭議。艾德蒙・柏克和約翰・史都華・米爾(John Stuart Mill)都創作過一些格言,與我們正在調查的這句引言頗像,但兩者有明顯差異。經過合成和簡化,柏克提出的概念被米爾重新敘述,又隨時間過去,琢磨成動聽又好記的箴言。

一七七○年,愛爾蘭政治家及哲學家柏克寫道,好人必須團結反抗壞人的陰謀擘劃。下面摘錄的第二句被列在許多名言參考書籍中,雖然和我們調查的那句話有些雷同,但旨趣顯然不一⑤。

即使不為虛妄的榮耀燃起激情,也不可自以為能單槍匹馬、在毫無支援、雜亂無章的情況下憑一己之力擊退野心人士的詭計與合謀。當壞人聯手,好人也必須團結,否則將被各個擊破,在卑微之中掙扎著,淪為無人憐憫的犧牲品。

一八六七年,英國哲學家、政論家米爾在聖安德魯斯大學(University

of St. Andrews）發表就職演說。下面摘錄的第二句正好表達出這句問題名言的部分概念⑥。

別讓人覺得可以透過這種錯覺來安撫自身良知：只要獨善其身、不發一言，也沒什麼害處。只要好人袖手旁觀，壞人就可以達到目的。

一八九五年，一份醫學公報刊出與米爾類似的評論，第二部分的措辭相當接近，但沒有標明出處⑦。

他不該抱著不參與公共事務也沒什麼害處的錯覺安穩入睡；他要知道，當好人袖手旁觀，壞人就能獲得最好的機會。即使領導者走偏，他也該堅持自己的原則。

柏克的話到一九〇〇年代初期仍在繼續沿用。一九一〇年《芝加哥每日論壇報》（*Chicago Daily Tribune*）刊出更簡潔有力的形式⑧。

柏克說：「當壞人聯手，好人必須團結。」

一九一六年十月，《聖荷西信使報》（*San Jose Mercury Herald*）報導查爾斯・F・艾克德（Charles F. Aked）一場支持禁酒的演說。艾克德的用語相當類似我們這句名言，不過他鬆開了「出處」的套索，提出「俗話說」的免責聲明，表示自己不執著於原創。因此這句話可能在一九一六年前就在流傳，而艾克德這段話是名言調查員所知最早的引用。以下是更長一點的摘錄⑨。

「從事非法酒類交易的人，」演講者指出：「就是希望我們什麼都不要做。惡魔就是希望上帝之子都這樣——不要管他們。罪犯就是希望法律這樣——不要管他們。什麼都不做之罪是七大罪中最糟的。俗話說，惡人欲達目的，只需好人袖手旁觀。」

名言調查員深信，艾克德是從英國搬到美國的一名頂尖講道者兼演說家。一九二〇年六月號的《100％：效率雜誌》（ *100%: The Efficiency Magazine* ）的一篇文章把這句話的出處直接給了艾克德，這也幫助它進一步傳播。文中二度指出這句話是艾克德說的——一次在小標，一次在本文。下方段落提到一本始終找不出來歷的「建設性刊物」⑩：

一本最近才創立的建設性刊物引述查爾斯・艾克德牧師所言，「惡人欲達目的，只需好人袖手旁觀」。這固然被視為內政方面的真理，但不也是美國工業歷歷可見的實際情況嗎？

同一個月，這句話的另一種形式出現在《卡門鐵路期刊》（ *Railway Carmen's Journal* ），未提及出處。此處改用「壞人」，並且獨自屹立在社論單元的開頭⑪：

壞人欲達目的，只需好人袖手旁觀。

　　　　　　　　　　　海明威才沒有這麼說

一九二〇年七月，英國禁酒鬥士穆瑞・海斯洛普爵士（Sir R. Murray Hyslop）在第四屆國際公理教會議（Fourth International Congregational Council）發表演說時，引用現今眾所皆知的版本。在這篇講稿中，海斯洛普將出處歸給柏克。這是就名言調查員所知最早做此歸屬的例子[⑫]。

柏克曾說：「邪惡得勝唯一的必要條件，便是好人袖手旁觀。」若不干涉酒類交易，它就會扼殺國人美好的一切。不干涉就是它想要的。怯懦就能讓它得勝。勇氣則可使它覆滅。

一九二〇年七月，一本列了其他雜誌文章的商業摘文收錄前述《100％：效率雜誌》文中詞條。摘文沿用了文章的小標，所以那句格言也出現在此，更助長了傳播[⑬]。

我們是在幫助激進分子嗎？「惡人欲達目的，只需好人袖手旁觀。」或許這種「袖手旁觀」的態度正是諸多產業動盪的原由。查爾斯・諾頓（**Charles H. Norton**）撰，柯林斯服務公司（**Collins Service**）總經理。《100％》一九二〇年六月號，第六十四頁，一千字。

一九二四年，英國薩里郡的《薩里鏡郵報》（*Surrey Mirror and County Post*）報導了「世界兄弟聯盟」（World Brotherhood Federation）的一場會議。會中，一位名叫羅伯特・傑米森（Robert A. Jameson）的演說者採用這句話的一例，表示這句話出自柏克[⑭]：

誠如艾德蒙‧柏克百年前所言:「邪惡得勝的唯一必要條件,正是好人什麼也不做。」

　　一九五○年,這句話登上《華盛頓郵報》(*Washington Post*),並如《耶魯名言集》所註記,將出處給了柏克[⑮]。

　　華盛頓奉公守法的公民──特別是致力於公民精進運動的組織團體,該是你們對這種危險提高警覺、起身抵禦黑幫的時候了。
　　現今的情況最適合用英國政治家艾德蒙‧柏克多年前的話做總結:「邪惡得勝唯一的必要條件,便是好人袖手旁觀。」

　　一九五五年,美國國會議員O‧C‧費雪(O. C. Fisher)在《扶輪》(*Rotarian*)雜誌寫了一篇短文,用了這句警語的一例,並聲明出自柏克[⑯]。

　　他是個好人,但他什麼也不做。他的不作為往往成為邪惡的傭人。如偉大的艾德蒙‧柏克所說,邪惡要成功,好人袖手旁觀就夠。

　　一九六一年,甘迺迪總統在加拿大國會發表演說,用了這句名言的變化形,也說是語出柏克[⑰]。

　　在會議桌前、在人們心中,自由世界的理念之所以能鞏固,是因為它公平且正義。若自由的人民和自由的國家奉獻心力,它將更固若金湯。誠如偉大的議員艾德蒙・柏克所言:「邪惡得勝的唯一必要條件,就是好人什麼也不做。」

　　可能是有意或無意,艾克德受到柏克或米爾的啟發,因而創出一句格言。海斯洛普也許是聽了那句話,覺得符合柏克的風格,因此認定是柏克所言。甘迺迪把他認為值得記錄的名言記在筆記本;他很可能聽過一個「據說」出自柏克的版本,就記了下來,留待將來使用。目前可考的紀錄太不完整,無法大力主張是誰創造了這句名言。但名言調查員相信,雖然柏克和米爾說過的話用字上並不相近,在概念上與我們調查的這句引言卻是相通的。

"Genius is one percent inspiration and ninety-nine percent perspiration."

「天才是百分之一的靈感加上百分之九十九的汗水。」

——湯瑪斯・愛迪生（Thomas Edison）

　　一八九二年，麻薩諸塞州一家報紙回應了著名演說家凱特・桑本（Kate Sanborn）的一段話。報紙指出，桑本對組成天才的要素之看法早已廣為流傳[1]：

　　因為說了「天賦是汗水」這句話，凱特・桑本備受讚譽。這個概念其實很常聽到，而且措辭多半一致。更常見的說法是：「天才的汗水多於靈感。」

　　一八九三年，桑本發表一場演說，獲得加州河濱市一家報社報導。根據那篇報導，桑本在談話中表示，天才是由三種成分組成，但她沒有提出什麼令人難忘的分析[2]：

　　　　　　　　　　　　　　　　　　　　　　　　　海明威才沒有這麼說

她的主題是：「天才是什麼？」並廣泛引用古今作家的話，提供他們為天才這個詞下的定義，並機智地補充道：「天才是靈感、天賦再加汗水。」

一八九八年四月，《婦女家庭雜誌》（*Ladies' Home Journal*）刊出一句關於天才的言論，並表示該句出自愛迪生[3]。那句話提到，最重要的成分是「努力」（hard work），而比例是九十八比二。專家拉爾夫·基斯將這次引用列進工具書《名言考證者》之中[4]：

有一次，愛迪生先生被要求替天才下定義，他回答：「百分之二是天才，百分之九十八是努力。」另有一次，有人在他面前提出天才的想法是靈光一閃，他則回：「呸！天才想法才不是靠靈光一閃，閃過的是汗水。」

另外，一八九八年四月，《青年之友》（*Youth's Companion*）刊出與前述九十八比二類似的說法[5]：

湯瑪斯·愛迪生說：「天才有百分之九十八是努力。」又說：「至於靈光一閃的天才想法，就大多例子而言，其實是汗水的同義語。」身為世上某類天才的典範，愛迪生先生無疑等同該主題的權威，而他的箴言呼應了強生常被引用的天才定義：「吃苦耐勞無極限的能力。」

一八九八年五月，一間製鞋公司的總裁對高中生發表演說，引用了一句格言，他說是出自愛迪生，但並未把「努力」列為要素，反倒提供了兩種成分：靈光一閃與汗水，而比例是二比九十八[⑥]：

　　　　就連愛迪生都這麼說過：天才也許可分為兩個部分。靈光一閃占百分之二，汗水占九十八。

　　一八九八年六月，蒙大拿一家報紙刊登了這句箴言的一個變化形，並表示來自某位撰寫與愛迪生有關書籍的作者，而非愛迪生本人[⑦]：

　　　　說到湯瑪斯・愛迪生的生平和做過的努力，一位作者說，他的偉大發現和發明有百分之二可歸因於靈光一閃，其餘百分之九十八則是汗水的結晶。

　　最後，一九〇一年，一比九十九的現代版本出現在愛達荷州一份報紙。該報將出處給了愛迪生[⑧]：

　　　　天才是努力與腳踏實地工作的別稱。「所謂天才，」愛迪生說：「是百分之一的靈感加百分之九十九的汗水。」那些拿一分錢只肯做一分事的人永遠不會獲得額外報酬。

　　這句所謂的愛迪生格言同時有好幾個版本在流傳。例如一九〇二年的《科學人》（*Scientific American*）雜誌呈現的是以下這個二比九十

　　　　　　　　　　　　　　海明威才沒有這麼說

八的例子[9]：

如果你相信愛迪生的成果是自然賦予少數人靈感的產物，那麼，探討他成功之道的故事將乏味至極。愛迪生並不相信天才是靠靈感運作。有人認為，唯有受到靈感驅使，天才才真有作用，「天才是百分之二的靈感加百分之九十八的汗水」，則是愛迪生回覆該人士既尖銳又精闢的答案。

一九〇四年，《芝加哥論壇報》（*Chicago Tribune*）撰文介紹愛迪生，也援用了一種版本[10]：

【他】對雋語的喜愛，使他背離了真正天才的特質，更趁機表示：「天才是百分之二的靈感加百分之九十八的汗水。」

這句話碰撞出多種變化。如一九〇七年，一間賣襯衫的商店刊登了一幅廣告，宣傳下列成功配方[11]：

成功的要素，我們身體力行：
百分之一的幸運
百分之二的靈感
百分之九十七的汗水
我們滿身大汗地為你展示襯衫，因為我們有太多要展示給你看。

一九一〇年出版的傳記《愛迪生：生平與發明》（*Edison: His Life and Inventions*）中也說，這句格言最常見的現代版本是愛迪生所創[12]：

將偉大的成功歸因於「天才」之想法，向來都被愛迪生駁斥，他留名青史的這番話「天才只占百分之一」就是明證。無獨有偶，許多年前，愛迪生、巴徹勒（Batchelor）和 E·H·強生（E. H. Johnson）曾在實驗室聊天，強生提及愛迪生的天資從他的成就可見一斑。對此，愛迪生反駁：「胡說！我告訴你，天才只是努力、堅持和常識。」

一九三二年，在愛迪生實驗室工作的馬丁·安德烈·羅薩諾夫（Martin Andre Rosanoff）於《哈潑雜誌》（*Harper's*）發表文章，表示愛迪生自稱是那句現代版說法的源頭[13]。

你一定聽過人們不斷在說我說過的那句話吧？「天才是百分之一的靈感、百分之九十九的汗水。」

總而言之，天才是由靈感和汗水組成的概念早在愛迪生的格言發表前就在流傳，但我們可以主張說愛迪生提出了精闢的分析，證據甚至顯示，他提出過兩種不同比例：二比九十八，以及一比九十九。

筆記

在此紀念：感謝弟弟史蒂芬問了愛迪生的名言。

　　　　　　　　　　　　　　　海明威才沒有這麼說

"The question isn't who is going to let me; it's who is going to stop me."

「問題不在於誰會允許我，而是誰會阻止我。」

——艾茵·蘭德（Ayn Rand）

二〇一三年，《時代雜誌》網站刊登了一篇文章，介紹時裝零售店「永遠21」（Forever 21）以一句稍有爭議的諺語來銷售「擋不住的肌肉T恤」（Unstoppable Muscle Tee）①。T恤上印了一句引言，並標明出處是一位頗有影響力的作家兼鬥志高昂的資本主義哲學家，艾茵·蘭德：

問題不在於誰會允許我，而是誰會阻止我。

——艾茵·蘭德

《時代雜誌》的這位撰稿人似乎不苟同衣服上說的話。名言調查員的一名委託人則有不同反應。「那句話真的是艾茵·蘭德說的嗎？我查遍她的小說和散文都找不到。」

名言調查員無法在蘭德的著作中找到一模一樣的話，但推測該句衍生自她一九四三年的暢銷小說《源頭》（The Fountainhead）裡的對話。

在那部作品中，主角霍華德・羅艾克（Howard Roark）就讀史坦頓技術學院（Stanton Institute of Technology）修習建築。他不肯遵循他覺得過時且剛愎的設計準則，於是因抗命而被逐出學校。

霍華德那現代派的玻璃混凝土設計讓校內許多老師大為震驚，而教務長在勒令羅艾克退學前最後的評議會上，則顯得相當困惑[②]：

「你是要告訴我你認真考慮要在成為建築師後那樣蓋房子嗎？」
「是的。」
「老兄，誰會允許你那樣蓋啊？」
「那不是重點。重點在於，誰會來阻止我呢？」
「你聽著，這不是開玩笑的。沒能及早多花些時間與你懇談，我很抱歉……我知道、我知道、我知道，別打斷我，也許你見過一、兩棟現代派建築，獲得了靈感。但你知道那所謂現代運動只是曇花一現的奇想嗎？」

名言調查員推測，正是上述的第三、第四行被修改，進而合併成一個句子，而後把這句話的出處直接給了蘭德，過程可能經歷了數個階段。

二〇〇一年，珍娜・羅渥（Janet Lowe）的著作《威爾許：美國偶像》（Welch: An American Icon）訴說當上奇異家電董事長的企業高階領導人傑克・威爾許（Jack Welch）的故事。書中第三章引用一句標明出自蘭德的話做為題詞[3]：

第三章
通用電器拋售的公司

我不管做什麼都是有理由的——而理由大多是錢。

——蘇齊・帕克（Suzy Parker），時尚模特兒、演員

問題不在於「誰會允許我」，而是「誰會阻止我？」

——艾茵・蘭德，《源頭》

二〇〇三年，這句話出現在《愛就別離開：二十六種在職場如願以償的方法》（*Love It, Don't Leave It: 26 Ways to Get What You Want at Work*）中。作者群不但未註明出處，還批評了這句話[4]：

問題不在於誰會允許我——而是誰會阻止我。

如果這聽起來跟你的情況很像，不妨偶爾屈服一下，因為——

你不可能永遠是對的。有時候，其他人可能有更好的解方、更新的資訊，或嶄新的觀點。

二〇一三年五月，《富比世》（*Forbes*）雜誌網站刊登一篇文章，

標題為〈一百則鼓舞人心的名言〉（Top 100 Inspirational Quotes），該句話名列第九十三[5]：

問題不在於誰會允許我，而是誰會阻止我。——艾茵・蘭德

《時代》網站刊登的那篇帶有批判性的報導顯然帶來了點影響。文章刊出後，名言調查員在「永遠21」的網路商店就再也找不到印了那句錯誤引用的T恤。就這個案例而言，「誰會阻止我」的問題得到了答覆。

筆記

特別感謝精明的《華爾街日報》（*Wall Street Journal*）記者傑森・茨威格（Jason Zweig）提到《時代》網站的文章，並質疑T恤引言的正確性。他的疑問給了名言調查員規劃該問題及進行考據的動力。也要感謝史蓋拉爾（Skylar）多次提供藏書方面的協助。

"Don't bend; don't water it down; don't try to make it logical;

don't edit your own soul according to the fashion.

「別彎腰;別加水稀釋;

別試圖讓它合乎邏輯;

別依照流行改造你的靈魂。」

——法蘭茲·卡夫卡(Franz Kafka)

喜劇演員羅素·布蘭德(Russel Brand)寫過兩本暢銷自傳:二〇〇七年的《我的著作:性、毒品與勃起回憶錄》(*My Booky Wook: A Memoir of Sex, Drugs, and Stand-Up*)和二〇一〇年的《我的著作II:這一次是私事》(*Booky Wook 2: This Time It's Personal, 2010*)。第二集的扉頁刊載了一句錯誤雋語[1]。

> **第一部分**
>
> 別彎腰;別加水稀釋;別試圖讓它合乎邏輯;別依照流行改造你的靈魂。反之,請無情地跟隨你最熱切的執著。
>
> ——法蘭茲·卡夫卡

布蘭德八成見過Goodreads網站上一篇使用者創作的貼文。該文將這句話的源頭給了法蘭茲・卡夫卡，也跟《我的著作Ⅱ：這一次是私事》裡的引言一致[②]。不過，名言調查員發現這句話根本不是卡夫卡寫的，而是另一位知名作家於二十世紀晚期所創。

　　一模一樣的字串出現在一九九五年出版的卡夫卡作品選集《變形記、在流刑地與其他故事》（*The Metamorphosis, in the Penal Colony, and Other Stories*）的前言。這段由暢銷作家安・萊絲（Anne Rice）執筆的緒言，是她想像卡夫卡對她以及其他作家會有什麼樣的誡命。萊絲其實並沒有引述卡夫卡的話，你可以說她「召喚」卡夫卡──但有些讀者顯然誤解了她的用意[③]。

　　卡夫卡成了我的模範，源源不斷的靈感。他不僅展現出無法掩蓋的原創性──誰能想得出這些東西呢！──他的意思似乎是，唯有以最私人的語言，作家才說出最重要的故事。別彎腰；別加水稀釋；別試圖讓它合乎邏輯；別依照流行改造你的靈魂。反之，請無情地跟隨你最熱切的執著。唯有做到這點，才可能寄望讀者與你感同身受。

　　名言調查員相信，上述的創作哲學是萊絲的心聲，而非卡夫卡。萊絲說的是她透過閱讀卡夫卡的故事體悟到了一種方法，並加以應用。對她來說，卡夫卡是這種觀點的原創者──就算遣詞用字有所不同。

　　名言調查員於二〇一三年在網站上分享了這些發現。

　　兩年後，名言調查員收到一則令人詫異且困惑的訊息。安・萊絲不久前和書迷分享她的臉書粉絲專頁在二〇一三年的一篇貼文，再次

　　　　　　　　　　　　　海明威才沒有這麼說

把出處給了卡夫卡。名言調查員在通信者協助之下取得連結：

「別彎腰；別加水稀釋；別試圖讓它合乎邏輯；別依照流行改造你的靈魂。反之，請無情地跟隨你最熱切的執著。」這是法蘭茲・卡夫卡說的。感謝 Granny Goodwitch 引用。今天是卡夫卡的生日[④]。

名言調查員發現，有三千四百八十五名使用者給這個卡夫卡沒寫過的東西按「讚」。

名言調查員傳了私訊詢問萊絲，她解釋說，是她的一個粉絲傳給她那句引言，並表示是卡夫卡說的。萊絲不認得那句話，但覺得挺有意思，所以跟她的臉書追蹤者分享。名言調查員愉快得知，敝網站上那篇文章是相當充分的證據，足以讓萊絲相信她才是真正的作者。

二〇一五年六月，萊絲在她的臉書頁面發文修正那次誤引[⑤]：

我剛得知一件爆笑得不得了的事。很久以前，我為一本卡夫卡短篇故事集（有收錄〈變形記〉）寫了一篇簡短的序，寫到卡夫卡對我的影響，那段話最近被當成卡夫卡說過的名言，在網路被人到處引用！這真的太搞笑了！「別彎腰；別加水稀釋；別試圖讓它合乎邏輯；別依照流行改造你的靈魂。反之，請無情地跟隨你最熱切的執著。」這段話是我寫的，是我在努力解釋卡夫卡這樣的典範對我的影響！結果全世界都當成是卡夫卡說的了。

筆記

非常感謝納撒尼爾‧譚（Nathaniel Tan），他的詢問給了名言調查員動力對這個問題進行規劃及考據。另外，也非常感謝安‧萊絲的回應。

"In the struggle for survival, the fittest win out at the expense of their rivals."

「在生存的競爭中，適者往往是犧牲對手而得勝。」

——查爾斯‧達爾文（Charles Darwin）

　　學者們致力於劍橋大學權威性的「達爾文通信研究計畫」（the Darwin Correspondence Project），蒐集查爾斯‧達爾文收發的七千五百封信件，並據此建立重要的資料庫。名言調查員以為，以這般豐富的個人著述彙編為根據，委員會必然已將這句話納入〈達爾文從沒說過的六件事〉（Six Things Darwin Never Said）[1]。然而，仍不時有出版品聲稱這句話來自達爾文的曠世鉅作《物種起源》（*The Origin of Species*）。例如，二〇一四年七月十五日的《麻省理工科技評論》（*MIT Technology Review*）就以這句引言做為〈超越優惠券與手機應用程式的演化〉（Evolving Beyond Coupons and Mobile Apps）一文的開頭[2]。

　　據名言調查員考證，這句話最早出現在沃爾特‧沃爾班克（T. Walter Wallbank）、阿拉斯泰爾‧泰勒（Alastair M. Taylor）和尼爾斯‧貝爾基（Nels M. Bailkey）的歷史教科書《文明：昔與今》（*Civilization*

Past and Present）之中。一九四二年起，這部著作已陸續發行許多版本。名言調查員檢視了一九六二年的這版。

一個標題為〈愛因斯坦、達爾文和佛洛依德〉（Einstein, Darwin, and Freud）的章節提出由教科書作者（而非達爾文）編撰的「達爾文假說」（Darwinian hypothesis）摘要。下述第三項完全吻合現今誤傳出自達爾文的那句話[③]。

達爾文的假說有五大要點。首先，所有現存的動植物種皆源於較早且往往較原始的形式。第二、物種會出現變種，是因為環境和器官的使用與否，引發遺傳構造的變化。

第三，在生存的競爭中，適者往往會透過犧牲對手而得勝，因為他們順利讓自己變得最適應環境。第四，物種間的變異也會因性擇（sexual selection）而產生，達爾文將之稱為「改變人種最強而有力的方法。」最後，有些變種似乎是自然形成，而達爾文的觀點表明了突變的理論。

一九七一年，里奇・沃德（Ritchie R. Ward）的《生物時鐘》（*The Living Clocks*）一書包含這句引言的一例。作者並未把出處歸給達爾文，反而在筆記中指出那段文字摘錄自《文明：昔與今》的一個版本[④]。

達爾文在兩本著作中所做的五大要點，今日的大學生可以見到非常清楚的現代版摘要：「首先，所有現存的動植物種皆源於較早且往往較原始的形式。第二、物種會出現變種，是因為環境和器官的使用

海明威才沒有這麼說

與否引發遺傳構造的變化。第三、在生存的競爭中，適者往往是犧牲對手而得勝，因為他們順利讓自己最適應環境。」

到了二〇〇六年，這句引言直接歸給達爾文。事態的演變與名言調查員所知的「張冠李戴世代」某機制是一致的：

第一步：一位名人的思想被後人總結或重述，於某本書或某份報紙上刊出簡短段落。

第二步：某個讀者錯誤詮釋該段落，以為那些話是該名人所創。

第三步：雖然張冠李戴，卻被不疑有他的讀者廣為傳播。

以下是二〇〇六年《衛報》（*Guardian*）中歸屬錯誤的例子[⑤]：

在生存的競爭中，適者往往是犧牲對手而得勝，因為他們順利讓自己變得最適應環境。

——查爾斯・達爾文，《物種起源》

看完電視影集《大滅絕》（*Extinct*）的第一部分，我想我明白達爾文滔滔不絕的都是些什麼了。不過假如他活在現代，而且是剛提出他的理論，那可能會稍微修改一下說詞：「在生存的競爭中，最可愛的會犧牲最不可愛的，最後得勝，因為他們較能投名流所好，並透過名流吸引現場觀眾。」

二〇〇九年出版的《智慧妙語》（*Wisdom Well Said*）一書出現以下

例子⑥。

查爾斯·達爾文（1809-1882），首創演化概念的知名英國博物學家，在他創造歷史的《物種起源》中寫道：「在生存的競爭中，適者往往是犧牲對手而得勝，因為他們順利讓自己最適應環境。」

總之，名言調查員相信，這句話是歷史教科書《文明：昔與今》的一位或多位教科書作者所創造。這句話敘述、闡釋了達爾文的部分思想，但並不是達爾文自己寫在《物種起源》或其他地方的。

筆記

特別感謝愛德華·卡瑞里（Edward Carilli）和勞倫·佛斯特（Lauren Foster）詢問誤引自達爾文的另一句名言，促使名言調查員上達爾文通信研究計畫的網站，並在那裡看到提問，讓他對這個問題進行規劃與考據。

"Life is a journey, not the destination."

「人生是一場旅行，而非目的地。」

——拉爾夫・沃爾多・愛默生

名言調查員相信，在愛默生畢生作品中找不到完全吻合的詞句。不過，愛默生確實寫過與此主題相關的一番話[1]：

把握這一刻，在沿途的每一步找出旅行的目的，盡可能過得愉快。這就是智慧。

這話暗示了一種心理上的滿足：旅途中前進的每一步，都是在一點一點完成旅程。這句話和《現代諺語辭典》（*The Dictionary of Modern Proverbs*）所列、未標明出處的那句話有著明顯差異[2]。

這句話有幾個饒富趣味的前身，而且十九世紀就在流傳了。一八五四年《星期天在家：安息日閱讀的家庭雜誌》（*Sunday at Home: A Family Magazine for Sabbath Reading*）刊出〈給年輕人〉（Page for the

Young）一文，提出下列忠告[3]。

　　你該在少年時明白，人生是一場旅程，不是休息。你是在前往應許之地。從搖籃，到墓地。

　　一八五五年的另一個宗教文本換了種說法，並提供解釋[4]。

　　人的一生是一場旅程，不是家；是道路，不是故土；你在今生擁有的那些短暫、正當的樂趣——可能品嘗到的那些偶發且轉瞬即逝的愉悅——都不等於家；他們只是人生道路旁的小客棧，讓你神清氣爽一會兒。但接著你就要再次背起行囊、繼續旅行，追尋仍在前方的事物——為上帝子民保留的安歇。

　　十年後，上述段落轉載於一部名為《道德與宗教真理實例百科》（*A Cyclopaedia of Illustrations of Moral and Religious Truths*）的選集。不過作者標為「佚名」[5]。

　　據名言調查員考證，最吻合的例子最早出現在一九二〇年一本名為《基督徒之聲》（*Christian Advocate*）的期刊。神學者林恩・霍夫（Lynn H. Hough）於一九二〇年二月十九日「主日學校課程」（The Sunday School Lesson）期間，討論了聖彼得（Saint Peter）寫的一封信，並用了那句話[6]。

　　他希望他的朋友了解，人生是場旅程，不是目的地；你的決心必須是為了永恆的品格，而非流逝的感受。

一九二二年，這句話以另一個變化形刊出，強調的是體驗，而非宗教[7]。

但我們這些愚蠢的凡人——或多數人——總是匆匆忙忙趕往另一處，忘了熱情存在於旅程中，而非目的地。

一九二六年，這個比喻被應用在愛的範疇，是一首用了一堆古怪引號的詩句[8]。

對「某些」男人來說，「愛」不是「目的地」，只是一時「心血來潮」。介於「事業」與「野心」之間的衝動讓他們「永遠忙得不可開交」。

一九二九年，一名高中學生在文章終將「成功」套進這句話。他打上引號，表示這句格言已在流傳[9]。

眾所皆知，「成功不是目的地，而是一場旅程。」

到了一九三〇年，又流傳著另一種說法[10]。

明晚，每月一次在紀念教堂集合的「教會之夜」，耶魯大學的

J・C・阿克爾（J. C. Archer）教授將進行演說：「宗教是場旅程，不是目的地。」

一九三五年，《克里夫蘭公論報》刊登的一篇故事也提出了一種變化形[11]。

「海倫，有人說過，快樂是一場旅程——而不是目的地。這妳一定了然於心，畢竟妳曾經和兩個人那麼快樂過。」

一九三六年，瑪莉・哈里斯（Mary B. Harris）的著作《我在監獄認識他們》（*I Knew Them in Prison*）也有這句格言的另一個變體[12]。

改革一如教育，是場旅程，而非目的地。

一九三七年，加州一家報紙將這句箴言用於教育[13]。

史托克女士（Mrs. S. G. Stooke）就教育方面提出報告，並說教育是一場旅程，不是目的地，因為我們必須持續發展下去。

一九九三年，搖滾樂團史密斯飛船（Aerosmith）推出單曲〈太神奇了〉（Amazing）。歌詞是史蒂芬・泰勒（Steven Tyler）和李奇・蘇帕（Richie Supa）所寫，他們也納入該諺語的一例[14]：

人生是場旅程，不是目的地
我真心不知道明天會帶給我什麼

二○○六年電影《深夜加油站遇見蘇格拉底》（*Peaceful Warrior*）中，主角丹・米爾曼（Dan Millman）被他的精神導師，一位名叫蘇格拉底（Socrates）的智者慫恿，長途跋涉了三個鐘頭來到一個偏遠地方。米爾曼一路上興高采烈，因為他期待能見到一些重要的事物。最後，當他看到一塊一點也不特別的岩石，起先非常失望，但經過一番思考，米爾曼對蘇格拉底說了以下這些話[15]：

是旅程。是旅程帶給我們快樂……不是目的地。

上述許多例子都符合這個可以很有彈性的句型：「○○是一場旅途，不是目的地。」語言學家稱這樣的詞語為「舊瓶裝新酒」（或譯為「雪克隆」〔snowclone〕，指將老生常談或名言錦句改編成現代版本的行為）[16]。

筆記
感謝傑克・赫林（Jack Herring）詢問這個主題，讓名言調查員據此追查這個問題。也感謝丹・岡察羅夫（Dan Goncharoff）指出拉爾夫・沃爾多・愛默生的相關引文。

"640K [of computer memory] ought to be enough for anybody."

「640K（的電腦記憶體）應該夠任何人用了。」

——比爾·蓋茲（Bill Gates）

現今，電腦的記憶體早就超過640千位元組（kilobyte）數十萬倍。640K的限制真的曾是讓程式設計師和使用者大為頭痛的問題。這句引言在電腦愛好者之間可說是惡名昭彰，基本上可追溯至一九八一年個人電腦問世之初。但比爾·蓋茲否認說過這句話。

一九九〇年代，蓋茲曾撰寫聯合報紙專欄，回答大眾疑問。一九九六年被問到這句話時，他回答[①]：

我是說過一些蠢話和不正確的話，但沒說過那句。電腦界沒有人會說某個容量的記憶體是永遠足夠的。

記憶體的需求會隨更高的電腦效能、更強的軟體功用而增加。事實上，每隔一、兩年，不管當時的主流軟體為何，運作軟體所需的記

海明威才沒有這麼說

憶體位址空間（memory address space）都差不多要加倍。這是大家都知道的事。

然而，電腦期刊《資訊世界》（*InfoWorld*）確實將好幾句接受或滿足640K記憶體限制的聲明——包括這句引言的出處——歸給了比爾‧蓋茲[②]：

> 我們把 **PS-DOS** 的上限設在 **640K** 時，以為沒有人會需要更大的記憶體。
>
> ——威廉‧蓋茲，微軟董事長

這段話出現在《資訊世界》一九八五年四月二十九日那期，一篇由詹姆斯‧佛塞特（James. E. Fawcette）撰寫的社論開頭。不過文章沒有提出精確的參考文獻，那些文字也不曾出現在哪次訪談中。

一九八〇年代，許多電腦愛好者的心思在一九八六年的《Windows：微軟作業環境的官方指南》（*Windows: The Official Guide to Microsoft's Operating Environment*）書中一覽無遺。對個人電腦知之甚詳的作者南西‧安德魯（Nancy Andrews）論及她的看法：128K的記憶體甚至就能「滿足我們的需求」。但她很快認清，若要完成越來越精密複雜的工作，就會需要更大的電腦記憶體[③]。

當第一代IBM-PC在一九八一年上市，它配備了64K記憶體。將系統更新到128K後，我們認為那已充分符合我們的需求。一開始，市面上很少程式需要128K那麼高的記憶體。但隨著越來越多軟體唾手可得，程式漸趨複雜，記憶體需求也提高了。

一九八七年七月，電腦專欄作家和傑出科幻作家傑瑞・柏內爾（Jerry Pournelle）也表達了類似的觀點。他在《資訊世界》一篇標題為〈擴充記憶體的法則：應用程式也會擴充到RAM爆炸〉（Law of Expanding Memory: Applications Will Also Expand Until RAM Is Full）的文章中寫道[④]：

> 我的第一部微電腦有**12K**記憶體。當我擴充到完整的**64K**，我以為那就符合了我的需求。哈，現在我比較知道狀況了。
> 有一陣子，那只是讓人有點煩，但現在——與記憶體有關的軟體情況已瀕臨失控。

一九八八年二月，電腦專欄作家史蒂夫・吉布森（Steve Gibson）把640K記憶體已經很夠的說法歸給IBM-PC全體設計師。下方「VisiCalc」一詞指的是一款廣為流行的試算表應用程式[⑤]：

> 很不幸，**IBM-PC**最早的設計師覺得**640K**的**RAM**（隨機存取記憶體）已超出任何人的需要。畢竟，**VisiCalc**只需要蘋果二號（**Apple II**）的**48K**就能有效運作了嘛！

一九八八年十一月，《資訊世界》另一位電腦專欄作家喬治・莫洛（George Morrow）針對記憶體限制的事做了評論。他將我們的這個

海明威才沒有這麼說

版本出處給了比爾・蓋茲，不過沒有提出明確的參考資料，也沒有把那句話放進引號⑥：

微軟公司董事長比爾・蓋茲曾說，640K的記憶體已超出任何人的需求──他錯了。

一九八九年，比爾・蓋茲對滑鐵盧大學（University of Waterloo）的電腦科學社團發表關於微電腦的錄音演說，他提及過往對記憶體容量的種種回憶⑦：

我得說，在一九八一年做那些決定時，我以為自己給未來十年提供了充足的自由度。也就是從64K進步到640K，那似乎可以持續很長一段時間。結果不然──不過六年，大家就開始覺得那是個大問題了。

一九九〇年一月號的《資訊世界》直接點出，現今在網路及大眾媒體廣為流傳的那句話源頭就是比爾・蓋茲。那句引言出現在一條顯示PC產業於八〇年代發展概況的時間軸，但期刊並未提供精確的參考資料，所以我們不清楚蓋茲究竟是何時說了那句話⑧：

IBM推出個人電腦，而微軟同時發行了DOS（「640K（的電腦記憶體）應該夠任何人用了。」──比爾蓋茲）

一九九五年十一月，《華盛頓郵報》刊登一篇列出一連串語錄的文章，標題為〈要是他們明白〉（If They Only Knew）。選出這些名言是為了展現說話者之愚蠢或死腦筋。這裡舉出三個例子。請注意，出自蓋茲的那句話日期註明為一九八一年。如今那個年分常與那句話連袂出現[9]：

「未來電子計算機的重量可能不會超過一·五噸。」
　　——《大眾機械》（Popular Mechanics），預言科學的持續進展，
一九四九年

「我們不喜歡他們的聲音，更何況吉他音樂已退潮流。」
　　——迪卡唱片（Decca Recording Co.），拒絕披頭四，一九六二年

「640K 應該夠任何人用了。」
　　——比爾·蓋茲，一九八一年

一九九六年，如前文所述，蓋茲否認他說過那句話，他也質疑那句陳述有任何可靠的文獻可證明是誰說過[10]：

另外，我老是看到那句硬塞給我的蠢話：640K 的記憶體夠了。沒人講過那句話，但它卻像謠言一樣飛來飛去，一再被人提起。

那句被歸給蓋茲的引言得到一九九八年《專家這麼說》（The Experts Speak: The Definitive Compendium of Authoritative Misinformation）

一書進一步的傳播。雖有註腳，但提出的也僅是前述一九九五年《華盛頓郵報》的文章[11]：

「640K應該夠任何人用了。」
　　　　——據說出自比爾・蓋茲（微軟公司創辦人兼執行長），

一九八一年

　　名言調查員覺得，認定這句話和比爾・蓋茲有關的證據真假參半。第一個已知的引用出現在一九八五年，但聲稱這話是在一九八一年說的。事實上，除了IBM在同年推出個人電腦這件事，似乎沒有任何直接證據支持一九八一年的說法。蓋茲是在何時、何地說了一九八五年《資訊世界》引述的那句話，我們不得而知。或許文章作者詹姆斯・佛塞特比較了解情況。一九八五年和一九九〇年的言論都打了引號，但並非出自某次訪談。

　　另一方面，南西・安德魯和傑瑞・柏內爾的評論顯示當時普遍的心態，與這類非正式又毫無關連的發言又說得通。蓋茲在一九八九年發表的演說則針對計算能力和記憶體的成長，提出較複雜的分析。

　　既然蓋茲本人否認說過這句話，證據也不夠充分，名言調查員就姑且不把這句話歸到他頭上了。

"Be kind; everyone you meet is fighting a hard battle."

「待人要厚道，因為你遇到的每個人都在打一場硬仗。」

——柏拉圖（Plato）

　　一如無數小飾品、咖啡杯、啟迪人心的海報，及二十世紀晚期林林總總無傷大雅又曇花一現的流行物品，ThinkExist、Quotations Page和 BrainyQuote 等網站，也把這句名言列在尊貴的柏拉圖名下。

　　名言調查員能夠追溯這句話到一百多年前，找它可能的源頭。出乎名言調查員意料的是，這句格言最早用的並非「厚道」一詞。

　　以下引言依時間順序反向排列。一九九五年一本教人天天冥想的書籍，以這句話做題詞，但將出處給了一個名字不像古人的人士①：

第一九八日：寬厚

待人要厚道；因為你遇到的每個人都在打一場硬仗。

——約翰・華生（John Watson）

約翰‧華生是個菜市場名，所以在未提供進一步資訊的情況下，這個出處的幫助有限。所以讓我們繼續追。一九八四年，華盛頓州西雅圖一家報紙刊出和我們的目標還算類似的引言[②]：

知名蘇格蘭人，〈邦尼的石楠灌木旁〉（Beside the Bonnie Brier Bush）的作者伊恩‧麥克拉倫（Ian MacLaren）深深掛念身旁的人。他的這句話常被引用，並提供了睿智的建議：「待人要厚道。因你遇到的每個人都肩負沉重的包袱。」

伊恩‧麥克拉倫是約翰‧華生牧師的筆名。有時麥克拉倫的拼法會是「MacLaren」，但最早的引文用的是「Maclaren」。他的著作《邦尼的石楠灌木旁》是一八九〇年代的暢銷書。一九六五年，《芝加哥論壇報》表示出自伊恩‧麥克拉倫的那句話和名言調查員正在追溯的引言相當類似[③]：

我們多半能深刻意識到自己的掙扎，滿腦子都是自己的問題。我們同情自己，因為我們能清楚地看到自己的難處。但伊恩‧麥克拉倫明智地說：「讓我們以厚道對待彼此，因為我們多數人都在打一場硬仗。」

一九五七年紐澤西州《翠登晚報》（*Trenton Evening Times*）刊出一封令人好奇的信[④]：

您好，我認為這個想法能助我們度過艱難的時刻：待人要厚道，因為你遇到的每個人都在打一場硬仗。

——伊恩・麥克拉倫

　　又一次，這為該句名言和伊恩・麥克拉倫之間的關連提出證據。不過這位蘇格蘭作家在一九〇七年就過世了，所以用這個名字簽署那封信的作者或許只是筆名相同，實則另有其人。一九四七年，聯合專欄作家羅伯特・吉倫（Robert Quillen）分享了這段話[⑤]：

　　一直到煩惱、頭疼和悲傷進入我的生命，我才徹底領悟伊恩・麥克拉倫的那番話：「讓我們厚道地對待彼此，因為多數人都在打一場硬仗。」

　　下一例出現在一九三二年一家加拿大報紙刊出的信中，但對多數現代讀者而言，這句引言的意義並不明確。這段摘錄提到大戰，因為第二次世界大戰是在一九三九年爆發，所以那指的應是一次世界大戰。引文中，麥克拉倫呼籲大家彼此同情，而他使用「可憐」（pitiful）一詞來表示「同情」，這種釋意現已相當少見[⑥]。

　　大戰和戰後，在所有問題直朝我們這些可憐凡人而來的多年以前，伊恩・麥克拉倫就這麼寫道：「待人要有同情心（**pitiful**），因為每個人都在打一場硬仗。」

　　　　　　　　　　　　　　　　　　海明威才沒有這麼說

「pitiful」一字的用法在今日已相當罕見。以下是《牛津英語辭典》（*Oxford English Dictionary*）給這個字的歷史定義[7]：

adj. 1. Full of or characterized by pity; compassionate, merciful, tender. Now rare.

（形容詞。一、滿懷憐憫或具有憐憫的特性；有同情心、仁慈、溫柔。今罕用。）

一九〇三年，在麥克拉倫以本名約翰・華生出版的一本書中，有這句格言主旨的延伸討論。該章節的標題為「禮貌」（Courtesy）[8]：

我們身邊的某人也有一場硬仗要打，他要與這個不如意的世界、強烈的誘惑、懷疑及恐懼對抗，與雖已癒合但一碰就痛的過往傷口搏鬥。即便出乎意料，卻是事實。而一旦我們碰到這種情況，必會於心不忍，並寬厚地對待他，為他加油打氣，讓他了解我們也一樣在打仗。我們一定不會激怒他，不會對他施加壓力，不會讓他的情緒更加低落。

下句引言要一舉跳回一八九八年。麻薩諸塞州波士頓《錫安使者》（*Zion's Herald*）期刊的一篇文章，包括了麥克拉倫的耶誕信息。文章的日期寫的是一八九八年一月，但可能在一八九七年十二月二十五日之前就於英國發表[9]：

「伊恩・麥克拉倫」和其他名人應邀對英國一本具影響力的宗教週刊傳遞耶誕信息，他回覆了這句簡短而令人印象深刻的句子。「待人要有同情心，因為每個人都在打一場硬仗。」在壓力重重、吹著狂風暴雨的今日，在眾人自私鬥爭、無情對抗的今日，這是我們最迫切需要的信息。

一八九八年的另一次引用確認了發表那則信息的英國刊物[⑩]：

「待人要有同情心，因為每個人都在打一場硬仗」是伊恩・麥克拉倫送給《不列顛週刊》（The British Weekly）讀者的耶誕信息。

筆記
感謝葛蘿索拉莉亞・布雷克（Glossolalia Black）和弗瑞德・夏皮羅問了這個問題。

"The purpose of life is to discover your gift.

The meaning of life is to give your gift away."

「生命的目的在於發掘你的天賦；生命的意義在於把天賦奉獻出去。」

——威廉·莎士比亞

——巴勃羅·畢卡索

二〇一四年八月，女星瑞絲薇斯朋（Reese Witherspoon）在她的 Instagram帳戶短暫貼上一句錯誤的引言：

> 「生命的目的在於發掘你的天賦；生命的意義在於把天賦奉獻出去。」
>
> ——威廉·莎士比亞

有些人搶在她刪文前指責她，表示這句話是名畫家巴勃羅·畢卡索說的。如果你沒那麼一絲不苟，就只搜尋臉書和Pinterest等社交網路，也許會覺得畢卡索的確才是真正的作者。然而，名言調查員在吃盡苦頭後早已學會，但凡涉及文學摘錄或所謂「有紀錄的歷史」，切莫相信臉書或Pinterest這種地方。（現在什麼都可以有紀錄，連偽造或可疑的東西也不例外）。再者──名言調查員尚未找到充分證據能證明這句話和莎士比亞或畢卡索有關。

一八四三年一篇題為〈禮物〉（Gifts）[2] 的散文中，有段頗有意思而且與此引言主題有關的敘述，而作者正是鼎鼎有名的演說者拉爾夫‧沃爾多‧愛默生。在這段敘述中，愛默生主張，只有在禮物和給與者有密切相關時，才值得擁有[①]：

戒指和珠寶不是禮物，只能勉強算是禮物的替代品。世上唯一的禮物是你的一部分。你必須為我流血。因此詩人帶來了詩；牧羊人帶來羔羊；農人帶來玉米；礦工帶來礦石；畫家帶來畫作；女孩則帶來她親手縫的手帕。

經過一百五十年，大衛‧維斯科特（David Viscott）於一九九三年出版《在艱困時找到力量：冥想之書》（*Finding Your Strength in Difficult Times: A Book of Meditation*）。維斯科特是名精神科醫師，曾於八〇及九〇年代主持開創性的電臺談話節目，為來電者提供諮詢。維斯科特在書中的敘述是由三個段落──而非兩個──組成[②]：

生命的目的在於發掘你的天賦。
生命的職責是發展其天賦。
生命的意義是將天賦奉獻出去。

──────────

2　譯注：英文「禮物」和「天賦」為同一字。

一九九四年一月，《西雅圖時報》（*Seattle Times*）在達爾・透納（Dale Turner）的專欄刊出簡化版本。沒有提供出處，也省略了中間那則[③]。

> 新年一開始，我要來和各位分享我的收藏。其中有些是從五十年前留到今日，有些則是這星期才記下。我希望至少有一、兩則能讓你覺得有趣或實用……
> 「生命的目的在於發掘你的天賦；生命的意義在於將它奉獻出去。」

一年後，透納又在《西雅圖時報》發表更多個人蒐集的語錄[④]。

> 有讀者要求我分享更多個人收藏，今天我就來回應。希望在新年的第一週，至少有一、兩則能讓你覺得有趣或實用……
> 「生命的目的在於發現你的天賦；生命的意義在於將它奉獻出去。」

一九九五年五月，紐澤西州舉辦一場旨在鼓勵年輕人從事教職的會議，會中，主題發言人援用這句格言的一例[⑤]。

> 「請繼續耕耘你的專業，」她強調。「生命的目的在於發掘你們的天賦；生命的意義在於將它奉獻出去。」

這句話與維斯科特的關聯並未遭到遺忘。一九九七年，田納西州《查塔努加時報自由新聞》（*Chattanooga Times Free Press*）在一篇介紹某位成功畫家的文章開頭放了這句格言⑥：

生命的目的在於發掘你的天賦；生命的職責是發展其天賦；生命的意義是將天賦奉獻出去。

——大衛・維斯科特

二〇〇六年三月，《舊金山紀事報》（*San Francisco Chronicle*）介紹了一位在惠普公司（Hewlett-Packard）實驗室工作的數學家。記者看到實驗室牆上貼著這句話，沒有出處，「意義」和「目的」二詞對換，「發掘」也變成「發現」⑦。

牆上一張便條寫著：「生命的意義在於發現你的天賦；生命的目的在於將它奉獻出去。」

二〇〇六年五月，維吉尼亞州紐波特紐斯的《每日新聞》（*Daily Press*）描述了紀錄片《火焰大師》（*Master of the Flame*）的場景。該片介紹當地一位玻璃藝術家，名叫艾米里歐・桑提尼（Emilio Santini），而這位藝術家提到了那句格言⑧：

桑提尼曾這麼總結他的人生觀：生命的意義在發掘你的天賦，而生命的目的在將它奉獻出去。

同樣在二〇〇六年，《做就對了！積極生活的力量》（*Just Do It! The*

海明威才沒有這麼說

Power of Positive Living）用這句話做為其中一章的題詞，並表示它出自以社區服務與照顧為題撰文及演說的喬伊・格列佛（Joy Golliver）[9]：

> 生命的意義在於發現你的天賦。
> 生命的目的在於將它奉獻出去。
>
> ——喬伊・格列佛

　　總而言之，大衛・維斯科特在一九九三年發表其中一種說法，因此名言調查員相信，創造這句格言的殊榮應歸於他。不過，這是基於現有資訊所做的判斷，隨著數位文獻的傳播，未來隨時可能變更。現代最流行的說法是維斯科特那三句話的簡化版。其他人則在格言流傳開來後才引用。因此，這話不是畢卡索說的，也不是莎士比亞說的。

筆記

特別感謝露欣達・克里奇萊（Lucinda Critchley）、勞雷林・柯林斯（Laurelyn Collins）和黑曜石鷹（Obsidian Eagle）詢問，促使名言調查員對這個問題進行規劃及探究。

"We do not inherit the Earth from our ancestors; we borrow it from our children."

「我們不是從祖先那裡繼承地球，而是向子孫借用。」

──西雅圖酋長（Chief Seattle）

一九七一年，頗有影響力的環保運動人士溫德爾·貝瑞（Wendell Berry）出版《預料外的荒野：肯塔基的紅河峽谷》（*The Unforeseen Wilderness: An Essay on Kentucky's Red River Gorge*），強調保育自然地區和以長遠眼光看待我們的環境是多麼令人嚮往①。

我們可以向我們文化中的傑出人民學習，也能向其他不如我們這樣大肆破壞的文化學習。我所說的那些人深深知道，這個世界不是先人送給他們，而是向孩子借用的，他努力地愛護世界，不去製造傷害，不是因為他肩負什麼責任，而是因為他愛這個世界、愛他的孩子……

這段落的措辭與現代流傳的說法並不完全一致，但這是據名言調

海明威才沒有這麼說

查員所知最早的引用，後來的說法可能是直接或間接衍生自上述文字。

一九七一年五月，貝瑞以《預料外的荒野》第二章為藍本，在《奧杜邦》（*Audubon*）雜誌發表文章，標題為〈一寸之旅〉（One-Inch Journey）。上面那段節錄再次出現於文章中，因此獲得更廣泛的傳播。名言調查員發現，因這次的刊出，使得這句話和奧杜邦學會（Audubon Society）連在了一起[2]。

一九七三年，麻州瑪莎葡萄園島（Martha's Vineyard）某保育團體成員查爾頓・帕克（Carleton H. Parker）向美國參議院某小組委員會提交一篇聲明。委員會在七月開會，帕克的聲明被列為正式紀錄。聲明中有這句話的變化形，並將出處給了奧杜邦學會。帕克使用「真正的環保人士」一詞，不過沒有放進底下這段摘錄的引號內[3]。

> 我喜歡奧杜邦學會給真正的環保人士所下的定義：「明白這個世界不是先人送給他們，而是向孩子借用的。」

一九七三年八月，密蘇里州開普吉拉多（Cape Girardeau）一家報紙刊出類似上述版本的一例，沒有標明出處，而這次「真正的環保人士」被放進了句子裡[4]。

> 真正的環保人士明白這個世界不是先人送給他們，而是向孩子借用的。

一九七四年十一月十三日，澳洲環境保育部長在巴黎經濟合作暨發展組織（Organization for Economic Co-operation and Development，OECD）開會現場發表演說。這位部長名叫摩西斯・亨利・凱斯（Moses Henry Case），而他對環境委員會的演說包含了這句話的一例。凱斯的說法比現今流傳的句子更長、贅字更多。他以「繼承」代替「送給」⑤。

　　我們這些富裕國家——正因我們是富裕國家——不僅對貧窮國家有責任，也對世上不分貧富的子孫有責任。我們並非從父母那裡繼承地球，因此可以為所欲為。地球是向我們的孩子借用的，必須謹慎使用。我們要為我們以及孩子的利益著想。從馬爾薩斯（**Thomas Robert Malthus**）到羅馬俱樂部（**The Club of Rome**），越來越多作家以不同說法詮釋這個論點，無法認清這個根本事實的人，若不是無知、愚蠢，就是邪惡。

　　一九七五年七月，這句話的另一種版本出現在《密西根自然資源》（*Michigan Natural Resource*）期刊的〈土地是向我們的孩子借來的〉（The Land Is Borrowed from Our Children）一文，作者為丹尼斯・霍爾（Dennis J. Hall）。霍爾在密西根州政府的土地利用部門服務，上述標題列在期刊的目錄中，但文章開頭卻出現不同標題。這句格言精簡後的版本置於引號內，並以加大字體印刷。也就是說，這句格言相當程度上代替了標題⑥：

　　「我們並非從先人那裡繼承土地，而是向孩子借用……」

　　　　　　　　　　　　　　　　——丹尼斯・霍爾，土地利用部

名言調查員相信，該引號表示霍爾並未自稱是那句話的作者，只是用它做為文章標題。但這種做法當然是徒增困惑，以至於後來有些引用直接把出處給了霍爾。

　　一九七五年九月，德國召開一場運輸會議，會議公報上有篇文章提到這句格言。文章作者約爾格・庫內曼（Jorg K. Kuhnemann）將出處歸給澳洲環境部長，這個較冗贅的版本也和摩西斯・亨利・凱斯的聲明十分類似[7]。

　　我們只有一個地球，誠如澳洲環境部長去年十一月在 OECD 部長級環境會議中所言，我們並非從父輩那裡繼承地球，就可任意妄為。地球是向我們的孩子借用的，我們必須適當維護，直到孩子接手為止。

　　一九七六年一月，伊利諾州《共同聯繫》（*Common Bond*）月刊在一篇探討學校籌款的社論中印了這句箴言，沒有提到是出自何人[8]。

　　我們沒有藉口。有人說：「我們並非從先祖那裡繼承未來，而是向孩子借用。」

　　一九七六年五月，紐約一家報紙在一篇探討環境的報導中以這句話做結尾，並說它出自丹尼斯・霍爾[9]：

　　我們並非從父輩那裡繼承到土地，而是從孩子那裡借用。

——丹尼斯・霍爾

也是在一九七六年五月，《自由教育》期刊刊登了美國學院協會（Association of American Colleges）新任會長的話，他也引用了此句，並說它出自溫德爾・貝瑞[10]——而這可能是非常正確的。

個人偏愛溫德爾・貝瑞的這句話：我們必須身體力行「世界不是先人送給我們，而是向孩子借用」的觀念。

一九七八年五月，賓夕凡尼亞州匹茲堡的一家報紙表示，這句話的一例出自某約翰・梅德森（John Madson）[11]：

真正的環保人士明白世界不是先祖送給他，而是向孩子借用的。

一九八〇年，聯合國環境規劃署（United Nations Environment Programme）出版一九七八年的年度回顧。也就是說，從回顧製作到成果發表之間似乎延遲了不少時間。這份文件的封底寫上這句格言的一例，沒有標明出處[12]：

我們並非從父輩那裡繼承地球。是向孩子借用的。

一九八〇年三月，世界野生動物基金會（World Wildlife Fund International）的李・陶博特（Lee M. Talbot）以〈世界保育策略〉（A World Conservation Strategy）為題，對英國皇家文藝學會（Royal Society of Arts）發表演說。陶博特在演說中用了這句格言。而在講稿付梓時，格言的前後打了引號，不過沒有提供出處⑬。

「我們沒有權利摧毀任何生命形式。」「我們有能力摧毀其他生命形式，因此也有責任避免他們遭到摧毀。」「我們並非從父母那裡繼承地球，而是向孩子借用。」

一九八〇年九月，艾茲基爾‧萊姆豪斯（Ezekiel Limehouse）的詩作〈絲克伍行走之處〉（Where Silkwood Walks）發表於《湖街評論》（*Lake Street Review*），撰稿人寫的一條關於萊姆豪斯的筆記提到名醫兼社運人士海倫‧寇蒂卡（Helen Caldicott），這句格言被稱為「寇蒂卡原則」⑭。

他的〈絲克伍行走之處〉一詩受到威廉‧布萊克（**William Blake**）「是否曾有古時足跡」（**And Did Those Feet in Ancient Time**）啟發，並秉持海倫‧寇蒂卡醫師之原則：「我們並非從祖先那裡繼承地球；是向後世子孫借用的。」

一九八一年五月，《原子科學家公報》（*Bulletin of the Atomic Scientists*）一篇由保羅‧埃爾利希（Paul Ehrlich）和安‧埃爾利希（Anne Ehrlich）撰寫的文章，以該格言做題詞。這回它是和環境組織而非單獨個人連在一起⑮。

「我們並非從父母那裡繼承地球，而是向我們的孩子借來的。」

——國際自然保護聯盟（International Union for the Conservation of Nature），世界自然保育方略（World Conservation Strategy）

一九八三年一月，一位國會議員在《基督教科學箴言報》（*The Christian Science Monitor*）的撰文中表示，這句箴言出自著名環保人士萊斯特‧布朗（Lester Brown）[16]。

行動的時候到了。一如世界觀察研究會（**Worldwatch Institute**）的萊斯特‧布朗所說：「我們並非從父輩那裡繼承地球，我們是向孩子借用的。」

一九八三年三月，萊斯特‧布朗《建立永續社會》（*Building a Sustainable Society*）一書的一位書評注意到，這句格言出現在那本書的封面[17]。

「我們並非從父親那裡繼承地球，是向孩子借用的。」
　　　　　　　　　　　——萊斯特‧布朗新書封面如此表示。

一九八五年，《洛杉磯時報》（*Los Angeles Times*）一篇報導介紹了重要環保人士大衛‧布羅爾（David Brower）。有人說，這句格言出自於他，而他有些莫名其妙[18]。

布羅爾拿起一本書，封面引了一句表示是他說過的話，他有點高興，但也說了「我不記得我什麼時候說過那句話。」而那句話是：「我們並非從父輩那裡繼承地球，是向孩子借用的。」

一九八六年，瑞士格朗（Gland）國際自然保護聯盟的一名顧問引用了這句格言，未指明出處[19]。

國際自然保護聯盟的高級顧問塔吉・法華（Taghi Farvar）表示，今日的環境保育人士想傳遞的基本信息便是：「魚與熊掌可以兼得。」只要適度開發，我們維生所需的環境就能獲得維護，且重新利用。「我們並非從父母那裡繼承這個世界，」法華博士說：「是向孩子借用的。」

一九八八年，《洛杉磯時報》一篇文章將這句話講成「阿米希人[3]（Amish）的格言」[20]：

「我們並非從父母那裡繼承這塊土地，而是向孩子借用的。」
這句阿米希人格言被阿拉斯加冰河灣國家公園（Glacier Bay National Park）一名管理員引用，寫在一封公開信中，向約翰・繆爾（John Muir）致敬，紀念這位自然學界先驅的一百五十歲冥誕。

3　譯註：阿米希人為基督新教再洗禮派門諾會的分支，始於一九六三年，以過簡樸生活、拒絕汽車及電力等現代設施而著稱。

一九八九年《背包客》（*Backpacker*）雜誌提出大衛‧布羅爾說法的變化形，並補上一句尖刻的評論[21]。

請記得，我們並非從父輩那裡繼承地球，是向孩子借用的。如果你借了無力歸還的東西，其實就是偷竊。

一九九〇年，美國國務卿詹姆斯‧貝克（James Baker）把這句箴言歸給知名超驗論者拉爾夫‧沃爾多‧愛默生[22]。

十九世紀美國散文家兼詩人愛默生這麼說了：「我們不是從祖先那裡繼承地球，而是向子孫借用。」

一九九一年，美國環境品質評議會（Council on Environmental Quality）的一篇報告將這句話的出處給了知名的美洲原住民西雅圖酋長，暗示這句話已相當古老，但沒有提出任何佐證[23]。

同樣的想法早在一百多年前透過一位身為美洲原住民的西雅圖酋長，以永恆的語言表達。他說：「我們不是從祖先那裡繼承地球——是向子孫借用的。」

一九九三年引言專家拉爾夫‧基斯在《華盛頓郵報》上討論這句格言的起源[24]。

詹姆斯‧貝克任國務卿時引述愛默生的話：「我們並非從父輩那裡繼承地球，是向孩子借用的。」但愛默生沒說過那句話，那麼是誰說的？詩尚草本（Celestial Seasonings）一款茶盒說那是「阿米希人的信念。」更普遍的說法是「美洲原住民的古諺。」然而兩者皆不大可能。這句格言彷彿完全為今日的報章標題量身訂作，只是起源至今仍是個謎。

　　一九九四年《海上聊天：關於自然與創造力的對話》（*Talking on the Water: Conversations About Nature and Creativity*）一書刊登了大衛‧布羅爾的一段專訪，他提到，同為環保人士的萊斯特‧布朗說這句流傳日廣的格言是來自於他[25]。

　　萊斯特‧布朗的著作《建立永續社會》封面有這句引言：「我們並非從父輩那裡繼承地球，而是向孩子借用。」萊斯特說他是引述我，可是我不記得自己說過。

　　一九九五年，大衛‧布羅爾在他出版的著作中提及多年前他和萊斯特‧布朗的一場對話。布朗告訴布羅爾，「我們並非從父輩那裡繼承地球，而是向孩子借用。」這句話刻在國家水族館（National Aquarium）的石頭上，並註明是布羅爾所創。布羅爾雖然開心，卻也百思不解[26]：

　　我回到加州家裡，搜遍那些沒整理的檔案，想找出自己是什麼時候說過那句話——而我偶然在一次訪問紀錄裡找到答案：那場專訪在北卡羅萊納一間很吵很吵的酒吧進行，我很訝異對方竟然聽得到我在說什麼。無論如何，我不記得自己說過那句話，因為那時他們已經灌了我第三杯馬丁尼。

布羅爾沒有說那場北卡專訪在什麼時候。

總而言之，名言調查員暫時把創作出第一個版本的頭銜獻給溫德爾・貝瑞。數十年來，這句話不斷演化。摩西斯・亨利・凱斯把貝瑞原句中的「送」改成「繼承」，今日最流行的現代版本也用了「繼承」。以上是目前為止名言調查員據現有資訊所查證的概況。

筆記

非常感謝安迪・貝倫斯（Andy Behrens）告訴名言調查員一九七一年溫德爾・貝瑞的引用，這相當重要。非常感謝喬治・馬修（George Marshall）問到這句話，促使名言調查員對這個問題進行規劃與考據。

"If you love someone, set them free. If they come back, they're yours."

「愛一個人，放他自由；若他回頭，就永遠屬於你。」

——李察‧巴哈（Richard Bach）

　　歌手史汀（Sting）在一九八五年首張個人專輯中收錄〈愛一個人，放他自由〉（If You Love Somebody Set Them Free）一曲。名言調查員的某委託人聽過一句意旨相同、但更為詳盡的話，並懷疑兩者是否有關連：

　　如果有喜歡的事物，先放手。若它回來，就是你的；若不回來，它就不是你的。
　　如果愛一個人，放他自由；若他回頭，就永遠屬於你；若不回頭，他就不屬於你。

　　這幾句話的出處常常歸給李察‧巴哈。他是七〇年代極受歡迎的勵志小說《天地一沙鷗》（Jonathan Livingston Seagull）作者。

名言調查員沒有發現巴哈創作或引用此文字的證據。

一九五一年，《君子雜誌》刊登一篇標題為〈愛的暴虐〉（The Tyranny of Love）的短文，作者是哈瑞·克隆曼（Harry Kronman）。文中有句話蘊含這句名言的部分思想[①]：

> 我的意思是，如果你非常喜愛某樣東西，你得淡然處之──給它一點空間。你抓越緊，它就越會想逃脫。

該句最早的已知版本出現在一九六九年傑斯·萊爾（Jess Lair）非公開出版的《我沒什麼了不起──只是將自己發揮到極致》（*I Ain't Much, Baby--But I'm All I've Got*）。萊爾是個老師，每一堂課前，他都會請一個學生在一張三乘五的卡片寫下「一些看法、問題或感覺」，放在教室前面的桌上。萊爾會在上課後朗讀那些短文，並發表評論。以下是某張卡片上寫的[②]：

> 如果你非常、非常想要某樣東西，放它自由。如果它回來，就永遠屬於你。若不然，它打從一開始就不是你的。

萊爾說，大概有半數卡片沒有署名，所以他無法確定是誰交出上面那段話。以下是他教的大學生撰寫的另外三例：

> 一、我昨天聽到一句鞭辟入裡的言論，可惜我忘記了。
> 二、沒膽就沒榮耀。

三、笑聲是天使之歌。

萊爾並未要求學生寫原創句，也不必附出處。所以那名學生可能是從某個不知名的人士那裡引用了喜歡的話。

頂尖名言專家，《耶魯名言集》的編輯弗瑞德・夏皮羅拿到那本一九六九年的書，並證實有這段文字存在[3]。

一九七二年，這句話的精簡版出現在平面設計師彼得・馬克斯（Peter Max）一幅單格漫畫的說明文字。馬克斯是六〇、七〇年代當代思潮的代表人物之一，而他的措辭和現今版本相當接近。他並未自稱那句話是他所創，而是標為「佚名」[4]：

如果有喜歡的事物，放它自由。若它回來，就是你的；若不回來，它從來就不屬於你。

——佚名

這幅漫畫是《冥想》（*Meditation*）系列的一篇，屬聯合供稿：馬克斯鼓勵讀者根據這個問題——「指引你人生的是哪句金玉良言？」——提供名言給他。馬克斯指出上面那段話是「紐約史泰登島（Staten Island）的香泰爾・西西里（Chantal Sicile）」提供，但西西里顯然沒說自己是創作者。而這句名言獲刊的獎品是馬克斯的簽名海報。

一九七五年四月，《奧勒岡人報》（*Oregonian*）在週日雜誌版刊登籃球員比爾・華頓（Bill Walton）的簡介。文中提到一幅畫，畫中呈現出這句諺語的另一種說法[5]：

在比爾・華頓於舊金山的律師辦公室裡，某幅畫的說明文字如下：

如果你有深愛的事物，

放它自由。

如果它不回頭，就注定不是你的。

如果它回頭了，你這輩子都要竭盡所能去愛它。

顯然，華頓的律師不是唯一實踐那句箴言的人。男星李・梅傑斯（Lee Majors）曾和女星法拉・佛西（Farrah Fawcett）有過數年婚姻。一九七八年，新聞媒體合眾國際社（United Press International）請梅傑斯談談這段關係，他說了以下的話[6]：

我辦公室裡掛著一句俗諺，大意是這樣：「如果有喜歡的事物，放它自由。如果它回來，它就是你的；如果不回來，它從來就不是你的。」這就是我對婚姻伴侶的看法。

到了九〇年代，這句話被莫名其妙被歸給作家李察・巴哈，且以一九九四年Usenet分散式討論系統的一則留言為例[7]：

最後，我想補充我讀到艾倫・狄恩・佛斯特（Alan Dean Foster）的一句名言。「如果有喜歡的事物，放它自由。如果它回來，就永遠是你的；如果不回來，它從來就不屬於你。」

　　　　　　　　　　　海明威才沒有這麼說

其實這是李察・巴哈說的——但佛斯特也是出色的作家！

到一九九九年，這句諺語已被加上詼諧的笑點，如這則Usenet訊息所示[8]：

不過，如果它就坐在你家客廳，

弄亂你的東西、吃你的食物，

用你的電話、拿你的錢，

似乎不明白你已放它自由……

那你不是娶了它、嫁給它，就是生了它。

總而言之，這句俗諺的創作者尚不得而知。傑斯・萊爾在一九六九年幫忙散播了其中一種版本，是一個不知名的學生給他的；彼得・馬克斯在一九七二年也宣傳了另一個較短的形式，那則是香泰爾・西西里所提供。

筆記

非常感謝藍迪（Randi）問了這句名言，給我規劃及回覆這個問題的靈感。

"Give a man a fish and you feed him for a day.

Teach a man to fish and you feed him for a lifetime."

「給人魚吃，是供他一天的食物；教人捕魚，他一輩子有魚吃。」

——邁蒙尼德（Maimonides）

　　這個見解的起源眾說紛紜。名言調查員的紀錄裡有來自中國、美洲原住民、義大利、印度和聖經等主張。它屢屢和老子、毛澤東和邁蒙尼德等名字連在一起——即使那根本是錯的。

　　這個普遍性原則是想藉著提升自給自足的能力來救窮，而且這概念的歷史相當悠久。十二世紀哲學家邁蒙尼德曾寫過一個八個等級的慈善責任。一八二六年，一本名叫《宗教情報員》（*Religious Intelligencer*）的期刊這麼闡釋第八級[1]：

　　最後，第八級，也是最為人稱頌的一級，是預防貧窮之善，意即給予可觀的補助或貸款，教他一技之長，或給他工作，來協助較窮困的弟兄，這樣他或許就能正正當當地謀生，不必選擇糟糕的方式伸手要人施捨……

所以，名言調查員在邁蒙尼德的著作摘要中找到了類似的概念，但沒有發現那活靈活現的捕魚隱喻。一八八五年，有一句話確實提到了捕魚，也和現代版格言有部分雷同，是出現在小說《戴蒙太太》（Mrs. Dymond）裡。該作者是知名小說家安妮・伊莎貝爾・薩克萊・瑞奇（Anne Isabella Thackeray Ritchie）。身為大作家威廉・梅克比斯・薩克萊（William Makepeace Thackeray）的女兒，她延續搖筆桿維生的家族傳統。不過瑞奇這段文字的後半倒是跟餵食沒有直接關係[2]。

> 他當然沒有將那些箴言身體力行，但我想佩特隆的意思是，如果你給人一條魚，他過一個小時又會餓了，教他捕魚才是幫了大忙。但這些非常基本的原則很容易與文人雅士階級的安逸狀態有所牴觸。

　　一八八五年，這部小說連載於倫敦《麥克米蘭雜誌》（MacMillan's Magazine）和麻薩諸塞州波士頓《利特爾的生活時代》（Littell's Living Age）等重要期刊[3]。（頂尖名言研究者拉爾夫・基斯在參考書籍《名言考證者》中提到《戴蒙太太》這次重要的引用[4]。）

　　往後數十年，這句格言將持續演化。一九一一年，羅恩（M. Loane）編纂的散文集《共同成長》（The Common Growth）收錄一句「常被引用的話」，只是沒有提到吃或餵食的動作[5]。

> 這是一句很常被引用的話，充滿社會智慧：「給人一條魚，他明天又會餓了；教他怎麼捕魚，他一生都能富足。」

　　然而，這句話無法解決一切問題，也並非幫助鄰人最正確的方式。我們照著這個邏輯，打個比方：假使那個人從來不吃魚，而且懷疑那到底是不是美味又健康的營養食物。除非你先抓了魚、殺了煮給他吃，獻給他享用，讓他克服不情願，勸他努力學習捕魚的技藝——而這不是痴人說夢嗎？

一九四五年，威斯康辛州一家報紙刊出類似前文的一例，作者是一位公共衛生護士，而她說那句話是「印度古諺」⑥。

每一項公共衛生計畫的目標不僅是在提供特定服務，也要教導民眾對健康的正向態度，這將造福他們一輩子。有句印地安古諺以很貼切的方式說明我們的目標。

「給人一條魚，他明天又會餓了；教他怎麼捕魚，他將永遠富足。」

一九六一年十一月，伊利諾州洛克福德一家報紙刊出傳教士弗瑞德·尼爾森（Fred Nelson）的證詞。曾於臺灣和中國工作的他在討論外援（foreign aid）時塑造出這句話的現代版本，並稱之「中國諺語」⑦。

所謂外援：「給窮人一條魚，是供他一天的食物；教他捕魚，則給他養得起自己一輩子的職業。」

——中國諺語

一九六二年十月，加拿大曼尼托巴省溫尼伯的《溫尼伯自由報》

　　　　　　　　　海明威才沒有這麼說

（*Winnipeg Free Press*）指出，安娜‧史皮爾斯（Anna Speers）小姐在溫尼伯女性議會（Winnipeg Council of Women）提及她在加拿大免於飢餓委員會（Canadian Freedom from Hunger Committee）的工作時說了這句話。史皮爾斯指稱，這句俗語源自中國[8]。

史皮爾斯小姐引用了一句貼切的中國諺語，描述委員會的工作內容。「給人一條魚，是供他一天的食物——但若教他捕魚，他好幾天都有東西吃。」

一九六三年五月，這句格言出現在牙買加首都京斯敦（Kingston）的《星期天拾穗者報》（*Sunday Gleaner*），做為〈解決世界飢餓〉（Tackling World Hunger）一文的題詞。文裡表示這句名言源自義大利[9]。

給人一條魚，是供他一天的食物；教他捕魚，他一輩子有東西吃。

——義大利諺語

一九六三年五月密蘇里州范布倫（Van Buren）一家報紙印上這句話，並指出這話是在澳洲墨爾本的一場會議說的[10]。

會議上，一位演說者引述了這句話：「給人一條魚，是供他一餐；教他捕魚，他很多餐都有魚吃。」

一九六三年十一月在德州韋科（Waco）舉行猶太女性全國會議

（National Council of Jewish Women），其中，一位演說者引用了這句話，並稱它是「中國諺語」[11]。

　　既然我是在講國際事務，容我用一句中國諺語提醒大家：「給他一條魚，他可以吃；但教他捕魚，他可以吃很多天。」

　　一九七〇年，蘇珊・惠特希（Susan Whttlesey）的著作《VISTA：貧窮的挑戰》（*VISTA: Challenge to Poverty*）[4] 表示，這句話是納瓦荷人（Navajo，美國西南部的原住民）的古諺[12]：

　　「當VISTA最困難的一件事情是，」瑪莉解釋：「他們從不允許我們直接為民眾做事，連填表格都不行。這不見得容易，但我們也只能這樣。」

　　有一句納瓦荷古諺，VISTA成員必須時時拿來提醒自己：

　　給人一條魚，是供他一天的食物；教人捕魚，他一輩子有魚吃。

　　一九七六年，一本探討公共政策的書籍《非洲：從神祕到混亂》（*Africa: From Mystery to Maze*）將一種變化形與老子和毛澤東做了連結[13]。

　　套句老子和毛主席的話，美國人能了解「給人魚吃不如教人捕魚」的意義嗎？從美國民眾大力支持技術援助，以轉移該國人民的知

4　譯注：VISTA，Volunteers in Service to America，是一項志工服務計畫。

　　　　　　　　　　　　　　海明威才沒有這麼說

識技能看來，他們的確能了解。

一九八六年，《瑜珈雜誌》（*Yoga Journal*）有一篇關於身體功課（Bodywork）的文章，將這句話的出處給了老子[14]。

老子說，給飢餓的人一條魚，是供他一天的食物；但如果教他怎麼捕魚，他一輩子都有魚吃。

名言調查員認為，對此主題現有的資訊尚不完整。依據既有證據，這句捕魚終能自給自足的響亮名言，原創者應是安妮·伊莎貝爾·薩克萊·瑞奇。其後說法隨時間演變，再講到一輩子都能有魚吃的本事，真是越來越令人難忘。名言調查員的結論是：這句話是中國、義大利、印度或早期美洲古諺的說法，全都沒有證據支持。

筆記

非常感謝麥可·貝基特（Michael Becket）的詢問，促使名言調查員對這個問題進行規劃考據。也要感謝研究人員拉爾夫·基斯及其著作《名言考證者》、弗瑞德·夏皮羅及其編纂的〈耶魯名言集〉，和貝瑞·波皮克（Barry Popik）及其網站大蘋果（The Big Apple）。亦感謝通訊群組的討論者喬治·湯普森（George Thompson）和維克特·史坦波克（Victor Steinbok）。

"Choose a job you love and you will never have to work a day of your life."

「選擇你愛的工作，那麼你這輩子連一天都不必工作。」

——孔子

孔子約於西元前四七九年去世後多年，他的教誨和箴言被彙編成今日的《論語》。書中有一段是在教導一位仁慈的統治者該如何進行統治——君主應為百姓選擇適切而有建設性的事務。只要選擇正確，臣民就沒有理由不快樂和抱怨[1]。

　　子張曰：「何謂惠而不費？」子曰：「因民之所利而利之，斯不亦惠而不費乎？擇可勞而勞之，又誰怨？欲仁而得仁，又焉貪？」

　　上述段落也許是個起點，但跟現代版的說法的相關只有一些些。做選擇的是統治者，而非尋求工作的人。另外，熱情或愛並非目標——正當性才是。不過，為了完整起見，還要說明孔子怎麼會與這句引言扯上關係，名言調查員仍把這段論語納了進來。

海明威才沒有這麼說

據名言調查員考證，與現今版本最吻合的說法最早見於一九八二年某期《普林斯頓校友週刊》（*Princeton Alumni Weekly*）。哲學教授亞瑟・薩斯馬利（Arthur Szathmary）說這句話出自某位佚名「老前輩」[2]。

> 我認識的一個老前輩曾這麼告訴他的學生：「找到你愛的工作，那麼你這輩子連一天都不必工作。」

名言調查員懷疑，搞不好有措辭不同而且時間更早的版本存在，但現代版的傳話遊戲是從薩斯馬利開始的。一九八五年六月，專業刊物《電腦世界》將這句話做為記者葛蘭・瑞夫金（Glenn Rifkin）一篇文章的題詞，而他的出處寫的是孔子。據名言調查員所知，這是這句話與至聖先師的初次連結[3]。

> 選擇你愛的工作，那麼你這輩子連一天都不必工作。
>
> ——孔子

同樣在一九八五年，詹姆斯・康米斯基（James C. Comiskey）撰寫的自助指南《如何開創、擴張和轉賣一家公司》（*How to Start, Expand, and Sell a Business*）將這句話歸為「東方諺語」[4]。

> 有句東方諺語說得好：「選擇你愛的工作，那麼你這輩子連一天都不必工作。」

一九八六年八月，《波士頓環球報》（*Boston Globe*）一篇報導引述美術老師珍妮特・蘭伯特—摩爾（Janet Lambert-Moore）的話，她用了這句箴言的一例⑤。

　　這位外向活潑的前麻州德拉科特（Dracut）學校美術老師停下手邊正在畫的埃利斯島（Ellis Island）海報，解釋她的人生觀。「如果你熱愛你做的工作，那麼就等於這輩子一天也不必工作。我大部分的時間都在這裡。如果不被打擾，我或許可以完成更多事。」她往前幾步，讓兩名年長的觀光客得以一覽她正在親手上水彩的圖。「但我喜歡與人接觸。」

　　一九八九年二月《JET》雜誌有位書評，分析一位知名樂手的傳記時用了這句話⑥。

　　子曰：「選擇你愛的工作，那麼你這輩子連一天都不必工作。」若此話為真，那麼美國爵士、小號／擬聲歌手（scat singer）路易・「書包嘴」・阿姆斯壯（Louis "Satchmo" Armstrong）四十年的音樂生涯可說連一天都沒有工作過。

　　一九八九年五月，美國軍方報紙《星條旗報》（*Stars and Stripes*）刊出一篇短文，包含勵志演說家哈維・馬凱（Harvey Mackay）引用的一句話⑦。

成功永遠不嫌老，五十六歲的馬凱這麼說道。他將在這本新書中暢談老化的主題。

「我不相信老化，」他說：「找到你愛做的工作，你一輩子連一天都不必工作。你會發現像這樣的人什麼年紀都有，年齡對人的限制根本不到千分之一。」

總之，據名言調查員考證，這句話最早在一九八二年引用時來源不明。與孔子的連結似乎是偽造的。研究人員尚未發現孔子說過這句話的實證，名言調查員也沒有。

筆記

特別感謝頂尖研究人員貝瑞·波皮克為此主題所做的研究，並將成果發表於他的網站[8]。

特別感謝維克·高達德（Vic Goddard）、安德魯老頭（Andrew Old）、妮娜·吉伯特（Nina Gibert）和凱特·卡維里（Kat Caverly）提問，促使名言調查員對這個問題進行規劃，並進行考據。感謝布萊恩·華科特（Brian Whatcott）熱心指明那些與孔子相近的言論。也感謝袋熊計畫（Project Wombat）的討論者和確切情報（Straight Dope）網站論壇的參與者。

"A bird doesn't sing because it has an answer, it sings because it has a song."

「鳥兒歌唱，不是因為知道答案；牠歌唱，是因為有歌要唱。」

——中國諺語

——馬婭・安傑盧（Maya Angelou）

二〇一五年，美國郵政服務發行一張紀念郵票，上面是傑出作家馬婭・安傑盧的照片，還附了下面這句話：

鳥兒歌唱，不是因為知道答案，而是因為有歌要唱。

安傑盧最有名的作品是《我知道籠中鳥為何而唱》（*I know Why the Caged Bird Sings*），主題看似與上述句子相關。然而，名言調查員可以肯定：安傑盧不是這話的原創者。

據名言調查員所知，與這段話吻合的版本最早出現在暢銷童書作家裘安・瓦許・安格倫德（Joan Walsh Anglund）的《一杯太陽：詩集》（*A Cup of Sun: A Book of Poems*）。那本詩集於一九六七年出版，而下列詩句單獨印於一頁，不過名言調查員也發現，措辭和郵票上的文

　　　　　　　　海明威才沒有這麼說

字略有不同[①]：

> **鳥兒歌唱，不是因為知道答案。**
>
> **他歌唱，是因為有歌要唱。**

　　一九八四年時，這句引言被誤認為中國諺語。一九九五年，有人說它出自某霍華德・克雷蒙斯（Howard Clemmons）。到了二〇〇一年，又有人說是馬婭・安傑盧說的。

　　名言調查員想檢查一下那隻鳥。

　　人類對於禽類內心的渴望、鳥兒為何歌唱的動機，其推測與看法有一段漫長而多變的歷史。

　　一八一八年，具影響力的英國文學家、藝術評論家威廉・赫茲利特（William Hazlitt）在倫敦《黃侏儒》（*Yellow Dwarf*）期刊發表了一篇關於歌劇的文章。赫茲利特將歌劇明星和鳥兒唱歌截然不同的目的拿來比較[②]。

> 　　在破曉時分藉歌曲醒來的畫眉之所以歌唱，不是因為有酬勞，不是為了取悅他人，不是為了被欣賞，或受批判。牠唱歌是因為開心；牠從喉嚨傾瀉出動人的聲音、釋放內心的氾濫──那清脆的音符來自於心，終也歸於心，唱出慰藉，猶如源源不絕的泉水，讓旅人乾渴蒼白的雙脣恢復活力。

　　一八五〇年，英國詩人但尼生發表《悼念集》（*In Memoriam A. H.*

H.），獻給於一八三三年二十二歲英年早逝的亡友亞瑟・亨利・哈倫（Arthur Henry Hallam）。但尼生怕評論者會責難這首輓歌太過浮誇地「炫耀痛苦」，說他沽名釣譽，於是先發制人，訴諸鳥兒為何歌唱——是因為牠非唱不可③：

> 瞧，你的言語毫無意義，
> 對世間百態一無所悉，
> 我歌唱，只因非唱不可，
> 我鳴叫，就像朱雀輕啼。

一八八六年，北卡羅萊納州羅里（Raleigh）的《聖經紀事報》（*Biblical Recorder*）在討論鳥兒歌唱的動機時，使用了水的類比④。

> 泉水湧出並非出於責任，而是因為滿了；因為滿了，所以溢出。鳥兒歌唱不是為盡義務，而是因為內心激動，必須在表面的顫音中找到出口。

一八八九年一本宗教書敘述得更為精煉⑤：

> 鳥兒歌唱是因為有歌要唱，且非唱不可。

一九○二年，紐約布魯克林《布魯克林鷹報》（*Brooklyn Daily Eagle*）的一個專欄暗示，責任並不是最主要的動力⑥。

泉水並非基於責任才湧出，小鳥並非基於責任才歌唱——因為牠如果不唱，那小小的心臟會爆炸。

一九四九年，一本名為《山裡的賢哲》（*The Sage of Hills*）的傳記強調心中有歌的重要[7]。

我們要記得，夜鶯不是為了讓我們聆聽而歌唱；牠歌唱是因為心裡有歌。

一九五〇年，維吉尼亞州《里奇蒙時代快報》（*Richmond Times Dispatch*）刊出下列鳥為何歌唱的內容[8]。

其實只有一個意義——那隻鳥被問到為什麼要唱歌，便回答：「我不知道，我不知道，我心裡有滿滿的歌，這是不由自主！」珍妮忘了自己，變成小鳥，也像小鳥那樣歌唱，因為她不由自主。

一九六七年裘安・瓦許・安格倫德出版一本詩集，收錄前文提到的那首詩：

鳥兒歌唱，不是因為知道答案。
他歌唱，是因為有歌要唱。

但這句名言太耳熟能詳，反而屢屢造成混淆。一九七〇年二月，密蘇里州奇利科西（Chillicothe）一家報紙提到一個名為「人人至上」
（Up With People）的教育、音樂組織。組織中某成員援用這句諺語的
一種變化形，但未標明語出安格倫德[9]：

「人人至上」的朋友的想法如下：
「鳥兒歌唱，不是因為知道答案，而是因為有歌要唱。」

同樣在一九七〇年二月，喬治亞州一場花園俱樂部會議的主講人
引用此話，也沒有提供出處[10]。

里鐸女士（**Mrs. Riddle**）在節目開始時說：「鳥兒歌唱，不是因
為知道答案，他歌唱，是因為有歌要唱。」

一九七三年，德州梅西亞（Mexia）一家報紙的專欄作家傑米‧
艾利森（Jimmie Allison）用了這句話，但未標明出處[11]：

鳥兒歌唱，不是因為知道答案；他歌唱，是因為有歌要唱。

一九七四年，佛羅里達州聖彼得堡（St. Petersburg）一家報紙回
想起安格倫德和這句引言之間的關係[12]：

鳥兒歌唱，不是
因為知道答案。

　　　　　　　　　　　　　　　　　海明威才沒有這麼說

他歌唱

是因為有歌要唱。

出自〈一杯太陽〉

J・W・安格倫德

九年後，《小姐》（*Mademoiselle*）再次陷入混淆，於占星專欄中不合情理地聲稱這是中國諺語[13]。

關於你往後的一年，可用這句優美的中國諺語來總結：「鳥兒歌唱，不是因為知道答案；他歌唱，是因為有歌要唱。」

一九八八年馬來西亞吉隆坡一家報紙也聲稱這是中國諺語[14]。

別忘了這句中國諺語：鳥兒歌唱不是因為知道答案；牠歌唱，是因為有歌要唱。

一九九〇年，馬婭・安傑盧的一篇專訪刊於《巴黎評論》（*Paris Review*）。她強調，她的「歌唱」是件困難的工作[15]。

當然，一定有某些書評會說——通常是紐約書評，噢，馬婭・安傑盧出新書，一定是本佳作，但她畢竟是天生的作家。就是這種書評讓我想抓住他們的喉嚨、一把摔倒在地。因為我可是盡心竭力才唱出我的歌，我得鑽研那語言。

一九九五年五月，阿拉巴馬州莫比爾（Mobile）一家報紙印了某高中校刊的一段文章，文中引用了這段話，並標明出處為「安格蘭德」（Angland）——他們把「安格倫德」拼錯了[16]。

這個星期的名言出自安格蘭德。這句話是這樣的：「鳥兒歌唱，不是因為知道答案；牠歌唱，是因為有歌要唱。」

一九九五年六月，德州格蘭伯里（Granbury）一家報紙和讀者分享了這句話，但未提供出處[17]：

那這個怎麼樣？霍華德
鳥兒歌唱，不是因為知道答案——牠歌唱是因為有歌要唱！
——霍華德·克雷蒙斯

一九九七年，《讀者文摘可引用的名言：三百六十行的智慧》（*Reader's Digest Quotable Quotes: Wit and Wisdom for All Occasions*）選集收錄了下面這句[18]：

鳥兒歌唱，不是因為知道答案；牠歌唱，是因為有歌要唱。
——中國諺語

到了二〇〇一年，使用「牠」的版本再次被認定出自馬婭·安傑盧。例如，南卡羅萊納州格林伍德（Greenwood）《索引期刊》（*Index-Journal*）引言章節就包含下面的例子[19]：

鳥兒歌唱，不是因為知道答案；牠歌唱，是因為有歌要唱。

——馬婭·安傑盧

二〇〇三年，田納西州諾克斯維爾（Knoxville）一家報紙將這句話的出處給了一位知名的美式足球教練[20]。

請注意

「鳥兒歌唱，不是因為知道答案；牠歌唱，是因為有歌要唱。」

——盧·霍茲（**Lou Holtz**），南卡羅萊納大學美式足球隊教練

一個主要針對藍調音樂愛好者的希臘網站發表了一篇文章，年代註明為二〇一三年。〈馬婭·安傑盧博士：我們之中的繆思〉（Dr. Maya Angelou: A Muse in Our Midst）。文章看起來像是安傑盧的專訪。聊到她的知名回憶錄時，安傑盧引用了這句話，但並未自稱為原創者[21]。

我想從《我知道籠中鳥為何而唱》這本書說起。人為什麼會寫詩和演奏音樂呢？

安傑盧博士：人創作是因為有話要說，說人生的事，有時是痛苦

的事，關於愛的事，甚至歡笑的事。我寫這本書是因為〈我知道籠中鳥為何而唱〉（Bird Sings Why the Caged I Know）是首歌。鳥兒歌唱不是因為知道答案；牠歌唱是因為有歌要唱。

二〇一五年四月，在安傑盧紀念郵票上的那句引言發表後，《華盛頓郵報》一名記者表示有人對其出處感到懷疑[22]。

波士頓愛默生學院（Emerson College）的寫作、文學及出版副教授賈巴里・艾西姆（Jabari Asim）相當興奮，直到讀了安傑盧郵票上的那句引言：

「鳥兒歌唱不是因為知道答案；牠歌唱，是因為有歌要唱。」

這真是妙了，他一直以為這句話出自裴安・瓦許・安格倫德，一名多產的童書作者。

幾天後，《華盛頓郵報》報導，現年八十九歲的安格倫德自稱是那句話的原創者[23]。

「鳥兒歌唱不是因為知道答案；牠歌唱，是因為有歌要唱，」安傑盧那張「永遠」（Forever）的郵票是這麼寫的。
「沒錯，那句話是我寫的，」星期一晚上，安格倫德在她康乃狄克家中表示。那出現在她一九六七年出版《一杯太陽》詩集的第十五頁。只有代名詞和標點更動過：安格倫德原作裡的「他」，到郵票上就變成了「牠。」

　　總而言之，名言調查員認為，裘安·瓦許·安格倫德在一九六七年所寫的這段文字，創作者應該就是她無誤。以「牠」代替「他」的近似版本是從安格倫德的說法衍生的。雖然早在十九及二十世紀就有許多提及鳥兒歌唱的敘述流傳，但名言調查員沒有找到比安格倫德的詩句更貼近的例子。

筆記

非常感謝二〇一五年紀念郵票推出後與我聯繫的多位不具名人士。也要感謝班·齊默（Ben Zimmer）、史蒂芬·葛蘭森（Stephen Goranson）、傑·狄倫（Jay Dillon）等人初期進行討論、回饋和研究。感謝頂尖研究人員貝瑞·波皮克為此主題找到彌足珍貴的引用，與名言調查員分享。

讀者的錯

文本相近／現實相近／名字相似

"An eye for an eye will make the whole world blind."

「以眼還眼只會讓全世界都瞎掉。」

——聖雄甘地（Mahatma Gandhi）

世上最傑出的名言專家兼《耶魯名言集》編輯弗瑞德·夏皮羅曾調查過上述這句引言的問題[①]：

「以眼還眼只會讓全世界都瞎掉」一語的出處常被歸給甘地（Mohandas Karamchand Gandhi）。甘地非暴力協會（The Gandhi Institute for Nonviolence）表示，甘地的家人相信甘地確實說過那句話，然而迄今尚未發現這位印度領袖援用此言的例子。

夏皮羅指出，一位重要的甘地傳記作者路易·費歇爾（Luis Fischer）在描寫甘地處理衝突的方式時，曾使用這句話的一種版本。然而，當費歇爾在敘述這位領袖的生平時，並未提到那是甘地親口說的。費歇爾是自己採取這種說法，以詮釋甘地的哲學。名言調查員認

　　　　　　　　　　　　海明威才沒有這麼說

為一定會有讀者搞混，誤讀費歇爾的作品，因而將這句話直接歸給甘地。

這句雋語改寫自聖經《出埃及記》的著名訓諭：「以眼還眼，以牙還牙。」這些文字出現在英王欽定英譯本[2]。有一個版本還更詳盡，眼睛和牙齒都包含在內：

以眼還眼、以牙還牙，只會造成瞎眼和無牙的世界。

名言調查員已找到這種形式的相關變化形。一九一四年，一位葛拉罕先生（Mr. Graham）的加拿大國會議員反對死刑。他提出那句《出埃及記》的名言，並拿來比喻國會議員[3]：

葛拉罕：我們可以提出自己的主張，但如果死刑被施加在某個人身上，我們往往傾向說他「罪有應得」。我相信這不是法律所制定的精神。如果在現今這個時代，我們還得回到「以眼還眼、以牙還牙」的過往，那麼，我舉個例子，這間議會裡沒瞎而且還有牙的紳士將少之又少。

一九四四年，亨利・鮑威爾・史普林（Henry Powell Spring）在其格言書《真相為何》（*What Is Truth*）裡用了這句格言的一種變化形。書中的謝詞表明，史普林是魯道夫・史代納（Rudoff Steiner）和「人智學」（Anthroposophy）這種靈性哲學的信徒[4]：

靈性與本質無私且長遠維繫這顆星球上的生命，夜夜恢復我們的元氣，原諒我們的恣意妄為與超過精神或肉體償還能力的盲目。如果靈性，亦即我們的生命，奉行以眼還眼、以牙還牙的真理，這世上必定充斥著瞎眼和無牙之人。

一九四七年，路易‧費歇爾的著作《甘地與史達林》（*Gandhi and Stalin*）將甘地和另一位原型人物約瑟夫‧史達林（Joseph Stalin）拿來比較。這部作品中包含了今日常被認為是甘地講的眼睛版本（但沒提到牙齒）。費歇爾是在討論甘地及其解決衝突的方法時援引這句話，但沒說是甘地親口講的。這是名言調查員找到最早讓甘地與這句話攀上關係的引文[5]：

用刺刀無法縫合個體的碎片。依據聖經「以眼還眼」的訓諭，民主也無法重建——到頭來，那只會讓每個人都瞎掉。

費歇爾另一部重要的早期傳記，《聖雄甘地的一生》（*The Life of Mahatma*）在一九五〇年出版[6]。費歇爾在解釋「堅持真理」（Satyagraha）的概念時又用了這句格言，但並未聲明出自甘地。這段引文出現在《耶魯名言集》：

堅持真理是和平的。如果言語無法取信於敵，或許純粹、謙遜、誠實可以。必須用「耐心和同情」讓敵人「斷絕錯誤」。戒絕，而非摧毀；改變，而非殲滅。

堅持真理與以眼還眼再以眼還眼、冤冤相報的手段恰恰相反；以眼還眼，最後只會讓每個人都瞎掉。

　　砍掉人的腦袋無法將新觀念注入其中；拿匕首刺人的心臟，也無法為其灌輸新的精神。

　　一九五八年，深受甘地理念影響的馬丁・路德・金恩二世在著作《奔向自由：蒙哥馬利紀事》（*Stride Toward Freedom: The Montgomery Story*）中引用這句箴言[⑦]：

　　以暴力做為達成種族正義的手段，是不切實際也不道德的。之所以不切實際，是因為那是一種惡性循環，只會導致一切毀滅，以眼還眼的舊法則會讓每個人都瞎掉。之所以不道德，是因為它意在羞辱對方，而非贏得對方的理解；意在殲滅，而非改變思維。

　　拉爾夫・基斯在《名言考證者》中提到前述引文[⑧]。基斯也指出，流行音樂劇《屋頂上的提琴手》（*Fiddler on the Roof*）一九七一年的電影版援用了較長的說法。這部作品首度於一九六四年在百老匯登臺，改編自猶太裔俄國作家沙勒姆・亞拉克姆（Sholem Aleichem）的劇作。一九七〇年出版的劇本中有這句名言的一例[⑨]：

第一個人：我們該自衛。以眼還眼、以牙還牙。

泰維（Tevye）：很好。這麼一來，全世界都將又瞎又沒牙齒。

到了現代，贏得奧斯卡獎的一九八二年傳記電影《甘地》（*Gandhi*）進一步為甘地和這句話的連結做宣傳。這部電影描繪了札連瓦拉園屠殺（Jallianwala Bagh Massacre）和後續的暴動，甘地和一名親近的政治盟友交換意見[10]：

穆罕默德・阿里・真納（**Muhammad Ali Jinnah**）：在他們的大屠殺之後嗎？這只是以眼還眼罷了。

聖雄甘地：以眼還眼，到頭來只會讓全世界都瞎掉。

總而言之，聖雄甘地或許說過這句話，但我們尚未發現決定性的證據。這個歸屬也可能不正確，或許是路易・費歇爾的著作在無意間建立了錯誤的認知。

"Money can't buy love, but it improve your bargaining position."

「錢買不到愛，但可提高你的身價。」

——克里斯多福‧馬羅（Christopher Marlowe）

　　名言調查員收到以下緊急求助：

　　克里斯多福‧馬羅是十五世紀傑出詩人和劇作家，他的作品影響了曠世巨擘莎士比亞。我很訝異下面這句話的出處竟被認定是他：「錢買不到愛，但可以改善你的身價。」

　　在我看來，這句話不可能出自十六世紀，因此歸給馬羅實在荒謬。然而，許多張貼名言的網站都提出了這種可疑的歸屬。可以請你調查這句名言嗎？也許你能揪出這愚蠢的源頭。

　　是，的確很蠢。名言調查員找到最早的證據是在二十世紀，而非十六世紀。一九五四年，愛荷華州一家報紙在幽默專欄刊登這句話的類似形式。措辭與現今流傳的版本稍有不同，同時也沒有提供出處[①]：

錢買不到愛，但可讓人身價提得很高。

　　名言調查員相信，之所以會發生這種歸屬錯誤，是因為一開始有人誤讀了勞倫斯‧彼得所編纂、一九七七年出版的頗有影響力的名言集。

　　克里斯多福‧馬羅死於一五九三年，他的確實寫過一首眾人熟知、探討愛情的詩：〈熱戀中的牧羊人致情人〉（The Passionate Shepherd to His Love），但詩中沒有談到金錢或身價。下列兩段來自一七九四年的版本，原文的奇特拼字未作更動[2]：

來與我住，做我愛人，
同我共享愉悅滿足
丘陵溪壑、原野山谷，
崇山峻嶺無不折服。

我倆將同坐石上
看牧人把羊放養
看溪流奔向瀑布
聽鳥兒優美哼唱

　　「錢買不到愛」這句格言的各種幽默變形歷史之悠久。一百多年前的一九〇三年，有個例子印在加拿大一家報紙，其意義與我們調查的這句名言不太一樣[3]：

海明威才沒有這麼說

據說，錢買不到愛，但常買到非常美好、使真假變得無關緊要的贗品。

一九四〇年，股票經紀人亨利・史丹利・哈斯金斯（Henry Stanley Haskins）編纂了一部名言選集《在華爾街的沉思》（*Meditations in Wall Street*）（不過是匿名出版），書中有這麼一句用以描述愛的話[④]：

如果你是住在特等海景房，或坐在船長的餐桌前，這趟愛的航程就會愉快許多。

雖不是百分之百吻合，但請把這句話放在心上。一九五四年，與我們的幽默格言相近的版本首次出現在愛荷華州埃爾金（Elgin）的一家報紙，如前文所述[⑤]：

錢買不到愛，但可讓人獲得絕佳的身價。

一九六八年，勤於蒐集俏皮話的伊凡・伊薩爾（Evan Esar）在《名言妙語兩萬句》（20,000 Quips and Quotes）中收錄該格言的一例[⑥]：

錢買不到愛，但可讓你獲得不錯的身價。

一九七七年，勞倫斯・彼得的《珠璣集》列出這句話的一個版本，卻是以頗容易混淆的方式呈現。它融合哈斯金斯的引言與彼得自己附加的說明，但也沒表示那句說明是他創造的，而緊跟其後的名言出處不是別人，正是克里斯多福‧馬羅[7]：

如果你住在特等海景房，或坐在船長的餐桌前，這趟愛的航程就會愉快許多。

　　——亨利‧S‧哈斯金斯（錢買不到愛，但可提高你的身價。）

來與我住，做我愛人；／同我共享愉悅滿足。

　　——克里斯多福‧馬羅（1564-1593）

　　名言調查員推測，有一名或多名讀者在讀上面的段落時不慎把插入語的出處給了馬羅。另外，當然也有人認為那是彼得說的。

　　例如，羅伯特‧所羅門（Robert C. Solomon）一九八一年的著作《愛：情緒、迷思和隱喻》（*Love: Emotion, Myth, and Metaphor*）中就有這麼一段文字[8]：

錢買不到愛，但可提高你的身價。

　　——勞倫斯‧J‧彼得

　　二〇一〇年，《大不列顛幽默大全》（*The Mammoth Book of British Humor*）把這句話給了馬羅[9]。

　　總而言之，這句詼諧小語最晚在一九五四年就在流傳，而起初作者不詳。一九七七年，勞倫斯‧彼得在一本名言彙編中用了這句話。

有些人誤讀了彼得所編的書，把話的出處給了克里斯多福·馬羅，另外也有讀者誤認為彼得才是原作。

筆記

非常感謝湯尼·佛岱斯（Tony Fordyce）提問，促使名言調查員對這個問題進行規劃與考據。

"Any idiot can face a crisis; it's this day-to-day living that wears you out."

「不管是怎樣的白痴都會面對危機；

就是這種日常事件讓人筋疲力盡。」

——安東‧契訶夫（Anton Chekhov）

——克利福德‧奧德茨（Clifford Odets）

　　有位讀者寫信給名言調查員，控訴說上述名言被歸給俄羅斯短篇故事及戲劇大師安東‧契訶夫，而他遍尋不著支持這種歸屬的證據。「我請研究斯拉夫的朋友在俄羅斯文的原著中找，她也找不到，」這位委託人娓娓道來：「可以請你調查它的出處嗎？」

　　名言調查員相信這句名言並非出自契訶夫。這種說法之所以廣為流傳，是由於至少連續犯了兩個錯誤。

　　與這句引言部分吻合的句子首次出現在一九五四年電影《鄉下姑娘》（The Country Girl），是平‧克勞斯貝（Bing Crosby）說的臺詞。克勞斯貝飾演法蘭克‧埃爾金（Frank Elgin），一個試圖重回演藝事業的酒鬼。因一段在波士頓酗酒的自毀插曲，差點斷了他東山再起之路。到電影尾聲的時候，這個角色論及他獲得成功的或然性[1]。

我在波士頓面臨危機，僥倖逃過一劫。誰都可能面臨危機。日常生活就是這麼艱難。

《鄉下姑娘》是依照克利福德・奧德茨撰寫的劇本，由喬治・希頓（George Seaton）改編成電影。因此，上述臺詞與奧德茨扯上了關係。在數個步驟的錯誤歸屬過程中，這層關係就是出錯的關鍵。

一九七一年，由教育家彼得・鮑蘭德（Peter Bauland）和威廉・殷格蘭（William Ingram）編纂的《戲劇傳統》（*The Tradition of the Theatre*）劇作選集收錄了契訶夫《櫻桃園》（*The Cherry Orchard*）的英譯本。編者為此劇寫序，這句引文就印在這篇前言中，出處卻給了美國劇作家奧德茨[2]。

五〇年代，一部好萊塢電影裡的角色不經意地說了這句話：「不管是怎樣的白痴都會面對危機；就是這種日常事件讓人筋疲力盡。」電影劇本是克利福德・奧德茨寫作，他是安東・契訶夫的戲劇傳統在美國的首要繼承人。而在這句臺詞裡，他體現了師傅的教誨。

名言調查員推測，上述引言是編者依照自己對《鄉下姑娘》臺詞朦朧的記憶所創。這本教科書提到奧德茨寫的電影劇本，可是如前文提及，電影劇本是希頓撰寫，原著劇本才是出自奧德茨之手。名言調查員檢視原著劇本在一九五一年出版的版本，並沒有那句臺詞，也沒有現在流傳的那句話；因此，名言調查員把臺詞的出處歸給希頓[3]。

還有一個促成引用錯誤的失誤：心不在焉或腦子糊塗的讀者。

他們可能誤解了上面那段摘錄的意思，並把這句名言的出處給了契訶夫，而非奧德茨。

名言調查員發現了第一個誤歸在契訶夫頭上的案例出現在一九八一年出版的《費茲亨利和懷賽德名言集》（*The Fitzhenry and Whiteside Book of Quotations*）。書中沒有詳盡說明這句話引自何處[4]：

> 不管是怎樣的白痴都會面對危機——就是這種日常事件讓人筋疲力盡。

> ——安東·契訶夫

這本具影響力的參考書籍經過多次再版、修訂。同一句話出現在一九八六年的增訂版和一九八七年出版、換了新書名的《邦諾名言集》（*Barnes and Noble Book of Quotations*）[5]。這幾冊書都是強有力的傳播媒介，也從此使這句話與契訶夫形影不離。

一九八五年，這句話被一個報導「王牌」（The Aces）橋牌賽的聯合報紙專欄當作題詞引用，作者是鮑比·沃爾夫（Bobby Wolff）[6]。一九九〇年聯合專欄作家莫莉·艾文斯（Molly Ivins）在雜誌《瓊斯夫人》（*Mother Jones*）的文章援用此言，並把出處給了契訶夫[7]。

「就等到他遇上真正的危機再說吧，」他們在華府這麼說。然而，誠如契訶夫所言：「不管是怎樣的白痴都會面對危機——就是這種日常事件讓人筋疲力盡。」

一九九九年《紐約時報》刊出某位高階廣告主管的簡短介紹，他在受訪時背誦了這句話[8]：

彼得‧克里夫科維奇（Peter G. Krivkovich）在他的桌上看到一張小紙條——夾在重要記事和亞洲工藝品之間——用紅筆草草寫了幾行。他說，那句話出自契訶夫，而他之所以把它寫下來，可能是平常承受太多商界壓力，因而產生這樣的呆伯特式（Dilbertian）反應。

「不管是怎樣的白痴都會面對危機，」芝加哥克拉默—克拉賽（Cramer-Kraselt），廣告公司這名五十二歲的總裁兼執行長克里夫科維奇大聲地說：「就是這種日常事件讓人筋疲力盡。」

綜合前文，至今仍無實證顯示契訶夫寫過、說過我們在調查的這句話。名言調查員相信，文本相近的犯錯機制應是罪魁禍首，也認為這句話只是《鄉下姑娘》的臺詞改寫後的結果。

筆記

非常感謝麥可‧辛格（Michael Singer）透過電子郵件提問，促使名言調查員對這個問題進行規劃考據。非常感謝法蘭克‧丹尼爾斯（Frank Daniels）告知電影《鄉下姑娘》劇本中有重要的部分吻合處。丹尼爾斯也聽了洛杉磯廣播劇團（LA Theatre Works）演出的版本，並仔細核對這部戲在網路上的劇本。另外，也感謝柯瑞‧羅賓（Corey Robin）檢查在《高等教育紀事報》（*Chronicle of Higher Education*）一篇文章中出現的這句話[9]。

"The cure for boredom is curiosity. There is no cure for curiosity."

「煩悶的解藥正是好奇心；然而好奇心並無解藥。」

——桃樂絲・帕克（Dorothy Parker）

　　就名言調查員所知，這句名言最早的例子出現在一九八〇年十二月《讀者文摘》「可引用的名言」專欄，出處給了某艾倫・帕爾（Ellen Parr）[1]：

　　煩悶的解藥正是好奇心；然而好奇心並無解藥。

　　　　　　　　　　　　　　　　　　　　　——艾倫・帕爾

　　一九八一年三月，賓州州學院（State College）《中央日報》（*Centre Daily Times*）也說這句話出自帕爾[2]：

　　「煩悶的解藥正是好奇心，」艾倫・帕爾這麼寫，接著又補充：「然而好奇心並無解藥。」

一九八四年，這句話繼續流傳，阿拉斯加州矽地卡（Sitka）一家報紙拿它當成密碼破譯遊戲的解答[3]：

2413的解答：煩悶的解藥正是好奇心；然而好奇心並無解藥。（艾倫・帕爾）

一九九六年三月，一個通訊群組分享了一連串按出處的姓氏字母排列的語錄，名為「幽默清單」（Humor List）。一句出於帕克、跟支票有關的語錄緊跟在帕爾這句「好奇」引言之後。以下以摘錄方式呈現六句名言，並保留訊息原本的格式[4]：

正確的人在正確的地點、正確的時間可以盜走數百萬元。
——葛瑞格里・努恩（Gregory Nunn）
除了顯赫先祖之外無可自誇的人，就好比馬鈴薯。屬於他的美好全在地下。
——托馬斯・奧佛伯里爵士（Thomas Overbury）
英語最美的兩個字便是「支票隨附」（cheque enclosed）
——桃樂絲・帕克
煩悶的解藥正是好奇心；然而好奇心並無解藥。
——艾倫・帕爾
缺乏武力的正義是無能的；缺乏正義的武力是暴虐的。
——布萊茲・帕斯卡（Blaise Pascal）
切勿告訴他人「怎麼」做事。告訴他們該做「什麼」即可。他

們的智慧將會讓你驚訝無比。

──喬治・巴頓將軍（ General George S. Patton ）

瀏覽清單時要是不注意，就可能把帕克和她下方的「好奇」名言連在一起。帕克死於一九六七年，沒有實證表示她說過這句話。不過，這句名言也可以拆成兩句，而第二句「好奇心並無解藥」已經流傳一百多年了。一九一五年，麻薩諸塞州的《波士頓週日報》（ *Boston Sunday Post* ）刊過一例[5]：

好奇心並無解藥。它一定會過度成長、必須壓抑。孩子天生就會問「為什麼？」但當他因為問了太多問題而受到處罰，會在受罰期間想出更多問題，多到大英百科都相形見絀。

在一些讀者心中，這句話出自帕克好像也很合理。因為她曾在一些較著名的詩作和妙語中用過「好奇」二字。例如她一九二六年的詩集《足夠的繩索》（ *Enough Rope* ）就收錄了一首名為〈存貨〉（ Inventory ）的詩，詩中有兩行是這樣的[6]：

四樣東西沒有為宜：
愛情、好奇、雀斑、懷疑。

一九六六年，一位八卦專欄作家指出，在討論貓安樂死的話題時，帕克譏諷道：「你有沒有試過好奇心呢？」[7]名言調查員推測，應是字母次序相近，加上帕克也有創作這句話的可能，於是造成張冠李戴。至一九九七年四月，在一則貼給Usenet新聞群組hfx.general的訊息中，這句話就被重新配給帕克了[8]。

二〇〇二年，紐約雪城一家報紙報導拉法葉高中（Lafayette High School）畢業生的文章，就包含了一段聲稱是引自帕克的畢業生致詞[9]。

這是我給畢業班的建言：「煩悶的解藥正是好奇心；然而好奇心並無解藥。」

——桃樂絲‧帕克。拋開後悔，別怕冒險。

印地安那州伊凡斯維爾（Evansville）一家報紙在二〇〇四年刊出這句話，當作「每日一思」，也將出處給了帕克[10]。

總而言之，基於現有證據，這句話應該是出自艾倫‧帕爾。雖說這個答案讓名言調查員面臨了一個更神祕的問題：艾倫‧帕爾是哪位啊？

筆記

非常感謝馬迪‧格羅思（Mardy Grothe）和蘿拉‧米海拉（Laura Mihaela）提問，促使名言調查員對這個問題進行規劃考據。格羅思編彙了數本高明又有趣的名言語錄書籍，如《矛盾雋語》（*Oxymoronica*）和《別讓蠢蛋親吻你》（*Never Let a Fool Kiss You or a Kiss Fool you*）。

"The mind is not a vessel that needs filling, but wood that needs igniting."

「心靈不是需要填滿的器皿，而是需要點燃的木材。」

——蘇格拉底

——柏拉圖

——威廉·巴特勒·葉慈（Williams Butler Yeats）

一名教育工作者請名言調查員探究一系列出處混亂的名言，他看過的版本包括：

教育是要點燃火焰，不是填滿器皿。

——蘇格拉底

教育不是注滿水桶，而是點燃火焰。

——威廉·巴特勒·葉慈

教育不是注滿水桶，而是點燃火焰。

——普魯塔克（Plutarch）

心靈不是需要填滿的器皿，而是需要點燃的木材。

　　　　　　　　　　　　　　　　　　　　——普魯塔克

　　名言調查員找不到蘇格拉底或威廉・巴特勒・葉慈說過這些話的實證，這兩種歸屬顯然不正確。

　　這個一整個名言家族或許是源於《道德論集》（*Moralia*）的〈論聆聽〉（On Listening）一文，作者是希臘出生、西元五〇年至一二〇年在世的哲學家普魯塔克[1]。下列摘錄是羅賓・華特菲（Robin Waterfield）為一九九二年版企鵝經典系列（Penguin Classics）做的翻譯[2]。

　　心靈正確的類比並非需要填滿的器皿，而是需要點燃——而且只要點燃即可——的木材。點燃之後，心靈便能刺激我們發揮創造力，將追求真理的欲望徐徐注入。假設某人去跟鄰居要火，在鄰居家找到熊熊火焰後只留在那裡取暖，就有如某人去向他人求得見識，卻不了解他該做的是點燃自己內在的火焰與思維能力……

　　這段的第一句話，在一九二七年洛布古典叢書（Loeb Classical Library）的版本有另一種譯法[3]：

　　因為心靈不像瓶子需要裝滿，而像木材，只需點燃，就能從內創造獨立思考的動力，及追求真理的熱情。

　　以下是其他經過挑選的引用，按時間順序排列。

一八九二年，古典學者班哲明・喬威特（Benjamin Jowett）出版他翻譯的《柏拉圖的對話》（*The Dialogues of Plato*）。喬威特在〈理想國〉（*The Republic*）的序中寫道④：

他展現的教育方式不像填滿器皿，而是讓靈魂之眼轉向光亮。

這句敘述與我們調查的名言有部分重疊，而該名言後來之所以跟蘇格拉底連到一起，可能正是喬威特這句描述柏拉圖的話所促成。

一九六六年，這句話的出處被《馬來西亞教育期刊》（*Malaysian Journal of Education*）判定屬於蘇格拉底。下方摘錄將「教育」一詞放到了引號外，後來有些版本則將乾脆把「教育」放入引文中⑤。

蘇格拉底貼切地將教育形容為「點燃火焰，而非填滿器皿。」心懷此教育理念的教育工作者有責任協助學生過上更豐富、更充實的人生，並充分發展其心理及精神素質。

一九六八年，這句話的一個變化形在詹姆斯・強森・史溫尼（James Johnson Sweeney）的《視覺與圖像：觀看的方式》（*Vision and Image: A Way of Seeing*）一書中被歸給了普魯塔克。這個例子把「教育」放入引號，並且改用了「水桶」，而非「器皿」。有趣的是，普魯塔克這句話緊跟著一句引言，出自「Ｗ・Ｂ・葉慈」，也就是威廉・巴特勒・葉慈的引言。名言張冠李戴的重要機制之一，便是不小心讀到旁邊的名言。有時會有讀者不小心將某句話算到旁邊的引文頭上。以下是《視覺與圖像》裡的相關段落[6]：

威廉・巴特勒・葉慈說，「文化並不在於獲取意見，而在於擺脫意見。」這表達了這種觀念的要點，普魯塔克則說，「教育並非注滿水桶，而是點燃火焰。」

一九八七年，《邦諾名言集》收錄一句和上述一模一樣的箴言，但把出處給了葉慈，而非普魯塔克。這一次的重新分配很符合前述張冠李戴的模式[7]。

教育並非注滿水桶，而是點燃火焰。

——威廉・巴特勒・葉慈

一九九七年北卡羅萊納州一家報紙重複了同樣的話及同樣的出處，外加以下史實[8]：

……在上城區圖書館外引用，做為一整年閱讀慶祝活動的節目之一。

總而言之，本章開頭擁有兩種翻譯的那句話，最可能的出處便是普魯塔克。主張威廉・巴特勒・葉慈的說法的確相當高雅，但證據顯示，這種連結純屬謬誤，歸給蘇格拉底也同樣缺乏證據支持。

筆記

感謝史蒂芬・法赫（Stephen Fahey）和安德魯老頭在推特上提問，給予名言調查員對這個問題進行規劃和考據的動力。也要感謝「維基語錄」（Wikiquote）的編輯志工。

"Today a reader, tomorrow a leader."

「今日閱讀者，明日領導人。」

——瑪格麗特・富勒（Margaret Fuller）

　　名言調查員未能找到任何表示這句格言出自瑪格麗特・富勒的實證。不過，富勒是許多網站、教育資源和海報標明的出處。這句名言最早出現在一九二六年的《圖書館》（*Library*）期刊，一篇來自紐澤西州紐華克公立圖書館的報導。圖書館長收到學生創作一系列共四十三句的標語，其中就有我們調查的這句話。與這句話有關的標語創作者是位名叫W・傅索曼（W. Fusselman）的學生。以下是那篇報導的摘錄：[1]

圖書館標語

創作者：一群高職男孩

紐澤西州歐文頓（Irvington）艾塞克斯郡男子職業學校（Essex County Vocational School for Boys）的馬克斯・韓尼格（Max S. Henig）寄給我一份「圖書館標語」，共四十三句，並寫道：「我任教於西奧蘭治艾塞克斯職業學校，這些標語是我班上學生寫的；全都是原創，這活動旨在促進學校圖書館發展與使用——感謝幾個男孩慷慨捐書，學校圖書館方能成立。

這篇報導提到，每本書租金一分錢，可借四天。標語創作是課堂練習的一部分，而成果令期刊編輯驚為天人，並轉載了其中八句。前四句皆附上原創學生的姓名：

今日閱讀者，明日領導人。——W·傅索曼
圖書館是架上的教育。——H·歐蘭特（H. Ohlandt）
從閱讀中學習，必有收益。——M·特蘭博（M. Tremper）
讀本好書，一片坦途。——霍華德·弗雷貝（Howard Fraebed）

使用「領導人」和「閱讀者」二詞的宣傳口號在一九二六年前就有了。例如，一九一七年，某書商在伊利諾州一家報紙刊登的廣告言簡意賅地用了一句[2]：

單兵注意
領導人就是閱讀者
軍事書籍
本市最完整藏書就在這裡

印在一九二六年《圖書館》那篇報導的標語，意思和「領導人都是閱讀者」不同，而創作的學生也沒有被遺忘。一九五九年，雅各．摩頓．布勞德（Jacob Morton Braude）編纂的《說寫場合的新故事寶庫》（*New Treasury of Stories for Every Speaking and Writing Occasion*）在「閱讀」項目收錄下列詞條③：

今日閱讀者，明日領導人。

——**W**．傅索曼

一九六三年，美國科學研究協會（Science Research Associates）開展一項閱讀計畫，計畫的廣告援用此句④：

閱讀者是領導人⋯⋯領導人是閱讀者

一九八七年，美國男童軍的《童軍活動》（*Scouting*）雜誌印了另一句包含「領導人」和「閱讀者」的話⑤：

「要當上領導人，」他說：「你得先成為閱讀者。」

二〇〇一年，俄亥俄州一家報紙報導，我們正在考證的這句標語印在某行動圖書館的一側，沒有提供出處⑥：

車子駕駛座那側展示出計畫的格言：今日閱讀者，明日領導人。

到了二〇〇五年，這句話的出處已被伊利諾州一家報紙給了富勒[7]：

今日閱讀者；明日領導人。

——瑪格麗特・富勒

不過，這句話跟一九二六年那位學生的連結並未遭到抹滅。同樣在二〇〇五年，佛羅里達州一家報紙保存了這個源頭[8]：

W・傅索曼這句話蘊含真理：「今日閱讀者；明日領導人。」

綜合來看，基於現有證據，這句口號最可能是一個姓傅索曼的學生在課堂練習時創作出來的。隨後，他的老師把這句話寄給一本主要針對圖書館的期刊，在一九二六年刊登後便開始被廣為傳播。

名言調查員收到的後續問題皆如此懷疑：出處從傅索曼神奇地轉移到瑪格麗特・富勒身上，這過程是否有理由可解釋？這樣的變化有個純屬推測的假設。若照字母順序排列，傅索曼和富勒的位置很近。在較小本的教育或圖書館名言錄中，這兩個人說的話可能緊挨著彼此：瑪格麗特・富勒的名字可能剛好位於 W・傅索曼這句話的上方，使得晃神的讀者以為富勒是這句話的作者。

筆記
感謝烏杜・赫姆斯（Udo Helms）提出，讓名言調查員據此建構問題。

"Time you enjoy wasting is not wasted time."

「若你享受浪費的時間，就不算浪費時間。」

——伯特蘭・羅素（Bertrand Russell）

——T・S・艾略特

——約翰・藍儂（John Lennon）

——索倫・齊克果（Søren Kierkegaard）

　　除了約翰・藍儂和伯特蘭・羅素，也有人說上面這話是T・S・艾略特、齊克果、勞倫斯・彼得和一些其他人說的。歸給羅素不對，因為有人誤讀了彼得彙編的一本名言錄的詞條。

　　名言調查員發現，這句話的首例是在一九一二年發表。那時彼得和藍儂都還沒出生呢。此話出現在瑪爾絲・楚利—柯汀（Marthe Troly-Curtin）的著作《芙芮奈特結婚了》（*Phrynette Married*）。這部小說是楚利—柯汀從一九一一年開始出版的《芙芮奈特》（*Phrynette*）系列之一[1]。一九一一年七月，《理本柯特月刊》（*Lippincott's Monthly Magazine*）的一幅廣告盛讚《芙芮奈特》是「當今倫敦最多人討論的書」[2]。

　　在《芙芮奈特結婚了》的摘錄中，有個角色被指責浪費了他人的時間和精力[3]：

「比如你的父親，你不覺得，要不是為了——我該怎麼說呢——『養育你』，他可以多做兩倍的工作嗎？」

「但他喜歡啊——若你享受浪費的時間，就不算浪費時間。」

「噢，可是以他的例子——對他自己和許多藝術愛好者來說都是浪費。」

一九一二年十二月，這句話與其他幾句不相干的格言一同刊載於紐西蘭艾士伯頓（Ashburton）一家報紙。遣詞用字和《芙芮奈特結婚了》裡的句子如出一轍，但沒有提供出處。那句話可能是直接從書裡抄來，也可能是早就流傳開來[④]。

每日一思
若你享受浪費的時間，就不算浪費時間。

一九二〇年，一個與這句話很類似的變化形在紐澤西州翠登（Trenton）[⑤]、德州聖安東尼奧[⑥]、華盛頓州[⑦]西雅圖和猶他州鹽湖城的報紙聯合刊載——沒有一家提供出處。在《鹽湖城電報》（*The Salt Lake Telegram*）上，這個變化形和其他幾句編輯認為也很幽默的名言一同發表。下面列出三句[⑧]：

無知是幸福，坦白就蠢了。
若你享受浪費的時間，就不見得是浪費時間。
男人或許意志堅定，但女人手段高明。

　　　　　　　　　　　　　　海明威才沒有這麼說

一九二四年，牙買加金斯頓一家報紙刊出一個戀愛專欄。「戀愛是永不過時的主題，」作者萊蕾特（Rilette）如此寫道。她提供了化妝的訣竅與加油打氣，外加對愛情的忠告[9]：

　　務必隨時隨地樂在其中。就算別人認為你在浪費時間，不要忘記：若你享受那些浪費的時間，就不算浪費時間！──掰掰。
　　你的朋友，萊蕾特

　　一九二七年，一本神智學雜誌表示，這句格言的一個演化版本出自某位叫梅瑞迪斯（Meredith）的人。這個名字指的可能是維多利亞時代的知名小說家兼詩人，喬治・梅瑞迪斯（George Meredith），但名言調查員尚未找到決定性的證據可消除此名的歧義[10]：

　　這讓人想起梅瑞迪斯的名言：「浪費的快活時光，不算浪費時光。」

　　伯特蘭・羅素在他一九三二年的散文〈讚悠閒〉（In Praise of Idleness）寫道，每星期的工作時數應大幅減少。這篇文章沒有提及這句格言。下面列出的摘錄純粹是要推測為何羅素會順理成章地成為這句話的創作者[11]：

　　不容置疑的是，這場戰爭顯示，透過科學化的生產組織，僅需要現代世界貢獻一小部分的工作量，便能讓眾人過得舒適。如果戰爭結束時，為了讓人民充分從事戰鬥和軍需工作的科學化組織也保留下來，那麼一切都能運作順暢。然而最後結果是古老的混亂再次恢復，肩負職責的人被迫長時間工作，其他人則遭到遺棄，任憑其失業挨餓。

若能悠閒，就有充分的時間可「浪費」。但名言調查員找不到直接證據可顯示羅素用過該格言。事實上，這句話會被算到他頭上，主因是和勞倫斯·彼得有關的一個錯誤。

彼得最出名的是他一九六九年的著作，探討管理與階層的《彼得原理》（ *The Peter Principle* ）。數句嘲諷名言都出自他的專著。例如：「組織體系裡，所有員工都可能晉升至自身無法勝任的職務。」除此之外，彼得也編纂了前文提到的《珠璣集》。不幸的是，《珠璣集》的格式極易誤導讀者。以下有句伯特蘭·羅素的名言詞條，就挺令人困惑[12]：

我希望能用錢買到的，是安全而無虞的悠閒。
——伯特蘭·羅素（若你享受浪費的時間，就不算浪費時間。）

伯特蘭·羅素名字後面那個括號內的評論不是他寫的，是彼得加上去的。這有助於解釋這句話為什麼有時歸給羅素、有時歸給彼得。《牛津辭典名人語錄》發現了這個問題，並於一個探討誤引的重要章節提及[13]。

到了二〇〇〇年，這句諺語又有了新出處：一九八〇年去世的知名音樂人約翰·藍儂。某本澳洲雜誌的占星專欄就印上這樣的來源[14]：

海明威才沒有這麼說

天秤座的約翰‧藍儂提出：「若你享受浪費的時間，就不算浪費時間。」

總而言之，名言調查員暫且認為這句格言出自瑪爾絲‧楚利—柯汀。她是這句話已知第一例的作者。也許有人比她更早使用，因此，未來的研究也許會發現更早的例子。

"Somewhere, something incredible is waiting to be known."

「某處，某件不可思議的事物正等待人發現。」

——卡爾・薩根（Carl Sagan）

　　這句名言咸認出自知名宇宙論者卡爾・薩根。然而，名言調查員並未發現薩根創作這句話的實證。這個錯誤的歸屬是誤讀《新聞週刊》（*Newsweek*）所致。一九七七年八月十五日，該雜誌刊出一篇詳盡介紹薩根的封面專題〈尋找其他世界〉（*Seeking Other Worlds*）。共四名記者參與這篇報導——紐約的大衛・吉爾曼（David Gelman）和雪倫・貝格利（Sharon Begley），洛杉磯的杜威・葛蘭姆（Dewey Gram），及華府的艾維特・克拉克（Evert Clark）。

　　文章開頭寫道，薩根年輕時曾為艾格・萊斯・布洛（Edgar Rice Burroughs）的冒險故事深深著迷，那些故事的背景都設定在宛如奇幻版火星的「巴森星」（Barsoom），該處遍布運河，還有四隻手臂、十五英尺高的綠武士。

　　文章最後討論了其他星球生命形式的假設。薩根認為有一項外星生命搜尋行動是很值得資助的：掃描空中的電磁訊號。他強調，不論結果有無，都相當有趣而彌足珍貴。下面這段文字比照雜誌原文，包含刪節號的部分[1]：

「就算認真搜尋得到否定結果，也具有深刻的意義，」薩根主張。「我們發現，生命有種幾乎可說禁忌的特性……如果到最後證明我們在宇宙中真的是孤獨的。」但薩根尋找的顯然是更樂觀的結果。也許真的沒有趾高氣揚的巴森綠巨人來滿足這名布魯克林男孩的浪漫幻想，然而無疑會有更奇妙的發現……或許是某種前所未見的現象……某處，某件不可思議的事物正等待人發現。

最後一句並未置於引號內。要是薩根說過這句話，那麼應該會被放進引號。反之，這句話是以報導的語氣撰寫。

二〇一五年一月十三日，《新聞週刊》那篇文章的撰稿人之一雪倫‧貝格利和名言調查員聯繫。貝格利現為路透社（Reuters）健康與科學線的資深特派員。她指出，文章最後一句是她寫的，並非薩根。她也告訴名言調查員，當時那本雜誌的撰稿人在文體上必須遵循一條準則[2]。

當時《新聞週刊》近乎鐵律的一條規則是這樣的：拿他人引言做為報導結尾等同懶惰，且不被接受。撰稿人／記者領薪水是要想出具獨創性、啟發思考的總結，我們在做、或試著去做的事就是這個。那不是薩根說的話。

一九八二年，伊利諾州一位報紙專欄作家發表了一篇包含各式各樣引言的文章。他收錄了上面這句，表示是薩根所言，但沒註明確切出處[3]：

> 某處，某件不可思議的事物正等待人發現。
>
> ——卡爾·薩根

一九八八年，美聯社一篇名為〈歷史上的今天〉（*Today in History*）的聯合報紙專欄登出同一句話，說是薩根的文字，沒註明確切出處[4]。二〇〇九年十月，在頒發國家科學獎章（National Medal of Science）和國家技術與創新獎章（National Medal of Technology and Innovation）的典禮上，歐巴馬總統的演說也引用了這句話[5]：

> 卡爾·薩根，協助將科學的範圍拓展至數百萬人的他，曾用非常簡單的一句話描述他對發現的熱情。他說：「某處，某件不可思議的事物正等待人發現。」（笑）謝謝你們完成這樣不可思議的發現，謝謝你們創造的進步，以及帶給美國人民和這個世界的益處。

這句話至今仍廣受歡迎。二〇一四年二月，它被收錄在西維吉尼亞州《查爾斯頓新聞報》（*Charleston Gazette*）一篇輿論[6]：

> 「某處，某件不可思議的事物正等待人發現。」卡爾·薩根這句名言提醒我們，關於宇宙，我們了解的事物遠不及不了解的。

總而言之，基於現有的證據，薩根並未創造這句名言，記者雪倫・貝格才是原創者。這句名言的源頭給了薩根，是因為一九七七年《新聞週刊》那篇介紹的最後一句話遭到誤解。

"There are things known, and things unknown, and in between are the doors."

「有已知事物，有未知事物，兩者之間是門戶。」

——威廉・布萊克

——阿道斯・赫胥黎（Aldous Huxley）

——吉姆・莫里森

　　線上資料庫QuoteAddicts「超過一百五十萬句啟發、激勵、讓你成功」的名言中，這句深奧的智慧雋語身在其中，而其來源歸給知名搖滾「門戶樂團」（The Doors）的主唱吉姆・莫里森。

　　威廉・布萊克一七九〇年前後的作品《天堂與地獄的婚姻》（*The Marriage of Heaven and Hell*）中，有一句話講到感知及做為隱喻的「門」。

若能滌淨感知之門，萬物在人眼中即能顯現無限的原貌。

　　阿道斯・赫胥黎則在一九五四年出版《眾妙之門》（*The Doors of Perception*），論及他使用精神藥劑的經驗。該書名影射了布萊克的作品。門戶樂團的音樂常被稱為迷幻搖滾，而團名的起源也和這兩位作家有關。不過，名言調查員在布萊克或赫胥黎的文章裡找不到該名言。

　　一九六七年，《新聞週刊》刊登一篇介紹門戶樂團的文章，標題為〈通往出口的路〉（*This Way to the Egress*）。雜誌指出，該團體的首張專輯已勇奪排行榜冠軍。這篇文章引述創團成員雷・曼薩雷克的一番話來討論樂團的名稱[①]。

　　「有些事情你會知道，」二十五歲的曼薩雷克說，他的特長是一手彈風琴、一手彈低音鋼琴，「有些事情你則不知道。有已知事物，有未知事物，兩者之間是門戶──那就是我們。我們的意思是，你不只是靈魂，同時也是感官的生命體。那並不邪惡；那是何其美麗的事。地獄似乎比天堂迷人且奇異得多。你要『突破到另一端』，才能成為完整實體。」

　　一九九〇年，有一部以這個知名樂團為主角的電影，片名就叫《門》（*The Doors*），電影的一支廣告用了這句話，但把來源給了莫里森[②]：

　　有已知事物，有未知事物，兩者之間是門戶……

　　　　　　　　　　　　　　　　　　　──吉姆・莫里森

　　梅麗莎・烏蘇拉・道恩・高斯密（Melissa Ursula Dawn Goldsmith）二〇〇七年在路易斯安那州立大學寫下一篇碩士論文，標題為〈批評點起他的火：從《洛杉磯自由新聞報》、《強拍》和《邁阿密先驅報》

看吉姆・莫里森〉（Criticism Lighting His Fire: Perspectives on Jim Morrison from the *Los Angeles Free Press*, *Down Beat*, and the *Miami Herald*）。高斯密指出：「曼薩雷克對《新聞週刊》提及團名的意義與其功能間的連結。」[3]這句話後面緊跟著曼薩雷克的那句話，還有《新聞週刊》那篇文章的腳註。名言調查員就是利用這彌足珍貴的資訊，找到並核對微縮膠片上的那句引言。

然而，二〇一〇年，語錄網站ThinkExist重蹈電影廣告的覆轍，又說那句話是出自吉姆・莫里森[4]。同樣一句話和同樣的歸屬也可見於Lifehack、BrainyQuote、AZQuotes和Goodreads等網站：

> 有已知事物，有未知事物，兩者之間是門戶。

結論：名言調查員相信，一九六七年的這句話應出自雷・曼薩雷克。

筆記
感謝弗瑞德・夏皮羅賦予名言調查員靈感，也感謝葛瑞格里・麥克納米（Gregory McNamee）提點布萊克的文字。

"Do good anyway" and the Paradoxical Commandment.

「雖然如此，還是要行善」及其矛盾戒律。

——德蕾莎修女（Mother Teresa）

一九六八年，肯特・凱斯（Kent M. Keith）出版《寧靜革命：學生會的活力領導》（*The Silent Revolution: Dynamic Leadership in the Student Council*）。以下是這本冊子列出的原創句[1]：

I. 人們是不合邏輯、不可理喻且自我中心的。雖然如此，還是要愛他們。

II. 如果行善，人們會說你自私、別有用心。雖然如此，還是要行善。

III. 如果成功，你將交到假朋友和真敵人。雖然如此，還是要成功。

IV. 你今日的善行，明日就會被遺忘。雖然如此，還是要行善。

V. 開誠布公會使你易受傷害。雖然如此，還是要開誠布公。

VI.想法最有遠見的偉人可能被想法最卑劣的小人擊倒。雖然如此，還是要胸懷大志。

VII.人們偏袒弱者，但只追隨強者。雖然如此，還是要為弱者奮戰。

VIII.你長年建造的東西可能在一夕化為烏有。雖然如此，還是要建造。

IX.真心需要幫助的人們可能會在你出手相助時攻擊你。雖然如此，還是要助人。

X.為世界盡心竭力會換來冷眼鄙視。雖然如此，還是要為世界盡心竭力。

一九七二年，這本冊子出了修訂版，包含一連串和原版一字不差的戒律。凱斯被列為作者，而這十條敘述都重印了[②]。這裡請注意，凱斯架設的網站有一頁列出上面這些敘述，他稱之為「領導人的矛盾戒律」（Paradoxical Commandments of Leadership）[③]。凱斯討論了這些戒律的緣起，而他的主張和名言調查員找到的文獻證據一致。

這些敘述都在數十年來的傳播過程中演化，陸續有多種變體出現在報章雜誌中。比如在第一條戒律，原版的三個形容詞次序變了。「不合邏輯、不可理喻，且自我中心」變成「不可理喻、不合邏輯、且自我中心。」最後一句話也從「雖然如此，還是要愛他們」變成「雖然如此，還是要原諒他們。」

第二條戒律中，「善」有時被「慈」替代。第一句有「如果行善」和「如果仁慈」兩版。最後一句的「還是要行善」有時會變成「還是要仁慈。」偶爾也會發生整句敘述被刪除的情況。但凱斯的「矛盾戒律」起了基礎文本的作用，其他組合都是直接或間接衍生出來的。

一九七二年十二月，在稍加修改後，這幾條戒律從一篇聯合刊載的報紙文章獲得新歸處，下列摘錄可見引子和第一條戒律[④]：

鄧普西・拜爾德（Dempsey Byrd）集結十條可讓你終身受益的規則。你讀了他的規則後，我們會再告訴你鄧普西・拜爾德是誰。規則如下：

I.人們是不合邏輯、不可理喻，且自我中心的。雖然如此，還是要愛他們、信任他們⋯⋯

第一條規則以「還是要愛他們、信任他們」作結。凱斯的原句只說「還是要愛他們。」這篇報紙文章共列出十句和凱斯大同小異的敘述。文章並指出，鄧普西・拜爾德其實是阿拉巴馬聾盲學院刊物《聽・見》（*Hearsight*）的編輯。

一九八一年，這句話的來源在俄亥俄州《克里夫蘭公論報》刊登的一篇介紹摔角教練霍華德・費格森（Howard Ferguson）的文章中再次被誤植。文章邊欄印了這十句話及下列介紹[⑤]：

這些是聖愛德華高中（St. Edward）摔角教練霍華德・費格森的「領導力矛盾戒律」。

一九八三年，這些戒律出現在安・蘭德斯（Ann Landers）閱讀者眾的建言專欄，歸屬又錯了。加拿大安大略省一名讀者寄給蘭德斯一系列標題為「值得深思的觀念」（Thoughts to Ponder）的語錄，裡面有其中八句，並附了這樣的開場白⑥：

你偶爾會刊登其他作家寫的鼓舞人心的詩文，能否考慮以下加拿大血友病協會（**Canadian Hemophilia Society**）的投稿呢？這些是常務董事戈爾尼（**E. T. Gurney**）寫的。

所以說，那些戒律就這樣先後被誤歸給鄧普西・拜爾德、霍華德・費格森和戈爾尼。

這一連串張冠李戴當然頗怪。這些戒律很可能是在未註明來源的情況下廣為流傳，而在轉載時因來源已不可考，有時會被認定是轉載者之作。

不過，最常見的誤植（出自德蕾莎修女）是因為誤解了一九九五年《一條簡單的道路》（*A Simple Path*）。這本以「真福德雷莎修女」（Blessed Teresa of Calcutta）為主題的文集是露辛達・瓦爾迪（Lucinda Vardey）編纂。附錄前的一頁標題為〈雖然如此〉（Anyway），列出我們調查的這十句戒律中的八句，遺漏了〈六〉和〈七〉。這一頁最底下有個註⑦：

來自加爾各答「兒童之家」（**Shishu Bhavan**）牆上標牌。

所以，這些話並非直接引自德蕾莎修女，而是她所屬慈善組織經營的兒童之家某員工張貼了有那些話的海報，使來源遭到誤會。該慈善組織經營的收容所被認為和德蕾莎修女有關，而收容所牆上的話語被認為和慈善組織有關——這是一條誤解的捷徑，也是創造出張冠李戴的捷徑。除此之外，還有一條犯錯之路：《一條簡單的道路》裡的主角是德蕾莎修女，因此書中沒有明確來源的言論都會跟她連在一起。草草看過這本書的讀者很可能會誤以為「矛盾戒律」是她本人所創。

　　確實，《一條簡單的道路》出版後，這幾句話就常被當成是德蕾莎修女本人說的了。例如一九九七年十月，伊利諾州一家報紙刊登的一封信，討論了近期一名消防隊長的辭職案。隊長下臺時，「讀了一份他說是出自德蕾莎修女的題詞。」⑧

　　一九九九年十二月，這幾句話出現修訂版，以〈雖然如此還是要做〉（Do It Anyway）為標題，來源也給了德蕾莎修女。這個版本有八句話外加一句結語。以下是摘自德州一家報紙的節錄⑨：

　　　為世界盡心竭力可能永遠不夠；雖然如此，還是要為世界盡心竭力。
　　　如你所見，歸根結柢，這是你和神之間的事；雖然如此，從來不只是你跟他們的事。

　　二〇〇二年，《紐約時報》一篇文章說起凱斯的故事，以及他討大眾歡心的嘉言錄，並解釋了多年來這些文字都誤歸給德蕾莎修女。

最後，凱斯簽下一筆豐厚的著作合約，反敗為勝[10]。

筆記

感謝吉恩・托瑞斯基（Gene Torisky），他用電子郵件發來的詢問啟發了這個問題與答案。

"What lies behind us and what lies before us

are tiny matters compared to what lies within us."

「比起我們內心的事情，身後和眼前的事情都微不足道。」

——拉爾夫‧沃爾多‧愛默生

——亨利‧大衛‧梭羅（Henry David Thoreau）

這句深受歡迎的勵志名言的來源眾說紛紜。名言研究專家拉爾夫‧基斯在《名言考證者》中寫道[1]：

這句引言特別受教練、畢業生致詞代表、頌詞撰寫者和歐普拉（Oprah Winfrey）青睞。它常被歸給拉爾夫‧沃爾多‧愛默生。可是沒有證據顯示愛默生說過或寫過這些話。

據名言調查員考證，這句格言最早出現在一九四〇年《在華爾街的沉思》（*Meditations in Wall Street*）一書。書中有篇經濟學作者亞伯特‧杰‧諾克（Albert Jay Nock）寫的序。這個原始版本用的就是「眼前」（before）而非「前頭」（ahead）[2]：

比起我們內心的事情，身後和眼前的事情都微不足道。

這本書初發行時，作者的姓名仍是祕密，僅自稱華爾街金融家。但這並未阻止熱心的引言傳播者杜撰出處。這句格言被歸給寫序的諾克，亦即威廉莫洛出版社（William Morrow）的社長，甚至是拉爾夫・沃爾多・愛默生和亨利・大衛・梭羅。

一九四七年的《紐約時報》透露了作者的身分——亨利・史坦利・哈斯金斯，一名因為背景太「多采多姿」而備受爭議的證券營業員。名言調查員相信，創作這句流行金句的人就是哈斯金斯，只是到了現代，這句話已被重新配給更有名的人物。

《紐約時報》在頭版報導，早先於一九一〇年，華爾街交易員亨利・史坦利・哈斯金斯曾被懲辦。拉斯洛普哈斯金斯公司（Lathrop, Haskins, and Company）倒閉，而委員會報告指責哈斯金斯有「魯莽且不合理的交易」。可想而知，哈斯金斯對此難以苟同，並表示自己遭到不公平的對待，他的辯護律師也說他是代罪羔羊[3]：

證券交易管理委員會（**The Governing Committee of the Stock Exchange**）昨日在一場特別會議上採取行動，最終開除了亨利・史坦利・哈斯金斯。他是霍金（**Hocking**）合營旗下拉斯洛普哈斯金斯公司的營業員，該公司已於一月十九日倒閉。

一九四〇年，如前文提及，收錄該格言的書籍《在華爾街的沉思》出版，而財金雜誌《巴隆週刊》（*Barron's*）一篇簡短的書評，其中

海明威才沒有這麼說

論及它未具名的作者和令人信服的箴言式內容④：

　　現在紐約鬧區最流行的謎題，就是這個問題的答案：「《在華爾街的沉思》這本書是誰寫的？」至今仍沒有權威性的答案。但無論如何，這本小書絕對值得一讀。書裡不光寫華爾街——事實上，它對金融事件甚少著墨。那是以箴言表現的成功商業和金融人士的哲學——至少在諾克先生盛讚的序言中是這麼說的。

　　之後，一九四〇年三月，美國對岸洛杉磯一位書評也提到了這位神祕作者⑤：

　　《華爾街的沉思》一書剛由紐約威廉莫洛公司出版，據說作者是新英格蘭出身的一位重要金融老手。書中呈現出這樣的異常情況：在華爾街為華爾街人士撰寫，但內容跟華爾街毫無關聯。

　　書裡沒有市場理論，沒有如何致富的建議，僅為讀者提供人生各層面的尖刻哲學箴言。

　　同樣在一九四〇年三月，這本書在《紐約時報》獲得好評。那位書評顯然認為這句格言兼具原創與趣味，因為他／她將轉載並評論該格言⑥

　　這是一本沉思人生、人性與個人的書，既簡潔有力，也富含遠見而且睿智。出版社不知作者姓名。亞伯特·杰·諾克「聽過該人稍微提過他是『華爾街人士』，」但不知其職業確切的性質。

　　該作者固然展現出哲學家的機智和多元，但並未因此減弱他最主要的重點：「比起我們內心的事情，身後和眼前的事情都微不足道。」或者，如諾克先生在前言所述，「做思考的是大腦，而非想法；驅策我們向前的是靈魂，而非我們自身。」

　　一九四〇年五月，《洛杉磯時報》推測了《在華爾街的沉思》一書的作者——但不正確。在亞伯特‧杰‧諾克的一幅漫畫肖像底下的圖說，報紙猜測作者的身分[7]：：

　　亞伯特‧杰‧諾克——據信是《在華爾街的沉思》的作者

　　這種亟欲了解作者身分的渴望提高了因現實相近而出錯的可能性。諾克寫了序，也認識作者，因為這層關係，有些想揭開作者神祕面紗的人就意圖將作者從「佚名」轉成「諾克」。另一種張冠李戴也是現實相近所致——該書的出版商是威廉莫洛，因此，莫洛的名字也與書形影不離。如下文引用所示，也有人誤把這句格言歸給莫洛。

　　到了一九四七年，《紐約時報》鑑定出了本書作者。因此當報紙轉載書裡一句箴言時，便將出處給了哈斯金斯[8]：

　　榮譽存在旁觀者的評價中。當旁觀者如無數個世代那樣死去，榮譽也如無數榮譽那般煙消雲散。
　　——亨利‧S‧哈斯金斯，《在華爾街的沉思》（威廉莫洛出版社）

一九五〇年，《芝加哥論壇報》和《紐約時報》同時指出書裡的格言出自哈斯金斯⑨：

「既然有些人的神經外頭包著一層厚厚的脂肪，比起解剖出意外，感到快樂應該更不成問題。」

——亨利·S·哈斯金斯，《在華爾街的沉思》

然而，到了一九七四年二月，《富比世》雜誌誤將格言的出處給了威廉·莫洛，即出版《在華爾街的沉思》一書的公司創辦人。這句話出現在〈思考人生大小事〉（Thoughts on the Business of Life）的一頁——數十年來每期《富比世》都有⑩，而且上面全是名言語錄。

一九八〇年，加州州立理工大學波莫納分校（California State Polytechnic University, Pomona）校長說，這句話出自拉爾夫·沃爾多·愛默生⑪：

加州理工州大校長休·拉·邦提（Hugh La Bounty）在頒獎宴會上說，拉爾夫·沃爾多·愛默生有句話精闢地總結了史柯里諾斯⁵的哲學，並展現出這種哲學的團隊表現：

「比起我們內心的事情，身後和眼前的事情都微不足道。」

---

5 譯注：指一九六二到一九九一年加州理工波莫納分校棒球隊總教練約翰·史柯里諾斯（John Scolinos）。

一九八九年，史蒂芬・柯維（Stephen Covey）所著的暢銷書《與成功有約：高效能人士的七個習慣》（*The 7 Habits of Highly Effective People*）也引用這句話，說它出自奧利佛・溫德爾・霍姆斯（Oliver Wendell Holmes），但沒有指明是老霍姆斯還是小霍姆斯[⑫]。

到了九〇年代，一本提供靈性指引和命理學的書籍表示，這句話的修訂、延伸版本出自梭羅[⑬]：

比起我們內心的事情，眼前和身後的事情都微不足道。當我們將內心的事情帶進世界，奇蹟就會發生，

——亨利・大衛・梭羅

「湖濱森林計畫」（Walden Woods Project）將這句格言列在一個網頁，該網頁專門介紹梭羅被誤引的例子。網頁表明亨利・史丹利・哈斯金斯和《在華爾街的沉思》才是這句話正確的出處[⑭]。

二〇〇一年，名人心理學家菲利普・麥格勞（Phillip C. McGraw）在他的一本暢銷書裡援用這句話的一個變化形，措辭稍有不同，而他表示該句語出愛默生[⑮]：

愛默生曾寫道：「比起我們內心的事情，身後和眼前的事情相形見絀。」

總而言之，名言調查員相信這句話是那位背景複雜的華爾街交易人亨利・史丹利・哈斯金斯所創。這句話之所以被誤認是其他人所

說，是因為一開始作者隱瞞了真實姓名。另外，將格言轉給更有名望的人——如愛默生或梭羅——可增添它的魅力，讓大眾更相信這是金玉良言。

筆記

感謝袋熊計畫（Project Wombat）團體的成員詢問這句話及討論其出處。

"Sometimes, I'm terrified of my heart,

of its constant hunger for whatever it is it wants."

「有時，我畏懼自己的心，懼怕它不斷渴望著它想得到的一切。」

──愛倫坡（Edgar Allan Poe）

二○一五年三月，一位名叫「波兒」（Poe）的詞曲創作者兼音樂人跟名言調查員聯繫。她在二○○○年發行過一張專輯，名叫《鬼上身》（*Haunted*），而她在第五首歌說出上面那句話[1]：

有時，我畏懼自己的心，懼怕它不斷渴望著它想得到的一切；以及它的停下與開始。

詞曲創作者波兒向我保證，上述文字絕對是她個人的創作；然而，迅速搜尋過網路後得到的結果證實，真的有很多人誤以為這段話出自驚悚文學大師愛倫坡。名言調查員可以理解大家為何犯下這樣的錯誤。

在愛倫坡最有名的短篇〈告密的心〉（The Tell-Tale Heart）裡，

　　　　　　　　　　　　海明威才沒有這麼說

精神失常的敘事者聽到心跳聲越來越大，因而恐懼不已——但那顆心不是他的。事實上，這樣的幻聽加速了敘事者的崩潰和認罪。若是對這篇故事的記憶不完整，讀者可能會因此將這句引言和愛倫坡連在一起，但這些句子並不存在愛倫坡的文本中[②]。

二〇一〇年，好讀（Goodreads）社群有個成員貼出這句名言，並表示該句出自愛倫坡。到二〇一五年三月，這句深得人心的話已獲得一千七百六十二個讚，而且數字持續增長，不過出處已經變更為詞曲創作者波兒[③]。

二〇一二年九月，在「愛倫坡世界」（The World of Edgar Allan Poe）部落格有一則貼文，對那句名言與知名驚悚短篇故事作家間的關係提出了質疑。部落格主溫蒂妮（Undine）將那句話與其常見的假出處一併列出，說[④]：

孩子，此「波」非彼「坡」。這句話是出自精神飽滿的創作歌手波兒的歌，〈驚恐的心〉（**Terrified Heart**），而非那位較死氣沉沉的作家。

二〇一四年九月，維吉尼亞州里奇蒙愛倫坡博物館（Edgar Allan Poe Museum）的網站貼出一篇文章，標題為〈愛倫坡真的說了那句話嗎？〉（Did Poe Really Say That?）。文中提到這句名言，並附上這句修正的註解[⑤]：

這句話來自歌手波兒創作的歌。的確是挺容易混淆，但他們是兩個截然不同的人。

結論：名言調查員相信這段話的來源應該是音樂家波兒，而非作家愛倫坡。

筆記

非常感謝才華洋溢的音樂家波兒告知名言調查員這個張冠李戴的「盛況」，她的訊息促使名言調查員對這個問題進行規劃，並展開考據。

"The more sand has escaped from the hourglass of our life,

the clearer we should see through it."

「我們人生的沙漏溢出越多沙，我們就越能清楚看穿。」

──尼可洛‧馬基維利（Niccolò Machiavelli）

──尚─保羅‧沙特（Jean-Paul Sartre）

　　據名言調查員考證，這句話最早的證據出現在一七九五年出版的德國小說《金星，或四十五封狗郵件，一部傳記》（*Hesperus oder 45 Hundsposttage, Eine Biographie*），作者是約翰‧保羅‧弗里德里克‧李克特（Johann Paul Friedrich Richter），筆名為讓‧保羅（Jean Paul）。《牛津德國文學伴侶》（*The Oxford Companion to German Literature*）是這麼形容這部作品的[1]：

　　這古怪的副標指的是一封名為「狗郵件」的信，應是由一隻博美犬帶給作者朋友的。這本書寫成的風格頗有讓‧保羅獨有的天馬行空，情節複雜又荒誕。

　　在小說裡，這句以沙漏作比喻的引文只跟一個名叫艾曼紐

（Emanuel）的人物有關，但後來擴散到所有人類。以下是德文原著的相關段落[2]：

Emanuel sah ruhig wie eine ewige Sonne, auf den Herbst seines Körpers herab; ja je mehr Sand aus seiner Lebens-Sanduhr herausgefallen war, desto heller sah er durch das leere Glas hindurch.

（艾曼紐平靜地看著他凋零軀體上的永恆日落；的確，越多沙子溢出他人生的沙漏，他就能越清楚地看穿那只空玻璃瓶。）

一八三七年，一本名叫《紐約之鏡》（*New-York Mirror*）的週刊刊了一篇名為〈原作譯本：讓—保羅片段〉（Original Translations: Scraps from Jean Paul）的文章，包含這句話的一個變化形，及其他源自李克特的格言。以下舉出三例[3]：

我們的哀愁如雷雨雲，遠方看似漆黑，越接近就越亮。

我們人生的沙漏溢出越多沙，我們就越能清楚看穿。

月亮是另一個世界岸邊的燈塔。

一八八四年，這句話持續流傳，並收錄於《思想寶庫：古今作家名言百科》（*Treasury of thought. Forming an Encyclopedia of Quotations from Ancient and Modern Authors*）選集，並且出版。來源給了約翰・保

海明威才沒有這麼說

羅·弗里德里克·李克特④：

觀念。
我們人生的沙漏溢出越多沙，我們就越能清楚看穿。

——李克特

一九六八年，《富比世》雜誌在《富比世思考人生大小事剪貼簿》
（*The Forbes Scrapbook of Thoughts on the Business of Life*）選集中收錄這句
話，把來源給了讓·保羅⑤：

我們人生的沙漏溢出越多沙，我們就越能清楚看穿。

——讓·保羅

一九九三年，這句話印在《菲利普斯的偉大思想和滑稽語錄選
集》（*Phillips' Book of Great Thoughts & Funny Sayings*）中，但來源給的不
是李克特，反倒給了知名存在主義哲學家尚—保羅·沙特。名言調查
員推斷，這個錯誤是因為混淆了「讓—保羅」所致⑥。

我們人生的沙漏溢出越多沙，我們就越能清楚看穿。

——尚—保羅·沙特

二〇一一年，常駐波士頓的藝術家唐·麥唐諾（Don MacDonald）
討論了這句話，指出常有人將之誤認是馬基維利，而麥唐諾已在一八

九三年的一段引文中找到證據，證明正確來源應為李克特。麥唐諾這麼寫道[7]：

這句話似乎是出自德國浪漫派作家約翰・保羅・弗里德里克・李克特——但他更為人熟知的是筆名，讓・保羅。詹姆斯・伍茲牧師（Rev James Woods）在他一八九三年版的《古今英外名言辭典》（Dictionary of Quotations: from Ancient and Modern, English and Foreign Sources）裡將這句話歸給讓・保羅，不過未附出處。

總而言之，在一七九五年為這句名言播下種子的應是約翰・保羅・弗里德里克・李克特，當時僅適用於某個人物。後來他的話經過修改，變成普遍的格言，於一八三七年在英國出現。李克特的筆名「讓・保羅」或許催化了以下錯誤，將出處給了尚—保羅・沙特。另外，也沒有實證支持語出馬基維利的奇妙說法。

筆記

妮娜・吉伯特在某位學生表示想在畢業紀念冊使用這句名言時，請名言調查員追本溯源，非常感謝妳。感謝唐・麥唐諾珍貴的作品追溯了這句名言，也感謝柯洛威克（S. M. Colowick）找出麥唐諾的部落格文章；感謝布魯威（W. Brewer）和凱特・彼得森（Kat Peterson）指示名言調查員將一七九五年的德國原文翻譯成英文。

海明威才沒有這麼說

"The secret of change is to focus all of your energy,

not on fighting the old, but on building the new."

「改變的祕訣不是傾全力打擊舊事物，而是創造新事物。」

——蘇格拉底

一九八〇年，第一版的《深夜加油站遇見蘇格拉底》發行。這本書是寫成小說形式的回憶錄，探討米爾曼一生面臨的一連串身心挑戰，還有他經歷的心靈成長。他的心靈旅程最重要的催化劑是一九六六年在一間加油站上大夜班的服務員，後來變成他的心靈導師。米爾曼給了這位啟蒙恩師一個暱稱：「蘇格拉底」，而上面這句話是現代小說裡的人物說的，並非歷史上那位蘇格拉底。以下是一九八四年版的《深夜加油站遇見蘇格拉底》中包含了這句引言的節錄[1]：

回到辦公室，蘇格拉底從飲水機取了些水，沖了專門在晚上喝的野玫瑰果茶，一邊繼續說：「你有很多削弱你力量的習慣。改變的祕訣不是傾全力打擊舊事物，而是創造新事物。」

這本書再版多次，還在二〇〇六年改編成電影，由尼克·諾特（Nick Notle）飾演蘇格拉底。多年來，米爾曼一直是個頂尖運動員兼克敵制勝的教練，外加受歡迎的勵志書作者。無論如何，他將部分成就歸功於那位被他取了怪名字的啟蒙恩師。

這句引言之所以會被誤植為偉大希臘哲人之作，當然是因為搞混了名字。這是廣為人知的張冠李戴原因。

米爾曼這部著作二〇〇〇年的修訂版叫做《深夜加油站遇見蘇格拉底》（*Way of the Peaceful Warrior: A Book that Change Lives*）；二〇〇六年，它配合電影再刷。在這個版本中，該名言稍微做了點修改[2]：

回到辦公室，蘇格拉底從飲水機取了些水，沖了專門在晚上喝的野玫瑰果茶，一邊繼續說：如果想甩掉舊習，你該做的不是把全副心力放在與舊事物奮戰上，而是要創造新事物。」

之前的版本似乎比較流行，出處也常被誤植。

總之，這句名言是出自一個名叫蘇格拉底的角色，是八〇年代丹·米爾曼著作裡的加油站員工，不是那位舉世聞名的希臘哲學家。

筆記

非常感謝克莉絲汀·希金斯（Christian Higgins）的詢問，促成此問題之規劃，並賦予名言調查員探究之動力。

作者的錯

捏造／虛構歷史

"For sale: baby shoes, never worn."

「出售：童鞋，未穿。」

——海明威（Ernest Hemingway）

　　一九九一年，一位名叫彼得・米勒（Peter Miller）的作家經紀人寫了《出版！發行！作家經紀人教你怎麼銷售著作》（*Get Published! Get Produced!: A Literary Agent's Tips on How to Sell Your Writing*）。米勒自稱近二十年前（也就是一九七四年）有一位「信譽卓著的報紙聯售商」告訴他以下故事[①]：

　　海明威和一票作家在盧橋（Luchow's）用餐時，表示只要六個字就能寫出一則短篇故事，其他作家當然嗤之以鼻。海明威要他們每人拿出十塊錢放桌上，說如果他辦不到，就一人給十塊；如果他辦到了，錢全歸他。他很快在餐巾上寫了六個字，傳給大家看——這老傢伙贏了。這六個字是「出售，童鞋，未穿。」有開頭，有中間，有結尾！

　　　　　　　　　　　　　　　　　海明威才沒有這麼說

從一九九一年起，上面這則故事就一再被全世界各個教創作的教授重述，甚至拿來當「極短篇」（flash fiction，或稱微型小說、小小說）的文學運動代表。但是——名言調查員相信上面的故事是虛構的。

　　八〇年代，劇作家約翰・德・格魯特（John De Groot）創作了《老爹》（*Papa*），一九八九年初版的獨角戲比米勒的書早了兩年。德・格魯特的劇中有這幕趣事，而這是名言調查員所知最先把海明威和這句話連在一起的出版品[②]：

　　海明威：跟你們打賭，我只用六個字就可以寫一篇完整的故事，有沒有人要賭？沒有嗎？

　　咧嘴一笑。

　　海明威：好，那我就寫囉。
　　六字短篇故事：
　　「出售。
　　童鞋。
　　未穿。」

　　咧嘴一笑，沾沾自喜。

　　那麼，米勒所謂的一九七四年「報紙聯售商」來源又是怎麼一回事？這個嘛，如下文所述，數十年來，這篇令人心碎的極短篇文本已幾經變化。七〇年代，有人決定擴大這段文字的影響力，於是憑空捏造了這個知名作家參與而且生動逼真的打賭軼事。但是，這位杜撰者的身分尚不得而知，名言調查員也未發現海明威真的說過或寫過「出售：童鞋，未穿」這句話的證據。

早在上個世紀前，分類廣告版就有相當接近這個文本的廣告。下面是一九〇六年發表的一例。有意思的地方在於，這個短篇廣告區塊就叫「簡單小鎮故事」[③]：

出售，嬰兒車；從未使用。請洽此辦公室。

一九一〇年，華盛頓州斯波坎（Spokane）一家報紙刊登了一篇簡短的報導，標題為〈服裝銷售透露嬰兒死亡的悲劇〉（Tragedy of Baby's Death Is Revealed in Sale of Clothes）。文中敘述一對父母最近的喪子之痛，並在文中插入一篇震撼人心的分類廣告，令人想到一九〇六年的「簡單故事」[④]。

人世間確實夾雜喜樂與哀愁，是一齣連番上演、悲喜參半的戲劇，就連日常生活的物品與體驗，不論多微小、多不尋常，或許都交織著動人心弦的小故事。

上星期六，某地方報紙刊登一篇廣告，寫著：「嬰兒手工服飾與嬰兒床出售。從未使用。」地址在東布道團街。

漫不經心的讀者或許不覺得這有什麼，但對花了許多時間為小寶寶悉心準備漂亮用品的母親來說，這是深切的悲痛與失望。

她也許夢想過有朝一日，當小寶寶長大成人，會驕傲地回顧他的襁褓時光，炫耀著他首次睜開眼、看到美麗的世界時，身上穿的第一件嬰兒服、睡的第一張嬰兒床，都是母親親手製作。

　　但命運之手是如此嚴酷，從那對慈愛的父母身邊奪走本該成為生命中的太陽與光亮的小寶貝，而那位母親想割捨所有會讓她睹物思人的物品，以忘卻哀傷，於是刊登這起賠售的廣告。

　　請注意，那篇廣告被描述為「扣人心弦的小故事」，這或許有助讓比較文學層面的表現得到一些動力。

　　這句名言的另一個前例反映的是濃縮過後的「極短篇」概念，並以鞋子代替嬰兒床。一九一七年，以作家和編輯為取向的《編輯》（*Editor*）期刊登了威廉・凱恩（William R. Kane）撰寫的文章，討論該如何在創作短篇故事時訴諸原創。凱恩講了一個因失去孩子而悲傷的妻子的故事。他建議用「童鞋，未穿」做為標題與敘事的主要象徵⑤。

　　在此提供浮現腦海的第一個例子：有個妻子失去了寶寶──她絕無僅有的寶寶。她太悲傷，不禁與世隔絕，甚至疏遠丈夫。很顯然，為了恢復正常生活，她得付出的努力是在心理層面，苦苦掙扎的關鍵也是在心理層面。要將此故事「化虛為實」，妻子的掙扎和勝利都必須有個具體象徵。

　　假設這個象徵是一雙「從沒穿過的童鞋」。故事的標題或許可以是「童鞋，未穿」。那麼妻子的勝利是什麼？恢復到正常的生活。把這雙她一見就哭的鞋子送給窮人家寶寶的行為，也許可做為象徵。我所敘述的故事頗感傷，但我想足以證實我的論點。

一九二一年四月，報紙專欄作家羅伊・莫爾頓（Roy K. Moulton）刊出一張短箋，表示來自某位傑瑞先生。短箋提到一篇販售嬰兒車的分類廣告[6]。

布魯克林的〈家庭談話〉（Home Talk）有篇廣告是這樣的：「嬰兒車出售，從未使用。」這豈不是個很適合拍成電影的絕佳情節嗎？傑瑞。

這張便條在全國流傳，陸續出現在威斯康辛州簡斯維爾（Janesville）、威斯康辛州歐克雷爾（Eau Claire）[7]和德州亞瑟港（Port Arthur）[8]等地的報紙上。

一九二一年六月，《生活》（Life）雜誌從一份報紙轉載了下面這段話，標題為「結局」（Denouement）[9]。

偉大的美國劇作家必須能寫出深刻的獨幕劇，如同《休士頓郵報》發現的七字小廣告：出售，嬰兒車，未用。

——路易斯維爾信使日報（Louisville Courier-Journal）

次月，《波士頓環球報》刊出與上述文字類似的段落，但將這段評析歸給一九二〇年代的知名百老匯劇作家，艾維利・霍普伍德（Avery Hopwood）[10]。

　　　　　　　　　　　　　海明威才沒有這麼說

「若劇作家能把故事說得像某些分類廣告一樣深刻、簡短又具戲劇性,」艾維利・霍普伍德聲稱:「偉大的美國戲劇就誕生了。」

霍普伍德先生的靈感來自這則廣告:「出售——嬰兒車,未用!」

同樣在一九二一年七月,幽默雜誌《法官》(*Judge*)刊出一篇文章,用這則分類廣告做楔子,然後改了它的意義,並產生出乎意外的結局。故事叫〈傻瓜闖入〉(Fools Rush In),作者是杰・吉迪(Jay G'Dee)。作者的開場是他對那則廣告的情緒反應之回想[11]:

我是想像力豐富的人,就是因為這樣,你才會讀到這篇文章,當然也是因為我讀到了這個:「出售,嬰兒車,未用。」那不過是休士頓一家報紙刊登的分類廣告,卻縈繞在我心頭,揮之不去。

我的靈魂自然懂得同情。我重讀了那廣告,我的幻想在最後二字徘徊,不停想著其中的感傷、其中的悲劇。

作者自稱找到了刊登廣告的人,想要慰問幾句。吉迪看到那人在住家前面的草坪刈草,便詢問能否了解一下他出售嬰兒車的理由。那人回答[12]:

「當然可以。因為我們算錯了,那是單人座的——」他笑出來了,真該死——「未來有一天我們一定得換雙人座啊。」

一九二四年,內布拉斯加州奧瑪哈(Omaha)的一家報紙為這則廣告提供了多種解釋[13]：

　　報上沒有哪篇「有人情味」故事比得上這則分類廣告：「出售——嬰兒車。未用。」

　　為什麼嬰兒車會從未使用？是否有某個小傢伙孤孤單單等到地老天荒？還是母親與孩子進了同一座墳墓？或是哪個又老又單身的男人中獎贏到嬰兒車？

　　一九二七年，以艾拉·辛德斯（Ella Cinders）為主角的連環漫畫終於賦予這則廣告某種文學地位[14]。

　　他們說世上最厲害的故事是一則用七個字寫成的分類廣告：「出售，嬰兒車；未用！」

　　一九九二年，加拿大文壇人士約翰·羅伯特·可倫坡（John Robert Colombo）刊出知名科幻小說作者亞瑟·克拉克（Arthur Clarke）寄給他部分信件。定居斯里蘭卡可倫坡（Colombo）的克拉克對海明威的軼事非常熟悉，且提出二〇年代的一則趣聞[15]：

　　以下摘錄自亞瑟·克拉克所寫的一封信（從可倫坡寄給可倫坡）。信是在一九九一年十月十一日寫的，主題是「極短篇」：

　　我最喜歡的一篇是出自海明威——據說他跟作家同行打賭，而且贏了十美元（在二〇年代這可不是小數目）。他們二話不說就把錢掏出來……

那故事就是下面這篇。至今我仍一想到就哭——

出售。童鞋。未穿。

一九九三年，《芝加哥論壇報》刊出一系列關於芝加哥孩童夭折的文章。記者史蒂夫‧強森（Steve Johnson）指出，這個童鞋故事被「作文老師」拿來當範例[16]。

但就像被作文老師稱為極短篇的那則分類廣告——「出售：一雙童鞋，從未穿過」——這些描述五十七起死亡事件的段落，每段都自成一個短篇。

一九九七年，《紐約時報》一篇報導提到這段海明威奇談。在這個極短篇的版本，鞋子變成「未用」[17]。

海明威曾自誇，說曾用六個字寫過一篇動人的短篇故事：「出售。童鞋。未用。」可見，精簡的語言未必意義淺薄。

一九九八年，亞瑟‧克拉克在發表於英國版《讀者文摘》的散文中重述了這個故事，這篇文章也收錄在克拉克一九九九年的《問候，以碳為主成分的兩足動物》（Greetings, Carbon-Based Bipeds!）選集中[18]。

且讓我以印象中最精煉的文字力量之絕佳例證做結尾。二〇年代，有位年輕的新聞記者跟他的同事賭十美元——在當時可不是小數目——說只用六個字就能寫出一個完整的短篇。於是他們掏錢……

　　我敢說，就連「歡樂谷」（Pleasantville）的巫師也無法再將海明威最簡短、最揪心的故事縮得更短：

　　「出售。童鞋。未穿。」

　　二〇〇六年，作家經紀人彼得‧米勒又在新書《作家！劇作家！如何靠寫作在紐約和好萊塢功成名就》（Author! Screenwriter! How to Succeed as a Writer in New York and Hollywood）提到那段與海明威有關的軼事。跟作家打賭的祕密會所已從一九九一年版的盧橋餐廳，轉移至二〇〇六年版的阿爾貢金酒店（Algonquin Hotel）。其他細節則原封不動[19]。

　　二〇一四年，《流行文化期刊》（Journal of Popular Culture）針對此主題發表了一篇文章，標題為〈短還要更短：海明威、敘事與六字都會傳說〉（The Short Story Just Got Shorter: Hemingway, Narrative, and the Six-Word Urban Legend）。作者弗里德里克‧萊特（Frederick A. Wright）指出，證明海明威與該六字微型小說有關的證據付之闕如，因此他斷定那個歸屬是偽造的[20]。

　　二〇一四年，導演西門昂‧倫蓋爾（Simeon Lumgair）和名言調查員分享了他一部感人電影的連結：艾琳‧黃（Irene Ng）主演的《戛然而止》（Abrupt Ending），這部片的靈感正是那六個字的故事[21]。

　　總而言之，名言調查員並未發現證據可證明海明威用未穿的童鞋或未用過的嬰兒車為題，創作六字或七字故事。一〇年代，這個故事的核心概念被報紙當成非小說來報導。一九一七年，威廉·凱恩確實寫過主題與這些極短篇故事相關的文章。凱恩建議的故事標題是「小鞋，未穿」。

一九二一年四月，報紙專欄作家羅伊·莫爾頓表示，「傑瑞」指出「嬰兒車出售，從未使用」的廣告呈現出了故事的情節。傑瑞會有這種想法，也可能是受到凱恩的文章啟發。

然而，更詳盡的意見——例如說那則廣告是「世上最厲害的短篇」——也許是隨著時間逐步形成。海明威的軼事就是由這個流傳甚廣的題材所杜撰。

筆記

感謝本地圖書館員給我的大力相助。感激《頁岩》（Slate）雜誌文化部落格的編輯大衛·哈格倫（David Haglund）在《頁岩》中的一篇文章介紹這些成果[22]。

"Great invention, but who would ever want to use one?"

「了不起的發明——但誰會想用這種東西？」

——拉塞福‧海斯（Rutherford B. Hayes）

句中的「發明」指的是電話，而名言調查員未能找出任何有說服力的證據，可證明拉塞福‧海斯總統說過這句為他招致惡名的話——而且連雷根總統和歐巴馬總統都說過那件軼事。就目前所知，最早將海斯和這則電話軼事連在一起的引用出現在一九八二年探討電腦的《未來心智》（*Future Mind*）一書。細節請參見後文。

怪就怪在，一九三九年——幾乎如出一轍的軼事也套到了尤利西斯‧辛普森‧格蘭特（Ulysses S. Grant），亦即海斯之前的白宮主人身上。這是據名言調查員考證到這個故事最早的例子[1]。值得注意的是，格蘭特和海斯分別在一八七七和一八八一年離開白宮。所以下文那場演說發表的時間，距離兩人任職總統已有數十年之久。

一九三九年，美國太陽石油（Sun Oil Company）總裁霍華德‧皮尤（Howard Pew）在美國產業會議（Congress of American Industry）

的一場集會上發表演說。皮尤聲稱，許多知名人物都曾受到誤導，對科技做過錯誤的評論。他舉的其中一例就是據傳為格蘭特總統所說、對電話之潛力缺乏遠見的那句話[2]：

他細數歷史上的例子：喬治‧華盛頓認為約翰‧費奇（John Fitch）的蒸汽船進行的首次示範並不重要，不值得到場見證。尤利西斯‧格蘭特總統認為電話「是很屬害」，但懷疑「誰會想用這種東西」。

拿破崙「是看不到潛水艇的」。而丹尼爾‧韋伯斯特（Daniel Webster，前美國國務卿）認為鐵軌上的霜會害火車無法行駛其上。

一九四九年，這則格蘭特的軼事刊登在維吉尼亞一家報紙，由喬治‧佩克（George Peck）撰寫。文中聲稱出自格蘭特的引言與一九三九年的版本大同小異[3]：

有個挺可笑的插曲，和放在白宮辦公桌上的第一具電話有關。那是在尤利西斯‧格蘭特擔任總統時發生的。當他親自試驗、相信真的可以透過它講話並聽到另一端的應答後，他說：「噢，它真的很屬害，可是誰會想用這種東西？」

一九五〇年，格蘭特的這段趣聞刊登在《扶輪》雜誌上，並被認為是佩克傳播的[4]：

有需要用一則軼事來證明連智者也無法洞悉未來嗎？這兒有一則來自《夥伴》（Partners）雜誌執行編輯喬治‧佩克的趣聞，是關於尤利西斯‧格蘭特總統的。那時電話才剛發明，白宮的辦公桌上裝了一具。格蘭特總統試驗過後，確認可以透過電話跟另一個人講話，並聽到對方的回應。

「噢，」才剛領導一支優秀的軍隊奪得勝利、聲勢如日中天的這位男士說：「它真的很厲害，可是誰會想用這種東西啊？」

一九七四年，格蘭特的這則傳聞和他對電話的偏狹看法出現在《歷史一定要重演嗎？》（Must History Repeat Itself?）一書⑤：

格蘭特將軍任職美國總統時也有類似情況發生。當時他有機會透過第一組電話線路交談。在確定那個裝置真有作用後，他靠回椅背，說：「噢，它真的很厲害沒錯，可是誰會想用這種東西啊？」

到了一九八二年，這句引言已被稍加修改，而且轉給拉塞福‧海斯，不再屬於尤利西斯‧格蘭特。愛德華‧利亞斯（Edward J. Lias）《未來心智：微電腦、新媒介、新的心智環境》（Future Mind: The Microcomputer, New Medium, New Mental Environment）書中的版本提供了場景與年代，但一八七六年這時間不可能是正確的，因為海斯就任總統是一八七七年的事⑥。

一八七六年，當拉塞福‧海斯總統拿到第一具電話，並測試起華

　　　　　　　　海明威才沒有這麼說

盛頓與費城之間的通話時，想不出該說什麼。講了幾句後，他掛斷電話，說：「這是很神奇的發明，但誰會想用這種東西啊？」

　　一九八四年，頗受歡迎的工具書《專家這麼說》第一版發行。作者克里斯多夫・瑟福（Christopher Cerf）和維克托・納華斯基（Victor S. Navasky）收錄了這句名言的一個版本，把出處給了海斯總統。《洛杉磯時報》專欄作家傑克・史密斯（Jack Smith）在他的專欄評論那本書時，挑選並轉載了那句被歸給海斯的話。因此，那句話又流傳得更廣[⑦]：

　　說到電話：「是很神奇的發明，可是誰會想用這種東西啊？」
　　　　　　　　　　　　　——美國總統拉塞福・海斯，一八七六年。

　　一八七六這個年代被再次提起，但一八七六年的總統是格蘭特，不是海斯。《專家這麼說》收錄的所有名言都有試著要提供可靠證據的筆記。這句話的筆記寫到，資訊是由一九八三年《赤裸的電腦》（*The Naked Computer: A Layperson's Almanac of Computer Lore, Wizardry, Personalities, Memorabilia, World Records, Mind Blowers, and Tomfoolery*）一書的作者提供[⑧]。

　　拉塞福・海斯，引用自《赤裸的電腦》，傑克・羅徹斯特（**Jack B. Rochester**）及約翰・甘茲（**John Gantz**）著。羅徹斯特提供。

一九八五年，雷根總統援用這句被認為是出自海斯的話，以調侃自己的長壽⑨：

在最近一場頒發技術獎的典禮上，雷根憶及有人拿「一種剛發明的裝置」展示給拉塞福・海斯總統看。
「『這是很神奇的發明，』他說：『可是誰會想用這種東西呢？』他說的就是電話。當時我就覺得他很可能錯了。」

總而言之，名言調查員認為，目前為止，並沒有可靠的證據證明這句話是海斯總統說的，出自格蘭特總統的說法似乎也未獲證實。事實上，名言調查員迄今未找出扎實的證據，顯示這句名言出自哪位知名人物之口。

　　　　　　　　　　　　　　　　　　　　海明威才沒有這麼說

"Able was I ere saw Elba."

「我原無所不能，直到見到厄爾巴。」

——拿破崙一世（Napoleon Bonaparte）

這句著名的回文（palindrome）被認為出自知名法國領袖，亦即曾被流放到厄爾巴島的拿破崙一世：

我原無所不能，直到見到厄爾巴。

據傳，這句字母順著念和倒著念都一樣的話是拿破崙對貝瑞・艾華・奧梅拉（Barry Edward O'Meara）說的。奧梅拉是他被囚於聖赫倫那島（Saint Helena）時的醫生。但是，名言調查員發現拿破崙死於一八二一年，而據考證，這句回文最早是一八四八年出現在名為《聯合公報》（*Gazette of the Union*）的美國期刊。文章裡說，這句話係出自某個姓名首字母為 J. T. R. 的馬里蘭州巴爾的摩居民。以下幾段節錄自那篇討論三句回文的文章[1]：

其中值得一提的是，我的朋友 J. T. R 要我們注意下列由「水詩人」泰勒（"water poet" Taylor）所寫的文字排列，雖有創意，但多少有些老氣：

"Lewd did I live & evil I did dwell."
（「我過得淫蕩又活得邪惡。」）

他表示，這個句子吸引很多人注意，而報上也常見到這類挑戰，要大家創作出字母「順著念和倒著念」都一樣的文句，就像上面那句話。

他趁空閒創作了以下文句。在我們看來，此句比泰勒的作品更完美，因為那不像「lewd」和「dwell」，一個字母也沒有多。

"Snug & raw was I ere I saw war & guns."
（「我原愜意而不成熟，直到見到戰爭和槍。」）

除了使用了兩次「&」符號代替連接詞，這個句子堪稱完美。況且，它陳述的是事實。許多剛從墨西哥戰場回來的士兵想必心有戚戚焉。

但我們的朋友不因為趨於完美而滿足，決心創造出完全不需符號幫助的正確句子，以下就是他努力的成果：

"Able was I ere saw Elba."

海明威才沒有這麼說

「我原無所不能，直到見到厄爾巴。」

　　若你熟知拿破崙的生平，相信一定能立刻感受到這句話展現的歷史力量。雖然我們這位朋友在世上成就斐然、備受讚譽，但我們都知道他無意在這刊物上出鋒頭，他之所以寫出上面那些句子，純屬消遣，而我們冒昧將之獻給讀者，也向讀者提出挑戰：請以同樣的慧點，創作出同樣巧妙的珠璣之句吧。

　　根據上文，這句回文並非拿破崙所作，這個人是採用拿破崙被流放的歷史事件做為文字遊戲的靈感。

　　不出十年，這句回文就直接被配給拿破崙一世了。一八四八年七月，《聯合公報》那篇文章的濃縮版本於一八四八年八月刊登在德州加爾維斯敦（Galveston）的一家報紙。在這篇短文裡，「J. T. R.」這個源頭遭到刪除[②]。

　　大家都記得水詩人泰勒寫的那句巧妙的文字排列：
　　「Lewd did I live & evil I did dwell」

　　《黃金律》（Golden Rule）提供了兩個可說比上面那句更好的例子——上面那句從後面念回來多了一個字母。分別是：
　　「Snug & raw was I ere I saw war & guns.」
　　和
　　「Able was I ere saw Elba.」

《黃金律》表示，前句若是因徵兵赴墨西哥作戰的人，定有共感，後句若是熟知拿破崙生平一望即知。

一八五一年四月，上述濃縮版的文章刊在賓州蓋茨堡（Gettysburg）的《亞當斯哨兵報》（*Adams Sentinel*）。於是，這句回文繼續傳播下去[③]。

一八五八年三月，維吉尼亞州里奇蒙一家報紙的文章直接把出處給了拿破崙一世。這是名言調查員所知最早歸給拿破崙的引用，不過文章作者也沒有把握。下面的摘錄指出，該回文是對「奧梅拉醫生」說的。貝瑞・艾華・奧梅拉是拿破崙在聖赫倫那島上的私人醫生，拿破崙在一八一四年被流放厄爾巴，一八一五年逃離。他向英國投降，復於一八一五年流放到聖赫倫那島，一八二一年死在島上[④]：

延伸版的回文構詞——據說拿破崙曾被奧梅拉醫生問及，在他揚言進犯英國時是否真心認為自己辦得到。他用下列這句延伸版的回文構句，並回答：

「我原無所不能，直到見到厄爾巴。」

無論此句是真是假，我們都樂於見到更巧妙的回文構句。

這句回文的由來也刊在其他報紙上。如一八五八年四月德州聖安東尼奧的《聖奧東尼奧結算報》（*San Antonio Ledger*）[⑤]。

　　　　　　　　　　　　　　海明威才沒有這麼說

一八五八年七月，印第安那州新奧爾巴尼的一家報紙刊出兩種基礎相同的變化形⑥：

　　拿破崙一世——下列與偉大的拿破崙有關之句子，無論從前面或後面念起，都是合理，只需稍改標點。

Elba saw I, ere I was able.
「厄爾巴見到我，在我有能力之前。」
Able was I ere saw Elba.
「我原無所不能，直到見到厄爾巴。」

　　總而言之，依據現有證據，這句回文應是出自巴爾的摩一位姓名首字母為 J. T. R. 的人，雖然歸給拿破崙比較印象深刻，但似乎是假的。英文不是拿破崙的母語，因此不大可能拿來玩文字遊戲。名言調查員推測，謊稱那句話出自法國皇帝是為了杜撰一些軼事趣聞。隨著更多文獻的數位化，也蒐集到更多資料，或許會有新的資訊冒出來。

筆記
感謝美國方言學會（American Dialect Society）的討論者。

"People who like this sort of thing will find this sort of thing they like."

「喜歡這類東西的人，自會去找到他們喜歡的東西。」

——亞伯拉罕 · 林肯（Abraham Lincoln）

　　一則廣為流傳的軼事聲稱，亞伯拉罕 · 林肯有個朋友對他念了一篇講述唯心論（spiritualism）而且囉哩叭唆的講稿，接著迫不及待地問他意見。總統回了一句幽默、拐彎、含糊又意在不傷人的話。共有三種版本：

　　喜歡這類東西的人，自會去找到他們喜歡的東西。

　　對喜歡那種東西的人來說，那就是他們喜歡的。
（**For people who like that kind of thing, that is the kind of thing they like.**）

　　對喜歡那種東西的人來說，我覺得這就是他們會喜歡的那種東西。

　　　　　　　　　　　　　　　　海明威才沒有這麼說

（**For those who like that sort of thing I should think it just the sort of thing they would like.**）

名言調查員推測，這個詞句家族的種子是由知名幽默作家查爾斯・法拉爾・布朗恩（Charles Farrar Browne）播下——讀者較熟悉的筆名是阿特瑪斯・沃德（Artemus Ward）。一八六三年，沃德為他進行的一系列演說創作了廣告素材。他諧擬了虛構人物的證詞，而其中一位假支持者名叫「老阿北」（O. Abe）。下面這段截自一八六三年十月，緬因州一家報紙將他的名字「Artemus」誤拼成「Artemas」[①]。

吹捧阿特瑪斯・沃德演講的廣告也包含以下來自「老阿北」的這段：

親愛的先生——我從沒聽過您的演講，但就我了解，我可以說，對於喜歡您那種演說的人，您的演說就是那種人會喜歡的那種演說。
尊敬您的老阿北

沃德寫的這封信刊登在許多報紙上。那些話語會跟林肯扯上關係是因為「Abe」[6]一名引發的聯想。此後，遣詞用字隨著時間演變，種種軼事也遭憑空杜撰，以伴隨這句話。

沃德也創作過許多假的作證信，稱之「證明書」（certificate）。當

6 亞伯拉罕的簡稱。

「老阿北」那封信於一八六三年十月出現在麻州波士頓的《美國旅行家》（*American Traveller*），與另一封來自「阿莫斯·皮爾金斯」（Amos Pilkins）的信一起刊登。這封信意在諷刺那些江湖術士老是提出假造的背書，賣的專利藥卻一點效果也沒有[②]：

阿特瑪斯·沃德：

尊敬的先生——內人受腦細胞萎縮症所苦快八年，所有醫生都放棄她了。但蒙上天眷顧，她偶然去聽了你的一場演說，此後便開始快速復原。現在的她健康無虞。我們非常喜歡你的演說。拜託寄給我一盒。那些是純植物性的。請再寄給我五元鈔票，我就幫你寫兩倍長的證明書。

阿莫斯·皮爾金斯敬上

約十年後（即一八七四年），沃德捏造的「老阿北」信沒被遺忘，但也並非每個細節都沒錯。《紐約論壇報》（*The New York Tribune*）刊登了某位波士頓常駐特派員的文章[③]。

我想大家應該都還記得，阿特瑪斯·沃德念講稿給林肯聽並請總統給意見的故事。根據那位演說家受訪時的說法，總統嚴肅而慎重地回答：「對於喜歡這類演講的人來說，我想這正是他們會喜歡的那種演講。」

回頭看那封一八六三年的信，「老阿北」其實從未聽過沃德的演說，這點與上述一八七四年的軼事並不一致。由此可見，那句話和跟它一起的故事都在演變。當然，沃德也可能提出不只一種版本的證明書，上面那段文字也轉載於其他報紙，如俄亥俄州辛辛那提的《辛辛那提每日公報》（*Cincinnati Daily Gazette of Cincinnati*）④。

一八七九年，這個故事出現在《紐約論壇報》（*New York Tribune*），可是版本又變了。沃德的名字不再出現。因此，讀者渾然不知這故事最早是一名喜劇作家的創作。而在這個版本，林肯的朋友念的是一篇「冗長的手稿」，而非「講稿」。⑤

林肯總統曾耐心地聽一個朋友對他念出一段冗長的手稿，然後問他：「你覺得怎麼樣？讀者會喜歡嗎？」總統想了一下，回答：「這個嘛，對喜歡那種東西的人來說，我覺得那正是他們會喜歡的那種東西。」

一八八〇年，芝加哥《教育週刊》（*Educational Weekly*）刊登了一個有點拙劣的變化形⑥：

林肯先生曾聽人念一篇文章，文章作者念完後請教他的意見。「這個嘛，」他說：「有些人非常喜歡那類東西；而對那樣的人來說，這篇文章就是他們會喜歡的那類東西，對此我並不懷疑。」

一八八八年，《紐約先驅報》（*New York Herald*）也援用聲稱出自林肯的一例，並把他聽的東西改成了書⑦。

我們應該引用林肯的一句話來形容這本書。他也曾這麼描述過一本形而上學的著作——「對喜歡這類書籍的人來說，這就是他們會喜歡的那種書。」

一九〇三年，著名劇作家蕭伯納（George Bernard Shaw）創造了不一樣的說法，用於作品《凡人與超人》（*Man and Superman: A Comedy and a Philosophy*）[8]。

坦那：⋯⋯安瑞，你瞧不起牛津對不對？

史翠克：沒那回事。牛津，那是很棒的地方啊，我覺得對喜歡那種地方的人來說，牛津是很棒的地方。它會教你怎麼當個紳士。至於理工學院，則是教你當怎麼當工程師。了解嗎？

麥克斯・畢爾邦（Max Beerbohm）一九一一年的小說《朱萊卡・多卜生》（*Zuleika Dobson*）中，有一位人物是希臘神話繆斯女神克麗奧（Clio）的化身。畢爾邦把這句話的一例歸給她。他原是意在幽默，但這個希臘典故和與克麗奧的連結卻造成一時的混淆[9]：

但有天，當帕拉斯問到她對《羅馬帝國衰亡史》（**The Decline and Fall of the Roman Empire**）的看法，她只這麼答：「對喜歡那類東西的人來說，那就是他們喜歡的東西」。

海明威才沒有這麼說

備受讚譽的詩人卡爾・桑德堡（Carl Sandburg）參與撰寫一套分為多冊的林肯傳記，並得到普立茲獎。他在一九三九年發行的《亞伯拉罕・林肯：戰爭歲月》（*Abraham Lincoln: The War Years*）第二冊中，探究這句名言及它的歸屬。桑德堡提出以唯心論重要倡導者羅伯特・戴爾・歐文（Robert Dale Owen）為主角的趣聞，但也發現沃德可能才是這句話的源頭[10]。

據說，當羅伯特・戴爾・歐文念了一篇冗長、深奧且類似唯心論的論文給他聽時，他這麼回覆：「這個嘛，對喜歡那種東西的人來說，我覺得這就是他們喜歡的那種東西。」這句話可能是他對歐文說的，也可能是稍將阿特瑪斯・沃德杜撰發表的一份證明書修改，再歸給他。那份證明書如下：

親愛的先生——我從沒聽過您的演講，但就我了解，我可以說，對於喜歡您那種演說的人，您的演說就是那種人會喜歡的那種演說。

尊敬您的老阿北

一九六一年，《紐約客》刊載繆麗兒・絲帕克（Muriel Spark）的故事《春風不化雨》（*The Prime of Miss Jean Brodie*）。這部受歡迎也大獲好評的作品亦於同年成書出版，並在一九六九年改編電影。故事描述一位名叫珍・布洛迪（Jean Brodie）、極有魅力的老師深深影響了一小群女學生的人生，絲帕克在布洛迪老師的談話中用了這句話[11]。

在他們後面，布洛迪老師正在回答關於幼女童軍和女童軍的問題。因為這間小學有相當多女孩是幼女童軍。

「對喜歡那種東西的人來說，」布洛迪老師用迷人的愛丁堡腔說：「那就是他們喜歡的那種東西。」

所以說，女童軍和幼女童軍被排除在外了。

總而言之，阿特瑪斯·沃德應是這句話的源頭——亦即他一八六三年假冒「老阿北」寫的那封搞笑信。名言調查員相信，後來種種類似的例子都是直接或間接衍生自沃德的文字，林肯八成沒這麼說過。

蕭伯納、麥克斯·畢爾邦和繆麗兒·絲帕克確實寫過這句俏皮話的變化形。但因為這句話已在流傳，他們的措辭並非全然的原創。

> **筆記**
>
> 非常感謝頂尖研究員比爾·穆林斯（Bill Mullins）對這個主題的執著，促使名言調查員對這個問題進行規劃與考據。特別感謝拉爾夫·基斯在《名言考證者》中討論這句名言，並提供引述自蕭伯納和畢爾邦的資料[12]。

"Half of the town councilors are not fools."

「鎮民代表有一半不是傻瓜。」

——班傑明‧迪斯雷利（Benjamin Disraeli）

　　據名言調查員考證，上面這句嘲諷最早的例子登在一九二七年七月的一篇報紙報導，場景是在瑞典烏普薩拉（Uppasala）附近的無名小鎮。據說一名政府官員因此大發雷霆，臭罵了同僚一頓[1]。

　　一位鎮民代表……說他的同事顯然有一半是傻瓜，眾人要他道歉。他答應彌補，並在鎮上布告欄張貼下列更正啟事：「我之前說鎮民代表有一半是傻瓜，現在我聲明：鎮民代表有一半不是傻瓜。」

　　這麼多年來，這句俏皮話逐漸演變，調侃的對象遍及各種政治人物。從鎮民代表、市議員、閣員到英國下議院議員都有。

　　以下是名言調查員挑選的一些引用資料，按時間先後排列。

　　一九二七年，這個故事出現在多家報紙，例如前文引用的賓州

《阿爾圖那鏡報》(*Altoona Mirror*)、紐約《雪城先驅報》(*Syracuse Herald*)②、和威斯康辛州的《密爾瓦基新聞報》(*Milwaukee Journal*)③。

　　到了一九三〇年，這則軼事的一個變化形在澳洲流傳，如下方《雪梨郵報》(*Sydney Mail*)的敘述。故事刊於報紙的幽默版「輕鬆一下」(In Lighter Vein)。在這個例子中，被迫道歉的是記者，而非政治人物④。

　　鄉間小鎮精神亢奮，當地報紙編輯直率地在專欄裡寫下：「市議員有一半是傻瓜。」

　　此話引發強烈抗議，市議員要求收回。他在下一期順應他們的要求，寫道：「我願意道歉，並聲明市議員有一半不是傻瓜。」

　　一九三三年，《蒙特婁公報》(*Montreal Gazette*)刊出與一九二七年的報導十分相近的版本，出現在名為「來點胡鬧」(A Little Nonsense)的專欄。並沒有具體說明那起滑稽事件發生在何地⑤。

　　一九五八年，諾曼・韋定(Norman Wilding)和菲利浦・隆迪(Philip Laundy)撰寫的《國會百科》(*An Encyclopaedia of Parliament*)表示，這句俏皮話的一個變化形出自前英國首相班傑明・迪斯雷利，並宣稱這起事件早就眾所皆知⑥：

　　許多軼事都與在議會使用不當語言有關。最有名的例子之一如下：迪斯雷利有次斥責半數閣員是驢蛋，因而被要求遵守議會規則。「議長先生，我收回，」他致歉道：「應該是有半數閣員不是驢蛋！」

　　　　　　　　　　　　　　　　　　海明威才沒有這麼說

名言調查員查過英國國會紀錄的電子資料庫，並未找到這次的撤回事證。「驢蛋」一詞可能遭到查禁。名言調查員也搜尋其他使用「傻瓜」、「無賴」和「白痴」等版本的言詞——一無所獲。假使真有人講過這句話，那可能是他的語彙太難以捉摸。

一九六三年的《在火燒的大陸中》（*In the Fiery Continent*）一書是南非約翰尼斯堡《鼓》（*DRUM*）編輯湯姆‧霍普金森（Tom Hopkinson）的作品。書中節錄不少《鼓》的文章，包括以下由凱西‧莫茨西（Casey Motsisi）執筆、描述一起滑稽的虛構事件之段落[7]。

一名重要官員剛說反對黨有一半黨員是驢蛋，對於這個發言，有人要他更正——他更正了——他說反對黨有一半黨員不是驢蛋。他因此贏得眾人恭賀：成為第一個雖然收回失言，卻沒有像頭公牛那般氣沖沖踏出議會的人。

一九六四年《紐約時報》討論了英國國會不允許的遣詞用字，並舉了迪斯雷利版的軼事為例[8]。

例如，議長認為「公驢」不適於議會，但「鵝」（呆頭鵝）可以接受；「狗」、「鼠」、「豬玀」違反規定，但「呆瓜」和「保王黨的笨蛋」可以……

有些羞辱極其高明。迪斯雷利有回因斥責半數閣員是驢蛋，被要求遵守議會規則。「議長先生，我收回，」他說。「半數閣員不是驢蛋才對。」

一九六七年，《英語的故事》（*The Story of the English Language*）這本語言史書籍討論了國會不當語言的限制規定，也提到這句俏皮話[9]。

　　但規避禁令的方法不少。迪斯雷利曾說，「半數閣員不是驢蛋，」後來安奈林‧貝文（**Aneurin Bevan**，曾任英國衛生大臣）則從文學引經據典，用了被禁用的字。

　　一九六八年，前美國國會議員及政府行政官員布魯克斯‧海斯（Brooks Hayes）出版回憶錄，書中也包含這句俏皮話的一例[10]。

　　一名以色列國會議員試著另闢蹊徑，在一次激烈辯論期間，他因宣稱半數閣員是驢蛋而被要求遵守議事規則。「議長先生，我收回那句話，」他說：「半數閣員不是驢蛋才對。」

　　一九八一年，名叫丹尼斯‧史金納（Dennis Skinner）的英國政治人物在下議院發言，抱怨另一位議員並未盡職出席委員會議[11]：

　　史金納：自由黨發言人有一半時間都不在。
　　被批評的議員不同意，他要求收回那句話。
　　艾爾頓：我可以向他保證他說的絕非事實，而我希望他立刻收回那句話。

　　於是，史金納援用了與這句話有部分雷同的俏皮話。

史金納：這位邊山地區（Edge Hill）的榮譽議員似乎對我所言——也就是他有一半時間都不在的說法有點不滿。若我說我同意他另一半時間都在，他願意勉強接受嗎？如果可以，這會是一大進展。

一九八五年，《里歐‧羅斯頓笑話全集》（*Leo Rosten's Giant Book of Laughter*）也呈現了一種版本。這畫龍點睛的一筆由一位「以筆鋒銳利著稱的英國專欄作家」提供，用了「白痴」而非「傻瓜」或「驢蛋」[12]：

讀者的信件如雪片般飛來，怒不可抑地譴責該專欄作者所說半數下議院議員都是白痴一語。我受到強烈要求，須為如此嚴厲且不當的言論道歉。所以我在此致歉，而且樂意修正我的說法：半數下議院議員不是白痴。

一九九一年，一本教科書也舉了這則軼事的一例，其目標讀者是有志從事新聞工作者，場景擺在美國某個兩大黨勢均力敵的州議會[13]：

在一場預算會議中，某位議員抨擊反對黨議員說：「這間議會有半數議員是傻瓜。」他的對手立刻抗議「傻瓜」是不當用語，要求該議員收回言論。他便回答：「我收回先前的言論：這間議會裡有半數議員不是傻瓜。」

二〇一四年，一個推特用戶貼了一張丹尼斯‧史金納的圖片，疊印圖片上的文字寫的正是這則笑話的另一例[14]：

丹尼斯·史金納：保皇黨有一半是騙子。

議長：請收回。

史金納：好，保皇黨有一半不是騙子。

　　總而言之，這則笑話最早出現於一九二七年，證據顯示它源自瑞典，主角不明。因為沒有說明事情發生在哪個鎮、牽涉到哪些人，這則軼事的可信度也不高。數十年下來，這句俏皮話一再重述，地點一再修改，人物卡司也一換再換。

　　截至目前，名言調查員都未能找出實證可證明真有班傑明·迪斯雷利的事件。不過，名言調查員相信，一九二七年的故事或許不是最早的，我們也期待能聽到其他研究人員有何進展。

筆記

特別感謝安德魯·希奇（Andrew Hickey）在推特提到這個主題，吸引名言調查員注意，促使我們對這個問題進行規劃考據。也感謝推特用戶 PJM QC（@pjmikbw）貼文。非常感謝伊恩·普瑞斯頓（Ian Preston）指出馬克·艾瑟頓（Mark Etherton）的 Language Log 網站上有則留言和丹尼斯·史金納一九八一年說的那句話一致。

"It has become appallingly obvious that

our technology has exceeded our humanity."

「這已經明顯到令人毛骨悚然的程度：

我們的技術已遠遠超過人性了。」

——愛因斯坦

　　沒有實證可證明愛因斯坦說過這句話。它並未出現在普林斯頓大學出版社所發行《終極版愛因斯坦語錄》（*The Ultimate Quotable Einstein*）中——這本名言選集可說得上是包羅萬象[①]。

　　據名言調查員所知，類似該引言的最早例證出現在一九九五年維克多・沙爾瓦（Victor Salva）自編自導、史恩・派屈克・福納瑞（Sean Patrick Flanery）主演的電影《閃電奇蹟》。故事情節主要圍繞著男主角強大的超能力發展。福納瑞飾演傑樂米・瑞德（Jeremy Reed），他有類似白子的外表，被取了「白粉」（powder）的綽號。電影接近尾聲時，瑞德和傑夫・高布倫（Jeff Goldblum）飾演的物理老師唐諾・萊普利（Donald Ripley）有一段對話。萊普利引用這句名言，瑞德馬上說那是出自愛因斯坦：

唐諾・萊普利：這明確到令人毛骨悚然，我們的技術已超越我們的人性。

　　傑樂米・瑞德：愛因斯坦。

　　唐諾・萊普利：看看你，看看我，我覺得有一天，人性還是可能超越我們的技術。

　　這段對話並非和坊間流傳的愛因斯坦版本一字不差。例如，萊普利用了「明確」（clear）和「超越」（surpassed），一般歸給愛因斯坦的說法則用「明顯」（obvious）和「超過」（exceed）。但語義上十分相近。

　　愛因斯坦確實在一九四六年說過一句與電影《閃電奇蹟》那句話同樣意涵的名言。他提醒人類新核子時代的危機。《紐約時報》在一九四六年五月二十五日報導了愛因斯坦「昨日以電報向數百位卓越美國人傳達他個人的呼籲」。摘錄如下[②]：

　　我們的世界面臨危機，但擁有重大善惡決定權的人士仍渾然不覺。釋放出來的原子力量已改變我們思考模式外的一切，因此我們正朝著空前絕後的大災難漂去。

筆記

感謝艾瓦洛・赫南德茲（Alvaro Hernandez）提問，促使名言調查員進行考據。也感謝維基語錄的編輯志工，特別是Hypnosifl（潔思・馬瑟〔Jesse Mazer〕的筆名）以嫻熟的技巧追蹤愛因斯坦的名言。

　　　　　　　　　　　　　　　　海明威才沒有這麼說

"You can get much further with a kind word and a gun

than with a kind word alone."

「一句好話加一把槍，遠比只有一句好話更能達到目的。」

——艾爾·卡彭（Al Capone）

　　名言調查員沒找到艾爾·卡彭說過類似言論的證據。迄今發現最早的引用，顯示這句話是位名叫厄文·柯瑞教授（Professor Irwin Corey）的喜劇演員創作。他飾演一位古怪的學究，總是滔滔不絕地講述各種滑稽仿作。

　　一九五三年，行業期刊《綜藝》（Variety）報導了一部在NBC聯播網播出的廣播劇，厄文·柯瑞在劇中演出哈姆雷特——但與史實無關，而且還是昏庸版的[①]：

　　我有一個簡單而深刻的哲學。隨便拋出一個論點——一個空泛、粗糙、簡單卻深刻的論點。我的哲學是，一句好話加一把槍，比只有一句好話更能取得進展。

一九六二年西雅圖《西雅圖每日時報》（*Seattle Daily Times*）報導柯瑞在當地某場地演出，並提及他開的幾個玩笑[2]：

> **論競選總統**——「我的口號是『對窮人課重稅』。我認為我們最好搶在有錢人之前先搜刮窮人。」
>
> **論哲學**——「靠一句好話加一把槍，比只有一句好話更能取得進展。」

上述俏皮話和其他早期的例子往往沒註明出自哪個特定人物。不過到了一九六九年，柯瑞為凸顯這句臺詞的幽默，遂把源頭給了前美國黑幫老大卡彭。引用細節請參見下文。

名言調查員挑選了數處引文，按時間先後排列如下。

一九六六年，《好萊塢報導》（*Hollywood Reporter*）的聯合專欄寫道，一部頗受歡迎的情境喜劇的演員泰德·畢索爾（Ted Bessell）用了這句俏皮話，沒說出自卡彭[3]：

> **泰德·畢索爾在他主演的〈那個女孩〉（That Girl）的那幕說出今天的每日一思：**
>
> **靠一句好話加一把槍，比只有一句好話更能取得進展。**

一九六八年，賓州一家報紙刊出的短文報導，一位不知名的喜劇演員在電視節目用了這句話。當時這則笑話尚未和哪個匪徒扯上關係[4]：

海明威才沒有這麼說

你幾天前的晚上有聽到那位電視喜劇演員說的話嗎？

靠一句好話加一把槍，比只有一句好話更能取得進展。

一九六九年七月，銷路甚廣的報紙增刊《遊行》（*Parade*）雜誌刊登〈我最愛的厄文‧柯瑞笑話集錦〉（*My Favorite Jokes by Professor Irwin Corey*）一文，除了列出幽默語錄，也介紹柯瑞的生平。這篇文章是名言調查員發現最早將這句俏皮話歸給卡彭的例子，只是略帶猶豫和諷刺[5]：

我記得艾爾‧卡彭說過：「靠一句好話，加一把槍，比只有一句好話更能取得進展。」

一九六九年八月，這句話的一個變體刊在紐約布魯克林的一本期刊，出自卡彭的說法被認真看待了[6]：

據說艾爾‧卡彭老是把這句話掛在嘴邊，取得進展的最佳方式是這樣的：「靠一句好話加一把槍——尤其是槍。」

一九七〇年十月，愛荷華一家報紙印了這句話，並表示出自卡彭[7]：

艾爾‧卡彭曾說：「靠一句好話，加一把槍，比只有一句好話更能取得進展。」

一九七〇年十一月，這句話刊在威斯康辛一家報紙，來源不知怎麼就確定是卡彭了⑧：

我記得艾爾‧卡彭說過：「靠一句好話加一把槍，比只有一句好話更能取得進展。」

一九七二年，《時代雜誌》引述一位經濟學家用了這句話，主題是薪資和物價調控，並把出處歸給卡彭⑨：

《時代雜誌》經濟學者委員會的華特‧海勒（Walter Heller）說：「情況從此不一樣了。就算解除調控，也會有重新實施的可能。誠如艾爾‧卡彭所說：「一句好話加一把槍，遠比只有一句好話更能達到目的。」

一九七四年喜劇拍檔吉姆‧甘農（Jim Gannon）和威爾‧傑斯登布拉（Wil Gerstenblatt）在《遊行》上的文章提到這句俏皮話的變化形⑩：

我們想給你出自艾爾‧卡彭的高見：靠一句好話加一把槍，你想去哪裡都不成問題。

一九七七年，麻州波士頓一家報紙引用了經濟學家華特‧海勒的話，不過這個例子用的是「微笑」，而非「好話」⑪：

海勒評論卡特可能會針對不景氣採取強制性措施時,引述大蕭條時代黑幫老大艾爾·卡彭的話:「一抹微笑加一把槍,比只有微笑更能達到目的。」

一九七九年,語言專家威廉·薩菲爾在《紐約時報》提出一位經濟顧問曾援用這句話,並表示出自卡彭[12]:

甘迺迪先生有位傑出的經濟顧問,當他以玩笑的心情探討所得政策的主題,喜歡引用一句箴言,據他說是出自黑幫老大艾爾·卡彭:「一句好話和一把槍,遠比只有一句好話更能取得進展。」

一九八七年的電影《鐵面無私》(*The Untouchables*)以戲劇呈現卡彭和政府探員艾略特·內斯(Eliot Ness)之間的衝突。其中一幕,記者詢問勞勃狄尼洛(Robert DeNiro)飾演的艾爾·卡彭如何看待因使用暴力而惡名昭彰一事,他這麼回答[13]:

我在目無法紀的鄰里長大,我們常說,一句好話和一把槍,遠比只有一句好話更能達到目的;而在我生長的地方,或許真是如此。

在重要的工具書《耶魯名言集》裡面有一條關於這句引言的評註。編輯弗瑞德·夏皮羅指出,有本一九八○年出版的書籍把這句話和演藝人員厄文·柯瑞連在了一起[14]:

這句話通常會讓人想到卡彭，但保羅・狄克森在《正式解釋》（The Official Explanation）一書中說那出自厄文・柯瑞：「一句好話加一把槍，比只有一句好話更能取得進展。」

總而言之，名言調查員推測這句俏皮話是在一九五三年以前由幽默大師厄文・柯瑞教授創造。另外，名言調查員也相信柯瑞在一九六九年捏造此話出自卡彭只是為了提升喜劇效果，並非故意欺騙。然而，這個歸屬卻被認真看待，導致今日這句話常被誤認為是卡彭說的。

"Hollywood is a place where they'll pay a thousand dollars for a kiss

and fifty cents for your soul."

「好萊塢這地方願意付一千美元買一個吻,付五十分錢買你的靈魂。」

——瑪麗蓮夢露(Marilyn Monroe)

　　名言調查員會注意到這句引言的爭議性,是因為它出現在夢露那本名叫《我的故事》(*My Story*)的自傳中。這本自傳在一九七四年,亦即夢露香消玉殞十二年後才出版。有些書評認為書中文字並未反映這位名人真正說了什麼。以下是一段較長的摘錄[①]:

　　在好萊塢,女孩的美德遠不如她的髮型重要。你被評斷的標準是外表,而非人品。好萊塢這地方願意付一千美元買一個吻,付五十分錢買你的靈魂。我會知道這件事,是因為我太常拒絕第一項報價,而堅持要那五十分錢。

　　在《我的故事》出版後,《洛杉磯時報》的編輯對它頗有微詞。這部回憶錄的來源是夢露生前的攝影師米爾頓‧格林(Milton Greene)

的打字稿。出版商史丹岱（Stein and Day）並未嘗試核對和探究文本。夢露遺產的指定執行人與格林及出版商共享書籍銷售的利潤。《洛杉磯時報》寫了下面這段話[②]：

　　這本「新」自傳是新瓶裝舊酒，而且大部分一字不差，與二十年前，亦即一九五四年五月九日到八月一日在《倫敦帝國新聞》（London Empire News）發表的一系列插圖漂亮的文章如出一轍。該系列的共同作者（或說影子作者）顯然是劇作家班‧赫克特（Ben Hecht）。

　　《我的故事》回憶錄和《倫敦帝國新聞》一模一樣的其餘段落，皆刊載於《洛杉磯時報》那篇文章的邊欄。
　　一九七五年，倫敦《觀察家》（Spectator）書評對回憶錄的作者表示懷疑——因該文字洋溢著散文風格[③]：

　　這讓我們想起應該由瑪麗蓮夢露親自撰寫的《我的故事》。我們被逼著相信以下的句子都是她寫的：「你飢渴的白日和歇斯底里的夜晚，全會登上頭條的舞臺，並鞠躬謝幕……」
　　然後再試試這個：「汽車有如一整排綿延不見盡頭的甲蟲，駛過落日大道，橡膠輪胎發出愉快而滿足的高級噪音。」

　　不過，世人並沒有徹底的認識到夢露真正的才華。性感尤物只是她刻意營造的表象，也順利讓她一夕間紅遍大街小巷。她其實有著敏捷而機智的反應，如以下《時代雜誌》的報導[④]：

　　　　　　　　　　　　　　　　　海明威才沒有這麼說

她承認一九四九年拍那張【月曆】照片是為了付拖欠的房租……
當她被問到自己在那張照片裡是否真的不著一物，瑪麗蓮一雙碧眼睜
得老大，輕柔地說：「還有收音機陪我啊。」

　　總之，這句引言雖印在瑪麗蓮夢露的回憶錄，但來源無法確定。
名言調查員不認為這段話全是假的，不過很可能有影子作家從旁協助。

"The budget should be balanced; the Treasury should be refilled."

「預算該平衡；國庫該補充。」

——西塞羅（Cicero）

除去CNN某主持人在二〇一一年這麼說，沒有實證顯示西塞羅真說過或寫過這句話[1]。一九六三年，暢銷作家泰勒·考德威爾（Taylor Caldwell）出版《鐵柱》（*A Pillar of Iron*）一書，封面副標寫道：「西塞羅與他企圖拯救的羅馬」。這部小說的主角是歷史人物西塞羅的虛構版本，而這憑空想像的敘述就包含據名言調查員所知與這句話密切相關最早的證據。

《鐵柱》有一個段落描述主角西塞羅和一名叫安東尼奧斯（Antonius）的男人交談時的心裡話。請注意，考德威爾的西塞羅並沒有真的在小說裡說出這段話[2]：

西塞羅發現自己常被安東尼奧斯搞得不知所措。安東尼奧斯明明由衷認同預算該平衡、國庫該補充，公債將縮減，將軍們的傲慢該收

　　　　　　　　　　　　海明威才沒有這麼說

斂節制，對外國的協助該減少，以免羅馬破產，民眾該強制工作，不該靠政府維生，審慎與節約計畫該盡快執行。

在這本書的前言，考德威爾敘述自己為了寫這篇故事做的廣泛研究③：

我一九四七年四月在梵諦岡圖書館親自翻譯數百封信，都是西塞羅和他的編輯及出版人阿提克斯（Atticus）的往來信件，並且在一九六二年重回羅馬和希臘時翻譯了更多西塞羅寫給兄弟、妻子、兒子、女兒、凱撒、龐貝和其他人的信。

考德威爾也指出該書中一些信件的摘錄，其實是直接取自歷史文件的翻譯：

盡可能少用註解，但在每個寫註之處，「西塞羅寫道──阿提克斯寫道──諸如此類」都有可信之處，而且能在各地圖書館的歷史書籍中找到。

然而，前述關於羅馬預算的段落，反映的是考德威爾想像中西塞羅會有的觀點，並非出自他的哪封信或哪次演說。

西塞羅確實發表過跟該名言有部分符合的「為賽斯提奧斯辯護的演說」（*Speech in Defense of Sestius*）。牛津大學出版社編撰的《羅馬社會史資料選》（*As the Romans Did: A Source Book in Roman Social History*）

收錄了那次演說節錄的英譯版。西塞羅針對蓋約‧格拉古（Gaius Gracchus）提出的法案：「以低廉、不變的價格將每月固定的穀物配額賣給所有羅馬公民」提出批判[④]：

蓋約‧格拉古提出一項穀物法案。因為不用工作就可以得到充足的糧食，人民很高興。但有識之士反對該法，因為他們認為這會引誘民眾不再辛勤工作、趨向懶惰，而且他們知道這會使國庫耗竭。

泰勒‧考德威爾一九六五年的《鐵柱》一書包含這句話的第一個已知版本。

一九六六年五月，路易斯安那眾議員奧圖‧派斯曼（Otto E. Passman）在一場次級委員會的聽證會上援用該名言的一例。他修改了小說那段的文字，轉成直接引用。「將軍們的傲慢」換成「官員的傲慢」。除此之外，派斯曼也提出第二句關於「特權」的引文，同樣引自《鐵柱》，該段落出現在第一句引文的幾頁之後[⑤]：

派斯曼：委員會會議開始。

各位都知道，我們偶爾會在忙碌煩悶的生活中偶遇有趣且優美的歷史書籍。此刻我們經歷的這段路完全是過去盛極一時、最後因愚蠢而敗亡的偉大國家之翻版。

我想引用一、兩段話做為正式紀錄。我逐字說：

第一段──

預算該平衡，國庫該補充，公債將縮減，官員的傲慢該收斂與節
制，對外國的協助該削減，以免羅馬破產，民眾該強制工作，不該靠
政府維生，審慎與節約計畫該盡快執行。

——西塞羅，西元前五十八年

還有一句話必定能讓各位意識到我們正在重蹈歷史的覆轍。那句
話是這樣說的：

當某種民權侵犯了所有人的權利，就成了某個特殊階級的特權。
——西塞羅，西元前五十八年

一九六六年十一月，《芝加哥論壇報》一位專欄作家報導派斯曼
的這番言論，並刊登了那句被歸給西塞羅的引言，促使它進一步傳
播。這句引言也進一步修改，最後一句被簡化了[6]：

他看到羅馬共和的毀滅和我們當前的趨勢有諸多雷同，驚詫不
已。以下引用自西塞羅的言論表達了派斯曼對這偉大社會的觀點：

「預算該平衡，國庫該補充，公債將縮減，官員的傲慢該收斂與
節制，對外國的協助該削減，以免羅馬破產，民眾該強制工作，不該
靠政府維生。」

一九六八年，眾議員派斯曼繼續傳播這個被他歸給西塞羅的言

論。例如，在一場次級委員會的聽證會上，他向國務卿迪安・魯斯克（Dean Rusk）重複這些話，外加這段開場白[7]：

派斯曼：好的，魯斯克先生，我蒐集了很多歷史上的名言，而我覺得兩千年前西塞羅說的這句話相當適合做為此次聽證會的結語……

一九六九年，一個洛杉磯居民寫給《基督教科學箴言報》編輯一封信，其中引用了這句被歸給西塞羅的引言，但表示這話是奧圖・派斯曼說的[8]。

一九七一年三月，《芝加哥論壇報》刊出一封給編輯的信，信中包含這段被歸給西塞羅的文字[9]。一九七一年四月，同一家報紙刊出語帶批判的回信，作者是北伊利諾大學的歷史系教授約翰・柯林斯（John H. Collins）[10]：

如果康諾利先生（或其他任何人）能舉出這句話出自西塞羅已知作品的哪一章、哪一節，我很樂意捐出五十美元，他要我捐給哪個慈善機構都可以。

康諾利先生被泰勒・考德威爾《鐵柱》的「前言」騙了。她的確說了為期九年的研究和「一次又一次確認來源」，但不幸的事實是：她的引言大多是假的。上面那句來自《鐵柱》的四八三頁，完全無文獻可考。歷史小說家有權利將杜撰的對話和軼事放入小說中，但不該把自我的創作當成真實的歷史來呈現。

　　　　　　　　　　　海明威才沒有這麼說

一九八九年，美國國會研究處（Congressional Research Service）出版了《恭敬地引用：一部名言辭典》（*Respectfully Quoted: A Dictionary of Quotations*）。這句被認為出自西塞羅的話經考據後的結論如下[11]：

尚未發現證據證明西塞羅說過這些話，幾乎可斷定是偽造的。

一九九二年，頗受歡迎的《舊金山論壇報》專欄作家賀伯‧卡昂（Herb Caen）刊出這句話的一個版本，那是一個讀者在巴西看到後告訴他的。這個版本使用「公共補助」一詞[12]：

引述：「國家預算必須平衡，公債必須縮減，當權者的傲慢必須收斂與節制，付給外國政府的金額必須削減，如果不想破產的話。民眾必須重新學習工作，而非靠公共補助過活。」不，這不是哪個總統候選人的政見。根據巴西聖保羅一間公證人辦公室牆上的海報，這是西元前五十五年馬庫斯‧圖利烏斯‧西塞羅在羅馬說的話。

總的來看，名言調查員相信這段話是泰勒‧考德威爾為她一九六五年的小說《鐵柱》所創作。那些話反映了書中主角西塞羅的心境，而這個角色是依據考德威爾對歷史人物西塞羅的看法創造出來的。在小說裡，主角並未真的說出這些話，西塞羅的演說和著作中也找不到這些話。

筆記

特別感謝邦妮・泰勒─布萊克（Bonnie Taylor-Blake）找出一九七
一年《芝加哥論壇報》約翰・柯林斯寫的信，並於《鐵柱》中找到
相關文本。二〇〇八年，她在寶貴的Snopes網站提到她的發現，可
惜網頁已被移除。感謝阿里阿德涅（Ariadne）在Snopes的同一篇
討論中指出「為賽斯提奧斯辯護的演說」。非常感謝強納生・萊特教
授（Jonathan Lighter），他看到CNN的播送，並且在通訊群組中討
論這個主題。感謝麥可V（Michael V.）對這句名言的提問，也感謝
盧・艾貞（Lew Eigen）嚴格地考證這句名言。

誰撿到就是誰的

捕獲／宿主

"You'll worry less about what other people think of you

when you realize how seldom they do."

「要是你知道別人根本很少在意你,你就不會那麼在意別人。」

——大衛・佛斯特・華勒士(David Foster Wallace)

據名言調查員所知,與上面這句話類似的版本最早出現在一九三七年一月沃爾特・溫切爾的聯合報紙專欄。這話被歸給一個名叫歐林・米勒(Olin Miller)的笑匠[①]:

「如果,」【米勒】認為:「你知道別人根本很少想到你,你就不會那麼在意別人的想法!」

名言調查員相信歐林・米勒最可能是這句話的原創者。其餘如大衛・佛斯特・華勒士和艾蓓德(Ethel Barrett)等人士,是在話流傳開來才拾人牙慧。數十年來,這句引言的措辭一變再變,偶爾會和馬克吐溫和艾琳娜・羅斯福的名字連在一起,但看來純屬無稽之談。一七五一年,大文豪塞繆爾・詹森(Samuel Johnson)發表了一段饒富趣味、探討自我意識過高的文字。詹森強調，多數人滿腦子只想著自己[②]。

但其實沒有人會得到世上其餘人士的密切關注，除非那些人對他的財產有興趣。人生的一般俗事與愉悅、愛與對立、失與得都令每顆心激動不已。若他了解別人幾乎沒把自己放在心上，就會明白他吸引不了別人的關注。

一九三七年一月，如前文所述，專欄作家沃爾特‧溫切爾說這句格言出自歐林‧米勒。一九三八年十二月，略微不同的說法出現在內布拉斯加州奧瑪哈的《世界先驅晚報》（*Evening World-Herald*），用來填補空白，沒有標明出處[③]：

如果你知道別人根本不太在意你，你就不會那麼在意別人。

一九三九年二月，紐約州克林頓（Clinton）一家報紙轉載了這句話，並感謝另一家報紙提供[④]：

如果你知道別人根本不太在意你，你就不會那麼在意別人。
——《聖路易星報》（**St. Louis Star-Times**）

一九三九年六月，最暢銷的雜誌《讀者文摘》刊出這句箴言（為了填補空白），並將來源正確地歸給歐林‧米勒[⑤]：

如果你知道別人根本很少想到你，你就不會那麼在意別人的想法！

——歐林・米勒

一九四〇年六月，阿爾克・沃德（Arch Ward）在《芝加哥論壇報》長壽專欄「新聞之後」（Thinkograms）單元刊出一例，並表示語出「桑妮雅和鮑伯」（Sonja and Bob），或許是他們轉達這句話給沃德的[6]：

假如我們知道別人根本很少想到我們，或許就不會擔心他們對我們的想法。

——桑妮雅和鮑伯

一九四一年五月，受歡迎的朱尼亞斯（Junius）聯合專欄「辦公室的貓」（Office Cat）刊出這句話，未標出處[7]：

如果你知道別人根本很少想到你，你就不會那麼在意別人的想法！

一九四二年，這句話出現在《洛杉磯時報》的版面，並感謝寄信人提供[8]：

用不著擔心——傑克・阿利斯（Jack Allis）寄來這個令人寬慰的想法：「假如我們知道別人根本很少想到我們，或許就不會擔心他們對我們的想法。」

一九四五年《君子》雜誌將這句話連同一系列五花八門的引言一起刊出，並將出處給了某位李姓旅客（Lee Traveler）[9]：

假如我們知道別人有多不常想到我們，就不會擔心他們怎麼想我們了。

——李姓旅客

某些細心的編纂者並沒有遺忘這句話和歐林·米勒之間的關係。一九五五年，雅各·摩頓·布勞德編纂的《演說者的故事、引言和軼事》（*The Speaker's Encyclopedia of Stories, Quotations, and Anecdotes*）援用的說法和一九三七年的沃爾特·溫切爾版本一字不差，也歸給同一個人[10]：

如果你知道別人根本很少想到你，你就不會那麼在意別人的想法。

——歐林·米勒

一九六八年，艾蓓德寫的幽默勵志書《先別看，但你的性格已表露無遺》（*Don't Look Now, But Your Personality Is Showing*）將這句格言放進第一頁的一個裝飾框中，沒標明出處[11]：

如果我們了解別人根本很少想到我們，就不會擔心他們對我們的想法了。

一九九四年，佛羅里達州《聖彼得堡時報》（*St. Petersburg Times*）一位作者將這句話跟「名言磁鐵」馬克吐溫連了起來⑫。

　　馬克吐溫晚年竟然變得有點憤世嫉俗、尖酸刻薄，我真的很訝異。「如果你知道別人根本很少想到你，就不會那麼擔心別人對你的想法了。」他說。如果我膽敢對我爸媽講那種話，想必會吃不少苦頭，不過，假如我小時候就明白這點，一定頗有用處。

　　一九九六年大衛・佛斯特・華勒士出版了一本頗厚的小說《無盡的玩笑》（*Infinite Jest*），有一節寫到，去某個虛構的場所治療酒精和藥物依賴說不定可習得些許智慧。華勒士版的構句與米勒略微不同，也流露典型的華勒士語氣（「便不會如此在意……」）⑬。

　　如果，因慈善或絕望之故，你有機會進入像麻州恩菲德公家補助的恩內之家這樣的物質濫用勒戒中心度過一段時間，你將會學到許多奇異的新事實……
　　有時人就是得待在一個地方，例如痛苦之中，才會明白別人其實很少想到你，便不會如此在意他們對你的看法——或有些仁慈是未修飾、未摻雜、不預設的——或即使焦慮來襲，你依舊可能沉入睡夢中。

　　到了二○○七年，這句話的一個變化形被歸給知名的第一夫人艾琳娜・羅斯福，而名言調查員也發現語氣有所轉變⑭：

　　　　　　　　　　　　　　　　海明威才沒有這麼說

如果你明白別人其實很少想到你，就不會那麼擔心他們對你的想法了。

——艾琳娜・羅斯福

　　二〇一三年《信用管理》（*Credit Management*）期刊將這句話連同一些雜七雜八的名言印在同個邊欄，並把出處給了艾蓓德[15]：

　　「如果我們明白別人根本很少想到我們，就比較不會擔心他們對我們的想法。」

——艾蓓德

　　總而言之，名言調查員認為，說一九三七年的版本出自歐林・米勒是合理的。艾蓓德和大衛・佛斯特・華勒士則分別在一九六八年和一九九六年推波助瀾，讓這句話更為普及。

筆記

非常感謝柯琳娜・柏蘇克（Corina Borsuk）提問，促使名言調查員對這個問題進行規劃與考據。特別感謝彌足珍貴的塞繆爾・詹森語錄網站經營者法蘭克・林區（Frank Lynch），你指出詹森一七五一年的那段話。謝謝頂尖名言研究者貝瑞・波皮克找出溫切爾的關鍵引文，以及其他珍貴引用資料[16]。

"With great power comes great responsibility."

「力量越強，責任越大。」

——蜘蛛人（Spider-Man）

——伏爾泰（Voltaire）

　　二〇一四年九月，名言調查員收到一封電子郵件，信中提出一個跟上述名言有關的問題。有人說這句出自伏爾泰，有人說出自蜘蛛人，但它真正的出處——在提問當時——仍無法確定。那封寫給名言調查員的電子郵件的總結是一句恭維再加上一項挑戰：「除了名言調查員，我誰也不信。」

　　這個主題已有數名研究人員處理過，沒有一個人在伏爾泰的法文文集裡找到過這句話。據《耶魯名言集》指出，這句話已知最早的英文例子可追溯至一八五四年。名言調查員先進行初步搜尋，查了他的私人參考資料庫、Google 圖書和數個報紙資料庫，也試著釐清一句不完整的引文，提及法文版《伏爾泰作品集》（*The Works of Voltaire*）某冊，但是，在輸入多組相關法文字詞查詢，始終一無所獲——因此名言調查員斷定那句引文可能是靠不住的。名言調查員苦無進展，於是

　　　　　　　　　　　　　　　　　　　　　　　海明威才沒有這麼說

暫緩調查，將心力轉向另一個問題。畢竟，懸而未決的請求有數千之譜。

不過，二○一五年六月，名言調查員的委託人斷然重申她的訴求。她的下一封信指出，最近美國最高法院一個下發的判決提到了這句話，該案件是「金寶訴漫威娛樂案」（Kimble v. Marvel Entertainment），把引言的出處給了一九六二年蜘蛛人一角首次登場的漫畫期別，作者是史丹‧李（Stan Lee）和史蒂夫‧迪特科（Steve Ditko）。委託人覺得名言調查員錯失了一個重要機會。名言調查員十分好奇這位委託人的身分，一查才發現她的名字和美國上訴法院的某位聯邦法官一模一樣。

於是乎，名言調查員重整旗鼓。

名言調查員發現，早在法國大革命期間，就有一句十分類似的話。下面的段落出現在一七九三年五月八日，法國國民公會（French National Convention）制定的一連串政令之中[①]。

Les représentants du peuple se rendront à leur destination, investis de la plus haute confiance et de pouvoirs illimités. Ils vont déployer un grand caractère. Ils doivent envisager qu'une grande responsabilité est la suite inséparable d'un grand pouvoir. Ce sera à leur énergie, à leur courage, et surtout à leur prudence, qu'ils devront leur succès et leur gloire.

大意如下：

人民的代表將達成目標，投入最強的信心和無限的力量，他們將展現崇高的品格。他們必須想到，重大的責任與強大的能力密不可分；他們的成就與榮耀應歸功於他們的幹勁、勇氣，以及最重要的因素：他們的慎重。

諸如墨爾本子爵（Lord Melbourne）、溫斯頓‧邱吉爾（Winston Churchill）、西奧多‧羅斯福（Theodore Roosevelt）和富蘭克林‧羅斯福等卓越的世界領導人，後來都曾發表過類似的聲明──而且都比蜘蛛人來得早。

眾所周知的《聖經》詩句──路加福音12: 48──也有主題相近的前例，不過意義多少有點不同，因為它並未提及力量。新國際版（New International）和欽定版（King James）的翻譯如下[2]：

多給誰，就向誰多取；多託誰；就向誰多要。

一七九三年，下面的聲明出現在前文提過的一份法國國民公會發行的卷子中：

他們必須想到，重大的責任與強大的能力密不可分。

一八一七年，英國下議院辦了一場中止人身保護令的辯論，一位名叫威廉‧蘭姆（William Lamb）的議員是支持中止的。之後數十年，蘭姆成為權力極大的政治人物，最終當上首相，即今日為人熟知的墨爾本子爵。在蘭姆一八一七年的發言紀錄中，這句箴言前後加了引號，表示它已在流傳。現代讀者可能會覺得這篇紀錄十分突兀，因為它是用第三人稱寫成。指涉詞「他」就是發言的蘭姆先生[③]。

常有人說到新聞輿論的力量，他也承認新聞輿論力量強大。但他請求允許，提醒新聞輿論的管理者，他們有責任為一句箴言出力，一句他們從未忘記呼籲政府考量的話：「大權在握，必然意味責任重大。」既然他們居高臨下，就該將正義與真理視為工作中的宏大目標，不該放任自己屈服於個人的利益或愛好。

一八五四年，蘇格蘭國家教會的約翰・康明牧師（Reverend John Cumming）發表一段宗教文本，其中包含與這句話主旨相近的敘述[④]。

上帝的旨意──當然也是基督福音──之律法如下：位高權重代表責任重大，亟需盡責。如果府上外觀金碧輝煌，屋內富麗堂皇，你就該環顧四周，照顧後巷子中的人家，讓他們不至生活悲慘。

一八五八年，一本名為《琢石》（Ashlar）的共濟會（Masonic）期刊印上意旨相近的一例，並將兩個關鍵詞的次序重新排過[⑤]。

他不能照他們的判斷行事，必須自己做主；他肩負重任，因此大權在握，受最強烈的義務所縛，必須維持該權力與其職務的尊貴。

在一八九七年一場演講上，夏喬士‧羅便臣爵士（Sir Hercules George Robert Robinson）延伸了話意，將「焦慮」加入句中，做為必然的補遺[6]：

但力量越強，責任越大；責任越大，焦慮也越深。

一八七九年，波士頓公立圖書館管理人的一篇報告包含前管理人亨利‧海恩斯教授（Henry W. Haynes）的一句聲明，這句話的版本之一也在其中[7]。

擁有強大的權力和能力，總是意味肩負同樣重大的責任。多給誰，就向誰多取。

一九〇六年，政治家邱吉爾在英國下議院發表演說，內容包含這句格言的延伸版[8]。

能力越強，責任越大；能力越弱，責任越輕。而無能為力者，我想，可以不必負任何責任。

一九〇八年六月十九日，西奧多‧羅斯福總統寫了一封信給喬治‧奧圖‧特里維廉爵士（Sir George Otto Trevelyan），詢問他謝絕二度連任總統之理由[9]。

　　　　　　　　　　　海明威才沒有這麼說

我信仰強力執行者，我信仰權力；但我相信責任會隨權力而至，而讓強力執行者成為終身執行者，這並不恰當。

一九一三年，約翰‧A‧費奇（John A. Fitch）在《鐵路人員》（*Railroad Trainman*）期刊寫了篇評論，探討美國鋼鐵公司（US Steel Corporation）的權力。他援用了這句格言[⑩]。

擁有強大的力量或許不是罪過。但力量越大，運用那股力量的責任也越重。

富蘭克林‧羅斯福在一九四五年四月逝世前夕寫了一篇關於湯瑪斯‧傑佛遜的講稿，原打算在之後的電臺演說中宣讀，卻事與願違。而這篇遺作在他過世後轉交新聞記者，由美聯社發表[⑪]。

今天，我們在戰爭的痛苦中學會：力量越大，責任越大。今天，我們無法逃離德國和日本侵略的後果，一如一百五十年前無法不被巴巴里海盜（**Barbary Corsairs**）的劫掠波及。

虛構的英雄人物蜘蛛人在一九六二年八月的漫畫《驚奇幻想》（*Amazing Fantasy*）第十五集首次亮相。原創故事制定了蜘蛛人的行為守則，而這句名言在這裡以圖說表述。不過，這句話既非出自主角彼得‧帕克（Peter Parker）也非他的班叔叔（Uncle Ben），而是運用一種全知的敘事語氣吐露[⑫]：

於是一道精瘦而沉默的身影緩緩隱入越來越濃的黑暗，終於明白在這個世界，力量越強，隨之而來的責任必越大！

總而言之，基於現有的資訊，名言調查員認為這句話出自一七九三年法國國民公會那段文字的作者，不過不知道寫作者的確切身分，未來的研究人員當然也有可能找到年代更久遠而且近似的說法。

另外，諸如墨爾本子爵、邱吉爾和富蘭克林‧羅斯福等大人物都援用過這句格言的不同版本。蜘蛛人的創作者史丹‧李和史蒂夫‧迪特科則是讓這句話大受歡迎的重要媒介。

筆記

非常感謝珊卓拉‧生田（Sandra Ikuta）詢問這個有趣的主題，促使名言調查員對這個問題進行規劃考據。非常感謝柯洛威克和安敦‧夏伍德提供一七九三年那段文字的翻譯，如有錯誤，皆為名言調查員之責。另外，也感謝凱利‧迪‧多納托（Kelly Di Donato）、查爾斯‧厄利（Charles Early）和穆爾‧溫特斯（Muirl Winters）提及《聖經》的參考文字。另外，也感謝弗瑞德‧夏皮羅在《耶魯名言集》鑑定一八五四年的那句引文，也要感謝瓦艾歐斯‧K（Vaios K.）在奇摩知識（Yahoo Answers）的答覆裡提到一八一七年的引用。

"Sports do not build character. They reveal it."

「運動並不是培養品格，而是顯露出品格。」

——約翰·伍登（John Wooden）

約翰·伍登率領加州大學洛杉磯分校（UCLA）拿下十座全國冠軍，被譽為史上最偉大的籃球教練。一九七七年起，美國大學籃球的最佳球員會獲頒伍登獎的獎盃。頒獎典禮在洛杉磯商業區的洛杉磯運動俱樂部（Los Angeles Athletic Club）舉行，那裡的籃球場四周環繞著歷代伍登獎得主的加框相片，該場地亦冠上約翰·伍登之名。高掛在球場上的是一張比真人還大、從UCLA球員席拍攝的單色伍登海報。他上方的題詞就是這麼寫道：

> 運動並不是培養品格，而是顯露出品格。
>
> ——約翰·R·伍登

名言調查員半信半疑。

據名言調查員考證，這句話最早的引用刊載於一九七四年——亦即伍登退休前一年的愛荷華州《埃姆斯每日論壇報》（*Ames Daily Tribune*）。「非主流的CBS電視網運動評論員」海伍德・海爾・布朗（Heywood Hale Broun）最近造訪該市，並發表演說[1]。

　　「所有教導技術的人——也就是教練——都令人欽佩。但運動不會培養品格。品格主要是在你六、七歲時培養的。運動只會顯露出品格，會強化你的觀念，讓你的觀念持續發酵。」

　　布朗不只一次表達過這個理念，也用過各種不同的說法。一九七四年五月二日，堪薩斯州薩利納的《薩利納日報》（*Salina Journal*）報導布朗計畫來訪，並應邀在五月十日於堪薩斯衛斯理大學（Kansas Wesleyan University）發表演說。記者指出，布朗是運動評論員，也演過戲。文章收錄了這句格言的綜合版本，而只有後半句夾了引號[2]。

　　運動不會培養品格，他說，「運動會顯露品格，而我喜歡寫運動是因為認為那股瘋狂——為了勝利投入全副心神——是成就偉大所不可或缺的。我寫的是有趣的人，不見得是我自己欣賞的人。」

　　布朗發表演說的兩天後（一九七四年五月十二日），《薩利納日報》報導前去聽演講的共有四百多人，而布朗「迷倒」全場觀眾。在這個例子中，格言的兩句話前後交換了[3]。

「運動只會顯露人格，不會培養人格，」布朗說：「我真的不認為運動能讓你成為更好的人。那只是一種消遣玩樂的方式。」

他引用尚—保羅・沙特的話，表示男人在運動裡最為自由，因為那是唯一由男人來制訂規則的地方。

一九七六年，暢銷小說作家詹姆斯・A・米雪納（James A. Michener）決定透過一部非小說作品《在美國的運動》（*Sports in America*）來檢視體育活動。米雪納指出，這句格言最常見的現代版本出自布朗④。

在這個領域撰文豐富的海伍德・海爾・布朗曾說：「運動不會培養人格，而是顯露人格。」德州的達瑞爾・羅佑爾（**Darrel Royal**）則這麼說：「美式足球不會培養人格，而會淘汰軟弱的性格。」還有一位喜劇演員曾說：「運動不會培養品格，只會建立名聲。」

一九九六年印地安那州科科莫（Kokomo）的《科科莫論壇報》（*Kokomo Tribune*）將一句有趣言論歸給了伍登，該句的主題也是運動，但文字跟我們追查的這句不同⑤。

誠如 UCLA 籃球傳奇約翰・伍登所言：「沒錯，運動可以培養品格，但也可以摧毀品格。」

二〇〇六年，德州格蘭貝瑞（Granbury）的《胡德郡新聞》（*Hood*

County News）刊出我們所調查的這句格言，說它出自約翰・伍登——不過很顯然搞錯了[6]：

> 運動並不是培養品格，而是顯露出品格。
>
> ——約翰・伍登

　　總而言之，名言調查員懷疑這句話可能是從海伍德・海爾・布朗的原創簡化而成。至於那張海報是什麼時候被洛杉磯運動俱樂部掛在約翰・伍登球場上頭？目前仍不得而知。

筆記

非常感謝康斯坦蒂諾斯・賽卡斯（Konstantinos Psychas）提問，促使名言調查員對這個問題進行規劃與考據。

"Life is what happens to you while you're busy making other plans."

「人生就是你忙著計畫其他事情時發生在你身上的事。」

——約翰・藍儂（John Lennon）

約翰・藍儂寫了一首歌，說的是他的兒子尚恩（Sean），歌名叫〈漂亮男孩（親愛的男孩）〉（Beautiful Boy (Darling Boy)），收錄在他一九八〇年的《雙重幻想曲》（*Double Fantasy*）專輯。上述這句是這首歌的歌詞，在曲子進行約一半，大概兩分十六秒時可以聽到。藍儂是這麼唱的[1]：

> 在你過馬路之前，牽起我的手。
> 人生就是你忙著計畫其他事情時發生在你身上的事。

此後，在諸多琳瑯滿目、鼓舞人心的紀念品上，都可以看到這句話被歸給藍儂。但概略的說法其實可回溯至〈漂亮男孩（親愛的男孩）〉的二十年前。最早的先例出現在一九五七年一月的一期《讀者文摘》。這句話和其他九句無關的話一起刊登在「可引用的名言」單元中[2]。

> 艾倫・桑德斯（**Allen Saunders**）：人生就是我們擬定別的計畫時發生在我們身上的事。
>
> ——出版業聯盟（**Publishers Syndicate**）

報紙連環漫畫《史蒂夫・羅佩爾》（*Steve Roper*）由艾倫・桑德斯撰稿、出版業聯盟分銷。《讀者文摘》很可能有註明這樣的分工，不過出處有點難捉摸。桑德斯也負責《瑪莉・沃斯》（*Mary Worth*）和《凱瑞・德瑞克》（*Kerry Drake*）等連環漫畫的系列。名言調查員尚未在這些漫畫中找到這句話。列出《讀者文摘》引用桑德斯句子的共有三部重要參考書籍：《現代諺語辭典》[3]、《名言考證者》[4]和《耶魯名言集》[5]。

《讀者文摘》傳播甚廣，許多在該雜誌刊出的引言都轉載於其他期刊。例如南卡羅萊納州查爾斯頓（Charleston）一家報紙就於同年同月轉載了這句話[6]：

> 「人生，」《讀者文摘》一篇文章這麼寫：「就是我們擬定別的計畫時發生在我們身上的事。」千真萬確。
> 難就難在我們大多要在事後回想才會明白這個道理，而那時人生早已開始。

一九五七年六月，這句格言出現在德州一家報紙，與旁文無關，僅為填補空白。該報紙與《讀者文摘》一樣把出處給了「艾倫·桑德斯，出版業聯盟」，但沒有提到讀者文摘[7]。

一九五七年九月，引言收錄在服飾零售商史溫森（Swanson's）的廣告中。這句話和其他幾句話擺在一起，沒有提供來源[8]。一九五七年十一月，這句引言出現在《愛爾蘭文摘》（*Irish Digest*）填補空白，也沒有註明來源[9]。

一九五八年，當紅聯合專欄作家厄爾·威爾森（Earl Wilson）在名為「厄爾的珍珠」（Earl's Pearls）的小單元裡刊出此話的一個版本。除了改用縮寫「we're」（讀者文摘版為「we are」），其餘文字和讀者文摘版一模一樣。這次的出處換了個名叫奎因·萊恩（Quin Ryan）的新人物[10]：

有些人什麼都有——除了樂趣……人生——芝加哥的奎因·萊恩這麼說——就是我們擬定別的計畫時發生在我們身上的事……非禮勿視、非禮勿言、非禮勿聽——這樣一來半數女性俱樂部大概會立刻倒閉。

一九五八年四月，一個稍微修改過的版本刊登在《波士頓全球報》的專欄。「when」取代了「while」，沒有提供出處[11]：

人生就是當我們擬定別的計畫時發生在我們身上的事。

一九五八年九月，另一個變化形出現在《芝加哥論壇報》專欄，名稱「老話一兩句」（A Line O' Type or Two），並註明語出奎因・萊恩[12]：

惱人的事實
人生就是在每個人擬定別的計畫時，發生在那人事業生涯中的事。
　　　　　　　　　　　　　　　　　——奎因・萊恩

一九六一年，《洛杉磯哨兵報》（*Los Angeles Sentinel*），這句格言和另一個人連在一起[13]：

住在義大利某地一位享受生活的專家沃爾特・沃德（**Walter Ward**）寫道：「人生就是我們擬定別的計畫時發生在我們身上的事。」

一九六二年，聯合專欄作家拉瑞・沃特斯（Larry Wolters）在「廣播電視驚喜袋」（Radio TV Gag Bag）中提到這話。這個專欄專門蒐集美國廣播電視播出的笑話和妙語。沃特斯指出是哪位表演者說了這話[14]：

亨利・庫克（**Henry Cooke**）：「體貼的男人會送生日禮物給妻子，但不提她以前的生日。」
他又說：「人生就是我們擬定別的計畫時發生在我們身上的事。」

一九六三年，這句話又出現在厄爾・威爾森的專欄，不過這次加了「忙」這個字，並把出處改成亨利・庫克[15]：

值得牢記的語錄：人生就是我們忙著計畫別的事情時發生在我們身上的事。

——亨利·庫克

一九六四年，聯合專欄作家和引言蒐集者班奈特·瑟福（Bennett Cerf）將下列版本的來源給了作家羅伯特·巴爾澤（Robert Balzer）[16]：

人生就是當你擬定別的計畫時發生在你身上的事。

——羅伯特·巴爾澤

一九六四年，這句格言再次出現在拉瑞·沃特斯的專欄，現名「驚喜袋」（Gag Bag）。他改口表示語出巴爾澤[17]：

羅伯特·巴爾澤：「人生就是當你擬定別的計畫時發生在你身上的事。」

一九六五年，厄爾·威爾森認為這句話非常有趣，甚至值得再刊一次。他說下面的精簡版出自某L·S·麥坎德雷斯（L. S. McCandless）[18]：

值得牢記的語錄：人生就是在你忙著計畫別的事情時發生的事。

——L·S·麥坎德雷斯

一九六七年，這句格言的一個變化形刊登在寶琳·菲利普斯

（Pauline Phillips）受大眾歡迎的「親愛的艾比」（Dear Abby）專欄[19]：

這話只跟德瑞．海灘拾荒者（**Del Ray Beachcomber**）說：沒錯。去找你的律師，去更改遺囑。命運就是在你擬定別的計畫時發生在你身上的事。

一九七九年，約翰．皮爾斯（John Peers）、戈登．班奈特（Gordon Bennett）和喬治．布斯（George Booth）編纂的《一千零一條邏輯法則》（*1,001 Logical Laws*）收錄了這句話，並和某位奈特（Knight）先生連在一起[20]：

奈特法則：人生就是當你擬定別的計畫時發生在你身上的事。

總而言之，基於現有證據，這句智慧小語可能是艾倫．桑德斯所創。許多年後，約翰．藍儂也將它寫進歌詞。這句話相當受歡迎，才會在數十年間造就許多不同的歸屬。

筆記

非常感謝杰的問題促使名言調查員展開考據。

"Heaven for the climate, and hell for the company."

「上天堂是因為天堂氣候好；下地獄是因為地獄同伴多。」

——馬克吐溫

名言調查員聽過這句話的數種不同形式：

為了氣候上天堂，為了同伴下地獄。

要氣候好，我會選天堂；要朋友多，我則選地獄。

天堂氣候好，地獄有社交。

J・M・巴里（J. M. Barrie）在一八九一年的故事〈小牧師〉（The Little Minister）裡確實用過這句妙語的一個版本，收錄在《金玉良言》（*Good Words*）選集出版[①]。早先的這次使用讓一些參考書籍將巴里指為這句話的原創者。

馬克吐溫《筆記本和期刊》（*Notebooks and Journals*）有一套多冊的教科書版本，其中透露，一八八九年五月到一八九〇年八月間，馬克吐溫在便條本上記下這句玩笑的一個版本②。因此，吐溫的紀錄比巴里出書的時間更早，基於這項證據，有些參考書籍便把這句話歸給馬克吐溫。

不過，據名言調查員考證，最早的引用並未提到馬克吐溫，也沒講到巴里。一八八五年，一位名叫亞瑟‧麥克阿瑟（Arthur MacArthur）的法官在全美慈善與矯正研討會（National Conference of Charities and Correction）致詞時，說這個玩笑出自「班‧韋德」（Ben Wade）。然而前後文並未提供足夠的細節確認韋德的身分，不過，麥克阿瑟指的很可能是美國參議員班傑明‧富蘭克林‧「吹牛」韋德（Benjamin Franklin "Bluff" Wade）③：

> 那篇報告的主旨讓我想到一則與班‧韋德有關的趣聞，他有次被問到對於天堂和地獄的看法。「這個嘛，」韋德說：「我想，就我了解，天堂的氣候比較好，但地獄比較有伴。」

據名言調查員考證，這句話第二早的引用也沒提到馬克吐溫或巴里。一八八六年出版的《艾莫瑞‧史托爾斯的一生：他的機智和口才》（*Life of Emery A. Storrs: His Wit and Eloquence*）將把這句幽默小語的出處給了史托爾斯④：

> 有一次，某年輕人走向他說：「史托爾斯先生，不好意思，但你是對許多題材都做過深思的人，我想請教你對於天堂和地獄的看法。」史托爾斯先生以熱切的眼神凝視提問者，回道：「只要想到聖者居所

的優美描述,再想到許許多多高尚、機智、和藹可親的人都『死不悔改、不得再生』,先生,我必須這樣回答你,儘管天堂無疑擁有最好的氣候,地獄卻有最棒的友誼。」

一八八九年五月到一八九〇年八月間,馬克吐溫在筆記本裡寫下這句俏皮話。這個日期是參考附近詞條的時間推測,亦即一八九〇年二月一日。這句妙語做了腳註:「克萊門斯[7]在一九〇一年一場政治演說提到這件趣事。」也就是說,馬克吐溫後來在觀眾面前引用了這句話[⑤]:

將死之人無法下定決心該去哪裡——兩地各有各的好處:「天堂氣候好,地獄同伴多!」

一八九一年,J·M·巴里在前文提到的〈小牧師〉故事中用了這玩笑的一個版本。他的故事是以方言撰寫,因此有些字的拼法不同[⑥]:

「你對魔鬼可能太過熱中了,湯瑪斯,」無神論者回嘴:「不過話說回來,如果上天堂是為了氣候,那下地獄就是為了同伴。」

一九〇八年七月,幽默雜誌《生活》刊出一幅漫畫,描繪一名惡

---

7 譯注:馬克吐溫本名為塞繆爾・蘭霍恩・克萊門斯(Samuel Langhorne Clemens)

魔哨兵看守一群地獄居民。那些人物底下附了這樣的圖說[7]：

「天堂氣候好，地獄同伴多。」

——馬克吐溫

《波士頓晚報》（*Boston Evening Transcript*）要讀者好好注意那幅漫畫，並提供了一份完整的名人列表，讓大家知道《生活》的漫畫家覺得有哪些人會住在馬克吐溫版的地獄[8]：

《生活》雜誌的來世論者楊恩先生按馬克吐溫的格言畫了一幅漫畫：「天堂氣候好——地獄朋友多。」那讓我們得以一瞥陰間有哪些顯要人物在列。有部分我是從栩栩如生的外表認出，有部分是從首字母認出。我看到拿破崙、歌德（Goethe）、查爾斯·達爾文、拉爾夫·沃爾多·愛默生、楊百翰（Brigham Young）、湯瑪斯·潘恩（Thomas Paine）和伏爾泰。喬治桑（George Sand）、龐貝度夫人（Mme. Pomppadour）和都巴利伯爵夫人（Du Barry）甚至更清楚好認。這就是《生活》雜誌所謂的「同伴」哪。

總而言之，J·M·巴里和馬克吐溫都曾在一八九〇年前後記下這句幽默小語的某個版本，不過有兩次引用比他們更早，而目前領先的選手是一八八五年的班·韋德。

　　　　　　　　　　　　　　　海明威才沒有這麼說

"I'm so fast. I hit the light switch in my bedroom

and jump into bed before it gets dark."

「我動作奇快——按下電燈開關,房間還沒暗我就跳上床了。」

——穆罕默德‧阿里

據名言調查員考證,上面這句話最早出現在一九一七年的一期《海軍陸戰隊雜誌》(*Marines Magazine*)。這是專給美國海軍陸戰隊員看的月刊。賓州米弗林堡(Fort Mifflin)的特派員以筆名哈布拉里亞斯(Hablarias)寫下這句玩笑話[1]:

史密斯下士還在受訓,但請相信我,他速度超快,而且保有以下紀錄:從配電盤到他的首蓿堆足足有二十英尺,但他可以關掉電燈,在房間變暗前回到床上!

一九一九年,《芝加哥論壇報》一篇報導雜耍歌舞團的文章指出,摩蘭和馬克喜劇團(Moran and Mack)也開了這樣的玩笑[2]:

「你動作快不快？」

「你問我動作快不快？哎呀，我晚上睡覺時去關燈，房間還沒變暗我人就上了床。」

　　一九二〇年，堪薩斯州一家報紙刊了這個「快」傳說。當時許多人用的仍是煤氣燈，而非電燈[③]：

　　有一名住艾奇遜（**Atchison**）的女性表示：「我丈夫動作很快，快到他關掉煤氣燈時，房間還沒變暗，人就上了床。」

　　一九三七年，這個吹牛被拿來形容北美伐木神人保羅・班揚（Paul Bunyan）的童年。在這個例子中，提供照明的是蠟燭[④]：

　　他可以整天跑來跑去。而跟多數男孩不一樣的是，他上床睡覺的速度超快。事實上，他可以在小屋的一端吹熄蠟燭，屋裡變暗之前就上了床。

　　一九四三年，《華盛頓郵報》刊出一個腦筋急轉彎專欄，收錄了下列卑鄙狡猾的問答[⑤]：

　　問：你的床和電燈開關相距十二英尺，你要怎麼關完燈又在房間變暗前上床呢？
　　答：在白天上床就好啊。

　　　　　　　　　　　　　　　　　　海明威才沒有這麼說

知名喜劇雙人組「兩傻」（亞伯特和科斯泰洛〔Abbott and Costello〕）曾在一九四五年的廣播劇本裡開過這個玩笑⑥：

　　亞伯特：好了，科斯泰洛──夠了吧！現在誰要關燈啊？
　　科斯泰洛：我來關吧，亞伯特！我是這裡動作最快的人。我可以關燈，然後在房間變暗之前衝上床！
　　拉夫特：科斯泰洛，我想看你示範！
　　科斯泰洛：好──你們統統上床去吧！準備好了嗎？我要「啪」一聲把燈關掉衝上床囉！
　　【巨大撞擊聲。】

　　一九六九年，傑出棒球投手薩奇・佩吉（Satchel Paige）在讚美另一名投手詹姆斯・湯瑪斯・「酷爸」貝爾（James Thomas "Cool Papa" Bell）時引用了這句話。記者或編輯顯然刪改了完整句子⑦：

　　佩吉自稱史上最優秀的投手，但不見得是速度最快的。他說，那項殊榮屬於「酷爸」貝爾。「酷爸貝爾速度快到可以在房間變暗前上床。」

　　佩吉曾在許多場合這樣誇貝爾。以下是一九七一年《JET》雜誌的一例⑧：

　　薩奇・佩吉形容貝爾快到可以「關燈，然後在房間變暗之前上床。」

一九七三年，一位《華盛頓郵報》專欄作家將這句話用在另一名棒球選手身上[9]：

就像過去黑人棒球聯盟的酷爸貝爾，安佐·赫南德茲（**Enzo Hernandez**），他也可以把燈關掉、在房間變暗前跳上床，動作比子彈還快。如果他跟太陽比賽，陽光絕對落不到他身上。

一九七四年，紐約市《村聲週報》（*Village Voice*）一名記者記錄了著名拳擊手穆罕默德·阿里所說的話，並刊登出來[10]：

我奇快無比，快到昨晚我按下電燈開關，房裡還沒變暗就上了床。

一九七五年《紐約時報》刊出阿里這段幽默又誇大的句子[11]：

是啊，我奇快無比，快到可以在上帝得到消息前就擊中你；快到按下電燈開關，房間還沒變暗就跳上床。

總而言之，這句用以描述速度、誇張而搞笑的句子早在一九一七年以前就在流傳。數十年來，它已被許多喜劇演員和運動員採用，並持續傳播。

海明威才沒有這麼說

筆記

特別感謝榮的提問，賦予名言調查員對這個問題進行規劃，並產生考據的動力。

"Not everything that counts can be counted,"

「不是每件重要的事都能計量。」

——愛因斯坦

名言調查員認為，上面這句引言是出自威廉·布魯斯·卡麥隆（William Bruce Cameron），而非愛因斯坦。卡麥隆一九六三年的著作《通俗社會學：非正式介紹社會學思維》（*Informal Sociology: A Casual Introduction to Sociological Thinking*）裡有這麼一段話[①]：

> 要是社會學家需要的所有資料都可清點計量該有多好。因為到那時，我們就可以透過IBM電腦進行處理，像經濟學家那樣繪製圖表。然而，並非每樣可計量的東西都很重要，也不是每件重要的事都能計量。

有好幾本書把這句引言歸給卡麥隆，也舉出這本一九六三年出版的書。名言調查員未能找出比它更早的例子。

海明威才沒有這麼説

這句格言包含兩個對比句：

並非每樣可計量的東西都很重要。

不是每件重要的事都能計量。

兩個關鍵詞「計量」和「重要」在這兩句話中交換位置。這種修辭技巧叫「交錯」（chiasmus）或「交叉配列」（antimetabole）。名言調查員推測，這兩句話原是分開創造的，後來被卡麥隆合併，構成了這句機智巧妙又令人難忘的格言。

那麼，該句與愛因斯坦的關係又是在何時建立？就名言調查員所發現，最早的相關引文出現在一九八六年，但距離愛因斯坦於一九五五年的逝世已有三十年，因此這個證據相當薄弱，與愛因斯坦的關聯並沒有可靠的佐證。這次引用的細節請參見下文。

首先，且讓名言調查員按時間順序列出早期的相關發現。一九一四年，這句話的前例之一出現在一個宗教文本，主題是籌款[②]：

金錢不是最終的目標，甚至算不上目標。錢並不是真正重要的事物，不過必須計量就是了。

一九五六年，聯合國教育科學文化組織（UNESCO）發表《美國政治學趨勢報告》（*Political Science in the United States of America: A Tread Report*），文中包含這句話的變化形，並加上引號，表示一九五六年前已有人說過這句話[③]。

有人認為這個運動就是將政治學從重要議題變成雞毛蒜皮之事，而造成此看法純因後者能用到時髦的研究技巧（「重要的東西無法計量」）。

「重要的東西無法計量」一語表示重要的事情不可能測量。這是「不是每件重要的事都能計量」的極端版本。後面那句的意思是，重要的事很難測量，就算測量，也可能測不完善。

一九五七年，社會學教授威廉・布魯斯・卡麥隆在《美國大學教授協會公報》（Bulletin of the American Association of University Professors）發表〈統計混亂的要素，或平均數的意義〉（The Elements of Statistical Confusion, Or, What Does the Mean Mean?）一文。卡麥隆在文中探討進行適當統計測量的困難，援用其中一句話[④]。

以下也一樣明顯，一百個每天上兩小時課的夜間部大學生，怎麼看也不等同一百個每天花十六小時在課業上的日間部學生。此處的道德教誨為：可計量的事物不見得都很重要。

一九五八年，卡麥隆為《全國教育協會期刊》（National Education Association Journal）寫了另一篇文章，內含同一句話[⑤]。

計量聽來簡單，等到我們真的去試才會赫然發現，我們時常分不出該看重哪些事物。數字不能替代明確的定義，可計量的事物不見得都很重要。

　　　　　　　　　　海明威才沒有這麼說

一九六三年，如本章一開始提到，卡麥隆結合坊間流傳的話，將成果應用在自己的社會學讀本上⑥。

要是社會學家需要的所有資料都可清點計量，該有多好。因為到那時，我們就可以透過IBM電腦進行處理，像經濟學家那樣繪製圖表。然而，並非每樣可計量的東西都很重要，也不是每件重要的事都能計量。

一九六六年，這句話的一個變體刊登在著名醫學期刊《美國醫學會雜誌》(*Journal of the American Medical Association, JAMA*)。傑森·希里亞德 (Jason Hilliard) 撰寫的〈隨堂測驗的現行與可能用途〉(*The Current and Potential Use of Course Examination*)，並將此話歸給另一名醫師⑦。

史蒂芬·羅斯醫師 (**Stephen Ross**) 提出的兩個精闢論點可說是最佳總結：「(一)我們計量的一切並不是都很重要；(二)每件重要的事情並不是都能計量。」

一九六七年，普拉特勛爵 (Lord Platt) 在《英國醫學期刊》(*British Medical Journal*) 援用這句格言。他引用前述一九六六年的文章，因此也將出處給了史蒂芬·羅斯⑧。

學術研究是要訓練心智進入科學思維（因此才值得尊敬）的航

道，但這樣的學術研究有時豈不是在鼓勵這種錯誤的信仰嗎？——只有可以測量的事物才值得認真關注？史蒂芬‧羅斯醫師此言睿智：並不是能夠計量的事物才算重要，重要的事物並不是都能計量。」

一九六八年，這句格言再次出現於《英國醫學期刊》，但把來源給了在一場演說中引用這句話的普拉特勛爵[9]。

他想到普拉特勛爵最近在哈維講座（**Harveian Oration**）之言：並不是能夠計量的事物才算重要，重要的事物並不是都能計量。」

如本章開頭所說，名言調查員發現，最早和愛因斯坦連在一起的引用出現在一九八六年。但那部作品——《巔峰績效：美國企業的新英雄》（*Peak Performers: The New Heroes of American Business*）——並未主張這句話是愛因斯坦首創，而是將出處給了喬治‧皮克林（George Pickering）。不過，書裡也宣稱愛因斯坦在黑板上寫過那句話[10]。

愛因斯坦喜歡用喬治‧皮克林爵士的一句話強調微型／巨型合夥關係，就是他寫在普林斯頓高等研究院（**Institute for Advanced Studies at Princeton**）辦公室黑板上的那句：「並不是能夠計量的事物才算重要，重要的事物並不是都能計量。」

《巔峰績效》沒有提供參考資料做上述說法的依據，而愛因斯坦死於一九五五年，那本書是在他死後三十多年才寫成。到目前為止，

海明威才沒有這麼說

就名言調查員所知，這句諺語第一次出現是在一九六三年，即愛因斯坦死後數年。

一九九一年，愛因斯坦黑板上有這段文字的軼事刊登在某聯合報紙專欄[11]。

愛因斯坦曾在黑板上寫：「並不是能夠計量的事物才算重要，重要的事物並不是都能計量。」

卡麥隆沒有被忘記，一九九七年一本社會學課本把這句話歸給他，並引用本章開頭提到的那本一九六三年的著作[12]：

卡麥隆曾說：「……並不是能夠計量的事物才算重要，重要的事物並不是都能計量。」（1963，P. 13）

這句格言也出現在二〇一〇年《終極版愛因斯坦語錄》的〈這可能不是愛因斯坦說的〉（Probably Not by Einstein）單元，這本書可說是愛因斯坦語錄界的權威[13]。

總而言之，這句名言與愛因斯坦的連結非常薄弱，沒有證據顯示他編造此話，他曾在黑板寫過該句的證據亦站不住腳。

名言調查員認為，依照大部分現有可得的資訊，應是威廉・布魯斯・卡麥隆合併兩句話，創造了這句格言，而這兩句話中至少有一句也是出自卡麥隆之手。另外，現有證據亦顯示，完整版的格言是在愛因斯坦死後創作的。

"Writing about music is like dancing about architecture."

「以文字描寫音樂就像用舞蹈表現建築。」

——蘿瑞・安德森（Laurie Anderson）

——法蘭克・扎帕（Frank Zappa）

——約翰・藍儂

——艾維斯・卡斯提洛（Elvis Costello）

　　在幾位傑出的音樂資料館員和名言調查員部落格某位留言者的幫助下，名言調查員可在此報告幾個揭露真相的引用。據名言調查員所知，這句話初次引用是在《時間柵欄快遞》（*Time Barrier Express*）這本專門探討搖滾音樂史的雜誌：一九七九年九月、十月號，蓋瑞・史波拉薩（Gary Sperrazza）介紹了山姆與戴夫（Sam & Dave）這個團體，並在文中討論這個二人組的互動與交流[1]：

　　如此生動、如此自然，全都被捕捉於黑膠唱片中。很難在紙上解釋清楚，你得找唱片自己聽（因為我由衷的、真心的相信，誠如馬丁・馬爾（**Martin Mull**）所說，以文字描寫音樂就像用舞蹈表現建築）。

一九七九年十二月，《藝術雜誌》（*Arts Magazine*）刊登一篇關於畫家麥可・馬杜爾（Michael Madore）的文章，作者是評論家湯瑪斯・麥高尼格（Thomas McGonigle），文中將這句話的來源給了馬丁・馬爾。但這句引言涉及的範疇被刻意改為繪畫。而早在一九七九年，麥高尼格就說過這句話是「名言」了[②]：

所以在馬杜爾身上，我們看到典型的那種情況：就因為毫無限制，因此全是限制。或者我們稍微修改馬丁・馬爾的名言：以文字描寫繪畫就像用舞蹈表現建築。

基於現有證據，名言調查員相信馬丁・馬爾是這句話最可能的創作者。蓋瑞・史波拉薩和湯瑪斯・麥高尼格是在哪裡聽到、或讀到這句引言，尚不得而知。馬爾確實在七〇年代發行過數張結合喜劇和音樂的專輯，也主演過電視諷刺劇《瑪莉・哈特曼、瑪莉・哈特曼》（*Mary Hartman, Mary Hartman*）和諷刺脫口秀《今夜費恩伍德》（*Fernwood 2 Night*，後易名為《今夜美國》〔*America 2-Night*〕）。他很可能在上述場合用過那句話，或在舞臺演出或受訪時說過。

多年來，研究人員一直試圖追溯這句名言的源頭。這是在論壇和通訊群組中一再出現的主題。艾倫・史考特（Alan P. Scott）是其中最重要的先驅。他建立了出色的網頁，記錄點滴蒐集到的資訊，還列出一長串曾被認定是引言出處的人名[③]。

這句精妙的格言或許並非憑空創造。名言調查員發現，早在一九一八年就有類似說法。這句話有個親戚頗多的大家族，說的是以文字描寫音樂、討論音樂或描寫藝術和討論藝術是何等艱難。下面這個背景故事有助於闡明這句箴言，而一切都是從一句與「吟唱經濟學」有關的評論開始。

據名言觀察者考證，討論以文字描寫音樂的困難，並將之拿來與吟唱某件事物比較，這樣的敘述最早出現在一九一八年二月九日的《新共和》（*New Republic*）④：

> 嚴格來說，以文字描寫音樂就像吟唱經濟學一樣不合邏輯。其他種種藝術或許可用平常生活與經驗中的詞彙討論。一首詩、一尊雕像、一幅畫或一部戲，是某人或某件事物的表現，多少可藉著描述它所表現的對象來形容（姑且不論其純粹美學價值）。

一九二一年，這句話再次出現，並以人面獅身的百變形象出現。未來數十年，一再有不同字詞填入以下句型：「以文字描寫音樂就像以【什麼】表現【什麼】。」另外，有時「討論」會取代「描寫」，例如寫於一九二一年的這個段落⑤：

> 就像那些無能為力、哎哎叫著「討論音樂就像吟唱經濟學」的樂評，擁有文采的音樂家或許會被一些高難度任務嚇倒，例如把「資本論」（**Das Kapital**）寫成一首歌。

這句俗語及其類似句型的變體實在被引用太多次，這裡只能列出少許樣本。一九三〇年，同位作者溫索普・帕克斯特（Winthrop

　　　　　　　　　　　　海明威才沒有這麼說

Parkhurst）在《音樂季刊》（*Musical Quarterly*）這本具影響力的學術性音樂期刊不斷述說他的心得。而這位人士也把比喻提升到箴言的境界⑥：

　　有位評論家說，討論音樂就像吟唱經濟學。而我們不得不承認，多數探討音樂的對話證實了這句箴言。因為這樣的話題往往會極盡扭曲，就跟把《資本論》變成搖籃曲一樣奇怪。

　　照時間順序，下一次引用是在一九七九年。前文提過蓋瑞・史波拉薩把格言歸給馬丁・馬爾的例子。這個版本就如一九一八年的引言，描述的是以文字描寫音樂之過程。

　　同樣在一九七九年，如前文所述，《藝術雜誌》的湯瑪斯・麥高尼格呈現出的修改後版本也將出處給了馬爾。

　　一九八〇年，史波拉薩介紹山姆與戴夫一文的修訂版刊登在《黑人音樂與爵士評論》（*Black Music and Jazz Review*），也再次提到語出馬爾⑦：

　　我不會在這裡描述這種魔法，你得自己去聽唱片。要描寫這種水準的音樂——馬丁・馬爾說的非常貼切——就像用舞蹈表現建築一樣。

　　一九八〇年，約翰・藍儂過世前答應接受《花花公子》（*Playboy*）雜誌訪問。被問到他的歌詞之詮釋及錯誤詮釋的問題時，用了類似句型的比喻⑧：

聽著，以文字描寫音樂就像討論幹砲……誰想討論啊？但說不定真的有人想討論一番。

一九八二年，《蒙特婁公報》介紹以《管鐘》（*Mike Oldfield*）音樂專輯成名的音樂家麥克・歐菲爾德（Mike Oldfield）。歐菲爾德用了一個比喻，解釋他有多不願接受訪問。這個比喻讓人想起一九一八和一九二一年的前期引用，因為它又讓人回想起唱歌[9]：

真相旋即明朗，歐菲爾德通常不在他土生土長的英國接受訪問。請注意，這不是出於什麼被害妄想或優越感，純粹是因為他覺得「討論音樂就像吟唱足球一樣」。

一九八三年十月，《音樂家》雜誌訪問藝人艾維斯・卡斯提洛，問到他在音樂媒體界所受的待遇。於是，卡斯提洛廣泛批判了報章雜誌的樂評，並引用這句格言。（底下有一段二〇〇八年雜誌專訪的節錄，卡斯提洛在受訪時否認格言是他所創）[10]：

把優美的音樂框起來只會拉低它的水準。那些歌曲是詞句，不是什麼演說；是旋律，不是圖畫。以文字描寫音樂就像用舞蹈表現建築——這麼做真是有夠蠢。

往後數年，上面這段話成為這句名言已知最早的引用，也是因為如此，此話與卡斯提洛的關係才會如此密切。《名言考證者》和《耶魯名言集》也引用了卡斯提洛的話[11]。

　　一九八三年十月九日，內布拉斯加州一家報紙刊出長笛手尤金妮雅‧祖克曼（Eugenia Zukerman）的專訪。採訪者詢問也是小說家的祖克曼以文字書寫音樂的經驗[12]：

　　她承認，以文字描寫音樂誠如幽默大師馬丁‧馬爾所言，就像用舞蹈表現建築。

　　「非常困難，」她說：「以文字描寫音樂很容易寫得很蠢。它有它自個兒的語言。就像你也不會用義大利文描寫英文……」

　　名言調查員無從由這段文字判斷是祖克曼直接把那句話歸給馬爾，或是採訪者瑞克‧安索格（Rick Ansorge）所加上。

　　八〇年代，也有其他音樂家被認定是這句話的作者。例如一九八五年六月十八日，《洛杉磯時報》一篇報導用這句格言當作文章副標，並把出處給了法蘭克‧扎帕[13]：

印度拉格（Raga）加入拉丁節奏
「以文字描寫音樂就像用舞蹈表現建築。」

——法蘭克‧扎帕

　　肯尼‧赫曼（Kenneth Herman）撰寫的這篇報導以下面這段話開場：

拉霍亞（La Jolla）──邂逅非西方文化的音樂之後，扎帕向他不怎麼贊同的那些樂評投出的譏諷就變得可信了。異國音樂的演出越是迷人，敘述和隱喻就越容易削弱它的獨特性。

　　表演藝術家蘿瑞・安德森是這句話另一個常見的歸屬，而她也確實在備受矚目的作品《勇者之家》（Home of the Brave）裡引用過這句話。一九八六年《費城日報》（Philadelphia Daily News）一篇評論提到，這句令人難忘的話在她演唱會的螢幕上一閃而逝。（底下有段二〇〇〇年電臺訪問的節錄，安德森在受訪時否認這句格言是她所創）[14]：

　　安德森的導演變化多端，大致勝任愉快。不過有些口號在後方投影螢幕只有一閃而逝（「討論音樂就像用舞蹈表現建築），很容易會漏掉那些玩笑。

　　一九九〇年，這句話的一個變化形出現在引號之中，說話者是音樂家傑克森・布朗（Jackson Browne）。他使用「吟唱」一詞，與一九八二年的麥克・歐菲爾德不謀而合[15]。

　　傑克森・布朗：「如他們在洛杉磯的錄音室裡所說，討論音樂就像吟唱足球一樣。」

　　一九九一年，倫敦《泰晤士報》（Times）一篇報導討論了多幅繪畫。作者敘述要用文字貼切地描寫藝術有多麼艱難，並援用同一句型

　　　　　　　　　　　　　　　　海明威才沒有這麼說

的兩個衍伸為喻[16]：

　　用文字描寫藝術就像用舞蹈表現建築、或用編織表現音樂。這是範疇錯置（category mistake）。但我們還是這麼做了。

　　一九九五年，也是畫家的馬丁・馬爾在一本著作用了這句話的一個變體；不過，他並未說那是他自己的言論，而表示那是從某個故事聽來的。這可能代表這句話不是馬爾原創，也可能只是刻意維持客觀。這個變體用的是「討論藝術」一語[17]：

　　我曾聽過一個繪畫老師的故事。他告訴班上學生：「討論藝術就像用舞蹈表現建築。」一聽到這句話，一名學生立刻一躍而起，即興跳了一套踢踏舞，並驕傲地宣稱這花俏的腳法代表的是熨斗大廈（Flatiron Building）。

　　於是，受到這個不知天高地厚的小子的啟發，現在我打算來進行這個徒勞無益的嘗試：描述我作畫過程的方法，以及我的瘋狂。

　　二〇〇〇年，全國公共廣播電臺（NPR）節目《晨間編輯》（Morning Edition）調查了這句話。主持人蘇珊・史坦伯格（Susan Stamberg）更聯繫了藝人蘿瑞・安德森。安德森表示此話出自喜劇演員史蒂夫・馬汀（Steve Martin）。史坦伯格在討論期間提到一個網站，而那是艾倫・史考特的網站[18]：

蘇珊・史坦伯格：蘿瑞・安德森，妳是第一個說「討論音樂就像用舞蹈表現建築」的人嗎？

蘿瑞・安德森：噢，不是不是。那是我最喜歡的名言之一，我一直嘗試——你這麼問還真好笑——我一直說那是史蒂夫・馬汀說的話，就是喜劇演員史蒂夫・馬汀，他才是說那句話的人。

史坦伯格：噢，太好了，謝謝妳為我們澄清。不過，現在有個網站在研究這個問題。上頭列了史蒂夫・馬汀。他說至少有三個出處都說這句話是來自史蒂夫・馬汀，但他不相信。而妳正是提到他的三個人之一。

加拿大音樂團體「一九七九天降死神」（Death from Above 1979）貝斯手傑西・凱勒（Jesse Keeler）在二〇〇五年接受《波士頓環球報》訪問時，援用了使用「吟唱」一詞的變體。凱勒的敘述立刻讓採訪者想到那句最常見的說法，而他說該句出自艾維斯・卡斯提洛[19]：

「我要引用一句我前幾天看到的話——『談論音樂就像吟唱足球，』」凱勒最近在電話訪問時如此表示。他的團體正在巡迴演出，星期一將來到中東樓下（Middle East Downstairs）——或者我們也可以套句艾維斯・卡斯提洛所說的話：「就像用舞蹈表現建築」。話說回來，如果有人能做到那麼抽象的事，「一九七九天降死神」必能創作出適合的原聲帶。

二〇〇八年，英國音樂期刊《Q》雜誌在三月號特刊〈偉大英倫音樂五十年〉（50 Years of Great British Music）採訪了卡斯提洛，卡斯提洛否認那句話是他所創，並指出馬丁·馬爾才是原作者。以下是那次專訪的節錄，第一段是向卡斯提洛提出的問題，第二段是他的答覆[20]：

　　最近你開始為《浮華世界》雜誌寫音樂相關新聞。可是你不是說過「以文字描寫音樂就像用舞蹈表現建築」嗎？

　　噢，天啊！拜託你們刊登這聲明：那句話不是我說的！我可能有引用過，但我想【七〇年代美國演員／歌手】馬丁·馬爾才是原創者。那句話一直死跟著我，如影隨形——可能還有些名言選集把它歸給我了。

　　若直接聯繫馬丁·馬爾或史蒂夫·馬汀等候選人詢問相關問題，應有助於解開謎團。二〇一〇年七月十七日，《線上攝影師》（The Online Photographer）部落格的一篇貼文討論是否要聯繫馬丁·馬爾，還有是否該問他「以文字描寫音樂就像用舞蹈表現建築」這句話。部落格作者麥克·強斯頓（Mike Johnston）對這句名言的出處深感興趣，所以他請馬爾的藝術品經銷商幫忙問了這個問題[21]：

　　所以說，我扔進海裡的其中一封信是給馬丁的藝術經銷商卡爾·漢默（Carl Hammer）的電子郵件，他是芝加哥卡爾漢默藝廊（Carl Hammer Gallery）的負責人。他幫我連絡了馬丁，而馬丁證實，他的確是這句著名雋語的原創者。

請注意，以上論述是透過多層詢問得來——馬爾跟漢默說、漢默跟強斯頓說、強斯頓再寫在他的部落格上。

　　當然，若能更直接地獲得馬爾的陳述、少些中間人當然更好。或許馬爾可以告訴我們這句話是在什麼時候、在哪裡說或寫的細節。不過，麥克・強斯頓能展開調查並分享成果，已值得讚揚。

　　畫家葛蘭特・施耐德（Grant Snider）針對這個主題創作了一幅有趣的漫畫，描繪了「後現代主義朋克」（Postmodernist Pogo）和「包浩斯跳躍」（Bauhaus Bounce）。作品於二〇一二年六月張貼在他的「附帶漫畫」（Incidental Comics）網站[22]。

　　總而言之，此時此刻，馬丁・馬爾就是創造這句箴言的第一號候選人。符合通用句型的類似說法則在一九一八年就開始出現及演變。

"Those who dance are considered insane by those who can't hear the music."

「聽不見音樂的人會以為跳舞的人不正常。」

──尼采（Friedrich Nietzsche）

──喬治・卡林（George Carlin）

名言調查員尚未找出實證可證明尼采寫過或說過上面這句話。但二〇一一年女演員兼超模梅根・福克斯（Megan Fox）在某處海灘，被人看到背上刺了這句未標明出處的話，英國小報都說那是尼采的名言。

名言調查員能找到這話跟尼采有關的事證只有一個──而且極不可信。二〇〇三年，Usenet的alt.quotations名言通訊群組的一則留言把這句話歸給了他[1]。但尼采在一九〇〇年就已過世，所以二〇〇三這個年代晚得太不合理。

這句引言的前身早在十九世紀初期就出現。一八一三年，名作家安娜・露易絲・潔嫚・德・斯戴爾（Anne Louise Germaine de Staël）出版法文作品《來自德國》（*De l'allemagne*），英文版的書名是《德國》（*Germany*），而一八一四年，《環球雜誌》（*Universal Magazine*）刊出一段節錄，是斯戴爾夫人想像自己看著一間擠滿舞者的舞廳，再想像如果自己聽不到音樂會有什麼反應[2]：

　　有時，即使處於平凡如常的人生，世俗的一切真實也可能會在瞬間消失。於是我們會感到莫名其妙，有如置身一場舞會，卻聽不到音樂，因此我們眼中所見的舞蹈就會顯得不正常。

　　這裡使用強有力的比喻來闡釋抽離。斯戴爾夫人暫時從日常繁忙中離開，周遭的一切行為便顯得毫無目的而荒謬不已。

　　一八四八年，另一個前身出現在美國記者威廉・考伯・普萊姆（William Cowper Prime）的一封信中。不過普萊姆對舞者的描述是「滑稽」，而非「不正常」[3]：

　　你可曾從某個房間的窗外見到裡面跳舞的人？你看得到那綽約的風姿，卻聽不到音樂？偷空嘗試一下，如果那些優美的舞蹈看起來不滑稽，那我就是個大外行。

　　一八六〇年，著名美國作家哈莉特・伊莉莎白・普利史考特・史巴福德（Harriet Elizabeth Prescott Spofford）出版《羅漢爵士的鬼魂：一部羅曼史》（*Sir Rohan's Ghost: A Romance*）。在一段談愛的段落，史巴福德敘述用以比喻愛情的舞蹈。她談及一些觀看者對這支舞產生的困惑[4]：

　　而那些站在外面的人，那些看到舞蹈但沒聽到音樂的人——他們見到怪異荒誕的蠢行、如眾神狂歡般的瘋癲、好似艾盧西斯祕儀或福音唱詩班的狂熱——這只會害他們頭昏眼花、感到莫名其妙！

在一八七三年出版、傳教士湯瑪斯・曼頓（Thomas Manton）的完整布道詞找到的一份演說稿中，他使用以下從遠處觀看舞者的比喻⑤：

【如果】在開闊鄉間騎馬的人遠遠望見男男女女一起跳舞，卻聽不到他們的舞蹈和節拍搭配什麼音樂，他會覺得他們要不是傻了，就是瘋了。因為那些動作五花八門、姿態古里古怪。但如果他接近一點，近到能聽見音符、聽見他們配合什麼樣的曲調跳舞，也能觀察動作的規律性，對他們的看法就會改變⋯⋯

一八八三年，尼采以德文出版《查拉圖斯特拉如是說》（*Also Sprach Zarathustra*）。英文書名為《*Thus Spoke Zarathustra*》，書中包含下列主題相關的格言。這裡呈現的英譯是沃特・考夫曼（Walter Kaufmann）之作⑥：

我只相信會跳舞的神。
人必須保有內心的混沌，才能生出跳舞的星星。

上述文句明顯與我們調查的名言不同。不過，跳舞這個共同主題提供了關連性，因此可能讓一些人覺得這個歸屬是可信的。

一八八五年，英裔美籍作家艾美莉亞‧艾狄絲‧哈鐸斯頓‧巴爾（Amelia Edith Huddleston Barr）出版《哈勒姆系列：兩個國家衛理會生活的故事》（*The Hallam Succession: A Tale of Methodist Life in Two Countries*）一書，其中有下列段落[⑦]：

你是否看過許多男男女女的舞蹈，你聽不到音樂，只看到他們在房裡搖來擺去？我敢說他們看起來就像一群瘋子。

傑出法國哲學家昂利‧柏格森（Henri Bergson）曾於《巴黎評論》發表過一系列三篇以「笑」為題的散文。散文集在一九〇〇年出版，英文譯本則在一九一一年發行。在以下摘錄中，沒搭配音樂的舞者被描述成「荒謬可笑的」[⑧]：

往旁邊站，以漠不關心的旁觀者之姿觀看人生。這麼一來，許多劇碼都會變成喜劇。單是在有人跳舞的房裡堵住耳朵、不聽音樂，舞者就會在瞬間顯得荒謬可笑。而又有多少人類行為禁得起類似這樣的測試？

一九二七年，倫敦《泰晤士報》刊登了與現代常見說法類似的版本，並將之列為「古諺」。這個簡單扼要的例子用「瘋了」代替「不正常」[⑨]：

沒聽到音樂的人會以為跳舞的人瘋了。這句古諺的真實性此時此

　　　　　　　　　　　　海明威才沒有這麼說

刻獲得最真確的印證。

　　一九二九年，此話出現在《英文諺語和諺語般的詞句：一部基於
史實的辭典》（*English Proverbs and Proverbial Phrases: A Historical Dictionary*）
這本參考書籍中。書中給的引用資料是上述一九二七年《泰晤士報》
之例。也就是說，編輯無法再追溯到更前面的文本[10]：

> 沒聽到音樂的人會以為跳舞的人瘋了。
>
> ——由《泰晤士報》歸為「古諺」。一九二七年二月十六日，
> 第十五頁第四欄。

　　一九三六年，《波士頓環球報》在一篇文章的標題援用「瘋了」
的版本，並稱之為「現代諺語」[11]：

> 現代諺語
> 「沒聽到音樂的人會以為跳舞的人瘋了。」

　　一九六七年，加州一家報紙的專欄說這句話出自某約翰・史都華
（John Stewart），請注意，這裡說的並非當今的喜劇演員喬・史都華
（Jon Stewart）[12]：

> 約翰・史都華說，沒聽到音樂的人會以為跳舞的人瘋了。

一九六九年，受讀者歡迎的《生活》雜誌用了一個版本當一篇文章的開場白，然而沒有提供出處[13]：

沒聽到音樂的人會以為跳舞的人瘋了。

一九七二年有個採用「不正常」而非「瘋了」的例子，出處被歸給在亞利桑那州KHYT電臺工作的節目導播[14]：

聽不見音樂的人會以為跳舞的人不正常。
——諾曼·弗林特（Norman Flint），KHYT

一九八九年，賓州民俗學會（Pennsylvania Folklore Society）發行的一期《基礎民俗》（*Keystone Folklore*）將焦點放在科幻小說社群。一篇探討「標語鈕扣」（slogan button）的文章提到，下方這話寫在一些科幻小說迷佩戴的鈕扣上[15]：

沒聽到音樂的人會以為跳舞的人瘋了。

同樣在一九八九年，《舊金山論壇報》刊登一篇懷舊文章，回顧知名的胡士托音樂節（Woodstock）。文中包含一段樂手保羅·坎特納（Paul Kantner）的專訪，他是搖滾樂團傑佛森飛船（Jefferson Airplane）的成員，曾在胡士托演出。坎特納說了該句的一個變化形，並把它和一個叫蘇非教派（Sufis）的宗教團體連在一起[16]：

　　　　　　　　　　　　　　　海明威才沒有這麼説

跟你們說一小句我剛讀到的話，我想那源自蘇非教派。話是這麼說的：「聽不見音樂的人會以為跳舞的人神經不正常。」那與胡士托關係密切，媒體常這樣看待胡士托。

一九九七年，善於挑釁的喜劇演員喬治‧卡林出版《頭腦的糞便》(*Brain Droppings*)一書，包含下面這段話[17]：

聽不見音樂的人會認為跳舞的人不正常。

卡林的玩笑受到許多在網路交換資訊的網友喜愛。事實上，網友對卡林的俏皮話趨之若鶩，使得許多玩笑的出處都改歸到他身上。因此，今日坊間有許多假的卡林妙語在流傳。二〇〇一年，《洛杉磯時報》一篇文章就刊登了幾則假冒的卡林玩笑，包括這則[18]：

如果一頭豬失聲，牠會不高興地咕噥嗎？

同篇文章也刊了幾則玩笑，真的是卡林開的：

我不吃壽司。我沒辦法吃那種只是不省人事而還沒死透的東西。

聽不見音樂的人會認為跳舞的人不正常。

同樣在二〇〇一年，喬治‧卡林出版《凝固汽油彈和橡皮泥》

（*Napalm and Silly Putty*），為一九九七年暢銷書的續集。新書裡有同樣一句關於舞蹈的俏皮話，但這次卡林明確否認那是他說的[19]：

聽不見音樂的人會認為跳舞的人不正常。

——佚名

二〇〇二年，參考書籍《傳統英文隱喻彙編》（*Thesaurus of Traditional English Metaphors*）收錄了這句格言的一種形式，並表示其源頭可回溯至一五七五年。書中沒有提供精確的引用資料以支持年分，名言調查員迄今未能找到有哪部十六世紀的作品包含這句俗語[20]：

沒聽到音樂的人會以為跳舞的人瘋了【1575】。用於某人的動機不被理解的時候。在未通盤了解事實的情況下，我們不該妄自評斷他人。

也是在二〇〇二年，科羅拉多州一家報紙把這句格言歸給某位安潔拉・莫內（Angela Monet）[21]：

聽不到音樂的人會以為跳舞的人神經不正常。

——安潔拉・莫內

二〇〇三年，如本章一開始所討論，alt.quotations 通訊群組的一則訊息把這句感言的出處給了尼采。

二〇〇四年，十三世紀詩人及神祕主義者魯米（Rumi）作品集的全新譯本有一段主題相近、與音樂和舞蹈有關的段落[22]：

我們很少聽到內心的音樂，

卻會跟著它跳舞，

受帶領我們的音樂引導，

太陽純粹的喜悅，

就是我們的音樂大師。

二〇〇五年，佛羅里達州一家報紙刊出標題為〈是他們說的〉（They Said It）的短文，把這句話歸給尼采[23]：

「聽不到音樂的人會以為跳舞的人不正常。」

——哲學家弗里德里希・威廉・尼采（1844-1900）

二〇一一年，如本章開頭提及，英國《衛報》一篇文章討論了梅根・福克斯身上的刺青[24]：

小報的報導指出，那是沒沒無聞的詩人安潔拉・莫內之作，用Google迅速搜尋後也證實如此。問題是，世上似乎沒有這個名叫莫內的人。詩社（Poetry Society）也沒聽過她，詩歌圖書館（Poetry Library）主任圖書館員克里斯・麥卡貝（Chris McCabe）則表示：「本圖書館的資料庫沒有她的紀錄。」

二〇一二年，英國廣播公司（BBC）網站貼出包含下列問題的「本週時事測驗」（Quiz of the Week's News）[25]：

　　有個刺青表現出哲學家尼采值得深思的佳句——「聽不到音樂的人以為跳舞的人不正常」——但在某人的照片上被模糊處理了。

　　這個某人就是梅根・福克斯。法國雜誌《Grazia》用福克斯的照片做封面，但她背上的刺青被「修掉」了。

　　總而言之，名言調查者尚未找出任何實證顯示尼采說過這句話。如前文所述，這種說法籠統的概念歷史悠久。一九二七年倫敦《泰晤士報》的例子與常見的現代版類似，只有「瘋了」和「不正常」的差異。另外，一九二七年，這句話已被稱作「古諺」。基於現有的證據，這句話的來路至今仍是不明。

筆記

感謝蓋比・克林曼（Gaby Clingman）的提問，促使名言調查員對這個問題進行規劃與追溯。感謝貝瑞・波皮克建議名言調查員納入安潔拉・莫內這個來源。

"If I had more time, I would have written a shorter letter."

「假如我有更多時間，我就會把信寫短一點。」

——約翰·洛克（John Locke）

——班傑明·富蘭克林（Benjamin Franklin）

——伍德羅·威爾遜（Woodrow Wilson）

這句俏皮話第一個已知的英文版是從法國數學家和哲學家布萊茲·帕斯卡（Blaise Pascal）所寫的原文翻譯過來。那句話出現他在一六五七年寫的一封信中[1]：

Je n'ai fait celle-ci plus longue que parce que je n'ai pas eu le loisir de la faire plus courte.

我這封信寫得比平時長，是因為我沒有時間把它縮短。

有一個英譯版在一六五八年於倫敦出版。以下是摘自那封信早期譯本的一個段落[2]：

我的信通常不會隔得那麼近，也不會那麼長篇大論。因為我時間不多，並未把這封信寫得比別的信長，但也沒有餘裕把它縮得更短。

帕斯卡這番見解令人難忘，也在法國一本探討語言的書籍裡討論。那本書的英譯本於一六七六年在倫敦出版，名為《說話的藝術》（The Art of Speaking）[3]：

這樣的創作需要聰明才智與專心。因此帕斯卡先生（以言詞精煉聞名的作者）以詼諧的方式為一封過長的信請求原諒，說他沒有時間把它縮短。

一六八八年，宗教辯論家喬治·圖利（George Tullie）在自己撰寫的一篇描述教士獨身生活的散文中使用這句俏皮話的一個變化形[4]：

我懷疑讀者很快就會發現，這篇文章並沒有花大量時間寫；看到篇幅有這麼長，讀者一定會相信作者根本沒有充裕的時間把它縮短。

以下列出一些知名、不太知名或根本無名之人援用此話的數種說法。哲學家約翰·洛克、政治家班傑明·富蘭克林、超驗論者亨利·大衛·梭羅及伍德羅·威爾遜總統都說過與該主題相符的敘述，細節如下。（馬克吐溫也常和這句話連在一起，但依據現有的研究調查資料，他沒用過這話。不過，後文會提出一句與此無關的馬克吐溫名言當作消遣。）

一六八八年，艾德蒙・鮑洪（Edmund Bohun）出版《地理學字典》（*A Geographical Dictionary*）。這本參考書按字母順序列出城市、鄉鎮、河川、山脈和其他地點，並進行描述。作者創作了這樣的變體[⑤]：

請讀者原諒此文冗長，因為這個主題值得大書特書，而我需要高超的技藝才有辦法將之縮短。

一六九〇年，哲學家約翰・洛克發表他的名作《人類理解論》（*An Essay Concerning Human Understanding*），在序言〈給讀者的信〉（The Epistle to the Reader）中說到關於文章長度的問題，並指出他決定不縮短的原因[⑥]：

我不否認，它或許可把範圍縮得更小，某些部分甚至可以濃縮：它斷斷續續，且間隔太久也太頻繁，很容易重複。但老實說，現在我實在太懶、太忙，沒辦法把它縮得更短。

一七〇四年，《自然科學會報》（*Philosophical Transactions of the Royal Society*）刊出一封威廉・考伯（William Cowper）的來信，信中有此一句[⑦]：

如果這封信冗長又乏味，請見諒，我沒有時間把它縮短。

一七五〇年，班傑明・富蘭克林寫了一封信詳述他那石破天驚的電力實驗，並寄給倫敦皇家學會（Royal Society）的某位會員。富蘭克林請求對方原諒其報告之冗長[8]：

> 我把這篇報告寫得太長了，為此我懇求您的原諒，因為我現在沒時間把它縮短。

這句名言有時會依附在知名古人身上。例如一八二四年，這句話的一個版本就歸給羅馬雄辯家西塞羅[9]：

> 西塞羅請對方原諒他寫了長信，說他沒時間縮短。

德國神學家馬丁路德死於一五四六年。一八四六年，倫敦出版的某部傳記說以下句子出自於他[10]：

> 如果我有時間從頭再看一遍，會大幅縮減我的布道詞，我明白它們實在太冗贅了。

一八五七年，亨利・大衛・梭羅寫了封信給朋友，論及故事長度[11]：

> 故事並不是一定要那麼長，而是因為縮短要花很多時間。

一八七一年，馬克吐溫寫了封信給朋友，提及信的長度。馬克吐溫的話不見得切合我們調查的這句話，但和我們的主題有關[12]：

　　　　　　　　　　　　海明威才沒有這麼說

你得原諒我的冗長——我之所以怕寫信，就是因為我容易賣弄知識，忘了停下，因此會浪費許多寶貴的時間。

根據一九一八年出版的一則趣聞，伍德羅·威爾遜被問到他花多少時間準備演講，他的答覆極具啟發[13]：

「那取決於演講的長度，」總統說：「如果是十分鐘的演講，要花我兩個星期準備；如果是半小時的演講，要花一個星期；如果我可以暢所欲言，就完全不需要準備。例如現在，我就準備好了。」

筆記
驅使我進行調查的是一位優秀且風趣的作家，他也是佛羅里達一個寫作團體的領導者。

"If you want to know what a man's like, look at how he treats his inferiors."

「想了解一個人，就看他怎麼對待下屬。」

——J. K. 羅琳（J. K. Rowling）

J．K．羅琳《哈利波特》（*Harry Potter*）系列之中有個支線，講一群叫家庭小精靈（house elves）的僕人遭到虐待。「下屬」一詞泛指社會階級或地位較低的個體。羅琳奇幻宇宙中的家庭小精靈就屬於這個團體。

在《哈利波特：火盃的考驗》（*Harry Potter and the Goblet of Fire*）裡，妙麗‧格蘭傑（Hermione Granger）不滿有權有勢的高官巴堤‧柯羅奇（Bartemius Crouch Sr.）對待某個小精靈的行為。天狼星‧布萊克（Sirius Black）也贊同妙麗的看法：柯羅奇的行為顯露出他的性格缺陷。以下摘錄是妙麗提及一名家庭小精靈被開除，天狼星對榮恩‧衛斯理（Ron Weasley）說的話[1]：

「是啊，」妙麗憤慨地說，「只因為她沒待在自己的帳篷、被活活

　　　　　　　　　　　　　海明威才沒有這麼說

踩死，他就開除她──」

「妙麗，妳可不可以不要再講小精靈的事了？」榮恩說。

天狼星搖搖頭說：「榮恩，妙麗對柯羅奇的看法比你透徹。如果你想了解一個人，該仔細觀察他怎麼對待下屬，而非平輩。」

羅琳的著作大受歡迎，也讓這個判斷品格的準則廣為傳播。但這說法其實歷史悠久。據名言調查員考證，一九一〇年就有以相似句子傳達同個概念的詞語[②]：

> 比起對待平輩，一個人對待下屬的方式更能顯露他真正的品格。
> ── 查爾斯‧巴雅德‧米利肯牧師（**Rev. Charles Bayard Miliken**），
> 芝加哥美以美會（**Methodist Episcopal**）

以下是名言調查員所挑選，從十六世紀起與該主題相關的引用資料，按時間順序排列。

一七七〇年代查斯特菲爾德第四伯爵（Fourth Earl of Chesterfield）寫給兒子的信至今出現諸多版本。在英國，這些信件常被用來當作典範，教導何謂適當舉止和禮儀。一封日期為一七四八年五月十七日的信中討論了和下屬溝通的主題[③]：

> 高尚男子的特徵是和下屬交談時毫不傲慢，和長官說話時滿懷敬意，且態度從容。

一八〇五年，一本探討愛爾蘭暴動的書籍提到上層階級成員基爾費諾拉教長（Dean of Kilfenora）從他人那裡獲得的崇敬。作者提出一個有趣的「紳士」定義，與善待下屬息息相關④：

基爾費諾拉教長是唯一圓滿成功的例子。理由在於：他完完全全符合紳士一詞的定義；意即，他謙恭厚道、和藹可親地對待下屬——不論下屬的身分為何。這才是能安撫愛爾蘭農民真正的訣竅。能捕獲他們的心的事物，並非你的金錢或保護，而是充滿敬意的仁慈。這能去除他們心中令人痛苦的屈辱感。

一八五二年，新罕布夏州阿姆赫斯特（Amherst）的《農人內閣報》（Farmer's Cabinet）刊出〈對下屬的禮貌〉（Courtesy to Inferiors）一文，其中有個段落，主題與此引言相近⑤：

但除了宗教動機，一個人要真正稱得上人格高尚、秉性善良，沒有任何一種社會事件的檢驗能超越他平時對待下屬的方式。沒有什麼比傲慢的性情更凸顯可鄙的心靈。去侮辱、虐待那些無能抵抗或不敢埋怨自己受到傷害的人，是怯懦最明顯的標記，一如拔劍對著女性。

一九〇二年《印刷油墨》（Printer's Ink）刊出一段對紳士行為的敘述⑥：

何謂紳士？他們會用最周到的禮節、最公平、最體貼的態度對待

海明威才沒有這麼說

下屬，並向長官要求同樣待遇。

——《紐約每日新聞》（New York Daily News）

　　如前文提及，一九一〇年一月，俄亥俄州一篇標題為〈宗教的思維：從所有教派蒐集到的珍寶〉（Religious Thought: Gems Gleaned from the Teachings of All Denominations）的報紙文章寫了一句和羅琳的文字很類似的話。

　　一九一〇年，米利肯那句話在許多家報紙刊出。一九一一年，另一位宗教演說家M‧C‧B‧梅森（M. C. B. Mason）的敘述大同小異[7]：

　　衡量一個人的標準是看他如何對待下屬，而在未來，那將成為人類的考驗。

　　一九一三年，一本介紹舊金山的書籍出版，書中介紹了利蘭‧史丹佛（Leland Stanford）——成立史丹佛大學的傑出實業家——並提到品格與對待下屬之間的關係[8]：

　　認識他的人都覺得他和藹可親，且得到雇員的尊重。受雇於他的人——哪怕是家境最窮者——也可以去找他，並得到體貼的對待。據說要判斷一個人的品格，最可靠的標準就是看他對待下屬的方式。從史丹佛先生身上絕對看不出他究竟將誰視為下屬。

　　一九三〇年，《奧古斯塔紀事報》（Augusta Chronicle）一篇文章試圖談論該以什麼標準評論一個社會或單獨個人[9]：

標準之一是弱者和下位者得到強者和上位者什麼對待。重要的不是這位淑女隸屬哪個教會，而是她如何對待社會地位比她低、由後門出入並做著卑賤家務的人。

說真的，看一個人用什麼方式對待低位者和受扶養者，是最為準確的衡量標準。

由此可見，二〇〇〇年《哈利波特：火盃的考驗》裡天狼星·布萊克說的那句格言其實在歷史上傳誦已久。查爾斯·巴雅德·米利肯在一九一〇年說過類似的話，而相近的使用最晚可回溯至十六世紀。

"We are made of star-stuff."

「我們都是星塵。」

——卡爾·薩根

生命的化學成分，例如碳、鎂、鈣等等，最初都是在星體內部的熔爐裡生成，然後藉由星體爆炸釋放出來。這個事實可用優美且詩意的詞句來表達。下為三例：

我們都是星塵。

我們的身體是星塵做的。

我們的體內有無數星星的碎片。

一九七三年，卡爾·薩根出版《宇宙連結：望遠鏡的觀點》（*The Cosmic Connection: An Extra-terrestrial Perspective*），書中有下列段落[1]：

我們的太陽是第二或第三代的恆星。我們腳下所有岩石或金屬物質，我們血液裡的鐵、牙齒裡的鈣、基因裡的碳，都是數十億年前在一顆紅色巨星的內部製造出來的。我們都是星塵。

薩根是推廣這種說法的重要媒介。不過，這句話的歷史源遠流長。一九一三年就有一個有趣的前例，出現在北卡羅萊納州的一家報紙。有位專欄作家指出太陽和地球都是星塵做的，這暗示人類也是星塵做的，只是沒有直接說出來[②]。

分光鏡可以分析光線，看到它是由什麼組成。而那些孜孜不倦的研究人員最驚訝的就是這個：他們發現地球的金屬竟在強大的太陽之中燃燒！

曾有一個小女孩發出高興的呼喊，因為她發現地球實為天體，而我們其實生活在億萬顆星星之間，「太陽是星塵做的，地球也一樣，因特別的契機結合在一起。」

一九一八年，加拿大皇家天文學會（Royal Astronomical Society）主席發表演說，講了「我們的身體是星塵做的」這句話，且似乎在為這個事實謀求半靈性的解釋[③]。

的確，乍看浩瀚宇宙的第一眼，我們可能因發覺自己的無足輕重而沮喪不已。但天文學其實是在幫助我們了解一件事：正因我們的身體是廣大物理宇宙不可或缺的一部分，亦等同宇宙生命的最高創造法則和作用力，因此才會透過我們的身體彰顯。

於是我們明白，如果我們的身體是星塵做的——而分光鏡也顯示除此之外別無他物——我們高尚的特質正是宇宙實體不可或缺的成分……

一九二一年，密西根州一家報紙以一幅廣告介紹一位新的專欄作家，重點正是這句格言的一版[④]：

我們都是塵埃做的——
是星星的塵埃！

這真是令人寬慰，《晚報》（*The Evening News*）的新撰稿人威廉·巴頓博士（**William E. Barton**）這麼說道。

天文學家知道該如何辨別星星是由哪種物體組成——以及天空中某個亮點為何會缺少其他星星擁有的元素。

不過，奇妙的地方在於，人體的構造幾乎擁有每顆星星各種不同的成分。

巴頓博士說，你一定會對這件事感興趣——如他所言，你會對生命投注新的熱情，因為每個人都是星塵做的。

一九二九年，《紐約時報》在雜誌版面的首頁刊登〈人就是星塵〉（*The Star Stuff That Is Man*）一文。哈佛大學天文臺（Harvard College Observatory）主任、天文學家哈特羅·夏普萊（Harlow Shapley）在受訪時說了下面這段話[⑤]。

我們的成分跟星星一樣，所以研究天文學時，某種程度是在探查我們的遠祖和自身在星塵宇宙中的位置。構成我們身體的化學成分，在最遙遠的星雲也找得到；我們的一舉一動，都受同樣的宇宙法則支配。

這篇文章的最後一句敘述也被當成插畫的圖說使用：那幅畫描繪的是一個人，背景是行星和星系：

我們都是星塵，都是華麗創作的一部分。

一九七一年，諾貝爾文學獎得主朵麗絲·蕾辛（Doris Lessing）在小說《下地獄之簡報》（*Briefing for a Descent into Hell*）中觸及這個主題⑥。

沒有人知道還原之後存在了什麼、消失了什麼，沒有人知道人類究竟幾度理解又遺忘，該心靈、肉體、生命、活動，是和恆星、太陽、行星一樣的東西做成的⋯⋯

一九七三年，卡爾·薩根出版的一本書裡包含了前文提過的那句話：

我們都是星塵。

桂·穆爾契（Guy Murchie）一九七八年的著作《生命的七個謎

海明威才沒有這麼說

題》（*The Seven Mysteries of Life*）說道：「而今大家知道，宇宙中大部分的物質會在某個時間點透過恆星的熔爐傳遞。」穆爾契提到一句引人入勝的格言，他稱之為「薩爾維亞古諺」。目前名言調查員還沒有適當的搜尋工具可判定該諺語的年代[7]：

當你真正理解了這樣的關係有多普遍，對這句塞爾維亞古諺便會產生新領悟：「要謙卑，因為你是糞便做成的；要高尚，因為你是星星做成的。」

一九八〇年，劃時代的科學系列影集《宇宙：個人遊記》（*The Seven Mysteries of Life*）在電視播出，卡爾‧薩根是主持人兼編劇之一。第一集名為〈宇宙海洋之岸〉（*The Shores of the Cosmic Ocean*），薩根在節目中說了以下這段話[8]。

地球的表面就是宇宙海洋之岸，我們在這座岸上學習大部分所知的知識。最近，我們涉水走出一小段，或許約在及踝的深度，而海水看似誘人。我們生命有某些部分深深知道自己來自那裡。我們渴望回歸，也確實能做到，因為宇宙也在我們體內。我們都是星塵，是宇宙了解自我的途徑之一。

一九八一年，文森‧克羅寧（Vincent Cronin）的著作《地球視角》（*The View from Planet Earth*）中包含這句格言的一個變化形[9]：

我們的體內含有三克的鐵、三克閃亮銀白的鎂，以及少量錳和銅。若照比例來看，它們是我們體內最重的元素，並且來自同樣一個源頭：久遠以前的一顆星星。我們每個人體內都有星星的碎片。

二〇〇六年，知名科學作者麥可・謝默爾（Michael Shermer）說這句話出自薩根[10]。

我們能用什麼方式連結浩瀚的宇宙呢？薩根的答案不僅在靈性層面兼具科學，更在科學層面兼具靈性。「宇宙就在我們體內。我們全都是星塵做的，」他是指生命的化學元素都源自星星──在恆星內部沸騰，然後趁超級新星爆炸時釋放，進入星際空間，凝結成新的太陽系，而系內某些行星擁有由這些星塵構成的生命。

總而言之，卡爾・薩根確實在一九七三年援用過其中一種說法，但類似的句子早在數十年前便已在流傳。一九一八年，天文學家亞伯特・杜蘭・華生（Albert Durrant Watson）就在演說中用過一個版本。一九七三年，一句與主題有關的有趣諺語出現在一本書中，作者聲稱那是一句古諺。只是，目前為止，名言調查員都還不知古諺的正確年代。

筆記

特別感謝約瑟夫・摩里諾（Joseph M. Moreno）問起這句名言是否真是文森・克羅寧所說。另外，也要感謝林彬（Lim Pin）詢問，該名言是否被歸類為塞爾維亞古諺一事。

"Comedy is tragedy plus time."

「時間一久，悲劇也成喜劇。」／「悲劇加時間等於喜劇。」

——泰格·諾塔洛（Tig Notaro）

——伍迪·艾倫

——喬·史都華（Jon Stewart）

　　有些人能將人生中悲慘或屈辱的事件轉成歡樂喜劇。若時間足夠，痛苦的回憶可能還會變好笑。大受歡迎的演員卡洛·柏奈特（Carol Burnett）曾說[1]：

　　我的幽默感是來自家母。我會把我的悲劇跟她說，而她則讓我哈哈笑。她說，時間一久，悲劇也成喜劇。

　　名言調查員曾見過這句慣用語被歸給伍迪·艾倫、泰格·諾塔洛和柏奈特。喬·史都華曾在二〇一四年十二月三日於喜劇中心頻道（Comedy Central）播出的《每日秀》（Daily Show）中悲憤地說：

如果時間一久，悲劇也成喜劇，那我該死的需要更多時間。但老實說，我由衷希望他媽的悲劇能少一點。

據名言調查員考證，這句話最早的例子刊登在一九五七年二月號的《柯夢波丹》雜誌（*Cosmopolitan*）。電視名人、演員兼博學多聞的史蒂夫·艾倫（Steve Allen）對喜劇之起源發表了看法[2]。

最近我向一個朋友解釋說，大部分喜劇的主題都是悲劇（酒醉、過重、財務困難、意外等），他說：「你的意思是，那些糟糕透頂的日常事件其實是適合搞笑的主題嗎？」我的答案是：「不是，不過也差不多了。」

人會拿令自己沮喪的事開玩笑──但通常得經過好些時間後。克瑞特法官失蹤時是悲劇，但現在大家都拿它開玩笑。我猜你可以從中歸結出一個數學公式：悲劇加時間等於喜劇。

艾倫說的「克瑞特法官」是一個名叫約瑟夫·克瑞特（Joseph F. Crater）的紐約市法官，他在一九三〇年離奇失蹤。針對這件始終未破的懸案，報導提到神祕的金髮情婦、憑空消失的錢財、貪汙的政客和被偷的報告[3]。最後，那起事件成為喜劇甚至塗鴉的題材，如下例[4]：

克瑞特法官──請回電給辦公室。

一九五八年六月，《紐約客》雜誌評論了當時一個電視節目《笑聲》（*The Sound of Laughter*）《世界那麼大》（*Wide Wide World*）系列的一集。節目提出數個實例來探討幽默，以及根據此主題發表的幾個看法。史蒂夫・艾倫在文中進一步宣傳他在《柯夢波丹》提出的公式⑤：

哈瑞・赫許菲德（**Harry Hershfield**）說：「幽默是最大公約數；」艾爾・凱普（**Al Capp**）說：「連環漫畫是世上最受歡迎的文學類型；」帳篷表演籌辦人奈爾・夏夫納（**Neil Schaffner**）說：「我們的東西是民間戲劇，土生土長，幾乎全部自創的那種；」史蒂夫・艾倫說：「悲劇加時間等於喜劇；」鮑勃・霍普（**Bob Hope**）則說：「笑是最珍貴的東西。」

以下是名言調查員挑選的其他引用，按時間先後排列。

一九五八年七月，合眾國際社的通訊記者採訪史蒂夫・艾倫提起他為NBC電視節目編劇的事。艾倫為他的修正版的公式加了一個項目⑥。

艾倫還有一個關於笑的公式：「悲劇加時間再加被逗樂的意願，等於喜劇。如果你不願意開口笑，就無法被逗樂──就連卓別林也沒辦法逗你開心。」

一九六二年十一月，受歡迎的喜劇演員鮑勃・紐哈特（**Bob Newhart**）語帶諷刺地用了這道方程式的一個版本，不過他加了「有人說」三字，表示那不是他所創⑦。

幫威斯特伍德的公寓做裝潢的過程讓我得到一個劇目的靈感。有人說，時間一久，悲劇也成喜劇。拿到帳單之後，我信了。

　　一九六三年二月，電視明星卡洛・柏奈特說了類似的公式⑧。

　　就像大部分的小丑會嚴肅看待自己的喜劇表演，卡洛把握每個機會去解釋她的藝術哲學。對她來說：「喜劇就是隨時間逐漸醇熟的悲劇。」

　　卡洛・柏奈特說了一個丟臉的故事來闡明此理：小時候，她曾躲在衣櫃裡，只是不想讓醫生注射盤尼西林。

　　「當時我寧死也不想見他，但現在那成了笑話。那時覺得很悲慘，如今感到很滑稽，明白嗎？」

　　一九六七年出版的《蘭尼・布魯斯精華集》（ *The Essential Lenny Bruce* ）收錄了這位前一年過世的喜劇演員兼諷刺作家表演不只一次的素材。書中討論的喜劇劇目並未提供確切日期，不過有些涉及他在六〇年代因猥褻和持有毒品受審的事。布魯斯用了這道公式的變體，把「喜劇」換成「諷刺」。下面的段落提到一九五九年因癌症過世的美國國務卿約翰・福斯特・杜勒斯（John Foster Dulles）⑨。

　　我當然可以挖苦亞伯拉罕・林肯遇刺案，在電視上讓人捧腹大笑。儘管林肯是如此優秀的人士。

不過，喜劇這東西是這樣的。假如我嘲諷約翰‧福斯特‧杜勒斯遇刺案，可會把觀眾嚇瘋。他們會說：「這真是令人髮指。」為什麼呢？因為那才剛發生。我想講的就是這個：諷刺是悲劇加時間。只要給它足夠的時間，大眾和評論者就會允許你對它做出諷刺。仔細想想，這真是挺荒謬的。

請注意，杜勒斯並非遇刺身亡，而是死於癌症，所以這段文字頗怪。可以想見，布魯斯的劇目其實是要講約翰‧F‧甘迺迪遇刺案，而因為那起悲劇時間太接近，名字可能是在謄寫或編輯時修掉了。

一九七二年，《電視指南》（*TV Guide*）刊出一篇文章，主要討論卡洛‧柏奈特，收錄了本章開頭引用的那句話。

柏奈特一九八六年出版的自傳《再一次：回憶錄》（*One More Times: A Memoir*）收錄了與這句格言略有不同的版本，她把來源歸給母親[10]。

我比較喜歡媽的「格言」：「大部分喜劇都是悲劇加上時間……」

一九八七年，史蒂夫‧艾倫出版《如何搞笑：發掘你的喜劇人格》（*How to Be Funny: Discovering the Comic You*），書中有以下這段討論[11]：

但如前文所說，幾乎所有喜劇都可以歸在「悲劇」底下。也就是說，幾乎所有笑話的本質都是嚴肅的題材。破產、宿醉、炒魷魚——

舉凡壞消息，都會成為我們開玩笑的主題。悲劇加上時間等於喜劇。給痛苦一點時間慢慢退去，糟透的經驗往往可以成為滑稽笑料或故事的基礎。

一九八九年伍迪‧艾倫電影《愛與罪》（ *Crimes and Misdemeanors* ）中，亞倫‧艾達（Alan Alda）扮演的冷漠角色雷斯特（Lester）說了一段獨白，詳盡地闡述了這道公式。雷斯特說，他拜訪哈佛大學期間有學生問說：「什麼叫喜劇？」他給了以下回答[12]。

我說，「喜劇是悲劇加上時間……悲劇加上時間。」時機到了你就會明白——林肯被槍殺當晚，你無法拿那件事開玩笑，不可能拿那件事尋開心。無論如何就是不可能。但現在呢？事過境遷，它就可以拿來恣意嘲弄了。這樣說懂我意思了嗎？這就是悲劇加上時間。

二〇一二年，美聯社一則新聞報導喜劇演員泰格‧諾塔洛的一場卓越演出，她不久前被診斷出癌症。她以意識流加上一點黑色幽默，對觀眾說道[13]：

「幽默的方程式是很詭異的：悲劇加時間等於喜劇，」諾塔洛對著驚嘆不已的全場觀眾說：「不過目前我還處於悲劇階段。」

總而言之，基於現有證據，史蒂夫‧艾倫是第一個使用這道公式表現悲劇和喜劇的人。自一九五七年後，多位藝人也用了這句格言。

　　　　　　　　　　　　　　　　　海明威才沒有這麼說

卡洛・柏奈特說她是聽母親說的，其母在一九五八年去世。因此，這句話很可能是在艾倫於《柯波夢丹》發表之前就流傳開。

當然，也可能柏奈特的母親是在生命接近尾聲時於《柯波夢丹》讀到這句話，進而跟女兒分享。

筆記

感謝《頁岩》雜誌文化部落格的編輯大衛・哈格倫提問，促使名言調查員對這個問題進行規劃考據。非常感謝二〇一一年參與這句話群組討論的朋友，包括喬・萊特（Jon Lighter）、班・齊默、維克特・史坦波克、比爾・穆林斯、弗瑞德・夏皮羅、勞倫斯・霍恩等人。感謝貝瑞・波皮克也調查了這句話，並且以此為題在部落格撰寫貼文[14]。

"Easy reading is hard writing."

「讀起來簡單，寫起來困難。」

——納撒尼爾·霍桑（Nathaniel Hawthorne）

據名言調查員考證，與這句名言相近的說法最早出現在一八三七年的倫敦期刊《雅典娜神廟》（*Athenaeum*）。幽默作家、詩人兼散文家湯瑪斯·胡德（Thomas Hood）寫了封信給編輯，以〈版權和侵權〉（*Copyright and Copywrong*）為題刊出。胡德論及寫作的過程。原作裡的「他媽的」（damned）未通過審查，被改成「他X的」[1]。

首先，關於如何寫作，人們意見分歧、眾說紛紜；有人認為寫作「跟撒謊一樣簡單」，並想像作者「戴著手套」、端坐桌前的畫面。就像羅傑·德·康佛利爵士（Sir Roger de Coverley）的詩人祖先。另一人則認為「最容易讀的東西最他X的難寫，」並想像一個畫面：時間之神為了某即席演說想破了頭的模樣。

胡德在格言前後加上引號，表示該句已有人使用。事實上，包含
「易讀」、「難寫」等詞的多種版本已在坊間流傳，上面那句話可能就
是從那些前身演變而來。因此，要尋找這句箴言的源頭相當困難。

　　這句話的一個重要前例出現在〈克莉奧的抗議，或上漆的圖畫〉
（*Clio's Protest or, the Picture Varnished*）一詩，作者是著名愛爾蘭詩人兼
劇作家理查・布林斯利・謝里登（Richard Brinsley Sheridan）。這首詩
一七七二年以前就在流傳[②]。

> **你輕鬆寫，展現修為；**
> **但寫得容易，讀來艱澀。**

　　上述詩句的意思當然和胡德表達的不同。「讀」、「寫」互換。另
外，胡德也用了「最容易」，不只是「容易」。不過，名言調查員相
信，就是因為有謝里登這首詩，才會出現後來胡德的敘述。事實上，
有些人記錯謝里登的遣詞用字，誤把胡德寫的句子歸給他。

　　另一個重要的前例出現在知名浪漫派詩人拜倫勳爵（Lord Byron）
一八一八年寫的〈貝珀：威尼斯的故事〉（*Beppo, A Venetian Story*）
一詩。在下面的摘錄，拜倫哀嘆自己尚未習得「隨意寫的技藝」[③]：

> **但願我擁有隨意寫的技藝**
> **那樣讀起來才愜意！**

　　胡德的敘述在一八三七年得到更進一步傳播。前述他寫給《雅

典娜神廟》的信被摘錄在賓州費城的《瓦爾迪選集，流動圖書館》（*Waldie's Select Circulating Library*）週刊中[4]。

一八四五年，《道格拉斯傑羅的先令雜誌》（*Douglas Jerrold's Shilling Magazine*）刊出一篇書評，內含此話的一例，但沒有提供來源[5]。

這部作品可能會讓最有教養的讀者獲益匪淺，他們將樂見它的技巧和品味。而假使讀來容易的東西寫起來難，我們得大大感謝這位作者。以如此盤根錯節的主題而言，我們再不可能讀到更簡單、更精妙優美的作品了。

一八四八年，湯瑪斯・凱特利（Thomas Keightley）的著作《賀拉斯的諷刺文學與書信》（*The Satires and Epistles of Horace*）也有一例，未提供出處[6]。

他們批評他的詩句如行雲流水，自然而不羈，並認為那是一種缺點，卻忘了讀起來越簡單的往往寫起來越困難。

一八四九年，《葛拉罕的美國月刊》（*Graham's American Monthly Magazine*）讚美知名哲學家大衛・休謨（David Hume）的一部歷史作品。書評用了這句格言斷章取義的版本，並表示出自謝里登——這裡指的應該是前述那位愛爾蘭劇作家[7]。

「簡單地寫，」謝里登說：「等於該死的難寫。」休謨的簡單風格

海明威才沒有這麼說

正是明證。讀者看完會覺得自己是在陪伴一位善解人意、心思敏銳的優秀人物，但在閱讀的旅程中，他只會感到在跟一個親切、聰明、熟悉的同伴聊天。

一八五一年，華盛頓特區《國家情報員日報》（*Daily National Intelligencer*）一位書評在討論某新聞記者的著作時用了一例。他說那只是某個普通學童說的話⑧。

他的讀者讀起這些文章可說毫不費力，那些文字彷彿是輕快地從他流暢的筆尖落下；但，要是他們想模仿，完全可以跟這個學童說一樣的話：「讀起來簡單的，寫起來他媽的難。」

湯瑪斯・胡德與這句格言的連結也並未斷絕，因為他的作品仍在持續轉載。例如，一八五七年一本名為《散文與詩》（*Prose and Verse*）的彙編就收錄了該篇包含這句話的文章⑨。

一八六〇年，倫敦《一年到頭》（*All the Year Round*）週刊固定供稿人查爾斯・艾爾斯頓・柯林斯（Charles Allston Collins）在〈那些建築的見證人〉（*Our Eye-Witness Among the Buildings*）一文用此話的一例。同樣是畫家的他把語句提升至「通則」的地位，但並未提供出處⑩。

舉凡藝術，看起來容易、簡單明瞭的東西實比錯綜複雜的事物困難。讀起來簡單、寫起來困難這件事是一種通則，而創造出能讓人輕輕鬆鬆心領神會、不感迷惘的事物，才是藝術的勝利。

一八六七年，《衛理公會每季評論》（*Methodist Quarterly Review*）一名作家誤把此格言歸給謝里登[11]。

　　但睿智的謝里登說得好：「讀起來簡單的東西寫起來非常困難。」

　　一八八二年，受歡迎的多產小說家安東尼・特羅洛普（Anthony Trollope）將這句格言擺進他的小說人物的思想中[12]。

　　她寫了這樣的信，滿是機智、愛意與幽默，並深信他一定讀得很開心。「讀起來簡單的東西，寫起來難，」她一邊自言自語，一邊把其中一封抄了第三遍……

　　一八八四年，倫敦《每日新聞》（*Daily News*）一位書評誤將這句格言歸給拜倫勳爵[13]。

　　這種說法乍聽奇怪：一本探討人類信仰與命運等深奧問題的書竟然有辦法好讀？但誠如拜倫所言，讀起來簡單，意味寫起來困難。毫無疑問，作者為了這些章節必定煞費苦心，投入了艱鉅的研究[14]。

　　一八九八年，紐約期刊《工程雜誌》（*Engineering Magazine*）的一位書評說這句話出自知名小說家威廉・梅克比斯・薩克萊。

　　「讀起來簡單，意味寫起來困難，」薩克萊說，若此言為真，《通

道》（*De Pontibus*）無疑是賣力工作和費心思考後的成果。像這般主旨的內容很容易會占到兩倍的空間。

一九七九年，維吉尼亞里奇蒙的一場記者會上，馬婭・安傑盧援用這句話，並說它出自納撒尼爾・霍桑[15]。

她說，這樣的偏好讓人想到納撒尼爾・霍桑說的話：「讀起來簡單的東西他媽的難寫。」

多年後，安傑盧在一九九〇年接受《巴黎評論》（*Paris Review*）訪問時，又說了一次那句格言，來源亦同[16]。

納撒尼爾・霍桑說：「讀起來簡單的東西他媽的難寫。」我試著琢磨語言，使其鮮明，能躍然紙上。這看似容易，但我可是花了一輩子才讓它看起來容易。當然，一定會有某些書評——通常是紐約書評——他們會說，噢，馬婭・安傑盧出新書啊，那一定是佳作——但她本來就是天生作家啊。我很想抓住這種書評的喉嚨，把他們摔倒在地。因為我可是拚了命才創作出作品的。

總而言之，基於湯瑪斯・胡德在一八三七年所用的版本，名言調查員暫時將創作這句格言的功勞歸給他。不過，未來研究人員當然有找到更早例證的可能。

理查・布林斯利・謝里登和拜倫勳爵分別在一七七二及一八一八年發表的說法應是兩人所創無誤，不過沒有實證顯示謝里登、拜倫和霍桑援用過這句格言。查爾斯・艾爾斯頓・柯林斯、安東尼・特羅洛普和馬婭・安傑羅，都是在湯瑪斯・胡德之後使用，因為他們的協助，這句話更蔚為流行——可是他們並非創作者。

筆記

非常感謝勞雷林・柯林斯和艾瑞克・費澤爾（Eric Feezell）提問，促使名言調查員針對互有關連的三句話展開調查——也包括這一句。非常感謝邦妮・泰勒—布萊克找到一七七二年的引用。

"In the future, everyone will be anonymous for fifteen minutes."

「未來，人人都將匿名十五分鐘。」

——班克斯（Banksy）

　　善於用塗鴉煽動人心的班克斯組了一部粉刷得挺粗陋的粉紅電視機，在螢幕上噴了這個訊息。這句話是改編自流行藝術家安迪・沃荷，用以形容現今名聲來得快、去得急的名言[1]：

　　未來，人人都能成名十五分鐘。

　　據名言調查員考證，類似的說法最早於一九八九年刊登在音樂雜誌《旋轉》（*Spin*）。那是記者兼樂評約翰・李蘭德（John Leland）針對創作歌手理查・馬克斯（Richard Marx）所寫，是一篇有點不懷好意的介紹。在下面這段文字，「九〇年代」指的是「不久的未來」[2]：

　　馬克斯將是九〇年代的成功典範──到那時，人人都將匿名十五分鐘，他是搖滾界的隱形人。沒有誰像他這樣，賣了那麼多張唱片，對文化的衝擊卻那麼小。就連他的新聞稿——那所費不貲、光鮮亮麗的巨星講義夾——讀起來都像企業年報，而非人生故事。

上面這個段落講的是成名的跳躍基因（transposable elements）和無特徵基因。到一九九六年五月，另一個饒富趣味、針對另一主題的變體已在流傳：電腦間接促成侵犯隱私的問題。「未來」被換成「網際空間」，格言的涵義也就因此不同。《PJ隱私期刊》（*PJ: Privacy Journal*）報導了這話，並將出處給了一位法律學者③：

> 在網際空間，人人都將匿名十五分鐘。
> ——葛拉罕·格林雷夫（**Graham Greenleaf**），澳洲新南威爾斯大學（**New South Wales Privacy University**）法學副教授、新南威爾斯隱私委員會（**New South Wales Privacy Committee**）成員。

一九九六年八月，格林雷夫再次在《隱私權法律及政策報告》（*Privacy Law and Policy Reporter*）援用這句話④：

> 這句話的諷刺恰到好處：「在網際空間，人人都將匿名十五分鐘。」(1) 網際空間既是私下（甚至匿名）溝通和遠距交易的機會，也有成為圓形監獄（**panopticon**）的可能——監視範圍也許比過往任何一種社會控制形式更廣泛。

在上述摘文的註腳中，格林雷夫承認這句話的靈感來自兩個人：

這句嘲諷是從約翰・希維特（John Hilvert）透過安迪・沃荷和其他不知什麼人偷來的……

一九九八年，社會評論家尼爾・蓋博勒（Neal Gabler）在著作《生活：電影；娛樂如何征服現實》（*Life: The Movie; How Entertainment Conquered Reality*）裡用了這句格言的一個版本，討論「半名人」的增加[5]：

確實，名人多如過江之鯽，眼看就要推翻另一句常被引用的名言。未來，每個人不會像安迪・沃荷所預言那樣成名十五分鐘。現在看來，未來，人人將匿名十五分鐘。

《紐約時報》的蓋博勒專訪讓這句格言得到進一步傳播[6]。

放眼望去這受名氣驅使的未來，他認為人人都將匿名十五分鐘。但是，看起來完全是文化評論員的蓋博勒先生（身穿亞曼尼黑西裝、留粗短灰白的小鬍子）似乎沒有很擔心。「任何認真書寫美國文化的人都沒有成名的危險，」他說。

一張時間標著二〇〇六年九月十五日攝於洛杉磯一場展覽的照片拍到了班克斯的電視藝術作品[7]。二〇〇八年，英國報紙《電訊報》（*Telegraph*）網站採訪、介紹了演員丹尼斯・霍伯（Dennis Hopper），隨文附上的照片裡，霍伯旁邊就是班克斯變造過的電視機[8]：

　　樓上，他站在另一個朋友的雕塑旁拍最後一張照片：那是神出鬼沒的英國塗鴉藝術家班克斯創作的電視機，螢幕上噴了這些話：「未來，人人都將匿名十五分鐘。」

　　二〇一〇年，《給傻瓜：如何破解密碼》（*Cracking Codes and Cryptograms for Dummies*）一書將這句格言做為謎題解答，並把出處給了格林雷夫[9]：

　　謎題247：在網際空間，人人都將匿名十五分鐘。

——葛拉罕‧格林雷夫

　　二〇一一年，《紐約時報》一篇報導義大利米蘭時裝秀的文章援引班克斯[10]：

　　班克斯說得最好。「未來，人人都將匿名十五分鐘。」這位愛惡作劇的英國塗鴉藝術家翻轉沃荷論成名的老生常談，在這個自我推銷和所謂社會媒體為主的年代，著實提神醒腦。

　　總而言之，類似說法在班克斯的電視機作品之前就有了。事實上，在二〇〇〇年以前，已有不只一種變化形在流傳，措辭和意義都不固定。尼爾‧蓋博勒的敘述似乎最接近噴在班克斯電視機上的文字。

　　　　　　　　　　　　　　　　　　海明威才沒有這麼說

"I fear the day that technology will surpass our human interaction."

「我不禁擔心，未來科技將會超越人與人之間的互動。」

——愛因斯坦

　　上面這話通常會跟愛因斯坦的肖像緊連在一起，旁邊再擺張年輕人專心盯著手機螢幕的照片。照片中，那些無視周遭事件的人做的活動五花八門：例如看運動賽事、坐在酒吧、參觀博物館等。或許「從事」（engage）一詞該換成更精確的「抽離」（disengage）——這樣才對。

> 我不禁擔心，未來科技將會超越人與人之間的互動。世界將迎來一個白痴世代。
>
> ——愛因斯坦

沒有實證顯示愛因斯坦說過這句話，該句也並未出現在普林斯頓大學出版社無所不包的名言選集《終極版愛因斯坦語錄》中[①]。

　　二〇一二年前，這句話及另兩種形式已在流傳。例如，現已不再運作的網站answerbag.com的一條訊息中就呈現了一種變化形，時間是二〇一二年十月二十一日[②]：

　　愛因斯坦：我不禁擔心，未來科技將會蓋過人與人之間的互動。世界將迎來一個白痴世代。他說得對嗎？

　　網站上的日期有時並不正確，因為回頭變更文本和日期並非難事。有時某網頁的內容修改了，跟內容一起的日期卻沒有更新，以配合變動。所幸，answerbag.com上包含這句話的網頁畫面已被擷取，存在「網路時光機」（Internet Archive's Wayback Machine）二〇一二年十月二十五日的資料庫。因此，那個日期的正確性獲得了證實。

　　另一個現已停止運作的網站imfunny.net也在二〇一二年十一月三日貼出精心設計的九宮格合成圖，標題為〈愛因斯坦擔心的那一天可能已經到來〉（*The Day That Albert Einstein Feared May Have Finally Arrived*）。其中八格顯示人們出神地玩著手機，第九格則呈現下面這句話，疊在愛因斯坦的照片上。網站沒有提供發文者的名字[③]：

　　「我不禁擔心，未來科技將會超越人與人之間的互動。世界將迎來一個白痴世代。」

——愛因斯坦

維基語錄上，於愛因斯坦的「談話」（Talk）網頁，標題為「無來源及來源可疑／過於現代」的頁面列過這句名言的第三種形式。該網頁的修訂史顯示這句話是某未具名的人在二〇一二年十一月三日加上去的[④]：

　　我不禁擔心，未來科技將會蓋過人與人之間的互動。到時世界將有一代接著一代、繁衍不絕的白痴。

　　如前文討論，在一九九五年的電影《閃電奇蹟》裡有句歸給愛因斯坦的引言，主題與上述說法雷同。請注意，並沒有實證顯示這句話出自愛因斯坦：

　　這件事情清楚得令人毛骨悚然：我們的科技已超越人性。

　　很有可能是《閃電奇蹟》裡的敘述影響了較近期說法的演化。
　　總而言之，名言調查員相信愛因斯坦沒說過、也沒寫過這三種形式的名言。看不順眼手機使用者行為模式的人或許加快了這句網路爆紅語的生成、演變及傳播。它的措辭隨時間改變，也有不同圖像跟它連在一塊兒。名言調查員推測其創作日期離現在不遠，也許最晚可以到二〇一二年。現在，該創作者的努力看來相當成功──其原型連同可疑的來源歸屬已達瘋傳的境界。

筆記

非常感謝見識卓越的蓋伊‧麥克費森（Guy MacPherson）、道格‧
羅騰貝瑞（Doug Wrotenbery）和史考特‧葛瑞夫李（Scott Gravlee）
等人和名言調查員聯繫，以含蓄或明確的表達方式提出對這些名言
歸給愛因斯坦的懷疑。也感謝道格拉斯和馬澤（Matze）在名言調查
員網站的留言板提出質疑。他們的訊息為此次調查提供動力。

"To be is to do"「我在故我做。」——蘇格拉底

"To do is to be"「我做故我在。」——尚—保羅·沙特

"Do be do be do."「嘟比嘟比嘟。」——法蘭克·辛納屈（Frank Sinatra）

——寇特·馮內果（Kurt Vonnegut）

　　知名作家寇特·馮內果在一九八二年的小說《槍手狄克》（*Dea-deye Dick*）中表現出上述幽默的三重訊息①。但這個古怪的哲學文字遊戲之始作俑者並非馮內果。名言調查員所找到符合這句型最早的發表是一個塗鴉，刊登於一九六八年的《達拉斯早報》（*Dallas Morning News*）。據專欄作家保羅·克魯姆（Paul Crume）表示，那幅塗鴉是三名繪者分階段累積起來的創作。發起人是德州理查森當地的一名商人②：

　　巴德·克魯（**Bud Crew**）表示，一個月前，他在理查森「巴德工具倉」（**Bud's Tool Cribs**）批發店的牆上寫下這句話：「『做事之道在於存在。』（**The way to do is to be.**）

——劉祖（**Leo-tzu**），中國哲人。」

　　幾天後，一個業務員在那下面寫上：「『存在之道在於做。』（**The**

way to be is to do.）

——戴爾‧卡內基（Dale Carnegie）。」

最近，克魯說有位不知名的賢人又加了一句箴言。「『嘟比嘟比嘟。』（Do be, do be, do.）

——法蘭克‧辛納屈。」

被歸給知名歌手法蘭克‧辛納屈的這句話來自他的〈夜裡的陌生人〉（*Strangers in the Night*），一首一九六六年的冠軍單曲。歌曲接近尾聲時，辛納屈唱了一連串無意義的音節，按照發音可寫成「嘟搭嘟比嘟」（do de do be do）或「嘟比嘟比嘟。」[3]許多聽眾都記得這特殊的風格。

一九六八年七月，這個塗鴉故事收錄在一般專欄公司（General Features Corporation）的聯合供稿系列〈週末咯咯笑〉（*Weekend Chuckles*），此後廣為流傳。有些細節被省略，例如巴德‧克魯的名字就未被提及。但塗鴉文字幾乎一模一樣；此外，「劉祖」的拼音被改成「老子」（Lao-tse）[4]：

有人靈機一動，在一家批發店的牆上寫下：「做事之道在於存在。——老子，中國哲人。」

幾天後，一名業務員在下面寫道：「存在之道在於做。」

最近，一位不知名的賢人又加了一條：「嘟比嘟比嘟。——法蘭克‧辛納屈。」

一九六九年一月，一位名叫喬・葛瑞菲斯的房地產經紀人在南卡羅萊納州一家報紙刊登廣告。廣告包含這三句敘述，前兩句都被縮短及簡化，而且其中一句的出處轉給了蘇格拉底⑤：

喬・葛瑞菲斯說：

「我在故我做」──卡內基

「我做故我在」──蘇格拉底

「嘟比嘟比嘟」──法蘭克・辛納屈

此後數十年，訊息繼續演變，許多哲人和作家都被代入句型，包括卡內基、蘇格拉底、柏拉圖、亞里斯多德、尚─保羅・沙特、阿爾貝・卡繆（Albert Camus）、約翰・史都華・米爾、威廉・詹姆斯（William James）、威廉・莎士比亞和伯特蘭・羅素。歸給辛納屈的笑點大多留了下來，不過也有其他笑料加入。下方一九九〇年的引用就是一例。

一九七一年十一月，《達拉斯早報》一位運動專欄作家發表以下版本，而這個例子納入了兩位法國哲學家⑥：

「我在故我做」──沙特

「我做故我在」──卡繆

「嘟比嘟比嘟」──辛納屈

一九七二年，密西根大學醫護學院的年鑑《寧靜》（*Aequanimitas*）

刊登了一個版本，是有四部分而非三部分，辛納屈那句話也與眾不同⑦：

生存還是毀滅——威廉・莎士比亞

我在故我做——尚—保羅・沙特

我做故我在——伯特蘭・羅素

史酷比嘟比嘟——法蘭克・辛納屈

一九七二年八月，《波士頓環球報》（*Boston Globe*）刊出一名記者造訪波士頓地區的女廁並調查塗鴉的報導。她發現了以下例子⑧：

我在故我做……約翰・史都華・米爾

我做故我在……威廉・詹姆斯

嘟比嘟比嘟……法蘭克・辛納屈

一九七三年一月，倫敦《泰晤士報》的〈泰晤士日記〉（*The Times Diary*）專欄描述了某讀者在「劍橋大學圖書館的男士洗手間」看到的一幅塗鴉，三個部分的筆跡都不一樣⑨：

我做故我在……J・S・米爾。

我在故我做……尚—保羅・沙特。

嘟比嘟比嘟……法蘭克・辛納屈。

幾天後，倫敦《泰晤士報》又刊登塗鴉的後續報導，地點是紐約一間著名的博物館⑩：

在紐約古根漢博物館（Guggenheim Museum），「我做故我在」被歸給柏拉圖，而非J・S・米爾；「我在故我做」歸給亞里斯多德，而非J・P・沙特。「嘟比嘟比嘟」則仍是法蘭克・辛納屈。

同一篇文章也轉達了牛津大學的先聲奪人：

不出所料，牛津自稱首開先河。聖凱瑟琳學院（St Catherine's）的一位人士說，這些文字好幾年前就率先出現在博德利圖書館（Bodleian），之後才傳到許多大學。

一星期後，即一九七三年一月十二日，倫敦《泰晤士報》敘述貴湖大學（University of Guelph）圖書館的牆上發現了一個分成六部分的塗鴉⑪：

我在故我做——亞里斯多德
我做故我在——J・P・沙特
嘟比嘟比嘟——F・辛納屈
怎麼辦？——列寧（Vladimir Lenin）
去做！——J・魯賓（J. Rubin）
好的！好的！——T・曼（Thomas Mann）

「J·魯賓」的話指的可能是政治運動人士傑瑞·魯賓（Jerry Rubin），他在一九七〇年出版《去做：革命的劇本》（*Do It: Scenarios of the Revolution*）一書[12]。這麼多年下來，數不清的句子被添進這鍋滑稽的大雜燴，名言調查員並未嘗試為每一句話找出理據。

一九八二年一月，《理性》（*Reason*）雜誌的人物專題印了以下句例[13]：

我做故我在——康德（**Immanuel Kant**）

我在故我做——黑格爾（**Georg Wilhelm Friedrich Hegel**）

嘟比嘟比嘟——辛納屈

前述馮內果一九八二年的小說《槍手迪克》裡有個虛構的大都市，名叫密德蘭市（Midland City），還有一座虛構的航空站名為威爾·廢柴紀念機場（Will Fairchild Memorial Airport）。小說的主角去上了機場的洗手間[14]：

在那裡的短暫片刻，我比高興還高興、比健康更健康，而我看到這些字潦草地寫在洗手臺上方的壁磚：

「我在故我做」——蘇格拉底。

「我做故我在」——尚—保羅·沙特。

「嘟比嘟比嘟」——法蘭克·辛納屈。

光陰荏苒，更長更詳細的名單陸續創造出來。以下是一九九〇年一則寫給 Usenet 通訊群組 rec.humor 的訊息裡貼出的大集合[15]：

　　我做故我在。——蘇格拉底

　　生存或毀滅。——莎士比亞

　　我在故我在。——沙特

　　嘟比嘟比嘟。——辛納屈

　　亞巴打巴嘟。——弗萊德·弗林史東（**Fred Flintstone**，影集《摩登原始人》〔**The Flintstones**〕裡的人物）

　　打巴打巴嘟。——凱特·布希（**Kate Bush**）

　　嘟比啊嘟比。——露易絲小姐（**Miss Louise**），《遊戲屋》（**Romper Room**）

　　史酷比嘟比嘟。——史酷比（**Scooby Doo**）

　　黑布布。——瑜珈熊（**Yogi Bear**）

　　長壽兒童電視節目《遊戲屋》裡有個穿大黃蜂裝的角色名叫「嘟比」（Do-Bee），行為是大家學習的典範。因此，上述例子的正確說法應該是「要學嘟比」（Do be a Do-Bee）。

　　總而言之，基於現有證據，這一大家子的句例可追溯至一九六八年一月德州的一篇報導。那幅塗鴉經由複製和突變，不斷演化，每一句話都被歸給五花八門的哲學家和思想家。做出這些歸屬的主要目的是搞笑，不在於揭露真正的原創者。

筆記

非常感謝維克特・史坦波克建議這個主題,並賦予名言調查員對這個問題進行規劃與考證的動力。特別感謝大衛・丹尼爾和貝瑞・波皮克指出〈夜裡的陌生人〉這首歌。感謝跟我通信的簡泰爾(R. Gentile)建議提出〈夜裡的陌生人〉。感謝美國方言學會討論群組的多名成員提供寶貴的意見。感謝「名叫終結者的叛逆小鴨」(A Very Defiant Duckling Named Ender)問起「J・魯賓」的句子。感謝海德加・林德辛格(Hildegard Lindschinger)告訴名言調查員《遊戲屋》的「嘟比」角色。

海明威才沒有這麼說

"Well-behaved women seldom make history."

「乖女人很少創造歷史。」

——瑪麗蓮夢露

　　據名言調查員所知，這句話其中一式最早在一九七六年《美國季刊》（*American Quarterly*），於羅瑞兒·撒切爾·烏利齊（Laurel Thatcher Ulrich）撰寫的一篇學術論文出現。烏利齊用的是「很少」，而非「鮮少」或「從未」[①]：

乖女人很少創造歷史……

　　一九七六年，烏利齊還是新罕布夏大學的研究生，而她在一九八〇年拿到該校的歷史博士學位。現在，曾榮獲普立茲獎的她是卓越的哈佛大學美國早期史教授。內容中寫了這句話的那篇論文，標題為〈發現貞婦：新英格蘭宗教文學，1668-1735〉（*Vertuous Women Found: New England Ministerial Literature, 1668-1735*）。這篇論文和烏利齊大部分研究的目標就是找回以往被史冊輕忽的女性歷史。她對於描繪那些平凡女性的生平很感興趣，她們被視為是「循規蹈矩」（well-behaved，在本句名言中簡譯為「乖」），或「貞潔」的（vertuous，「virtuous」的非傳統拼法）。

烏利齊於一九七六年論文序言為這句名言提供了更詳盡的背景[2]：

柯頓・馬徹（**Cotton Mather**）稱她們是「被隱藏的人」（**The Hidden Ones**）。她們從來沒講過道、沒當過執事，沒投過票，沒上過哈佛。而且，因為她們是貞潔的女人，因此也不會質疑上帝或官員。她們偷偷祈禱，每年至少從頭到尾讀一遍《聖經》，她們會出門聽牧師講道，連下雪也不例外；她們期望獲得永恆的桂冠，從來不求在塵世被記得——而她們也確實不會被記得。乖女人很少創造歷史；若談到對抗唯信仰論者和女巫，這些虔誠的已婚婦女毫無機會。

烏利齊的論文運用如下方資料來源，探究了這些「虔誠已婚婦女」的經驗[3]：

一六六八到一七三五年間，《伊凡斯的美國書目》（**Evan's American Bibliography**）共列出五十五首給女性的輓歌、悼詞和葬禮布道詞，及其他十五件完全或部分對女性表達孝敬的作品。

這句格言已隨時間變更或改歸給其他人物。例如，二〇〇二年，一本書把這句話的一個變化形歸給瑪麗蓮夢露[4]：

乖女人鮮少創造歷史。

——瑪麗蓮夢露（六月一日）

　　這句諺語大受歡迎，最終促使烏利齊寫了一本《乖女人很少創造歷史》（*Well-Behaved Women Seldom Make History*），並在二〇〇七年出版。同年，猶他州鹽湖城的《得撒律新聞》（*Deseret News*）刊出烏利齊的專訪，她討論了這句因她而出名的話⑤。

　　全美各地的T恤、標語、桌墊、馬克杯、保險桿標語和賀卡都看得到這句話；有時有出處，有時沒有。

　　「這是流行文化一個挺詭異的破口，」烏利齊從她在麻州劍橋的住家透過電話表示：「我常收到跟它有關的電子郵件，覺得它挺幽默。然後我開始仔細觀察它會從哪裡冒出來。有回，我成了一部小說裡的角色——還有一位印度網球明星在溫布頓穿了那件T恤。我覺得趁著此時教育一下大家好像不錯——所以我用那個標題寫了一本書。」

> **筆記**
>
> 感謝推特用戶Love Goddess @Aphrodite44向名言調查員提出這句話，並判定羅瑞兒‧撒切爾‧烏利齊為可能的創作者。也感謝推特用戶（Denise Lescano @DeniseLescano）用了這句話，促使名言調查員展開一連串考據，最終建立此詞條。

"Nobody goes there anymore; it's too crowded."

「那裡人太多，沒人去那裡。」

——尤吉．貝拉（Yogi Berra）

尤吉．貝拉是名出色的棒球選手，後來也成為優秀的教練和經理。他多次在世界大賽（World Series）亮相，球隊也是常勝軍。在他運動領域外最出名的是一系列絕妙的幽默語錄——統稱為「尤吉主義」（Yogi-ism）。

若對尤吉主義進行粗淺分析，可能會凸顯其自打嘴巴、胡說八道或搞笑之層面。然而，假使更深刻去分析，則可見其務實的洞見或禪學智慧。

判定貝拉究竟說過哪幾句尤吉主義是頗為艱鉅的工作。對此謎題，這位仁兄本人就在一九八六年脫口說出一句完美評論，展現出十足的尤吉式風格[1]：

我說過的話其實不全是我說的。

一九八七年，知名語言專欄作家威廉‧薩菲爾問了流行搞笑金句「似曾又相識」（It's déja vu all over again）的問題，貝拉告訴他說，那不是他說的②。但十年後，貝拉不再否認自己說過那句話，也接受了這個名聲，逗球迷開心③。然而，現有證據顯示，一九六六年，有位名叫克利福‧泰瑞（Clifford Terry）的電影評論者在這句話和貝拉搭上關係的數年前就用過那句話④。

那麼，本章開頭的這句經典呢？這句是貨真價值的尤吉主義嗎？貝拉曾在數個場合表示這句話是他編造，底下還提供詳盡的引用資料。然而這句玩笑話其實歷史悠久，早在貝拉出生前就在流傳。有個同樣以派對為主題的前例於一八八二年出現在名為《非國教徒與獨立自主》（*Nonconformist and Independent*）的倫敦期刊。它的笑點是，這世上不可能有「每個客人都等到其他客人來了才遲到入場」這種事⑤。

「我擔心妳去派對會遲到，」老奶奶對著打扮入時的孫女說。孫女則回答：「噢，親愛的奶奶，您沒聽過這句流行話嗎？在所有人都到派對之前，大家都不會到？」

一九〇七年十二月，另一個變化形出現在紐約一家名為「小火花」（*Sparklets*）的報紙幽默專欄。創作者不詳，也沒有寫出提供者的姓名⑥：

模稜兩可，又很明確——噢，不要在星期六去那裡，那裡超多人！沒有一個人在星期六去那裡！

之後數日、數月乃至數年，其他報紙紛紛轉載這句俏皮話，並僅做小幅修改，《費城詢問報》就是一例⑦。這句話到一九一四年仍在流傳，一模一樣的文字出現在紐約中城的《中城日報》（*Middletown Daily Times-Press*）⑧。

一九四一年，好萊塢八卦專欄作家保羅·哈瑞森（Paul Harrison）和喜劇演員拉格斯·拉格蘭（Rags Ragland）聊天。拉格蘭聲稱女友蘇珊·李吉威（Suzanne Ridgeway）用過這句俏皮話的一種形式。不過，拉格蘭可能只是回收了某個老笑話⑨，為哈瑞森的報紙讀者提供些娛樂。

說到片場發生的笑料，拉格斯常跟一個名叫蘇珊·李吉威的可人兒出去。他說，他有天晚上帶她去好萊塢露天劇場（**Hollywood Bowl**）看演唱會，當他們跟著擁擠的人潮緩慢移動、一路推擠：她表示：「現在我知道為什麼沒有人要來這裡了，人實在太多了。」

一九四三年，《紐約客》刊出記者約翰·麥努提（John McNulty）所撰，書名為〈有時晚上這兒最好什麼事都不要發生〉（*Some Nights When Nothing Happens Are the Best Nights in This Place*）的短篇。他的文學風格相當獨特，備受讚譽。麥努提用了這句話的一例⑩：

強尼，有天晚上，在大家討論某個巢窟外頭的事情時，馬伕中有個傢伙一言以蔽之：「那裡再也沒有人去了，因為那裡人太多。」

　　　　　　　　　　　　　　　　　　海明威才沒有這麼說

同樣在一九四三年，賓州一家報紙的體育專欄作家把這個玩笑歸給某個平凡的愛爾蘭人[11]。

　　「說到那地方，你有聽過那個愛爾蘭人說的話嗎？『墨菲的酒館再也沒人去，因為那裡人太多。』

　　「如果你一瞬間沒看懂，不是這個玩笑的問題。」

　　一九六一年一月，專欄作家厄爾・威爾森指出，這句俏皮話仍被烏基・薛林（Ukie Sherin）等喜劇作家援用[12]。

　　在好萊塢的輸家俱樂部（**Losers Club**）登臺時，烏基說：「難怪沒有人要來這裡──太多人了。」

　　一九六二年四月，《克里夫蘭公論報》說這個玩笑出自尤吉・貝拉[13]。

　　尤吉・貝拉語錄的一例：在羅德岱堡（**Ft. Lauderdale**），尤吉聽著他的隊友討論當地一家餐廳，說：「噢，沒有人會去那裡啦，那裡人太多。」

　　一九六三年，這個玩笑再次歸到貝拉頭上，但故事的細節改了──餐廳變成在紐約，而非羅德岱堡[14]。

紐約洋基隊教練吉姆‧希根（Jim Hegan）說，這個故事源自紐約轟炸機打線的新成員尤吉‧貝拉。

貝拉被問到紐約某家餐廳是否還像之前那麼紅，「沒，」他說：「沒人再去了——那裡人太多。」

一九八四年，作家小羅伊‧布朗特（Roy Blount Jr.）在《運動畫刊》（*Sports Illustrated*）撰文介紹貝拉，也打聽了這句名言的歷史[15]。

「『那家餐廳太多人所以沒有人要去』這句呢？」我問：「其實你沒說過那句話對吧？」

尤吉笑了笑。「有！我說過，」他跟我拍胸脯保證。

「真的有嗎？」我說：「你是在說明尼蘇達的查理嗎？」

「不是，是說聖路易的雷基利（Ruggeri），那時我在那裡當服務生領班。」那是一九四八年的事。

「不對，」卡曼（Carmen）說：「你是在紐約說的。」

「是聖路易啦，」尤吉堅定地表示。

就是這樣。

一九九六年，新聞記者喬伊‧夏爾基（Joe Sharkey）和貝拉聊天，後於《紐約時報》刊出他對那句話的看法[16]。

我們塞在穿越市區的交通裡動彈不得。貝拉先生凝視著第五十街上一間餐廳的雨棚，想起他曾提起的一家夜總會。「那個地方太多人，再也沒有人去了。」

貝拉太太表示反對。「不對，你是說『那地方太受歡迎，再也沒有人去了』。」

「對，是太受歡迎，」他贊同，然後又隨口胡謅一句。「謝謝你讓今天變得那麼重要。」

貝拉一九九八年的著作《尤吉的書：我說過的話其實不全是我說的》(*The Yogi Book: I Really Didn't Say Everything I Said!*) 討論了他許多名言。書中這個玩笑話附上了日期和場景[17]：

那裡人太多，沒人再去了。

一九五九年我跟史坦‧穆休（Stan Musial）和喬伊‧賈拉喬拉（Joe Garagiola）說到我聖路易老家附近的雷基利餐廳。這句話是真的！

總而言之，這話最早的例子作者不詳。喜劇演員拉格斯‧拉格蘭和烏基‧薛林都用過這句俏皮話，作家約翰‧麥努提亦然。此外，確實有些證據顯示尤吉‧貝拉開過這個玩笑。只是，綜合所有文獻來看，當時這句俏皮話早就在流傳了。

筆記

紀念：感謝弟弟史蒂芬，他非常喜歡尤吉主義。

"If your only tool is a hammer, then every problem looks like a nail."

「如果你手邊只有槌子，對你來說每個問題都是釘子。」

——馬克吐溫

專家拉爾夫·基斯在他的參考書籍《名言考證者》裡調查這句話，指出此話和馬克吐溫的連結是缺乏佐證的[1]：

這句琅琅上口的名言，大家認定的原作者從佛祖到伯納德·巴魯克（Bernard Baruch）都有，其中又以馬克吐溫最為常見，不過並沒有證據支持此事。

一八六八年，倫敦一本名為《一週一次》（Once a Week）的期刊刊出一句主旨相近的前身，講的是一個力求表現的男孩不分青紅皂白揮舞著毀滅性工具[2]：

給男孩槌子和鑿子，教他怎麼使用；他會馬上拿去亂砍門柱、敲開百葉窗的包角和窗框——直到你教他如何更妥善地運用，並約束他的行動範圍。

一九六二年二月美國教育研究學會（American Educational Research Association）的一場會議上，加州大學洛杉磯分校的哲學教授亞伯拉罕‧卡普蘭（Abraham Kaplan）上臺致詞。數個月後，一九六二年六月，《醫學教育期刊》（*Journal of Medical Education*）刊出那場集會的報導，下文為那次演說的摘錄。其中包含名言調查員所知與這句格言吻合度極高的最早案例[3]。

不過，這場為期三天的會議的焦點是卡普蘭以選擇研究方法為題發表的評論。他呼籲科學家運用良好的判斷力，慎選適合自身研究的方法。單純因為手邊剛好有某種研究方式，或個人受過特定方法訓練，並不表示適合用來解決所有的問題。他提出「卡普蘭的工具法則」：「給男孩槌子，他會拿去敲放眼所見每一樣東西。」

有意思的地方在於，該例並未包含「釘子」一詞。「釘子」的含意是透過「槌子」和「敲」的動作來表現。

在一九六三年開創性的《電腦模擬人性：心理學理論的新領域》（*Computer Simulation of Personality: Frontier of Psychological Theory*）一書，第一章有個段落是心理學家希爾文‧湯姆金斯（Silvan Tomlins）撰寫，他用槌子和釘子做類比，意義與我們研究的這句格言十分相近[4]。

這是工作遷就工具，而非工具適合工作。如果某甲有一支槌子，他會想找釘子；如果某乙有一部有儲存空間但沒有知覺的電腦，那麼他可能會更關心記憶體和解決問題，不關心愛與恨。

《電腦模擬人性》也收錄了精神科醫師肯尼・馬克・寇爾比（Kenneth Mark Colby）撰寫的一章，標題為〈電腦模擬神經過程〉（*Computer Simulation of a Neurotic Process*）。寇爾比提出「工具法則」的一個版本。一九六三年十一月發行的《科學》雜誌評論了那本書，也摘錄了書裡的這個段落⑤：

工具第一法則說：如果你給男孩槌子，他會突然覺得什麼都要敲打一番。電腦程式可能是我們目前的槌子，但必須經過試用。光是坐在扶手椅上想，無法判斷它是否有價值。

一九六四年，卡普蘭《探索的行為》（*The Conduct of Inquiry: Methodology for Behavioral Science*）一書中有個探討「工具法則」的段落⑥。

我叫它工具法則，或闡釋如下：給小男孩一支槌子，他會覺得碰到的每一樣東西都需要敲打。這裡若換成科學家也不會令人意外：科學家在闡述問題時，都會說自己的嫻熟技術才是解決之道。

一九六四年十月，卡普蘭在《圖書館季刊》（*Library Quarterly*）發表了一篇包含相關句子的文章⑦。

我們在闡述問題時的傾向，總會讓問題看起來非得用手邊剛好有的東西來解決。假使提到調查，特別是在行為科學領域，我將這種效應稱為「工具法則」。就我所知，以這句話來闡釋工作法則是最簡單易懂的：給小男孩槌子，到頭來，他會發現遇到的每樣東西都需要敲打一番。

一九六六年，傑出心理學家亞伯拉罕‧馬斯洛（Abraham Maslow）出版《科學的心理學》（*The Psychology of Science: A Reconnaissance*）。他援用的格言形式最接近常見的現代版本。這時「釘子」出現了⑧。

我記得曾看過一部精密複雜的自動洗車機器，它把洗車工作做得非常好——但它只會做那件事，凡是進入它掌控範圍的事物都會被當成要洗的汽車。我想，如果你唯一擁有的工具是槌子，就會忍不住把一切都當成釘子來處理。

一九六七年，《華盛頓郵報》報導了一位強悍的美國政府管理者：聯邦通信委員會（Federal Communications Commission）的李‧洛芬格（Lee Loevinger）之言論。他把自己的名字拿來照樣造句⑨。

「行為科學有一種原理，」洛芬格委員說：「而且已確立多年。那就是『洛芬格的不可抗拒使用法則』，意思是，如果男孩有把槌子，一定會找東西來敲。反映在政治學上則是以下：假若設立了政府機構，就證明有事需要規範。」

一九七四年九月，路易斯安那州紐奧良《皮卡尤恩時報》（*Times-Picayune*）的一位專欄作家刊出讀者寄來的一例，該讀者亟欲了解這句格言創作者的身分[10]：

這句話是誰說的？「如果你只有槌子，就會把每樣東西當釘子看待」？
「困惑的人」問。

一九七四年十一月，同一位紐奧良專欄作家將答案轉告讀者。這句話追溯到亞伯拉罕‧馬斯洛，但沒追到亞伯拉罕‧卡普蘭。另外，措辭也稍加修改過[11]。

魔術師厄尼‧黑德曼（**Ernie Heldman**）將這句名言的來源投稿給《皮卡尤恩》。「如果你唯一擁有的工具是槌子，就會忍不住把每樣東西當釘子看待。」亞伯拉罕‧馬斯洛在一九六六年出版的《科學的心理學》裡說過這句話。

一九八一年，財金顧問霍華德‧魯夫（Howard J. Ruff）出版《在通膨的八〇年代存活與制勝》（*Survive and Win in the Inflationary Eighties*）一書。書中第四章的標題就援用這句話的一例[12]：

第四章

當你手中有槌子，在你看來什麼都像釘子。

一九八二年，《紐約時報》報導[13]，一位麻省理工學院的教授把這句話的一例歸給馬斯洛。

麻省理工電腦科學教授約瑟夫・維森鮑姆（Joseph Weizenbaum）說：「亞伯拉罕・馬斯洛曾說，『對於只有槌子的人而言，整個世界看來就像一根釘子。』」

一九八四年，名投資人華倫・巴菲特（Warren Buffett）在批評金融市場的學術研究過於著重不當數學技術時引用了這句格言[14]。

那不見得是因為這種研究有任何用處。只是因為數據資料在那裡，學者就努力地去學運用數據資料所需的數學技術。一旦學會，不去用總覺得罪孽深重。就算用了根本毫無效果，甚至有弊無利，如那位朋友所說，在有握有槌子的人眼中，什麼都像釘子。

到了一九八四年八月，這句話又被認為出自幽默大師馬克吐溫。電腦期刊《資訊世界》刊出他們收到的一封信，標題為〈吐溫說的〉（*Twain Said It*）。信件作者所寫的例子把「唯一」（only）和「什麼都」（everything）改成斜體，並表示語出馬克吐溫[15]：

鄭重聲明，正確的引文如下：「如果你唯一擁有的工具是槌子，在你看來什麼都會像釘子。」斜體是我加的，用來強調馬克吐溫的語氣。

一九八五年，獲獎作家威廉・蓋迪斯（William Gaddis）以明智的方式將格言重新排列，為他的小說《木匠的哥德式建築》（*Carpenter's Gothic*）裡一個人物創造了一句頗為新鮮又精闢但也無奈的話[16]：

當你自覺像根釘子時，什麼看來都像槌子⋯⋯

一九九五年，佛羅里達一家報紙刊出一例，沒有提供出處，而是稱之為「古諺」[17]：

「如果你唯一的工具是支槌子，」一句古諺這麼說：「對你來說每個問題都是釘子。」

二〇一二年耶魯大學出版社發行的重要參考書籍《現代諺語辭典》收錄了這句話的詞條，並列出前文提及於六〇年代所有重要引用。

總而言之，亞伯拉罕・卡普蘭在一九六二年前已創作出這句話的一個版本，以男孩為主角，也表達了核心概念。不過，卡普蘭並未使用「釘子」一詞。一九六三年，希爾文・湯姆金斯寫了包含「釘子」的變化形，但和現今流行的說法不大一樣。一九六六年，亞伯拉罕・馬斯洛所寫的句子就跟今天廣為流傳的說法相當類似[18]。

海明威才沒有這麼說

筆記

非常感謝馬克·哈爾本（Mark Halpern）、班傑明·霍華德（Benjamin Howard）和史納克斯探員（Snarxist Agent）提問，促使名言調查員對這個問題進行規劃考證。也感謝約翰·柯萬（John Cowan）和蘇珊·霍姆伯格（Susan Holmberg）的意見。

"Better to remain silent and be thought a fool

than to speak and remove all doubt."

「寧可被以為是沉默的傻子，也別開口證明此事為真。」

—— 亞伯拉罕·林肯

—— 馬克吐溫

——《箴言》17: 28

《聖經》裡有句諺語表達和上面那句話類似的概念，即《箴言》17: 28。下面是《新國際版》和《欽定版》的翻譯[1]：

愚人若靜默不語，也算是智慧；閉口不言，也算精明。
愚人若默不作聲，也算是智慧；閉緊雙脣，也算聰明。

這句格言當然比較詼諧。在聖經的版本，保持沉默會被視為有智慧，但在格言裡，並沒用到「智慧」一詞。保持沉默僅能讓你避免被當成傻子。格言的說法有很多種，通常被歸給亞伯拉罕·林肯或馬克吐溫。然而，沒有實證顯示這兩位名人說過這句箴言。

海明威才沒有這麼說

傳說中的《耶魯名言集》調查了這句話，發現最早說它出自林肯是在一九三一年十一月的《黃金書》（*Golden Book*）雜誌[2]：

> 寧可被以為是沉默的傻子，也別開口證明此事為真。
>
> ——亞伯拉罕·林肯

林肯在一八六五年過世，因此這個引言未免來得太晚，使得《黃金書》的提及變成非常薄弱的證據。另外，《耶魯名言集》指出，這句話在一九三一年就有人使用，從來沒有被歸給林肯過。

而語出馬克吐溫的說法也很可疑。二〇〇一年，肯·伯恩斯（Ken Burns）執導的馬克吐溫紀錄片有本附冊，在標題為〈馬克吐溫沒這麼說〉（*What Twain Didn't Say*）的單元列出下面的變化形。這個敘述用了「閉緊嘴巴」，而非「保持沉默」[3]：

> 寧可閉緊嘴巴被以為是傻子，也別開口證明此事為真。

讚揚沉默是金的諺語很多。出自一八八七年《歷年來的諺語、格言和慣用語》（*Proverbs, Maxims, and Phrases of All Ages*）選集的數個例子都令人聯想到《聖經》的諺語[4]：

> 對不聰明的人來說，沉默是美德
>
> 沉默是智慧，能讓人交到朋友
>
> 沉默是智慧，說話是愚行

一八九三年，紐約一家報紙「思想的寶石」（Jewels of Thought）專欄收錄了有別傳統的格言，提出沉默是金的另一個理由⑤：

寧可保持沉默，也好過惡劣地說出實話，用腐壞的醬料糟蹋一盤佳肴。

——聖方濟各撒肋爵（St. Francis de Sales）

據名言調查員發現，與這句格言最貼近的例子最早出現在莫里斯·史維澤（Maurice Switzer）的著作《鵝太太，她的書》（Mrs. Goose, Her Book）。這本書在一九〇七年出版，但著作權聲明標示為一九〇六年。書的內容主要都是看似機智而無意義的韻文。在這個早期的版本，措辭略有不同⑥：

如果可能被當成傻瓜，先保持沉默，也好過開口證明自己真的傻。

《鵝太太，她的書》裡大部分的搞笑內容感覺都是原創，而基於現有可得的資訊，名言調查員相信莫里斯·史維澤是創造這種說法的頭號候選人。一九〇六年的這次引用也收錄於《現代諺語辭典》中，這本不可或缺的參考書籍是出自耶魯大學出版社⑦。

史維澤會選用這個書名，據信是因為另一本《鵝爸爸，他的書》（Father Goose, His Book）在一八九九年紅極一時，而《鵝爸爸》的作者 L·法蘭克·鮑姆（L. Frank Baum）再接再厲，寫下另一本更暢銷的巨著：《綠野仙蹤》（The Wonderful Wizard of Oz）。

一九二二年，這句話出現在明尼蘇達一家報紙的社會頭版，做為橫跨全頁的大標題。報紙將出處給了名為「安佩科」（Empeco）的人士（或組織），「安靜」取代了「沉默」[8]。

寧可被以為是安靜的傻子，也別開口證明此事為真。

——安佩科

一九二三年，印地安納州伊凡斯維爾學院（Evansville College，今伊凡斯維爾大學）校刊登了這篇格言。被以為是（thought）一字拼錯「thot」[9]：

寧可被已為是安靜的傻子，也別開口證明此事為真。

一九二四年，這句話的一例被歸給某位亞瑟‧伯恩斯先生（Arthur Burns）[10]：

「寧可被以為是沉默的傻子，」亞瑟‧伯恩斯先生說：「也別開口證明此事為真。」

一九三一年三月，一位別號洛克威爾博士（Doc Rockwell）的幽默作家提出這句格言的另一種形式，以「閉上嘴巴」代替「沉默」或「安靜」等[11]：

某位偉人曾就某件事說了一句令我永難忘懷的名言，我此刻想不起來，但大意是：寧可閉上嘴巴讓大家把你當成傻子，也別開口證明此事為真。

　　一九三一年五月，某位專欄作家刊出以「笨蛋」代替「傻子」的版本。沒有提供來源[12]：

　　聽好：「寧可讓人以為你是個沉默的笨蛋，也好過開口證明此事為真。」

　　一九三一年十月，西北大學（Northwestern University）的學生報刊出一封給編輯的信。信的主旨是為黑幫老大艾爾‧卡彭辯護，引用了「閉上嘴巴」版的格言[13]：

　　但當你企圖對別人發號施令，記得這句話──寧可閉上嘴巴被當成傻子，也不要開口證明此事為真！

　　一九三一年十一月，如前文所述，《黃金書》雜誌說這句話出自林肯。一九三六年，內布拉斯加一家報紙將這句格言改寫成問句，並提出是來自亞洲[14]：

　　你來回答。
　　（中國古諺）

究竟是三緘其口看似愚傻比較好呢，還是開口證明你是真傻比較好？

一九三八年，佛羅里達一家報紙表示此箴言源於孔子，但他們只是想搞笑[15]：

下列智慧妙語是孔子寫的——如果我沒把他和別人搞混的話。
「寧可閉上嘴巴被當傻子，也別開口證明此事為真。」

一九五三年，加拿大薩克其萬省薩克屯（Saskatoon）的一家報紙把這句話歸給馬克吐溫。到目前為止，這是名言調查員所知與馬克吐溫最早的連結[16]：

馬克吐溫說這句話時，也許是知道了什麼。「寧可閉上嘴巴被當傻子，也好過開口證明這是真的，」但在這個例子裡，覺得別人傻的通常都是被講的那個人。

一九五八年，《紐約時報》介紹知名經濟學家約翰・凱因斯（John Maynard Keynes）的文章表示，這句格言的一種變化形出自於他[17]：

「寧可保持安靜，看似不知情，」據說，他這麼勸告一位美國要人。「也好過開口證明你真的無知。」

這句格言出現在一九六一年桃樂絲・班納戴特（Doris Benardete）編纂的《馬克吐溫：機智與耍嘴皮》（*Mark Twain: Wit and Wisecracks*）選集，但未提出是引自馬克吐溫的哪一部作品[18]：

**　　寧可閉上嘴巴一副蠢樣，也不要開口證明你真的蠢。**

　　數十年來，此話出自林肯的說法也相當常見。一九六二年南卡羅萊納州一家報紙刊載[19]：

**　　林肯說：**
**　　寧可被以為是沉默的傻瓜，也別開口證明此事為真。**

　　有時「沉默」的版本也被認為出自馬克吐溫。例如，一九八〇年安大略省渥太華（Ottawa）一家報紙就刊出下面這句話[20]：

**　　馬克吐溫說得好……「寧可被以為是沉默的傻瓜，也別開口證明此事為真。」**

　　總而言之，沒有實證顯示這句流行語是亞伯拉罕・林肯或馬克吐溫說過或用過。最早歸給這兩位名人的說法，都是在他們死後多年才出現。名言調查員認為，目前莫里斯・史維澤是創作這句話的頭號候選人，不過未來也可能會有新增資料，透露新的人選。

筆記

感謝約翰・貝克（John Baker）指出《鵝太太，她的書》和《鵝爸爸，他的書》之間的關聯。

"History does not repeat itself, but it rhymes."

「歷史不會重演，但會押韻。」

——馬克吐溫

根據線報，名言調查員在《紐約時報》找到由某商業專欄作家提供的馬克吐溫金句，但他也強烈警告其真實性[①]：

「歷史不會重演，但常押韻。」馬克吐溫常被認為這麼說過。（我並未發現任何有說服力的證據顯示他說過這句俏皮話。不過無所謂——這句話優秀到令人無法抗拒。）

名言調查員敢說，沒有實證顯示一九一〇年去世的馬克吐溫說過這句話。一九七〇年，已知最早的兩個類似句子印在出版品上，並雙雙歸給馬克吐溫。

名言調查員在《新詩》（*Neo Poems*）選集、加拿大藝術家約翰·羅伯特·可倫坡（John Robert Colombo）所寫的一首詩裡發現了這句

海明威才沒有這麼說

話。含有此句的實驗性作品標題為〈名言詩〉(*A Said Poem*)，其格式十分創新，是由一連串引言組成。前四句如下[2]：

名言詩
給羅納德和碧翠絲・葛羅斯（**for Ronald and Beatrice Gross**）

「我見過未來，那行不通的，」羅伯特・富爾福德（**Robert Fulford**）說。

「如果世上沒有波蘭，就不會有波蘭人，」阿爾弗瑞德・雅里（**Alfred Jarry**）說。

「我們可不是在拍由他們承包的電影，」羅伯特・佛萊赫堤（**Robert Flanerty**）說。

「歷史從不重演，但會押韻，」馬克吐溫說。

二〇一一年四月，名言調查員聯繫約翰・羅伯特・可倫坡詢問那句話的來源[3]。可倫坡記得他是在六〇年代某個時期在某件出版品上邂逅那句話。或許是《泰晤士報文學增刊》(*The Times Literary Supplement*)的專欄。他認為那句話屬於「傳說中的諺語」，他從未見過確切來源。

這句格言也在一九七〇年一月出現於《紐約時報》版面。某位首字母為W・D・M的人士寄了封信給該報社，詢問那句話的淵源。問題刊登在Q&A，但很遺憾，後來讀者並未提出令人滿意的答案[4]：

W・D・M想找出這句據說出自馬克吐溫的話究竟是源於何處：「歷史從不重演，但會押韻。」

上面兩次引用都列在近期重要的參考書籍，亦即耶魯大學出版社的《現代諺語辭典》中⑤。

一八四五年，一個主旨相近但使用修飾語「神祕的韻腳」（mystic rhyme）的前例，被刊載於出版品《基督提醒者》（*Christian Remembrancer*）上⑥。

　　畫面將會重現；旭日再度東升；歷史會在無意中重複，押著同一個神祕的韻腳。這個時代是其他時代的原型，而時間彎彎曲曲的路將帶著我們繞過一圈，再次回到原地。

馬克吐溫與鄰居查爾斯‧杜德利‧華納（Charles Dudley Warner）合著的小說中的確用過前半句「歷史從不重演」。一八七四年版的《鍍金年代》（*The Gilded Age: A Tale of To-Day*）巧妙運用「萬花筒」這個生動鮮明的象徵⑦：

　　歷史從不重演，但「現在」這猶如萬花筒的組合，似乎總是由支離破碎的古老傳說建構而成。

一八九六年，幽默作家麥克斯‧畢爾邦在他的散文〈一八八〇〉（1880）裡用了一句俏皮話來形容歷史學家⑧：

　　俗話說：「歷史不會重演；歷史學家則互拾牙慧。」

在評論自己那篇著名的〈卡拉維拉斯郡的知名跳蛙〉（*The Celebrated Jumping Frog of Calaveras County*）時，馬克吐溫亦提到歷史重演。這個一八六五年的短篇故事在一九〇三年出了別具巧思的雙語版。那時馬克吐溫已經發現這個青蛙故事有個版本是以古典希臘為背景，他原以為那則趣聞是古代之事，後來才知道，希臘版是一名英國教授參照馬克吐溫的文本創作的[9]：

筆記：一九〇三年十一月。當我以為〈跳蛙〉是兩、三千年前的希臘故事，我由衷高興，因為這無非是以惹人注目但令人滿意的方式驗證了我最愛的理論之一：所有事件都不孤獨，都在重複過往已發生過——而且或許是時常發生的事。

一九四一年，《芝加哥論壇報》刊出一篇標題與主旨都頗相近的文章[10]：

歷史或許不會重演，但看起來很像

一九六二年，加州發行的文學期刊《接觸》（*Contact*）刊出一部把歷史描述成韻腳詩的作品。〈一組鏡子〉（*Suite of Mirrors*）的第五節有下列詩句[11]：

你或許以為歷史會帶來教訓；會重複；
一頁又一頁，一首押著完美韻腳的詩

紙張的兩面為新生和葬禮

反覆敲著迴響的鐘，為不老的愛麗絲、

哈姆雷特的謬見報時者——

是已消失的星系最近發出的光。

一九七〇年，約翰・羅伯特・可倫坡發表〈名言詩〉，如前文所述，詩中包含以下這句[12]：

「歷史從不重演，但會押韻，」馬克吐溫說。

一九七〇年一月，如前文提及，《紐約時報》刊出讀者來函，想知道這句被歸給馬克吐溫的話實際源自何處。

一九七一年，詹姆斯・艾勒斯（James Eayrs）撰寫的《外交及其不滿》（*Diplomacy and Its Discontents*）一卷引用該說法一例，並歸給馬克吐溫。這個版本的措辭略有差異，用了「不會」而非「從不」[13]：

歷史的麻煩在於，雖然史學家會重複彼此，歷史本身卻從不重演。無論如何，它們不會完全一樣。（馬克吐溫曾宣稱「歷史不會重演，但會押韻」。這話說得非常精闢。）

一九七一年夏天，《多倫多大學季刊》（*University of Toronto Qua-rterly*）收錄一篇評鑑可倫坡《新詩》選集的文章。評論者覺得，被歸給馬克吐溫的那句話值得一提，於是加以轉載[14]：

另外，能有機會看見這可能不小心錯過的寶物，我心懷感激。一如馬克吐溫的這句話：「歷史從不重演，但會押韻。」

一九七二年五月，詹姆斯·艾勒斯教授在加拿大安大略省溫莎的《溫莎星報》（*Windsor Star*）寫了一篇社論，用了這句格言的另一種形式，但沒有提供來源[15]：

歷史也許不會重演，但會押韻。

一九七二年十一月，不列顛哥倫比亞《溫哥華太陽報》（*Vancouver Sun*）的一位專欄作家說該格言出自艾勒斯，這位專欄作家或許是看到了上述未標明出處的引文[16]：

詹姆斯·艾勒斯。「歷史也許不會重演，但會押韻。」

一九七四年，《歷史老師》（*History Teacher*）期刊刊出另一個歸給馬克吐溫的版本。這個例子用了「過去」代替「歷史」[17]：

關於歷史連續和不連續之間的關係，馬克吐溫這句雋語可說表達得最為貼切：「過去不會重演，但會押韻。」

總而言之，就目前證據顯示，這句廣受歡迎的引言最早出現在一九七〇年，但一九七〇年距離馬克吐溫過世已數十年，因此沒有實證支持語出馬克吐溫的說法。提及歷史和押韻的前例在一九七〇年即已刊出，但那些敘述既不簡潔、也不風趣。

筆記

非常感謝貝瑞・波皮克對這句話的研究。感謝丹尼爾・賈可（Daniel Gackle）和班・雅哥達（Ben Yagoda）詢問馬克吐溫的歸屬問題[18]。特別感謝丹・岡察羅夫找到一八四五年的引用。感謝查理・杜伊爾（Charlie Doyle）、沃夫岡・密德（Wolfgang Mieder）和弗瑞德・夏皮羅研究《現代諺語辭典》。也感謝維克特・史坦波克、肯・赫希（Ken Hirsch）和比爾・穆林斯提供寶貴的意見。最後，以茲紀念：感謝我的弟弟史蒂芬在二〇一一年問了這句話。

海明威才沒有這麼說

Chapter 1 歸屬的錯

1

1. "Computers Keep the Courts Active," *Sydney Morning Herald*, April 11, 1988, 20, https:// goo.gl/ zxSf74.

2. "The Television Program Transcripts: Part III," companion website for 1996 PBS television program *Triumph of the Nerds*, accessed March 6, 2013, http://www.pbs.org/nerds/part3.html.

3. Carrie Rickey, "Arnold's Mission: Keeping Vanessa Williams Alive," *Philadelphia Inquirer*, June 21, 1996, 3.

4. W. H. Davenport Adams, "Imitators and Plagiarists, In Two Parts—Part II," *Gentleman's Magazine*, June 1892, 627–28, https://goo.gl/WqSo1N.

5. T. S. Eliot, *The Sacred Wood: Essays on Poetry and Criticism* (London: Methuen, 1920), 114. Accessed in Internet Archive, https://archive.org/stream/sacredwoodessays00eliorich#page /114/ mode/2up.

6. Harvey Breit, "Reader's Choice," *Atlantic Monthly*, October 1949, 76–78.

7. Marvin Magalaner, *Time of Apprenticeship: The Fiction of Young James Joyce* (New York: Abelard-Schuman, 1959), 34.

8. Robert Benton and Gloria Steinem, "The Student Prince: Or How to Seize Power Through an Undergraduate," *Esquire*, September 1962, 85.

9. Peter Yates, *Twentieth Century Music: Its Evolution from the End of the Harmonic Era into the Present Era of Sound* (New York: Pantheon, 1967), 41.

10. Darwin Reid Payne, *Design for the Stage: First Steps* (Carbondale: Southern Illinois University Press, 1974), 236.

11. Brendan Gill, *Here at The New Yorker* (New York: Random House, 1975), 53.

12. Laurence J. Peter, *Peter's Quotations: Ideas for Our Time* (New York: William Morrow, 1977), 385.

13. Leslie Lamport, *LaTeX: A Document Preparation System* (Reading, MA: Addison-Wesley, 1986), 7, footnote 2.

2

1. Mario Puzo, *The Godfather* (New York: G. P. Putnam's Sons, 1969), 9 (epigraph). Verified in hard copy.

2. Honoré de Balzac, "Le Père Goriot," *Revue de Paris* 12 (1834): 258. Accessed in Google Books, https://goo.gl/EcNnGU.

3. "Old Goriot (Le Père Goriot)" in Honoré de Balzac, *Comédie Humaine*, ed. George Saintsbury, trans. Ellen Marriage (London: J. M. Dent, 1896), 124. Accessed in Google Books, https://goo.gl/5ytwfX.

4. Honoré de Balzac, *La Comédie Humaine of Honoré de Balzac*, trans. Katharine Prescott Wormeley, standard Wormeley ed. (Boston: Hardy, Prat, 1900), 142. Accessed in Google Books, https://goo.gl/S5ZUes.

5. "Conan Doyle's Yarn," *News and Courier* (Charleston, SC), May 18, 1912, 8. Accessed in GenealogyBank.

6. Walsh's Philosophy, *Economist*, March 13, 1915, 449. Accessed in Google Books, https://goo.gl/4PMemq.

7. Samuel Merwin, "The Gold One," *Lexington Herald* (Lexington, KY), April 16, 1922, 9. Accessed in GenealogyBank.

8. James Henry Yoxall, *Live and Learn* (London: Hodder and Stoughton, 1925), 111. Accessed in the digital collection of the Bodleian Library, Oxford University, http://goo.gl/RG3csQ.

9. C. Wright Mills, *The Power Elite* (New York: Oxford University Press, 1956), 95. Verified in hard copy.

10. Daniel Bell, "The Power Elite–Reconsidered," *American Journal of Sociology* 64, no. 3 (November 1958): 238–39. Accessed in JSTOR.

11. Jane Bryant Quinn, "Staying Ahead: Fathers of Country Also Good Hustlers," *Seattle Daily Times*, September 22, 1976, A19. Accessed in GenealogyBank.

12. Fred R. Shapiro, *The Yale Book of Quotations* (New Haven: Yale University Press, 2006), 42. Verified in hard copy.

3

1. [Freestanding quotation], *Reader's Digest*, September 1940, 84. Verified in hard copy.

2. Ralph Keyes, *The Quote Verifier: Who Said What, Where, and When* (New York: St. Martin's, 2006), 97–98. Verified in hard copy.

3. "Heart Balm Suit Ban Given Support by Mrs. Roosevelt," *News and Courier* (Charleston, SC), March 26, 1935, 7. Accessed in GenealogyBank.

4. So They Say!, *Owosso Argus-Press* (Owosso, MI), April 2, 1935, 4. Accessed in Google News Archive, https://goo.gl/6pD4x1. Column is located beneath linked article.

5. Ardell Proctor, "The Little Newsance: Editorial," *Lake Park News* (Lake Park, IA), October 10, 1940, 7. Accessed in NewspaperARCHIVE.com.

6. [Freestanding quotation], *Fairbanks Daily News-Miner* (Fairbanks, AK), October 30, 1940, 2. Accessed in NewspaperARCHIVE.com.

7. "Sermon-o-grams," *Huntingdon Daily News* (Huntingdon, PA), June 6, 1941, 11. Accessed in NewspaperARCHIVE.com.

8. Walter Winchell, "Notes of an Innocent Bystander," in New York, *Augusta Chronicle* (Augusta, GA), February 29, 1944, 4. Accessed in GenealogyBank.

9. Walter Winchell, "Lint from a Blue Serge Suit," *St. Petersburg Times* (St. Petersburg, FL), February 25, 1945, 24. Accessed in Google News Archive, https://goo.gl/vbfprn.

10. Fred R. Shapiro, *The Yale Book of Quotations* (New Haven: Yale University Press, 2006), 143. Verified in hard copy; William Ellery Channing, *Self-Culture: An Address Introductory to the Franklin Lectures, Delivered at Boston, September* (Boston: Dutton and Wentworth, 1838), 80. Accessed in Google Books, https://goo.gl/JwvgAf.

4

1. Barack Obama, "A New Era of Service Across America," *Time*, March 19, 2009, http://content.time.com/time/magazine/article/0,9171,1886571,00.html.

2. Shohreh Aghdashloo, "Heroes: Mir-Hossein Mousavi," *Time*, April 29, 2010, http://content.time.com/time/specials/packages/article /0,28804,1984685_1984949_1985221,00.html.

3. Theodore Parker, *Ten Sermons of Religion* (Boston: Crosby, Nichols, 1853), 66, 84–85, https://goo.gl/7wtO9m.

4. *Morals and Dogma of the Ancient and Accepted Scottish Rite of Freemasonry* (Charleston: The Council, 1871), 828, 838, https://goo.gl/b8ZFbs.

5. John Haynes Holmes et al., *Readings from Great Authors Arranged for Responsive, or Other Use in Churches, Schools, Forums, Homes, Etc.* (New York: Dodd, Mead, 1918), 17–18. Accessed in Internet Archive, https://archive.org/details/readingsfromgre01goldgoog.

6. Ted Robinson, Philosopher of Folly's, *Cleveland Plain Dealer* (Cleveland, OH), October 14, 1932, 10. Accessed in GenealogyBank.

7. Ted Robinson, Philosopher of Folly's, *Cleveland Plain Dealer* (Cleveland, OH), October 28, 1932, 8. Accessed in GenealogyBank.

8. "Real Happiness Found Only in Making Others Happy, Says Malden Pastor in Lecture Here," *Lowell Sun* (Lowell, MA), March 13, 1934, 10, 12. Accessed in NewspaperARCHIVE.com.

9. "Jews Usher in New Year: Services Conducted at Scores of Synagogues and Temples in City," *Los Angeles Times* (Los Angeles, CA), October 3, 1940, 14. Accessed in ProQuest.

10. Martin Luther King Jr., "Out of the Long Night," *Gospel Messenger*, February 8, 1958, 14. Accessed in Internet Archive, https://archive.org/details/gospelmessengerv107mors.

11. John Craig, "Wesleyan Baccalaureate Is Delivered by Dr. King," *Hartford Courant* (Hartford, CT), June 8, 1964, 4. Accessed in ProQuest.

5

1. Ralph Keyes, *The Quote Verifier: Who Said What, Where, and When* (New York: St. Martin's, 2006), 59, 109, 286. Verified in hard copy.

2. John Bartlett and Emily Morison Beck, eds., *Bartlett's Familiar Quotations*, 14th ed. (Boston: Little, Brown, 1968), 454. Verified in scans.

3. William Safire, "On Language: The Triumph of Evil," *New York Times Magazine*, March 9, 1980, SM2. Accessed in ProQuest.

4. William Safire, "On Language; Standing Corrected," *New York Times Magazine*, April 5, 1981, SM4. Accessed in ProQuest.

5. Edmund Burke, *Thoughts on the Cause of the Present Discontents*, 3rd ed. (London: J. Dodsley, 1770), 106. Accessed in Google Books, https://goo.gl/vkcgYG.

6. John Stuart Mill, "Inaugural Address, on a Course of Study," *Littell's Living Age* 4, no. 50 (March 16, 1867): 664. Accessed in Google Books, https://goo.gl/Zts8VL.

7. Mariott Brosius, "The Medical Profession and the State: Alumni Oration," *Medical Bulletin: A Monthly Journal of Medicine and Surgery* 17, no. 6 (June 1895): 203. Accessed in Google Books, https://goo.gl/RSNAJM.

8. "Capen Pleads for Reforms," *Chicago Daily Tribune* (Chicago, IL), August 28, 1910, 4. Accessed in ProQuest.

9. Charles F. Aked, "On Liquor Traffic," *San Jose Mercury Herald* (San Jose, CA), October 31, 1916, 1. Verified in newspaper scans from Archive of Americana. Thanks to Mike at Duke University of obtaining those scans. Also thanks to Ken Hirsch for pointing out this citation in a post by J. L. Bell at the website Boston 1775, http://boston1775.blogspot.com /2009/04/only-thing-necessary-for-triumph-of.html.

10. Charles H. Norton, "Are We Helping the Radicals?" *100%: The Efficiency Magazine*, June 1920, 64. Accessed in Google Books, https://goo.gl/mJFTeu.

11. "Editorial Notes," *Railway Carmen's Journal* 25, no. 1 (January 1920): 366. Accessed in HathiTrust, https://goo.gl/yebJmi.

12. Sir R. Murray Hyslop, J. P., "Some Present Features of the Temperance Crusade" (address, Fourth International Congregational Council, Boston, MA, June 29–July 6, 1920), 166. Accessed in Google Books, https://goo.gl/7knZd9. Barry Popik located this citation, which is noted on his webpage, "All That Is Necessary for the Triumph of Evil Is That Good Men Do Nothing," The Big Apple, November 7, 2009, http://www.barrypopik.com /index.php/new_york_city/entry/all_that_is_necessary_for_the_triumph_of_evil_is_that _good_men_do_nothing/.

13. "Labor," *Business Digest and Investment Weekly* 26, no. 5 (July 30, 1920): 75. Accessed in Google Books, https://goo.gl/vwW2VX.

14. "Redhill Brotherhood," *Surrey Mirror and County Post* (Surrey, UK), August 29, 1924, 5. Accessed in British Newspaper Archive.

15. Harry N. Stull, "District Affairs: Indifference Fosters Gangsterism," *Washington Post* (Washington, DC), January 22, 1950, B8. Accessed in ProQuest; Fred R. Shapiro, *The Yale Book of Quotations* (New Haven: Yale University Press, 2006), 143. Verified in hard copy.

16. O. C. Fisher, "Yes, He's a 'Party Hack,' Believes O. C. Fisher," *Rotarian*, November 1955, 9. Accessed in Google Books, https://goo.gl/ekPKRL.

17. "Address by President Kennedy to the Canadian Parliament [Extracts], May 17, 1961," *Documents on Disarmament 1961*, Publication 5 (Washington, DC: United States Arms Control and

Disarmament Agency, 1962), 149. Accessed in HathiTrust, https://goo.gl /SdalYj.

6

1. "Men, Women, and Affairs," *Springfield Republican* (Springfield, MA), December 4, 1892, 4. Accessed in GenealogyBank.

2. "Miss Sanborn's Lecture," *Riverside Daily Press* (Riverside, CA), April 21, 1893, 4. Accessed in GenealogyBank.

3. "The Anecdotal Side of Edison," *Ladies' Home Journal*, April 1898, 8. Accessed in ProQuest American Periodicals.

4. Ralph Keyes, *The Quote Verifier: Who Said What, Where, and When* (New York: St. Martin's, 2006), 77, 292. Verified in hard copy.

5. Current Topics, *Youth's Companion* 72, no. 16 (April 21, 1898): 194. Accessed in ProQuest American Periodicals.

6. "Peace Has Its Victories: An Interesting Address to High School Boys, Delivered by Mr. J. K. Orr," *Savannah Tribune* (Savannah, GA), May 21, 1898, 4. Accessed in GenealogyBank.

7. Brevities, *Helena Independent* (Helena, MT), June 19, 1898, 2. Accessed in GenealogyBank.

8. Doing One's Best, *Idaho Daily Statesman* (Boise, ID), May 6, 1901, 4. Accessed in GenealogyBank. Top researcher Barry Popik located this citation.

9. "Thomas Alva Edison," *Scientific American*, December 27, 1902, 463. Accessed in ProQuest American Periodicals.

10. Jonas Howard, "Thomas A. Edison as He Is Today," *Chicago Tribune*, November 6, 1904, E2. Accessed in ProQuest.

11. [Advertisement for shirts, Harry Weiss], *Repository* (Canton, OH), November 12, 1907, 2. Accessed in GenealogyBank.

12. Frank Lewis Dyer and Thomas Commerford Martin, *Edison: His Life and Inventions*, vol. 2 (New York: Harper, 1910), 607. Accessed in Google Books, https://goo.gl/R6zYtZ.

13. M. A. [Martin André] Rosanoff, "Edison in His Laboratory," *Harper's* 165 (September 1932): 406. Verified in microfilm.

7

1. Courtney Subramanian, "Forever 21 Is Now Selling a Shirt with an Ayn Rand Quote on It," *Time*, October 10, 2013, http://newsfeed.time.com/2013/10/10/forever-21-cashes -in-on-ayn-rands-objectivist-philisophy/.

2. Ayn Rand, *The Fountainhead*, reprint of 1943 Bobbs-Merrill edition (New York: Penguin, 1971), 23. Verified in scans.

3. Janet Lowe, *Welch: An American Icon* (New York: John Wiley and Sons, 2001), 81. Verified in hard copy.

4. Beverly L. Kaye and Sharon Jordan-Evans, *Love It, Don't Leave It: 26 Ways to Get What You Want at Work* (San Francisco: Berrett-Koehler, 2003), 398, https://goo.gl/biAIXa.

5. Kevin Kruse, "Top 100 Inspirational Quotes," *Forbes*, May 28, 2013, http://www.forbes .com/ sites/kevinkruse/2013/05/28/inspirational-quotes/3/.

8

1. Russell Brand, *Booky Wook 2: This Time It's Personal* (London: HarperCollins, 2010), 1.
2. "Franz Kafka > Quotes > Quotable Quote," Goodreads, accessed November 8, 2013, https:// www.goodreads.com/quotes/201816-don-t-bend-don-t-water-it-down-don-t -try-to-make.
3. Anne Rice, foreword to *The Metamorphosis, In the Penal Colony, and Other Stories*, by Franz Kafka (New York: Schocken, 1995), 1–3. Great thanks to the helpful librarian at the Beaufort County Library in Beaufort, South Carolina, who accessed the 1995 citation.
4. "Anne Rice Fan Page" post dated July 3, 2013, Facebook, accessed November 11, 2013, https:// www.facebook.com/annericefanpage/posts/10151768484880452.
5. "Anne Rice Fan Page" post dated June 26, 2015, Facebook, accessed June 27, 2015, https:// www. facebook.com/annericefanpage/posts/10153485424645452.

9

1. "Six Things Darwin Never Said—And One He Did," Darwin Correspondence Project, accessed December 18, 2014, http://www.darwinproject.ac.uk/people/about-darwin /six-things-darwin-never-said-and-one-he-did.
2. Manju Bansal, "Evolving Beyond Coupons and Mobile Apps: Retail Technologies in the Sensor Economy," *MIT Technology Review,* July 15, 2014, accessed in Google News Archive.
3. T. Walter Wallbank, Alastair M. Taylor, and Nels M. Bailkey, *Civilization Past and Present*, single-volume ed. (Chicago: Scott, Foresman, 1962), 575, 578. Verified in photocopies.
4. Ritchie R. Ward, *The Living Clocks* (New York: Alfred A. Knopf, 1971), 74. Verified in hard copy.
5. Sam Wollaston, "Pop Stars, Buildings, Now Endangered Species . . . Is Nothing Safe from the Phone Vote Format?" The Weekend's TV, *Guardian* (London, UK), December 10, 2006. https:// www.theguardian.com/media/2006/dec/11/broadcasting.tvandradio.
6. Charles Francis, ed., *Wisdom Well Said* (El Prado, NM: Levine Mesa, 2009), 7. Accessed in Google Books, https://goo.gl/48YXPq.

10

1. Ralph Waldo Emerson, "Essay II: Experience," in *Essays: Second Series*, 2nd ed. (Boston: James Munroe, 1844), 65. Accessed in Google Books, https://goo.gl/gQHb0V.
2. Charles Clay Doyle, Wolfgang Mieder, and Fred R. Shapiro, eds., *The Dictionary of Modern Proverbs* (New Haven, CT: Yale University Press, 2012), 142. Verified in hard copy. Phrase in cited volume is as stated: "Life is a journey, not a destination."
3. "Page for the Young: The Midnight Feast and Its Lesson," *Sunday at Home: A Family Magazine for Sabbath Reading,* December 7, 1854, 512. Accessed in HathiTrust, https:// goo.gl/sctT7f.
4. John Cumming, *The End: or, The Proximate Signs of the Close of This Dispensation* (London: John

Farquhar Shaw, 1855), 392. Accessed in Google Books, https://goo.gl/6YVZK0.

5. John Bate, ed., *A Cyclopaedia of Illustrations of Moral and Religious Truths*, 2nd ed. (London: Elliot Stock, 1865), 535. Accessed in Google Books, https://goo.gl/g5JCZ3.

6. Lynn H. Hough, "The Sunday School Lesson: First Quarter—Lesson IX," *Christian Advocate*, February 29, 1920, 266. Accessed in Google Books, https://goo.gl/Bu2DYg.

7. Ralph Delahaye Paine, *Roads of Adventure* (Boston: Houghton Mifflin, 1922), 404. Accessed in Google Books, https://goo.gl/wva2GT.

8. "You Said It, Marceline" [freestanding verse in "Flights of Fancy"], *Richmond Times Dispatch* (Richmond, VA), August 27, 1926, 6. Accessed in GenealogyBank.

9. "Convent School Wins New Prize by Wide Margin: Third Prize Winning Essay by Irene Wadlington," *Times-Picayune* (New Orleans, LA), May 12, 1929, 26. Accessed in GenealogyBank.

10. "Yale Professor to Give Address," *Springfield Republican* (Springfield, MA), February 12, 1930, 8. Accessed in GenealogyBank.

11. Inez Wallace, "Shadows in Paradise," *Cleveland Plain Dealer* (Cleveland, OH), January 25, 1935, 8. Accessed in GenealogyBank.

12. Millicent Taylor, review of *I Knew Them in Prison* by Mary B. Harris, *Christian Science Monitor*, May 27, 1936, 14. Accessed in ProQuest.

13. "Civic Unit Warned of Dishonest Business," *San Diego Union* (San Diego, CA), December 8, 1937, 7. Accessed in GenealogyBank.

14. "Aerosmith–Amazing," YouTube video, 6:50, copyright 1994, posted by "AerosmithVEVO," December 24, 2009, https://www.youtube.com/watch?v=zSmOvYzSeaQ. Quote is sung at 02:04.

15. Kevin Bernhardt, *The Peaceful Warrior* (screenplay), 2006, http://www.veryabc.cn/movie /uploads/ script/PeacefulWarrior.txt.

16. *Wikipedia*, s.v. "Snowclone," last modified July 2, 2016, https://en.wikipedia.org/wiki /Snowclone.

11

1. Bill Gates, "Computer Industry Offers Wealth of Career Options," *Daily News of Los Angeles*, January 22, 1996, business section, B1. Accessed in NewsBank.

2. James E. Fawcette, "Give Me Power," *InfoWorld* 7, no. 17 (April 29, 1985): 5. Accessed in Google Books, https://goo.gl/ggtODN. Fred R. Shapiro located this important citation.

3. Nancy Andrews, *Windows: The Official Guide to Microsoft's Operating Environment* (Redmond, WA: Microsoft, 1986), 268. Verified in hard copy.

4. Jerry Pournelle, "A User's View: Law of Expanding Memory: Applications Will Also Expand Until RAM Is Full," *InfoWorld* 9, no. 30 (July 27, 1987): 46. Accessed in Google Books, https://goo.gl/ FjbnpX.

5. Steve Gibson, Tech Talk, *InfoWorld* 10, no. 8 (February 22, 1988): 34. Accessed in Google Books, https://goo.gl/juaqhp.

6. George Morrow, "Bus Wars," *InfoWorld* 10, no. 46 (November 14, 1988): 60. Accessed in Google Books, http://goo.gl/n1lNxk. Fred R. Shapiro located this important citation.

7.   "1989 Bill Gates Talk on Microsoft," speech by Bill Gates to the Computer Science Club at the University of Waterloo, audio file, 1:33:52, http://goo.gl/X17tia. Quote occurs around 22:25.

8.   "The Wonder Years: How the PC Industry Grew Up in the '80s," *Infoworld* 12, no. 1 (January 1 1990): 4. Accessed in Google Books, https://goo.gl/MtIJUC.

9.   Evan Roth, "Cybersurfing: If They Only Knew," *Washington Post*, November 16, 1995, style section, D7. Accessed in NewsBank.

10. Gates, "Computer Industry Offers Wealth of Career Options."

11. Christopher Cerf and Victor S. Navasky, *The Experts Speak: The Definitive Compendium of Authoritative Misinformation*, rev. ed. (New York: Villard Books, 1998), 231. Verified in hard copy.

12

1.   Harville Hendrix and Helen Hunt, *The Personal Companion: Meditations and Exercises for Keeping the Love You Find* (New York: Simon and Schuster, 1995), "Day 198." Accessed in Google Books, https://goo.gl/g0Bt4k.

2.   Dale Turner, "Quiet Wounds: Be Kind, The Pain is Heavy," *Seattle Times* (Seattle, WA), July 21, 1984, A8. Accessed in GenealogyBank.

3.   Harold Blake Walker, "Living Faith," *Chicago Tribune* (Chicago, IL), September 17, 1965, B10. Accessed in ProQuest Historical Newspapers.

4.   "Letters: Urges Kindness," *Trenton Evening Times* (Trenton, NJ), January 3, 1957, 10 (or possibly 16). Accessed in GenealogyBank.

5.   Robert Quillen, "Kindness Triumphs over Cruelty, for It Wins the Hearts of Men Who Hate Tyranny," Robert Quillen Says, *Indianapolis Star* (Indianapolis, IN), November 27, 1947, 19. Accessed in Newspapers.com.

6.   Housewife, "Letter to the Editor: City Teachers and the Lawrence Lecture," *Winnipeg Free Press* (Winnipeg, MB), March 12, 1932, 16. Accessed in NewspaperARCHIVE.com.

7.   *Oxford English Dictionary Online*, s.v. "pitiful," accessed August 12, 2016.

8.   John Watson, *The Homely Virtues* (London: Hodder and Stoughton, 1903), 168. Accessed in Google Books, http://goo.gl/CZGQ21.

9.   "Be Pitiful," *Zion's Herald* (Boston, MA) 76, no. 4 (January 26, 1898): 101. Accessed in ProQuest American Periodicals.

10. "In Brief," *Congregationalist* (Boston, MA) 83, no. 1 (January 6, 1898): 9. Accessed in ProQuest American Periodicals.

13

1.   Ralph Waldo Emerson, "Gifts," *Dial: A Magazine for Literature, Philosophy and Religion* 4, no. 1 (July 1843): 93. Accessed in Google Books, https://goo.gl/TTXDVb.

2.   David S. Viscott, *Finding Your Strength in Difficult Times: A Book of Meditations* (Chicago: Contemporary Books, 1993), 87. Verified in scans.

3.   Dale Turner, "Others' Insights Can Help as We Look Ahead to New Year," *Seattle Times* (Seattle,

WA), January 1, 1994, A14, http://goo.gl/G4uZxg.

4. Dale Turner, "A Positive Thought Can Go a Long Way in Halting Despair," *Seattle Times* (Seattle, WA), January 7, 1995, A12, http://goo.gl/Pw1Mrj.

5. Diane D'Amico, "Young Teachers Program Encourages Teenagers to Go into Teaching," *Press of Atlantic City* (Atlantic City, NJ), May 10, 1995, C1. Accessed in NewsBank.

6. Ann Nichols, "Taking a Look Back," *Chattanooga Times Free Press* (Chattanooga, TN), February 16, 1997, J1. Accessed in NewsBank.

7. Benjamin Pimentel, "Challenges—and Solutions—HP Mathematician Cited for Years of Work Helping Others," *San Francisco Chronicle* (San Francisco, CA), March 19, 2006, J1. Accessed in NewsBank.

8. Marty O'Brien, "An Eclectic and Versatile Player," *Daily Press* (Newport News, VA), May 14, 2006, C1. Accessed in NewsBank.

9. Eray Honeycutt, *Just Do It! The Power of Positive Living* (Bloomington: AuthorHouse, 2006), 201. Accessed in Google Books, https://goo.gl/npshVs.

[14]

1. Wendell Berry, *The Unforeseen Wilderness: An Essay on Kentucky's Red River Gorge* (Lexington, KY: University Press of Kentucky, 1971), 26.Verified in hard copy.

2. Wendell Berry, "The One-Inch Journey," *Audubon*, May 1971, 9. Verified in hard copy.

3. *Hearing Before the Subcommittee on Parks and Recreation of the Committee on Interior and Insular Affairs on Bill S. 1929, to Establish the Nantucket Sound Islands Trust*, 93rd Cong., 1st sess. (July 16, 1973), (statement of Carleton H. Parker, Concerned Citizens of Martha's Vineyard, Inc., West Tisbury, Massachusetts), 204. Accessed in HathiTrust, https://goo.gl /smXo61.

4. Field and Stream Notes, *Southeast Missourian* (Cape Girardeau, MO), August 31, 1973, 9. Accessed in Google News Archive.

5. Moses Henry Cass, speech on environmental policy, Ministerial Meeting of the OECD Environment Committee, Paris, November 13, 1974, text in *Australian Government Digest* 2, no. 4 (October 1, 1974–December 31, 1974): 1145. Verified in scans. Special thanks to John McChesney-Young and the UC Berkeley Library.

6. Dennis Hall, "The Land Is Borrowed from Our Children," *Michigan Natural Resources* 44, no. 4 (July–August 1975): 3. Verified in hard copy.

7. Jorg K. Kuhnemann, "Better Towns with Less Traffic," in Peter Stringer and H. Wenzel, eds., *Transportation Planning for a Better Environment*, NATO Conference Series (New York: Plenum, 1976), 5. Verified in hard copy.

8. "Building the Future for East Moline?" *Common Bond* (East Moline, IL), January 1976, 4. Accessed in GenealogyBank.

9. Bill Roden, Adirondack Sportsman, *Warrensburg-Lake George News* (Warrensburg, NY), May 13, 1976, 4. Accessed in Old Fulton NY Post Cards, http://www.fultonhistory.com/ fulton.html.

10. "Remarks of the Incoming Chairman by Theodore D. Lockwood," *Liberal Education* 62 (May

1976): 317. Verified in hard copy.

11. "Rambling Afield: Birds of a Feather, Huh?" *Pittsburgh Press* (Pittsburgh, PA), May 28, 1978, D10. Accessed in Google News Archive, https://goo.gl/EVBk0g.

12. United Nations Environment Programme, *UNEP Annual Review 1978* (Nairobi: United Nations Environment Programme, 1980), back cover. Accessed in Google Books, http:// goo.gl/mOv7hW.

13. "A World Conservation Strategy by Lee M. Talbot, Director of Conservation and Special Scientific Advisor, World Wildlife Fund International," text of speech delivered on March 19, 1980, *Journal of the Royal Society of Arts* 128, no. 5288 (July 1980): 495. Verified in hard copy.

14. "Notes on Contributors: Ezekiel Limehouse," *Lake Street Review* 9 (Summer 1980): 41. Verified in scans. Thanks to Dennis Lien and the University of Minnesota Libraries.

15. Paul Ehrlich and Anne Ehrlich, "The Politics of Extinction," *Bulletin of the Atomic Scientists* 37, no. 5 (May 1981): 26. Accessed in Google Books, https://goo.gl/WggHi4.

16. Ed Jones, "Saving the Soil—by Private Initiative," *Christian Science Monitor*, January 5, 1983, 23. Accessed in ProQuest.

17. Anne H. Ehrlich, review of *Building a Sustainable Society*, by Lester R. Brown, *Bulletin of the Atomic Scientists* 39, no. 3 (March 1983): 40. Accessed in Google Books, https://goo.gl /E1xsWU.

18. Beverly Beyette, "Concern over Movement's Direction: Environmentalists: Three Who Believe," *Los Angeles Times*, June 6, 1985, E1. Accessed in ProQuest.

19. David R. Francis, "New Environmental Tack: Development + Conservation = Growth," *Christian Science Monitor*, June 12, 1986, 12. Accessed in ProQuest.

20. Frank Riley, "John Muir's Legacy Still Strong in Glacier Country," *Los Angeles Times*, August 14, 1988, 5. Accessed in ProQuest.

21. David Brower, "Wilderness Shows Us Where We Came From," *Backpacker* 17, no. 4 (June 1989): 25. Accessed in Google Books, https://goo.gl/Cn4wjF.

22. "Diplomacy for the Environment," (text of address by Secretary of State [James] Baker to the National Governors Association, February 26, 1990, Washington, DC), Current Policy no. 1254, February 1990, 4. Accessed in HathiTrust, https://goo.gl/cFyi8t.

23. *Environmental Quality [1990]: The Twenty-First Annual Report of the Council on Environmental Quality Together with the President's Message to Congress*, (Washington, DC: Executive Office of the President, Council on Environmental Quality, 1991), 4. Accessed in HathiTrust, https://goo.gl/Lc5vMo.

24. Ralph Keyes, "Some of Our Favorite Quotations Never Quite Went That Way: Did They REALLY Say It?" *Washington Post*, May 16, 1993, L10. Accessed in ProQuest.

25. "David Brower: The Archdruid Himself," in Jonathan White, *Talking on the Water: Conversations About Nature and Creativity* (San Francisco: Sierra Club, 1994), 47. Verified in hard copy.

26. David R. Brower and Steve Chapple, *Let the Mountains Talk, Let the Rivers Run: A Call to Those Who Would Save the Earth* (San Francisco: HarperCollins West, 1995), 1, 2. Verified in hard copy; Ralph Keyes, *The Quote Verifier: Who Said What, Where, and When* (New York: St. Martin's, 2006), 98, 298, 299. Verified in hard copy.

15

1. Harry Kronman, "The Tyranny of Love," *Esquire*, February 1951, 30. Verified in hard copy.

2. Jess Lair, *I Ain't Much Baby—But I'm All I've Got* (Privately published: 1969), 98. Verified in hard copy by Fred R. Shapiro; Jess Lair, *I Ain't Much Baby—But I'm All I've Got* (Garden City, NY: Doubleday, 1972), 203. Verified in hard copy. Note that this published edition is different from the privately published one in endnote 2.

3. Fred R. Shapiro, *The Yale Book of Quotations* (New Haven: Yale University Press, 2006), 440. Verified in hard copy.

4. Peter Max, *Meditation* [cartoon panel], *Cleveland Plain Dealer* (Cleveland, OH), September 16, 1972, 19B. Accessed in GenealogyBank; Peter Max, *Meditation* [cartoon panel], *News Journal* (Mansfield, OH), September 16, 1972, 3. Accessed in NewspaperARCHIVE .com. This newspaper mentioned Chantal Sicile and the request for quotations.

5. Judy Hughes, "At Home with Bill Walton," *Northwest Magazine* in *Oregonian* (Portland, OR), April 20, 1975, 12. Accessed in GenealogyBank.

6. United Press International, "Lee Majors Is No Mr. Fawcett," *Nashua Telegraph* (Nashua, NH), July 5, 1978, 15. Accessed in Google News Archive, https://goo.gl/anKFl0.

7. Rob Geraghty, "Re: What Do Women Want??? I Need a Woman's Advice!!" in reply to Michael Aulfrey, alt.romance.chat Usenet newsgroup, April 26, 1994. Accessed in Google Groups, https://goo.gl/a5aG19.

8. Bbaylarry, "OTP: Joke—If You Love Something," alt.support.arthritis Usenet newsgroup, August 23, 1999. Accessed in Google Groups, http://goo.gl/naC3L0.

16

1. Nathan Whiting, "Ladder of Benevolence," *Religious Intelligencer* 10, no. 43 (March 25, 1826): 681. Accessed in Google Books, https://goo.gl/Inv3ij.

2. Miss Thackeray (Mrs. Richmond Ritchie) [Anne Isabella Thackeray Ritchie], *Mrs. Dymond* (London: Smith, Elder, 1885), 342. Accessed in Google Books, https://goo.gl/s952Ai.

3. Mrs. Ritchie, *Mrs. Dymond* [serialized version of novel], *Macmillan's Magazine* 52 (May 1885), 246. Accessed in Google Books, https://goo.gl/Eot2bu; Mrs. Ritchie, *Mrs. Dymond* [excerpted from *Macmillan's Magazine*], *Littell's Living Age* no. 2150 (September 5, 1885), 602. Accessed in Google Books, https://goo.gl/k8Z5BY.

4. Ralph Keyes, *The Quote Verifier: Who Said What, Where, and When* (New York: St. Martin's, 2006), 65. Verified in hard copy.

5. M. Loane, *The Common Growth* (New York: Longsmans, Green, 1911), 139. Accessed in Google Books, https://goo.gl/nf0ji9.

6. Leone Norton, "Promoting Positive Health Stressed by County Public Health Program, Says Nurse," *Wisconsin Rapids Daily Tribune*, December 24, 1945, 5. Accessed in NewspaperARCHIVE.com.

7. Jack Nelson, "Missionary from Formosa Warns of Communist Threat, Special Report," *Rockford Register-Republic* (Rockford, IL), November 11, 1961, 4. Accessed in GenealogyBank.

8. "New Threat: Hunger," *Winnipeg Free Press* (Winnipeg, MB), October 23, 1962, 18. Accessed in NewspaperARCHIVE.com.

9. John Baker White, "World Spotlight: Tackling World Hunger," *Sunday Gleaner* (Kingston, Jamaica), May 5, 1963, 8. Accessed in NewspaperARCHIVE.com.

10. "Hawkins Day Here Well Attended by Extension Club Women," *Current Local* (Van Buren, MO), May 23, 1963, 1. Accessed in Newspapers.com.

11. "NCJW Officer Gives Talk for Council," *Waco News-Tribune* (Waco, TX), November 8, 1963, B3. Accessed in Newspapers.com.

12. Susan Whittlesey, *VISTA: Challenge to Poverty* (New York: Coward-McCann, 1970), 39. Verified in hard copy.

13. Helen Kitchen, ed., *Africa: From Mystery to Maze*, Critical Choices for Americans (Lexington, MA: Lexington Books, 1976), 391. Verified in hard copy.

14. Joseph Heller and William A. Henkin, "Bodywork: Choosing an Approach to Suit Your Needs," *Yoga Journal*, no. 66 (January–February 1986): 56. Accessed in Google Books, https://goo.gl/7uaJ3c.

17

1. James Legge, *The Chinese Classics with a Translation, Critical and Exegetical Notes, Prolegomena, and Copious Indexes*, vol. 1, *Confucian Analects, the Great Learning, and the Doctrine of the Mean* (Hong Kong: London Missionary Society, 1861), 216–17. Accessed in Google Books, https://goo.gl/I8odqO.

2. Ann Woolfolk, "Toshiko Takaezu," *Princeton Alumni Weekly*, October 6, 1982, 32. Accessed in Google Books, https://goo.gl/L8csT5.

3. Glenn Rifkin, "Finding and Keeping DP/MIS Professionals," Update, *Computerworld*, June 3, 1985, 3 (epigraph). Accessed in Google Books, https://goo.gl/kSnNtC.

4. James C. Comiskey, *How to Start, Expand and Sell a Business: The Complete Guidebook for Entrepreneurs*, 3rd print., rev. ed. (San Jose, CA: Venture Perspectives, 1986), 25. Verified in scans.

5. Tom Long, "Lowell: Where the Past Powers the Present," *Boston Globe*, August 21, 1986, 10. Accessed in ProQuest.

6. "Satchmo's Jazz Genius Hits High Note in New Revealing Book on Him," *Jet* 75, no. 20: 31. Accessed in Google Books, https://goo.gl/LDQ0xw.

7. "Mustachioed Michael a Suspicious Shopper," Faces 'n' Places, *Stars and Stripes*, May 4, 1989, European edition, 12. Accessed in NewspaperARCHIVE.com.

8. Barry Popik, "Choose a Job You Love, and You Will Never Have to Work a Day in Your Life," The Big Apple, May 20, 2012, http://www.barrypopik.com/index.php/new_york_city /entry/choose_a_job_you_love_and_you_will_never_have_to_work_a_day_in_your_life.

1. Joan Walsh Anglund, *A Cup of Sun: A Book of Poems* (New York: Harcourt, Brace, 1967), 15. Verified in scans.

2. W. H. [William Hazlitt], "The Little Hunch-Back," *Yellow Dwarf: A Weekly Miscellany*, no. 21 (May 23, 1818): 166. Accessed in Google Books, https://goo.gl/mqR4g3.

3. Alfred Tennyson, *In Memoriam A. H. H.*, 3rd ed. (London: Edward Moxon, 1850), 36. Accessed in Google Books, https://goo.gl/kHzMJW.

4. The Dead Point, *Biblical Recorder* (Raleigh, NC), January 27, 1886, 1. Accessed in Newspapers.com.

5. John B. Robins, *Christ and Our Country: Or, A Hopeful View of Christianity in the Present Day*, 2nd ed. (Nashville: Publishing House of the M. E. Church, 1889), 133. Accessed in Google Books, https://goo.gl/QZYsKw.

6. "Progress the Keynote of Sermons in Many of the Churches—Dr. P.S. Henson on Pressing Onward," *Brooklyn Daily Eagle* (Brooklyn, NY), January 6, 1902, 12. Accessed in Newspapers.com.

7. J. M. [Jesse Marvin] Gaskin, *The Sage of the Hills: Life Story of the Reverend W. G. "Bill" Lucas* (Shawnee, OK: Oklahoma Baptist University Press, 1949), 36. Accessed in HathiTrust, https://goo.gl/0wiEqd.

8. "Jenny Lind Sang Here 100 Years Ago and the Memory Is Still Prodigious," *Richmond Times Dispatch* (Richmond, VA), December 17, 1950, A7. Accessed in GenealogyBank.

9. "After Chillicothe, 'Up with People' to Paris, White House," Letters from Two Girls, *Chillicothe Constitution-Tribune* (Chillicothe, MO), February 9, 1970, 9. Accessed in Newspapers.com.

10. "Mrs. Spencer Speaks on Birds at Laurel Garden Club Meeting," *Rome News-Tribune* (Rome, GA), February 22, 1970, 6D. Accessed in Google News Archive, https://goo.gl /xak98S.

11. Jimmie Allison, Tehuacana News, *Mexia Daily News* (Mexia, TX), May 24, 1973, 3. Accessed in NewspaperARCHIVE.com.

12. [Filler item], *St. Petersburg Times* (St. Petersburg, FL), August 19, 1974, *Pinellas Times* section, 2. Accessed in Google News Archive, https://goo.gl/8Qiro0.

13. Maxine Lucille Fiel, "Happy Birthday, Capricorn!" Starcast, *Mademoiselle* 91 (January 1985), 144. Verified in microfilm.

14. Mani Le Vasan, "CALL Learning Environment—the Present and Future," MCCE Bulletin section, *New Straits Times* (Kuala Lumpur, Malaysia), December 15, 1988, 3. Accessed in Google News Archive, https://goo.gl/E1rYBi.

15. George Plimpton, "Maya Angelou: The Art of Fiction No. 119," Interviews, *Paris Review*, no. 116 (Fall 1990), http://www.theparisreview.org/interviews/2279/the-art-of-fiction -no-119-maya-angelou.

16. Brannan Pedersen, "Campus News: Baldwin County High," *Press Register* (Mobile, AL), May 5, 1995, 10. Accessed in NewsBank.

17. Howard Clemmons, How 'Bout It? Howard, *Hood County News* (Granbury, TX), June 10, 1995, 1. Accessed in Newspapers.com.

18. *Reader's Digest Quotable Quotes: Wit and Wisdom for All Occasions* (Pleasantville, NY: Reader's Digest, 1997), 177. Verified in hard copy.

19. Quotes, *Index-Journal* (Greenwood, SC), September 16, 2001, 4D. Accessed in Newspapers.com.

20. "Take Note," *Knoxville News Sentinel* (Knoxville, TN), April 11, 2003, home and garden section, E1. Accessed in NewsBank.

21. Michalis Limnios, "Dr. Maya Angelou: A Muse in Our Midst," Michalis Limnios Blues @ Greece's Blog (blog), June 1, 2013, http://blues.gr/profiles/blogs/interview -with-dr-maya-angelou-a-muse-who-captivates-audiences.

22. Lonnae O'Neal, "The Maya Angelou Stamp Features a Beautiful Quote—That Someone Else May Also Have Written," *Washington Post*, April 4, 2015. Accessed in ProQuest National Newspapers Premier.

23. Lonnae O'Neal, "Whose Words? Author Lays a Claim to Angelou Quote," *Washington Post*, April 7, 2015, C1. Accessed in ProQuest National Newspapers Premier.

Chapter 2　讀者的錯

1

1. Fred R. Shapiro, *The Yale Book of Quotations* (New Haven: Yale University Press, 2006), 269-70. Verified in hard copy.

2. Exod. 21:24 (King James Bible), http://www.kingjamesbibleonline.org/Exodus-21-24.

3. Transcript of Mr. Graham speaking, *Official Report of the Debates of the House of Commons of the Dominion of Canada*, 3rd sess., 12th parliament, vol. 113 (Ottawa, ON: J. De L. Tache, 1914), 496. Accessed in HathiTrust, https://goo.gl/4T3QeZ.

4. [Henry] Powell Spring, *What Is Truth* (Winter Park, FL: Orange Press, 1944), 10. Verified in hard copy.

5. Louis Fischer, *Gandhi and Stalin: Two Signs at the World's Crossroads* (New York: Harper, 1947), 61. Verified in hard copy.

6. Louis Fischer, *The Life of Mahatma Gandhi* (New York: Harper, 1950), 77. Verified in hard copy.

7. Martin Luther King Jr., *Stride Toward Freedom: The Montgomery Story* (New York: Harper, 1958), 213. Verified in hard copy.

8. Ralph Keyes, *The Quote Verifier: Who Said What, Where, and When* (New York: St. Martin's, 2006), 74–75. Verified in hard copy.

9. *Best Plays of the Sixties*, ed. Stanley Richards (Garden City, NY: Doubleday, 1970), s.v. "Fiddler on the Roof," 322.

10. "Eye for an Eye" scene from *Gandhi* (1982, directed by Richard Attenborough), 1:51, WingClips, http://www.wingclips.com/movie-clips/gandhi/eye-for-an-eye. Line is said at :30.

2

1. "Rich's 'Pipe Dreams,'" *Elgin Echo* (Elgin, IA), March 18, 1954, 2. Accessed in Newspaper ARCHIVE.com.

2. Thomas Percy, *Reliques of Ancient English Poetry: Consisting of Old Heroic Ballads, Songs, and Other Pieces of Our Earlier Poets, Together with Some Few of Later Date*, vol. 1, 4th ed. (London: John Nichols, 1794), 234. Accessed in Google Books, https://goo.gl/eV6Sx9.

3. "Surplus of 10,000,000," *Brandon Weekly Sun* (Brandon, MB), June 11, 1903, 5. Accessed in NewspaperARCHIVE.com.

4. [Henry Stanley Haskins], *Meditations in Wall Street* (New York: William Morrow, 1940), 86. Accessed in HathiTrust, https://goo.gl/wJZxcW.

5. "Rich's 'Pipe Dreams.'"

6. Evan Esar, *20,000 Quips and Quotes* (Garden City, NY: Doubleday, 1968), 492. Verified in hard copy.

7. Laurence J. Peter, *Peter's Quotations: Ideas for Our Time* (New York: William Morrow, 1977), 309. Verified in hard copy.

8. Robert C. Solomon, *Love: Emotion, Myth, and Metaphor* (Amherst, NY: Prometheus, 1981), 167. Accessed in Google Books, https://goo.gl/epNgsd.

9. Michael Powell, ed., *The Mammoth Book of Great British Humor* (London: Constable and Robinson, 2010), 351. Accessed in Google Books, https://goo.gl/WKGhPY, and Amazon, https://goo.gl/5ZGXUt.

3

1. *The Country Girl* (1955, directed by George Seaton), 1:44. Accessed in Amazon's streaming service, https://www.amazon.com/Country-Girl-Bing-Crosby/dp/B005DNPGBC. Line is spoken at 1:37.

2. Peter Bauland and William Ingram, eds., *The Tradition of the Theatre* (Boston: Allyn and Bacon, 1971), 405. Verified in hard copy.

3. Clifford Odets, *The Country Girl: A Play in Three Acts* (New York: Viking, 1951). Verified in hard copy.

4. Robert I. Fitzhenry, ed., *The Fitzhenry and Whiteside Book of Quotations* (Toronto: Fitzhenry and Whiteside, 1981), 39. Thanks to the librarian at St. Augustine's Seminary in Toronto, Ontario, who visually verified this citation.

5. Robert I. Fitzhenry, ed., *Barnes and Noble Book of Quotations*, rev. and enl. (New York: Barnes and Noble, 1987), 54. Verified in hard copy.

6. Bobby Wolff, "The Aces," *Gettysburg Times* (Gettysburg, PA), July 15, 1985, 18. Accessed in NewspaperARCHIVE.com.

7. Molly Ivins, "Mimic Men," Impolitic, *Mother Jones*, February–March 1990, 57. Accessed in Google Books, https://goo.gl/aaOB0t.

8.   David Barboza, "Peter G. Krivkovich," *New York Times*, September 5, 1999. Accessed in ProQuest.

9.   Corey Robin, "Who Really Said That?" The Chronicle Review, *Chronicle of Higher Education*, September 16, 2013, http://chronicle.com/article/Who-Really-Said-That-/141559.

4

1.   Quotable Quotes, Reader's Digest 117 (December 1980): 172. Verified in microfilm.

2.   "Good Evening! Times Goes Under," Centre Daily Times (State College, PA), March 12, 1981, 1. Accessed in GenealogyBank.

3.   Kryptograms from Katlian, Sitka Daily Sentinel (Sitka, AK), July 9, 1984, 2. Accessed in NewspaperARCHIVE.com.

4.   "Digest for Monday, March 11, 1996," The Humor List, http://archive.thehumorlist.us /Site1/ Digests/H9603110.php. Quote is in message dated March 12, 1996, by Piotr Plebaniak, with message subject "Quotes Part 37/88."

5.   "Curiosity," Boston Sunday Post, August 1, 1915, 30. Accessed in NewspaperARCHIVE .com.

6.   Dorothy Parker, "Inventory," Life 88 (November 11, 1926), 12. Accessed in ProQuest American Periodicals.

7.   Leonard Lyons, "The Lyons Den," Reading Eagle, August 7, 1966, 14. Accessed at https:// news. google.com/newspapers?nid=1955&dat=19660807&id=lrEhAAAAIBAJ&sjid= HJwFAAAAIBAJ &pg=5295,2521338&hl=en.

8.   Heather Breeze, "Point Pleasant Nature Walk, May 4," hfx.general Usenet newsgroup, April 30, 1997. Accessed in Google Groups, https://goo.gl/JW5DZ1.

9.   "Lafayette Jr./Sr. High School," Post-Standard (Syracuse, NY), June 4, 2002, "Graduation 2002" special section, E5. Accessed in NewspaperARCHIVE.com.

10. Rebecca Coudret, "Getaway Saturday," Evansville Courier and Press (Evansville, IN), June 5, 2004, B9. Accessed in NewsBank.

5

1.   *Oxford Dictionary of Philosophy*, 2nd rev. ed., in Oxford Reference Online, s.v. "Plutarch," accessed March 28, 2013, http://www.oxfordreference.com/.

2.   Plutarch, *Essays*, trans. Robin Waterfield (New York: Penguin Classics, 1992), 50. Accessed in Google Books, https://goo.gl/EMguaN.

3.   "De Auditu by Plutarch as Published in Vol. 1 of the Loeb Classical Library Edition, 1927," Bill Thayer, accessed March 28, 2013, http://penelope.uchicago.edu/Thayer/E/Roman/Texts / Plutarch/Moralia/De_auditu*.html. Webpage note: "The work appears in pp. 201–259 of Vol. I of the Loeb Classical Library's edition of the *Moralia*, first published in 1927." QI has not verified this text in hard copy.

4.   *The Dialogues of Plato Translated into English with Analyses and Introductions*, trans. Benjamin Jowett, vol. 3, 3rd ed. (London: Oxford University Press, 1892), cci. Accessed in HathiTrust, https://goo.gl/Mn3jNk. The first edition was printed in 1871 and the second edition in 1875.

Thanks to Wikiquote editors of the "Socrates" entry for pointing out this citation.

5.   Tan Soon Tze, "The Role of Music in Education," *Malaysian Journal of Education* 3, no. 1 (June 1966): 84. Verified in scans. Special thanks to a librarian at the University of Chicago Library.

6.   James Johnson Sweeney, *Vision and Image: A Way of Seeing*, Credo Perspectives (New York: Simon and Schuster, 1968), 119. Verified in hard copy. Thanks to the Wikiquote editors of the "Socrates" entry for pointing out this citation.

7.   Robert I. Fitzhenry, ed., *Barnes and Noble Book of Quotations*, rev. and enl. (New York: Barnes and Noble, 1987), 112. Verified in hard copy.

8.   Quotable, *Charlotte Observer* (Charlotte, NC), July 10, 1997, 14A. Accessed in NewsBank.

6

1.   "Slogans for a Library," *Library* 2, no. 4 (April 1926): 56. Verified in scans. Thanks to Dennis Lien and the University of Minnesota Libraries.

2.   [Advertisement for H. D. McFarland Co.], *Rockford Morning Star* (Rockford, IL), October 12, 1917, 12. Accessed in GenealogyBank.

3.   Jacob M. Braude, *The New Treasury of Stories for Every Speaking and Writing Occasion* (Englewood Cliffs, NJ: Prentice-Hall, 1959), 331. Accessed in https://books.google.com /books?id=n4NZAA AAMAAJ&dq=new+treasure+of+stories+for+every+speaking+and +writing+occasion&focus=searc hwithinvolume&q=Fusselman.

4.   [Advertisement for Boston Traveler], *Boston Herald* (Boston, MA), March 24, 1963, section IV, 11. Accessed in GenealogyBank.

5.   Robert Hood, "Each One Teach One," *Scouting*, September 1987, 52. Accessed in Google Books, https://goo.gl/guInEx.

6.   "Greene County Library Fires Up Bookmobile," *Dayton Daily News* (Dayton, OH), April 26, 2001, Z4-1. Accessed in NewsBank.

7.   Roland Tolliver, "For Love of Community," *Journal-Standard* (Freeport, IL), March 5, 2005. Accessed in NewsBank.

8.   Kathy Marsh, "If Books Are Like Gold, a Library Is Fort Knox," How I See It, *Florida Times-Union* (Jacksonville, FL), July 23, 2005, M14. Accessed in NewsBank.

7

1.   Marthe Troly-Curtin, *Phrynette* (Philadelphia: J. B. Lippincott, 1911). Accessed in Google Books, http://goo.gl/Yin9ij.

2.   [Advertisement for *Phrynette* by Marthe Troly-Curtin], Lippincott's Magazine Advertiser, *Lippincott's Magazine* 88, no. 1 (July–September 1911). Accessed in HathiTrust, https:// goo.gl/ zlgsCA.

3.   Marthe Troly-Curtin, *Phyrnette Married* (London: Grant Richards, 1912), 256. Accessed in Google Books, https://goo.gl/VkBAC8. Verified in hard copy. Thanks to Eric at the Stanford University Information Center for verification of the text in hard copy.

4. Thought for the Day, *Ashburton Guardian* (Ashburton, New Zealand), December 18, 1912, 6. Accessed in Papers Past, http://goo.gl/ZuXmR5.

5. Daily Magazine Page for Everybody, Words of Wise Men, *Trenton Evening Times* (Trenton, NJ), October 27, 1920, 21. Accessed in NewspaperARCHIVE.com.

6. Words of Wise Men, *San Antonio Evening News* (San Antonio, TX), October 27, 1920, 4. Accessed in NewspaperARCHIVE.com.

7. [Filler item], *Seattle Times*, November 12, 1920, 11. Accessed in GenealogyBank.

8. Just Joking: This Week's Wisdom, *Salt Lake Telegram* (Salt Lake City, UT), June 29, 1920, 4. Accessed in GenealogyBank.

9. "Rilette Writes Again to Her Dear Friend Eve," *Daily Gleaner* (Kingston, Jamaica), February 26, 1924, 11. Accessed in NewspaperARCHIVE.com.

10. Emmett Small Jr., "On Looking Up Words in the Dictionary," an address delivered at the William Quan Judge Theosophical Club Meeting, May 27, 1927, in *Theosophical Path* 33, no. 1 (July 1927). Text is based on a 2003 Kessinger reprint. Verified in a Google Books entry that is no longer viewable.

11. Bertrand Russell, *In Praise of Idleness and Other Essays* (London: Routledge Classics, 2004). Accessed in Google Books, https://goo.gl/tNuqr8.

12. Laurence J. Peter, *Peter's Quotations: Ideas for Our Time* (New York: William Morrow, 1977), 299. Verified in hard copy.

13. Elizabeth Knowles, ed., *Oxford Dictionary of Quotations* in Oxford Reference Online, s.v. "Misquotations," accessed May 2010.

14. Mystic Medusa, *Australian*, October 14, 2000, 62. Accessed in NewsBank.

[8]

1. David Gelman, Sharon Begley, Dewey Gram, and Evert Clark, "Seeking Other Worlds," *Newsweek*, August 15, 1977, 53. Verified in microfilm.

2. Sharon Begley (writer of 1977 *Newsweek* profile of Carl Sagan), email communication with the author, January 13, 2015.

3. Pat Cunningham, "Thinking Only Leads to Confusion," *Rockford Register Star* (Rockford, IL), March 4, 1982, A8. Accessed in GenealogyBank.

4. Associated Press, Today in History, *Mobile Register* (Mobile, AL), July 29, 1988, 9D. Accessed in GenealogyBank.

5. "President Barack Obama Delivers Remarks at a Ceremony Awarding the National Medal of Science and the National Medal of Technology and Innovation, as Released by the White House" *Congressional Quarterly Transcriptions*, October 7, 2009. Accessed in NewsBank.

6. Jim Borg, "Celebrating Twenty Years of Exploring the Universe," *Honolulu Star-Advertiser*, March 13, 2013. Accessed at http://www.staradvertiser.com/2013/03/13/hawaii-news /celebrating-20-years-of-exploring-the-universe/.

9

1. "This Way to the Egress," *Newsweek*, November 6, 1967, 101. Verified in microfilm.

2. [Advertisement for the movie *The Doors*], *Indiana Gazette* (Indiana, PA), June 29, 1990, 10. Accessed in Newspapers.com.

3. Melissa Ursula Dawn Goldsmith, "Criticism *Lighting His Fire*: Perspectives on Jim Morrison from the *Los Angeles Free Press*, *Down Beat*, and the *Miami Herald* " (master's thesis, Louisiana State University, 2007), 1, http://goo.gl/Mx6vhS.

4. "There Are Things Known and Things Unknown and In Between Are the Doors," Jim Morrison quotes, ThinkExist, accessed November 17, 2010, http://thinkexist.com /quotation/there_are_things_known_and_things_unknown_and_in/340186.html.

10

1. Kent M. Keith, *The Silent Revolution: Dynamic Leadership in the Student Council*, 4th ed. (Cambridge, MA: Harvard Student Agencies, 1968), 11. Verified in scans. Many thanks to the librarians of the Olin C. Bailey Library at Hendrix College.

2. Kent M. Keith, *The Silent Revolution in the Seventies: Dynamic Leadership in the Student Council*, rev. ed. (Washington, DC: National Association of Secondary School Principals, 1972), 8 (also stamped 18). Verified in hard copy.

3. Kent M. Keith, "The Origin of The Paradoxical Commandments," Anyway: The Paradoxical Commandments, accessed August 16, 2016.

4. Globe Syndicate, The Way It Is with People, *Robesonian* (Lumberton, NC), December 3, 1972, 4A. Accessed in Google News Archive, https://goo.gl/qVyZJ6.

5. "Wrestling Is a Way of Life," sidebar "Howard Ferguson's Ten Commandments," *Cleveland Plain Dealer* (Cleveland, OH), March 9, 1981, 8C. Accessed in GenealogyBank.

6. Ann Landers, "Do It Anyway," *Telegraph-Herald* (Dubuque, IA), May 13, 1983, 6. Accessed in Google News Archive, https://goo.gl/SyJc0D.

7. Mother Teresa with Lucinda Vardey, *A Simple Path*, (New York: Ballantine, 1995), 185. Verified in hard copy.

8. Lisa Hopper, letter to the editor, *State Journal-Register* (Springfield, IL), October 8, 1997, 6. Accessed in NewsBank.

9. John Laird, "Some Lessons Were Just Meant to Be," *El Paso Times* (El Paso, TX), December 26, 1999, 12A. Accessed in NewsBank. Two semicolons were added to the excerpted text.

10. David D. Kirkpatrick, "Good Things for Maxim Writer Who Waited," *New York Times*, March 8, 2002, A1. Accessed in ProQuest.

11

1. Ralph Keyes, *The Quote Verifier: Who Said What, Where, and When* (New York: St. Martin's, 2006), 253–54. Verified in hard copy.

2. [Henry Stanley Haskins], *Meditations in Wall Street* (New York: William Morrow, 1940), 131. Accessed in HathiTrust, https://goo.gl/YWhCVR.

3. "Stock Exchange Shuts Haskins Out," *New York Times*, February 17, 1910, 1. Accessed in ProQuest.

4. Business Book of the Week, *Barron's* 20, no. 12 (March 18, 1940): 2. Accessed in ProQuest.

5. Wesley Smith, "The March of Finance," *Los Angeles Times*, March 23, 1940, A9. Accessed in ProQuest.

6. "A Salty Philosophy," Miscellaneous Brief Reviews, *New York Times*, March 31, 1940, 96. Accessed in ProQuest.

7. [Caricature image and caption of Albert J. Nock], *Los Angeles Times*, May 5, 1940, C7. Accessed in ProQuest.

8. Treasure Chest: "Glory," *New York Times*, May 11, 1947, BR2. Accessed in ProQuest.

9. A Little Anthology, *Chicago Daily Tribune*, October 22, 1950, 13. Accessed in ProQuest.

10. Thoughts on the Business of Life, *Forbes*, February 15, 1974, 90. Verified in microfilm.

11. David LePage, "NCCA Champions: 5 Broncos Taken in Baseball Draft," *Los Angeles Times*, June 15, 1980, SG1. Accessed in ProQuest.

12. Stephen R. Covey, *The Seven Habits of Highly Effective People* (New York: Fireside, 1990), 96. Verified in Amazon's "Look Inside" feature, https://goo.gl/IJk1D3.

13. Dan Millman, *The Life You Were Born to Live: A Guide to Finding Your Life Purpose*, new millennium ed. (Tiburon, CA: H. J. Kramer, 2000), xi.

14. "The Henry D. Thoreau Mis-Quotation Page," The Walden Woods Project, https:// www.walden.org/Library/Quotations/The_Henry_D._Thoreau_Mis-Quotation_Page, accessed January 10, 2011.

15. Phillip C. McGraw, *Relationship Rescue: A Seven-Step Strategy for Reconnecting with Your Partner*, repr. (New York: Hyperion, 2001), 4. Accessed in Google Books, https:// goo.gl/0az8i9.

12

1. "Terrified Heart Poe," YouTube video, 0:28, posted by "Amanda Johnson," March 12, 2012, https://www.youtube.com/watch?v=512E1JiSr_A. Note that there is a delay before the final word of the lyric is spoken. According to AllMusic.com, "Terrified Heart" appears on Poe's 2000 album *Haunted* (SSR/FEI/Sheridan Square). See http://www.allmusic.com/song /terrified-heart-mt0006351043.

2. Edgar Allan Poe, "The Tell-Tale Heart," *Pioneer*, January 1843. Scans of the magazines were accessed at the Poe Museum website, https://www.poemuseum.org/collection-details. php?id=196. The full text of the story may also be found on the Poe Museum website, https://www.poemuseum.org/works-telltale.php.

3. "Poe > Quotes > Quotable Quote," Goodreads, accessed August 29, 2016, https:// www.goodreads.com/author/show/11072248.

4. Undine, "The Power of (Misusing) Words," *The World of Edgar Allan Poe* (blog), September 18,

2012, http://worldofpoe.blogspot.com/2012/09/the-power-of-misusing -words.html.

5. Kelly, "Did Poe Really Say That?" Edgar Allan Poe Museum, September 10, 2014, https://www.poemuseum.org/blog/did-poe-really-say-that/.

13

1. *Oxford Companion to German Literature*, 3rd ed., s.v. "Hesperus oder 45 Hundsposttage, Eine Biographie," 374–75. Verified in hard copy.

2. Jean Paul [Johann Paul Friedrich Richter], *Hesperus; oder, 45 Hundsposttage: Eine Biographie* (Berlin: Drud und Berlag von G. Reimer, 1847), 294. Accessed in Google Books, http:// bit.ly/2dhJyu3.

3. "Scraps from Jean Paul," *New-York Mirror* 14, no. 46 (May 13, 1837): 362. Accessed in Google Books, https://goo.gl/wVN0b9. Please note that the metadata supplied for this match by Google Books is inaccurate; the data in this citation is based on the page images.

4. Maturin Murray Ballou, *Treasury of Thought: Forming an Encyclopedia of Quotations from Ancient and Modern Authors* (Boston: Houghton, Mifflin, 1884), 387. Accessed in Google Books, https://goo.gl/c0KT9k.

5. *The Forbes Scrapbook of Thoughts on the Business of Life* (New York: Forbes, 1968), 214. Verified in hard copy.

6. Bob Phillips, *Phillips' Book of Great Thoughts and Funny Sayings* (Wheaton, IL: Tyndale House, 1993), 118. Verified in scans.

7. "On Machiavelli, Hourglasses, and More Fake Quotes," DonMacDonald, May 14, 2011, http://donmacdonald.com/2011/05/on-machiavelli-hourglasses-and-more-fake-quotes/.

14

1. Dan Millman, *Way of the Peaceful Warrior: A Book that Changes Lives* (Tiburon, CA: H. J. Kramer, 1984), 113. Verified in hard copy.

2. Dan Millman, *Way of the Peaceful Warrior: A Book that Changes Lives*, rev. ed. (Tiburon, CA: H. J. Kramer, 2000), 105. Accessed in Google Books, https://goo.gl/8p9eZo.

Chapter 3　作者的錯

1

1. Peter Miller, *Get Published! Get Produced! A Literary Agent's Tips on How to Sell Your Writing* (New York: Shapolsky, 1991), 27. Accessed in Google Books, https://goo.gl/Xoatol.

2. John de Groot, *Papa: A Play Based on the Legendary Lives of Ernest Hemingway*, 25. (Boise, ID: Hemingway Western Studies Center, Boise State University, 1989). Verified in scans. Myriad thanks to Bonnie Taylor-Blake and University of North Carolina—Chapel Hill Libraries for examining this citation and referring **QI** to the 2014 Wright article in the *Journal of Popular Culture*.

3. Terse Tales of the Town [advertisements], *Ironwood News Record* (Ironwood, MI), April 28, 1906, 5.

Accessed in NewspaperARCHIVE.com.

4. "Tragedy of Baby's Death is Revealed in Sale of Clothes," *Spokane Press*, May 16, 1910, 6. Accessed in Chronicling America. A correspondent named Hugo located this important citation.

5. [Untitled article], The Editor's Editor, *Journal of Information for Literary Workers* 45, no. 4 (February 24, 1917): 175–76. Accessed in Google Books, http://goo.gl/KobFNu.

6. Roy K. Moulton, On the Spur of the Moment, *Janesville Daily Gazette* (Janesville, WI), April 13, 1921, 6. Accessed in NewspaperARCHIVE.com.

7. Roy K. Moulton, On the Spur of the Moment, *Eau Claire Leader* (Eau Claire, WI), April 13, 1921, 6. Accessed in NewspaperARCHIVE.com

8. Jerry, As Good As Most of Them, *Port Arthur Daily News* (Port Arthur, TX), April 15, 1921, 6. Accessed in NewspaperARCHIVE.com.

9. "Dénouement," Aut Scissors Aut Nullus, *Life* 77 (June 16, 1921): 884. Accessed in HathiTrust, https://goo.gl/Qiwt4a.

10. "Drama and Pictures: Notes about the Players," *Boston Globe* (July 10, 1921), 55. Accessed in ProQuest.

11. Jay G'Dee, "Fools Rush In," *Judge* 81 (July 16, 1921): 70. Accessed in HathiTrust, https:// goo.gl/ DHp14c.

12. G'Dee, "Fools Rush In," 70.

13. "News in the 'Ads,' Did You Overlook It?" *Morning World-Herald* (Omaha, NE), February 23, 1924. Accessed in GenealogyBank.

14. Bill Conselman and Charlie Plumb, "Ella Cinders: When in Doubt" [comic strip], *Kokomo Daily Tribune* (Kokomo, IN), November 23, 1927, 17. Accessed in GenealogyBank.

15. John Robert Colombo, *Worlds in Small: An Anthology of Miniature Literary Compositions* (Vancouver, BC: CacaNadaDada, 1992), 9. Verified in scans. Great thanks to Dennis Lien and the University of Minnesota Libraries.

16. Steve Johnson, "Killing Our Children: 57 Children Killed in 1992—First of a Year-long Series on the Murder of Children," *Chicago Tribune*, January 3, 1993, 1. Accessed in ProQuest.

17. Alan Robbins, "Email: Lean, Mean, and Making Its Mark," From the Desk of Alan Robbins, *New York Times*, May 11, 1997, F13. Accessed in ProQuest.

18. Arthur C. Clarke, *Greetings, Carbon-Based Bipeds! Collected Essays 1934–1998*, ed. Ian T. Macauley (New York: St. Martin's, 1998), 354. The book contains the following bibliographic note on p. 543: "The Power of Compression," published as "Words That Inspire," first appeared in *Reader's Digest*, UK, December 1998. Verified in hard copy.

19. Peter Miller, *Author! Screenwriter! How to Succeed as a Writer in New York and Hollywood* (Avon, MA: Adams Media, 2006), 166. Verified in hard copy.

20. Frederick A. Wright, "The Short Story Just Got Shorter: Hemingway, Narrative, and the Six-Word Urban Legend," *Journal of Popular Culture* 47, no. 2 (April 2014): 327–40. Special thanks to Wright for his valuable paper and his pointer to a published version of *Papa*.

21. "Abrupt Ending," Vimeo video, 5:22, posted by "Simon Lumgair," October 11, 2013, https://

vimeo.com/76692817.

22. David Haglund, "Did Hemingway Really Write His Famous Six-Word Story?" Browbeat (blog), *Slate*, January 31, 2013, http://goo.gl/S6z8Gq.

2

1. Helen Thomas, "President Offers No Security Advice," *Reading Eagle* (Reading, PA), February 24, 1985, B26. Accessed in Google News Archive, https://goo.gl/JFek09; Glenn Kessler, "Obama's Whopper About Rutherford B. Hayes and the Telephone," *Washington Post*, March 16, 2012, http://goo.gl/5mf0o.

2. "You Can't Plan Progress, Manufacturers Are Told," *Milwaukee Journal*, December 7, 1939, 9. Accessed in Google News Archive. (Since removed.)

3. George Peck, "Government Tyranny," As Seen By Others, *Free Lance-Star* (Fredericksburg, VA), June 17, 1949, 4. Accessed in Google News Archive, https://goo.gl/BsedJ4.

4. Last Page Comment, *Rotarian* 76, no. 2 (February 1950), 64. Accessed in Google Books, https://goo.gl/E4wmPE.

5. Antony Fisher, *Must History Repeat Itself? A Study of the Lessons Taught by the (Repeated) Failure and (Occasional) Success of Government Economic Policy Through the Ages* (London: Churchill Press, 1974), 120. Verified in hard copy.

6. Edward J. Lias, *Future Mind: The Microcomputer, New Medium, New Mental Environment*, Little, Brown Computer Systems (Boston: Little, Brown, 1982), 2. Verified in hard copy. This citation was identified by the editors of Wikiquote, who placed it on the webpage for Rutherford B. Hayes.

7. Jack Smith, review of *The Experts Speak: The Definitive Compendium of Authoritative Misinformation*, by Christopher Cerf and Victor S. Navasky, *Los Angeles Times*, October 2, 1984, F1. Accessed in ProQuest.

8. Christopher Cerf and Victor S. Navasky, *The Experts Speak: The Definitive Compendium of Authoritative Misinformation*, rev. ed. (New York: Villard Books, 1998), 227, 382. Verified in hard copy.

9. Thomas, "President Offers No Security Advice," B26.

3

1. "Doings in Baltimore," *Gazette of the Union, Golden Rule, and Odd-Fellows' Family Companion* 9 (July 8, 1848): 30. Accessed in Google Books, https://goo.gl/7ZpxWp.

2. [Untitled filler item], *Civilian and Galveston Gazette* (Galveston, TX), August 17, 1848, 2. Accessed in NewspaperARCHIVE.com. The newspaper acknowledged the *Golden Rule* because the full name of the originating periodical was the *Gazette of the Union, Golden Rule, and Odd-Fellows' Family Companion*. Note that the word "too" instead of "two" is used in the original text.

3. [Untitled filler item], *Adams Sentinel* [Gettysburg, PA], April 28, 1851, 1. Accessed in NewspaperARCHIVE.com.

4. An Extended Anagram, *Daily Dispatch* (Richmond, VA), March 22, 1858. Accessed in Chronicling America, http://goo.gl/UH9kPH. Thanks to Stephen Goranson for finding this citation.

5. An Extended Anagram, *San Antonio Ledger* (San Antonio, TX), April 10, 1858, 1. Accessed in GenealogyBank.

6. "Napoleon Bonaparte," *New Albany Daily Ledger* (New Albany, IN), July 9, 1858, 3. Accessed in NewspaperARCHIVE.com.

4

1. [Untitled item], *Daily Eastern Argus* (Portland, ME), October 23, 1863, 4. Accessed in GenealogyBank.

2. "Artemus Ward Advertises," *American Traveller* (Boston, MA), October 31, 1863, 1. Accessed in GenealogyBank.

3. L. C. M., "Boston: Literary Notes," *New York Tribune*, July 15, 1874, 6. Accessed in GenealogyBank.

4. "An Old Story Retold" [acknowledgment to *New York Tribune* correspondent in "Boston: Literary Notes" dated July 15, 1874; see endnote 3 above], *Cincinnati Daily Gazette*, July 17, 1874, 2. Accessed in GenealogyBank.

5. [Untitled filler item], *New York Tribune*, March 27, 1879, 2. Accessed in GenealogyBank.

6. Review of *Four Lectures on Early Child Culture*, by W. N. Hailmann, *Educational Weekly* 7 (April 22, 1880): 285. Accessed in Google Books, https://goo.gl/IbA9g0.

7. "A New York Club Man's Ideas," *New York Herald*, October 28, 1888, 14. Accessed in GenealogyBank.

8. George Bernard Shaw, *Man and Superman: A Comedy and a Philosophy* (Westminster: Archibald Constable, 1903), 50. Accessed in Internet Archive, http://bit.ly/2cstyDT.

9. Max Beerbohm, *Zuleika Dobson* (New York: Boni and Liveright, 1911), 187. Accessed in Google Books, https://goo.gl/jJ60bF.

10. Carl Sandburg, *Abraham Lincoln: The War Years*, vol. 2 (New York: Harcourt, Brace, 1939), 306. Verified in hard copy.

11. Muriel Spark, "The Prime of Miss Jean Brodie," *New Yorker*, October 14, 1961, 64. Verified in *New Yorker* online database.

12. Ralph Keyes, *The Quote Verifier: Who Said What, Where, and When* (New York: St. Martin's, 2006), 124–25, 305–6. Verified in hard copy.

5

1. The Better Half, *Altoona Mirror* (Altoona, PA), July 20, 1927, 12. Accessed in NewspaperARCHIVE.com.

2. The Better Half, *Syracuse Herald* (Syracuse, NY), July 21, 1927, 8. Accessed in NewspaperARCHIVE.com.

3. "His Apology Was Not Appreciated," *Milwaukee Journal*, July 27, 1927, Green Sheet page. Accessed in Google News Archive, https://goo.gl/7BhRlw.

4. "Half and Half," In Lighter Vein, *Sydney Mail* (Sydney, Australia), November 26, 1930, 50. Accessed in Google News Archive, https://goo.gl/lEQWNI.

5. A Little Nonsense, *Montreal Gazette*, August 22, 1933, 10. Accessed in Google News Archive, https://goo.gl/1khllp.

6. Norman Wilding and Philip Laundy, *An Encyclopaedia of Parliament* (London: Cassell, 1958), s.v. "unparliamentary expressions," 581. Verified in hard copy.

7. Tom Hopkinson, *In the Fiery Continent* (Garden City, NY: Doubleday, 1963), 83. Verified in hard copy.

8. James Feron, "In Commons, A Lie Is 'Inexactitude': When Briton Slurs Briton, Code Dictates Gentility," *New York Times*, November 8, 1964, 30. Accessed in ProQuest.

9. Mario Pei, *The Story of the English Language*, rev. ed. (Philadelphia: J. B. Lippincott, 1967), 268. Verified in scans.

10. Brooks Hays, *A Hotbed of Tranquility: My Life in Five Worlds* (New York: Macmillan, 1968), 209. Verified in hard copy.

11. "Saving for Things Done Under a License," Commons Sitting, UK Parliament House of Commons, HC Deb 01 April 1981 vol 2 cc433-70, April 1, 1981, (Dennis Skinner speaking). Accessed in Hansard, http://goo.gl/jDtJH1.

12. Leo Rosten, *Leo Rosten's Giant Book of Laughter* (New York: Bonanza, 1989), 457. Verified in scans.

13. William Metz, *Newswriting: From Lead to "30,"* 3rd ed. (Englewood Cliffs, NJ: Prentice- Hall, 1991), 116. Verified in hard copy.

14. PJM QC (@pjm1kbw), Twitter post, April 7, 2014, 11:37 a.m., https://goo.gl/Veipco.

6

1. Alice Calaprice, ed., *The Ultimate Quotable Einstein* (Princeton: Princeton University Press, 2010). Verified in hard copy.

2. "Atomic Education Urged by Einstein," *New York Times*, May 25, 1946, 13. Accessed in ProQuest.

7

1. "Survey of Humor," *Variety*, July 29, 1953, 51. Thanks to Barry Popik who found this citation.

2. Jack De Yonge, "Impeccable Educator: Prof. Irwin Corey Hits Kennedy Steel Stand!" *Seattle Daily Times*, July 3, 1962, 7. Accessed in GenealogyBank.

3. Mike Connolly's Staff, "Beatty Makes Hit in Dallas," Hollywood Reporter, *Arizona Republic*, December 14, 1966, 36. Accessed in NewspaperARCHIVE.com.

4. "Is Foreign Policy Comic?" *Leader-Times* (Kittanning, PA), April 3, 1968, 6. Accessed in NewspaperARCHIVE.com.

5. Irwin Corey, My Favorite Jokes, *Parade*, July 13, 1969, 18, as found in *Sunday Advocate* (Baton

Rouge, LA), July 13, 1969. Accessed in GenealogyBank.

6. John P. Quinn, "Our Own Past Shows that for Well-Being the Control of Production Is Necessary," *Weekly People* (Brooklyn, NY), August 30, 1969, 5. Accessed in Old Fulton NY Post Cards, fultonhistory.com.

7. Thoughts While Viewing, *Waterloo Sunday Courier* (Waterloo, IA), October 4, 1970, 43. Accessed in NewspaperARCHIVE.com.

8. Emilie Russert, "Look to Good, Clean Land: The Notebook," *Oshkosh Daily Northwestern* (Oshkosh, WI), November 21, 1970, 12. Accessed in NewspaperARCHIVE.com.

9. Donald Morrison, "The Future of Free Enterprise," *Time*, February 14, 1972, http:// goo. gl/7Hf6jG.

10. Jim Gannon and Wil Gerstenblatt, My Favorite Jokes, *Parade*, September 1, 1974, 12, as found in *Springfield Union* (Springfield, MA), September 1, 1974. Accessed in GenealogyBank.

11. "Carter Adviser Outlines Steps to Halt Inflation," *Boston Herald American*, January 8, 1977, 8. Accessed in GenealogyBank.

12. William Safire, "Rejected Counsel Returns," *New York Times*, September 24, 1979, A19. Accessed in ProQuest.

13. "The Untouchables (1/10) Movie CLIP - A Kind Word and a Gun (1987) HD," YouTube video, 2:13, posted by "Movieclips," October 6, 2011, https://www.youtube.com/watch?v =KdNSlyrbcDY. Quote starts at 1:12.

14. Fred R. Shapiro, *The Yale Book of Quotations* (New Haven: Yale University Press, 2006), 130. Verified in hard copy.

8

1. Marilyn Monroe, *My Story* (New York: Stein and Day, 1974), 47. Verified in hard copy.

2. Digby Biehl, "New Monroe Book from Old Memoirs," *Los Angeles Times*, April 15, 1974, C1. Accessed in ProQuest.

3. Larry Adler, "The Corn Is Greene," *Spectator*, November 29, 1975, 701. Verified in microfilm.

4. "Something for the Boys," Cinema, *Time*, August 11, 1952. Accessed in *Time* online, http:// goo. gl/3ErdgY.

9

1. *Your Bottom Line*, episode transcript, CNN, November 12, 2011, http://transcripts.cnn .com/ TRANSCRIPTS/1111/12/ybl.01.html. Excerpt is spoken by program host Christine Romans.

2. Taylor Caldwell, *A Pillar of Iron* (Garden City, NY: Doubleday, 1965), 483. Verified in hard copy.

3. Caldwell, *A Pillar of Iron*, xiv. Verified in hard copy.

4. Jo-Ann Shelton, *As the Romans Did: A Sourcebook in Roman Social History* (New York: Oxford University Press, 1988), 229–30. Quote is found in Cicero's "Speech in Defense of Sestius." Verified in hard copy.

5. *Subcommittee of the Committee on Appropriations, Foreign Assistance and Related Agencies*

Appropriation Bill for 1967, Hearings Before a Subcommittee of the Committee on Appropriations, H.R. REP. NO. 89-2045, at 673 and 820 (1966). Accessed in ProQuest. The cited pages refer to remarks made on May 4, 1966, by Louisiana congressman Otto E. Passman; Caldwell, *A Pillar of Iron*, 483, 489. Verified in hard copy. Text similar to the first quote appears on page 483, and text similar to the second quote appears on page 489.

6. Chesly Manly, "Foreign Aid Called 'Stupidest' Program," *Chicago Tribune*, November 16, 1966, 2. Accessed in ProQuest.

7. *Subcommittee of the Committee on Appropriations, Foreign Assistance and Related Agencies Appropriation Bill for 1969, Hearings Before a Subcommittee of the Committee on Appropriations*, H.R. REP. NO. 90, at 753 (1968). Accessed in ProQuest. The cited page refers to remarks made on May 22, 1968, by Louisiana congressman Otto E. Passman.

8. Cynthia W. Ashmun, letter to the editor, *Christian Science Monitor*, February 20, 1969, 18. Accessed in ProQuest.

9. Jerry Connolly, letter to the editor, *Chicago Tribune*, March 29, 1971, 14. Accessed in ProQuest.

10. John H. Collins, letter to the editor, *Chicago Tribune*, April 20, 1971, 10. Accessed in ProQuest.

11. *Respectfully Quoted: A Dictionary of Quotations*, Suzy Platt, ed. (Washington, DC: Congressional Research Service, 1989), s.v. "Marcus Tullius Cicero (106–43 BC)." Accessed in Bartleby.com, http://www.bartleby.com/73/795.html.

12. Herb Caen, The Monday Caenicle, *San Francisco Chronicle*, February 3, 1992, B1. Accessed in NewsBank.

Chapter 4　誰撿到就是誰的

1. Walter Winchell, On Broadway, *Logansport Pharos-Tribune* (Logansport, IN), January 7, 1937, 8. Accessed in NewspaperARCHIVE.com.

2. Samuel Johnson, [untitled essay], *Rambler*, no. 159 (September 24, 1751): 6. Accessed in Google Books, https://goo.gl/QprmRp.

3. [Freestanding filler item], *Evening World-Herald* (Omaha, NE), December 27, 1938, 14. Accessed in GenealogyBank.

4. "With the Paragraphers," reprinted from Newsdem, *Clinton Courier* (Clinton, NY), February 2, 1939, 1. Accessed in Old Fulton NY Post Cards, fultonhistory.com.

5. [Filler item with quotation], *Reader's Digest*, June 1939, 60. Verified in hard copy.

6. Arch Ward, "Thinkograms," In the Wake of the News, *Chicago Tribune*, June 29, 1940, 15. Accessed in ProQuest.

7. Junius, Office Cat, *Kingston Daily Freeman* (Kingston, NY), May 13, 1941, 6. Accessed in Old Fulton NY Post Cards, fultonhistory.com.

8. Lee Shippey, Lee Side o' L.A., *Los Angeles Times*, March 24, 1942, A4. Accessed in ProQuest.

9. Going the Rounds with *Esquire*, *Esquire* 23 (June 1945): 107. Verified in microfilm.

10. Jacob Morton Braude, *The Speaker's Encyclopedia of Stories, Quotations, and Anecdotes* (Englewood Cliffs, NJ: Prentice-Hall, 1955), 332. Verified in hard copy in third printing of May 1956.

11. Ethel Barrett, *Don't Look Now, but Your Personality Is Showing*, 5th print. (Glendale, CA: G/L Regal Books, 1968), epigraph before title page. Verified in scans of sixth printing of 1973.

12. Louise Andryusky, "Seniority: Politics, Violence, and Waiting by the Phone," *St. Petersburg Times* (St. Petersburg, FL), February 22, 1994, 23X. Accessed in NewsBank.

13. David Foster Wallace, *Infinite Jest* (Boston: Little, Brown, 1996), 200, 203. Verified in hard copy.

14. Michael Olpin and Margie Hesson, *Stress Management for Life: A Research-Based Experiential Approach* (Belmont, CA: Thomson/Wadsworth, 2007), 127.

15. Nigel Risner, "Ten Tips for Becoming Personally Empowered," *Credit Management*, October 2013, 30–31. Accessed in ProQuest ABI/INFORM Complete.

16. Barry Popik, "You Wouldn't Worry About What People May Think of You if You Could Know How Seldom They Do," The Big Apple, September 1, 2013. http://www.barrypopik.com /index. php/new_york_city/entry/you_wouldnt_worry_what_people_may_think_of_you/.

2

1. Collection Générale des Décrets Rendus par la Convention Nationale, May 1793 (Paris: Chez Baudouin, 1793), 72. Accessed in Google Books, https://goo.gl/wdtYSz.

2. "Luke 12:48," Bible Hub, accessed July 23, 2015, http://biblehub.com/luke/12-48.htm.

3. "Habeas Corpus Suspension Bill," Mr. [William] Lamb speaking, June 27, 1817, in Parliamentary Debates from the Year 1803 to the Present Time 36, ["Comprising the Period from the Twenty-Eighth Day of April to the Twelfth Day of July, 1817"], column nos. 1226–27. Accessed in Google Books, https://goo.gl/D90P1a.

4. John Cumming, *Voices of the Dead* (Boston: John P. Jewett, 1854), 121. Accessed in Google Books, https://goo.gl/UZlHlQ. This citation was identified in Fred R. Shapiro, *The Yale Book of Quotations* (New Haven: Yale University Press, 2006), 449. Verified in hard copy.

5. "Duties of the W.M.," *Ashlar* 3, no. 8 (April 1858): 348. Accessed in Google Books, https:// goo.gl/gVnH9I.

6. "Vice-Regal Visit to Parramatta: Public Banquet, July 8, 1872," in *Speeches Delivered by His Excellency Sir Hercules G. R. Robinson, G. C. M. G. During His Administration of the* Government of New South Wales (Sydney: Gibbs, Shallard, 1879), 6. Accessed in Google Books, https://goo.gl/9kMnTf.

7. City of Boston, "Annual Report of the Trustees of the Public Library [Twenty-Seventh Annual Report of the Trustees of the Public Library]," city doc. 69, 12. Accessed in Google Books, https://goo.gl/8Xwrx4.

8. Mr. Winston Churchill speaking, February 28, 1906, in Parliamentary Debates (Authorised Edition), Fourth Series, First Session of the Twenty-Eighth Parliament of the United Kingdom of Great Britain and Ireland 152, ["Comprising the Period from the Thirteenth Day of February to the Second Day of March, 1906"], column no. 1239. Accessed in Google Books, https://goo.gl/

si7euZ.

9. Joseph Bucklin Bishop, *Theodore Roosevelt and His Time: Shown in His Own Letters*, vol. 2 (New York: Charles Scribner's Sons, 1920), 94. Accessed in Google Books, https://goo.gl /LZ6Ynw. The excerpt of the letter is dated June 19, 1908.

10. John A. Fitch, "The Labor Policies of Unrestricted Capital," *Railroad Trainman* 30, no. 4 (April 1913): 305. Accessed in Google Books, https://goo.gl/1g8UzD.

11. Associated Press, "Speech Written by Roosevelt on Night Before His Death," *Daily Illinois State Journal* (Springfield, IL), April 14, 1945, 2. Accessed in GenealogyBank.

12. Stan Lee, "Spider-Man!" *Amazing Fantasy* #15 (August 1962), Marvel Comics. The quotation appeared in a caption above a panel showing character Peter Parker walking away down an urban street. **QI** has not seen the original comic book in hard copy. **QI** bases the quotation information on the text seen in two digitized panel images from the issue *Amazing Fantasy* #15 (August 1962) as seen in Kelly Kond, "The Origin of 'With Great Power Comes Great Responsibility' and 7 Other Surprising Parts of Spider-Man's Comic Book History," We Minored in Film, April 22, 2014, https://goo.gl/mYpyAH.

3

1. Larry Lockhart, "Broun: 'I Like to See Things Done with Zest,'" *Ames Daily Tribune* (Ames, IA), January 16, 1974, 11. Accessed in Newspapers.com.

2. "Heywood Hale Broun Will Speak at KW," *Salina Journal* (Salina, KS), May 2, 1974, 12. Accessed in Newspapers.com.

3. Barbara Phillips, "He Wows Them at K-Wesleyan," *Salina Journal* (Salina, KS), May 12, 1974, 18. Accessed in Newspapers.com.

4. James A. Michener, *Sports in America* (New York: Random House, 1976), 16. Verified in hard copy.

5. Terry Mattingly, "Christianity and the Super Bowl Have Some Things in Common," *Kokomo Tribune* (Kokomo, IN), January 27, 1996, A7. Accessed in Newspapers.com.

6. Forum, *Hood County News* (Granbury, TX), June 24, 2006, 4. Accessed in Newspapers.com.

4

1. "John Lennon–Beautiful Boy.flv," YouTube video, 4:12, posted by "TheInnerRevolution," November 22, 2009, https://www.youtube.com/watch?v=Z5BBEOjUKrI.

2. Quotable Quotes, *Reader's Digest*, January 1957, 32. Verified in hard copy.

3. Charles Clay Doyle, Wolfgang Mieder, and Fred R. Shapiro, eds., *The Dictionary of Modern Proverbs* (New Haven, CT: Yale University Press, 2012), 145. Verified in hard copy.

4. Ralph Keyes, *The Quote Verifier: Who Said What, Where, and When* (New York: St. Martin's, 2006), 123–24, 305. Verified in hard copy.

5. Fred R. Shapiro, *The Yale Book of Quotations* (New Haven: Yale University Press, 2006), 666. Verified in hard copy.

6. Chlotilde R. Martin, "Beaufort TV Viewer Finds Quiz Programs Distasteful," Lowcountry Gossip, *News and Courier* (Charleston, SC), January 27, 1957, 11B. Accessed in GenealogyBank.

7. R. J. (Bob) Edwards, Round About Town, *Denton Record-Chronicle* (Denton, TX), June 21, 1957, 4. Accessed in NewspaperARCHIVE.com.

8. "A Little of This and That" [quotation within an advertisement for Swanson's], *Titusville Herald* (Titusville, PA), September 24, 1957, 2. Accessed in NewspaperARCHIVE.com.

9. [Freestanding quotation], *Irish Digest* 61 (November 1957): 52. Verified in microfilm.

10. Earl Wilson, Earl's Pearls, *Rockford Register-Republic* (Rockford, IL), March 1, 1958, 2A. Accessed in Genealogy Bank.

11. Joe Harrington, "That Boston Accent . . . What Did He Say?" All Sorts, *Boston Globe*, April 10, 1958, 25. Accessed in ProQuest.

12. A Line O'Type or Two, *Chicago Tribune*, September 18, 1958, 16. Accessed in ProQuest.

13. Paul C. McGee, "Theatricals: The Stem," *Los Angeles Sentinel*, September 14, 1961, C2. Accessed in ProQuest.

14. Larry Wolters, Radio TV Gag Bag, *Chicago Tribune*, August 12, 1962, C28. Accessed in ProQuest.

15. Earl Wilson, Earl Wilson's New York, *Aberdeen American News* (Aberdeen, SD), April 30, 1963, 4. Accessed in GenealogyBank.

16. Bennett Cerf, "Try and Stop Me," *State Times Advocate* (Baton Rouge, LA), January 15, 1964, 10C. Accessed in GenealogyBank.

17. Larry Wolters, Larry Wolters' Gag Bag, *Chicago Tribune*, May 17, 1964, 115. Accessed in ProQuest.

18. Earl Wilson, It Happened Last Night, *Dallas Morning News*, November 19, 1965, A27. Accessed in GenealogyBank.

19. Abigail Van Buren, "Fresh News; Stale Money," Dear Abby, *Cleveland Plain Dealer* (Cleveland, OH), December 8, 1967, 39. Accessed in GenealogyBank.

20. John Peers, Gordon Bennett, and George Booth, eds., *1,001 Logical Laws, Accurate Axioms, Profound Principles, Trusty Truisms, Homey Homilies, Colorful Corollaries, Quotable Quotes, and Rambunctious Ruminations for All Walks of Life* (Garden City, NY: Doubleday, 1979), 81. Verified in hard copy.

5

1. J. M. Barrie, "The Little Minister," *Good Words* 32 (1891), 60. Accessed in HathiTrust, https://goo.gl/qkaXAI.

2. *Mark Twain's Notebooks and Journals*, vol. 3 (1883–1891), ed. Robert Pack Browning, Michael B. Frank, and Lin Salamo (Berkeley, CA: University of California Press, 1979), 538. Accessed in Google Books, https://goo.gl/f1aKpx, and also verified in hard copy.

3. "Minutes and Discussions," *Proceedings of the National Conference of Charities and Correction* 12, Annual Session, Washington, DC, June 4–10, 1885, 500. Citation refers to the transcript of Judge MacArthur speaking on June 10, 1885. Accessed in Google Books, https://goo.gl/b3WdQV.

4. Isaac E. Adams, *Life of Emory A. Storrs: His Wit and Eloquence, as Shown in a Notable Literary, Political and Forensic Career* (Philadelphia: Hubbard Bros., 1886), 795. Accessed in Google Books, https://goo.gl/4vt0e0.

5. *Mark Twain's Notebooks & Journals*, vol. 3 (1883–1891), 538. Verified in hard copy.

6. J. M. Barrie, "The Little Minister," 60.

7. Mr. Young, [Cartoon], *Life* 52, no. 1344 (July 30, 1908): 114. Accessed in Google Books, https://goo.gl/Y4074n.

8. [Untitled], *Boston Evening Transcript*, July 31, 1908, 8. Accessed in Google News Archive, https://goo.gl/66QqWo. Excerpt is located in the left column below the provided link.

6

1. Hablarias, "Fort Mifflin, PA," Newsletters from Far and Near, *Marines Magazine*, March 1917, 23. Accessed in HathiTrust, https://goo.gl/3tKUWB.

2. "Majestic," Vaudeville Wit, *Chicago Tribune*, March 9, 1919, D5. Accessed in ProQuest.

3. [Untitled], *Hutchinson News* (Hutchinson, KS), February 25, 1920, 9. Accessed in NewspaperARCHIVE.com.

4. R. D. Handy, *Paul Bunyan and His Big Blue Ox: Stories and Pictures of the Lumberjack Hero of American Folk Lore* (Chicago: Rand McNally, 1937), 12, 14. Accessed in HathiTrust, https://goo.gl/Duu0Lr.

5. John Henry Cutler, Try *The Post*'s Mind Teasers, *Washington Post*, November 14, 1943, L4. Accessed in ProQuest.

6. Jack Gaver and Dave Stanley, *There's Laughter in the Air! Radio's Top Comedians and Their Best Shows* (New York: Greenberg, 1945), 135–36. Accessed in HathiTrust, https://goo.gl /FxO7IR.

7. William Gildea, "Paige Admits He's Feeling His Age," On Today's Scene, *Washington Post*, April 29, 1969, D2. Accessed in ProQuest.

8. "White Racism Kept Them Out of Big Leagues; Says They Are Not Bitter," *Jet* 40, no. 17 (July 22, 1971): 48. Accessed in Google Books, https://goo.gl/XNR12n.

9. George Minot, "Padre Hernandez Steals Toward Stardom," *Washington Post*, June 10, 1973, D3. Accessed in ProQuest.

10. Nick Browne, "The Rumble in the Jungle—Ali's Camp: You Can't Get Zaire from Here," *Village Voice*, July 25, 1974, 9. Accessed in Google News Archive, https://goo.gl/a0Awd0.

11. Robert Lipsyte, "King of All Kings: Lonely Man of Wisdom, Champion of the World," *New York Times*, June 29, 1975, 44. Accessed in ProQuest.

7

1. William Bruce Cameron, *Informal Sociology: A Casual Introduction to Sociological Thinking*, Random House Studies in Sociology, 6th pr. (New York: Random House, 1967), 13. Verified in hard copy. Researcher John Baker identified this citation, and it appears in the Albert Einstein section of the Internet compendium Wikiquote, https://en.wikiquote.org /wiki/Albert_Einstein.

2. Charles E. Schaeffer, *Our Home Mission Work: An Outline Study of the Home Mission Work of the Reformed Church in the United States* (Philadelphia: Publication and Sunday School Board of the Reformed Church in the United States, 1914), 178. Accessed in Google Books, https://goo.gl/dsuRHB.

3. Dwight Waldo, *Political Science in the United States of America: A Trend Report*, Documentation in the Social Sciences (Paris: UNESCO, 1956), 30. Accessed in Google Books, https://goo.gl/rFBk1K.

4. William Bruce Cameron, "The Elements of Statistical Confusion, Or, What Does the Mean Mean?" *Bulletin of the American Association of University Professors* 43, no. 1 (Spring 1957): 34. Verified in JSTOR.

5. William Bruce Cameron, "Tell Me Not in Mournful Numbers," *National Education Association Journal* 47, no. 3 (March 1958): 173. Verified in hard copy.

6. Cameron, *Informal Sociology*, 13.

7. Jason Hilliard, "The Current and Potential Use of Course Examinations," *JAMA* 198, no. 3 (October 17, 1966): 290. Verified in hard copy.

8. Lord Platt, "Medical Science: Master or Servant?" *British Medical Journal* 4, no. 5577 (November 25, 1967): 442. Verified in JSTOR.

9. "Christian Medical Fellowship," *British Medical Journal* 3, no. 5610 (July 13, 1968): 80. Verified in JSTOR.

10. Charles A. Garfield, *Peak Performers: The New Heroes of American Business* (New York: William Morrow, 1986), 156. Verified in hard copy.

11. L. M. Boyd, "Shy Suffer Hay Fever," This and That, *Ellensburg Daily Record* (Ellensburg, WA), February 11, 1991, 8. Accessed in Google News Archive, https://goo.gl/eT98tK.

12. Chet Ballard, Jon Gubbay, and Chris Middleton, eds., *The Student's Companion to Sociology* (Malden, MA: Blackwell, 1997), 92.

13. Alice Calaprice, ed., *The Ultimate Quotable Einstein* (Princeton: Princeton University Press, 2010), 482. Verified in hard copy.

8

1. Gary Sperrazza, "Looka Here! It's Sam and Dave!" *Time Barrier Express* 3, no. 6, iss. 26 (September–October 1979): 25. Verified in scanned digital images obtained from the Music Library and Sound Recordings Archive at Bowling Green State University. Great thanks to the librarian there.

2. Thomas McGonigle, "Michael Madore," *Arts Magazine* 54, no. 4 (December 1979): 5. Verified in hard copy. Great thanks to Mike Kuniavsky for pointing out this citation.

3. "Talking About Music Is Like Dancing About Architecture," Alan P. Scott, last updated December 31, 2010, http://www.paclink.com/~ascott/they/tamildaa.htm.

4. H. K. M., "The Unseen World," *New Republic* 14 (February 9, 1918): 63. Accessed in Google Books, https://goo.gl/aHGLPO, which provides an incorrect date of 1969. Quotation also verified in microfilm.

5. Winthrop Parkhurst, "Music, Mysticism, and Madness," *Freeman* 4, no. 82 (October 5, 1921): 93. Accessed in Google Books, https://goo.gl/8dVVvc.

6. Winthrop Parkhurst, "Music, the Invisible Art," *Musical Quarterly* 16, no. 3 (July 1930): 298–99. Verified in hard copy.

7. Gary Sperrazza, "Sam and Dave," *Black Music and Jazz Review* 3, no. 3 (July 1980): 24. Accessed in Google Books, https://goo.gl/tzzMhV, and verified in scanned images from the University of Virginia Music Library. Great thanks to their librarian.

8. David Sheff, *All We Are Saying: The Last Major Interview with John Lennon and Yoko Ono*, G. Barry Golson, ed. (New York: St. Martin's Press, 2000), 88. Accessed in Google Books, https://goo.gl/wOfWPQ. Many thanks to Victor Steinbok for pointing out this citation.

9. John Griffin, "Oldfield Tackles North America, and It Takes Him by Storm," *Montreal Gazette*, April 12, 1982, B6. Accessed in Google News Archive, http://goo.gl/6vTLT.

10. Timothy White, "Elvis Costello: A Man Out of Time Beats the Clock," *Musician*, October 1983, 52. Verified in hard copy. This valuable citation was located by Mark Turner and appeared on the webpage of Alan P. Scott, http://www.paclink.com/~ascott/apshome.htm.

11. Ralph Keyes, *The Quote Verifier: Who Said What, Where, and When* (New York: St. Martin's, 2006), 256–57. Verified in hard copy; Fred R. Shapiro, *The Yale Book of Quotations* (New Haven: Yale University Press, 2006), 175. Verified in hard copy.

12. Rick Ansorge, "Eugenia Zukerman: Renaissance Woman," *Omaha World-Herald* (Omaha, NE), October 9, 1983. Accessed in NewsBank. The *Globe and Mail* columnist Doug Saunders found this fine citation and placed it on the webpage of Alan P. Scott, http:// www.paclink.com/~ascott/apshome.htm.

13. Kenneth Herman, "Indian Raga Is Joined by a Latin Beat," *Los Angeles Times*, June 18, 1985. Accessed in ProQuest.

14. Jonathan Takiff, "A Sense of Laurie Anderson," a review of *Home of the Brave*, by Laurie Anderson, *Philadelphia Daily News*, July 18, 1986, http://articles.philly.com/1986-07-18 / entertainment/26095839_1_popular-music-artist-shadow-figures. Also accessed in NewsBank.

15. Loose Lips, *Buffalo News* (Buffalo, NY), August 5, 1990, M22. Accessed in NewsBank.

16. Philip Howard, "The Comfort of a Nude in the Bathroom," Enthusiasms, *Times* (London, UK), August 3, 1991. Accessed in Academic OneFile.

17. Martin Mull, *Martin Mull: Paintings, Drawings, and Words* (Boston: Journey Editions, 1995), 7. Accessed in Google Books, https://goo.gl/CreUp0, and verified in hard copy.

18. *Morning Edition*, "Profile: Letters from Listeners (10:00–11:00 AM)," broadcast transcript, NPR, January 14, 2000. Accessed in Academic OneFile.

19. Renée Graham, "Categorize This Duo's Sound as Loud," *Boston Globe*, April 29, 2005, http:// archive.boston.com/news/globe/living/articles/2005/04/29/categorize_this_duos _sound_as_ loud/.

20. "Elvis Costello: A Man Out of Time Beats the Clock," *Q*, March 2008, 67. Verified in photocopied pages from the article. Special thanks to the librarian in the periodical center at the

Cleveland Public Library for locating this text in hard copy in the March 2008 issue when given an inaccurate citation to the February 2008 issue.

21. Mike Johnston, "OT: We Hear from Martin Mull," *The Online Photographer*, July 27, 2010, http://theonlinephotographer.typepad.com/the_online_photographer/2010/07 /ot-we-hear-from-martin-mull.html. The blog post on The Online Photographer website was mentioned on the excellent *Quotes Uncovered* blog of Fred R. Shapiro, based on an email sent from the mathematician William C. Waterhouse.

22. Grant Snider, "Dancing About Architecture," Incidental Comics, June 19, 2012, http:// www. incidentalcomics.com/2012/06/dancing-about-architecture.html.

9

1. Dougk, "IM Friedrich Nietzsche," alt.quotations Usenet newsgroup, August 28, 2003. Accessed in Google Groups, https://goo.gl/tYtcrR.

2. "On the Moravian Mode of Worship by Madame De Staël [From Her 'Germany']," *Universal Magazine* 22, no. 125 (April 1814): 296. Accessed in Google Books, https:// goo.gl/KUbvJN. Thanks to commenter RobotWisdom, who shared this citation at the *Shortcuts* blog of the *Guardian*, https://www.theguardian.com/books/2010/jun/06 /megan-fox-tattoo-angela-monet.

3. William Cowper Prime, *The Owl Creek Letters: And Other Correspondence* (New York: Baker and Scribner, 1848), 143–44. Accessed in Google Books, https://goo.gl/rh4Gv2. Hat tip to *Guardian* commenter RobotWisdom.

4. Harriet Elizabeth Prescott Spofford, *Sir Rohan's Ghost: A Romance* (London: Trübner, 1860), 279. Accessed in Google Books, https://goo.gl/nK7EIA. Hat tip to *Guardian* commenter RobotWisdom.

5. *The Complete Works of Thomas Manton, D. D.*, vol. 13 (London: James Nisbet, 1873), 113. Accessed in Google Books, https://goo.gl/zCScnC. Hat tip to *Guardian* commenter RobotWisdom.

6. Fred R. Shapiro, *The Yale Book of Quotations* (New Haven: Yale University Press, 2006), 552. Verified in hard copy.

7. Amelia [Edith Huddleston] Barr, *The Hallam Succession: A Tale of Methodist Life in Two Countries* (London: T. Woolmer, 1885), 95. Accessed in Google Books, https://goo.gl /wYKt8U. Hat tip to *Guardian* commenter RobotWisdom.

8. Henri Bergson, *Laughter: An Essay on the Meaning of the Comic*, trans. Cloudesley Brereton and Fred Rothwell (New York: Macmillan, 1911), 5. Accessed in HathiTrust, https://goo.gl /YDYqHF.

9. The Dance, *Times* (London, UK), February 16, 1927, 15. Accessed in *The Times* Digital Archive by Gale Cengage.

10. G. L. Apperson, ed., *English Proverbs and Proverbial Phrases: A Historical Dictionary* (London: J. M. Dent and Sons, 1929), 133–34. Accessed in Questia.

11. Vida Hurst, "Modern Proverbs: Those Who Dance Are Thought Mad by Those Who Hear Not the Music," *Boston Globe*, October 3, 1936, 10. Accessed in ProQuest.

12. "Nosegays from DeMuth," *Arcadia Tribune* (Arcadia, CA), November 19, 1967, 3. Accessed in NewspaperARCHIVE.com.

13. "Incredible '68—An Almanac," *Life* 66, no. 1 (January 10, 1969): 6. Accessed in Google Books, https://goo.gl/xZ4yH3.

14. R. Kent Burton, "The Music Called Rock: Fun Is All That Ever Was Intended," *Tucson Daily Citizen*, April 22, 1972, magazine supplement, 15. Accessed in NewspaperARCHIVE.com.

15. Stephanie A. Hall, "'Reality Is a Crutch for People Who Can't Deal with Science Fiction': Slogan-Buttons Among Science Fiction Fans," *Keystone Folklore* 4, no. 1 (1989): 25. Accessed in Google Books, https://goo.gl/qr4mzG.

16. Edward Guthmann, "Woodstock Remembered: A Sentimental Journey—Participants Recall the Music, the Mood, the Mud 20 Years after Legendary Concert," *San Francisco Chronicle*, August 13, 1989, Sunday Datebook section, 20. Accessed in NewsBank.

17. George Carlin, *Brain Droppings* (New York: Hyperion, 1997), 74. Verified in hard copy.

18. Ann O'Neill, "Hello, Mr. and Mrs. J. Lo," City of Angles, *Los Angeles Times*, October 2, 2001, E2. Byline note: "Ann O'Neill is on vacation. This column was written by staff writers Gina Piccalo and Louise Roug." Accessed in ProQuest.

19. George Carlin, *Napalm and Silly Putty* (New York: Hyperion, 2001), unnumbered page before introduction. Verified in hard copy.

20. P. R. [Peter Richard] Wilkinson, ed., *Thesaurus of Traditional English Metaphors*, 2nd ed. (New York: Routledge, 2002), 897.

21. Kevin Williams, "Deeper Meaning—Kabbalah Teaches Mystical Side of Judaism," *Daily Camera* (Boulder, CO), July 20, 2002, D1.

22. Jalāl ad-Dīn Rūmī, *The Essential Rumi*, trans. Coleman Barks and John Moyne, new expanded ed. (New York: HarperOne, 2004), 106.

23. "They Said It," *Ledger* (Lakeland, FL), February 8, 2005, East Polk section, F4. Accessed in NewsBank.

24. Patrick Kingsley, "Who Is the Mystery Poet Behind Megan Fox's New Tattoo?" *Guardian* (London, UK), June 1, 2010, https://www.theguardian.com/lifeandstyle/2010/jun/01 /megan-fox-mystery-tattoo-poet.

25. Quiz of the Week, BBC News, April 12, 2012.

10

1. Fred R. Shapiro, *The Yale Book of Quotations* (New Haven: Yale University Press, 2006), 583. Verified in hard copy; Ralph Keyes, *The Quote Verifier: Who Said What, Where, and When* (New York: St. Martin's, 2006), 119–20. Verified in hard copy; Elizabeth Knowles, ed., *Oxford Dictionary of Quotations* in Oxford Reference Online, s.v. "Blaise Pascal."

2. Blaise Pascal, *Les Provinciales, or, The Mystery of Jesuitisme*, trans., 2nd ed. (London: Printed by J. G. for Richard Royston, 1658), 292. Accessed in Google Books, https://goo.gl/bqADC8.

3. Bernard Lamy, Antoine Arnauld, and Pierre Nicole, *The Art of Speaking* (London: W. Godbid,

1676), 8. Accessed in Google Books, https://goo.gl/Uyn9hB.

4. George Tullie, *An Answer to a Discourse Concerning the Celibacy of the Clergy* (Oxford: printed at the Theater for Richard Chiswell, 1688), preface. Accessed in Google Books, https://goo.gl/xHCPTC.

5. Edmund Bohun, *A Geographical Dictionary, Representing the Present and Ancient Names of All the Countries, Provinces, Remarkable Cities . . .* (London: printed for Charles Brome at the Gun, at the west end of St. Paul's, 1688), page header AT, column 2. Accessed in Google Books, https://goo.gl/x2BOMq.

6. John Locke, *The Works of John Locke Esq.: In Three Volumes* (London: John Churchill, 1714), vii. Accessed in Google Books, http://goo.gl/UHOUhU.

7. William Cowper, "A Letter to Dr. Edward Tyson: Giving an Account of the Anatomy of Those Parts of Male Opossum that Differ from the Female," *Philosophical Transactions of the Royal Society of London* 290 (March–April 1704): 1586. Accessed in Google Books, https://goo.gl/ts1iOw.

8. Benjamin Franklin, *New Experiments and Observations on Electricity Made at Philadelphia in America*, 2nd ed. (London: D. Henry and R. Cave, 1754), 82. Accessed in Google Books, https://goo.gl/fAzKrF.

9. "Signor Rossini and Signor Carpani," *Harmonicon* 20 (August 1824): 156. Accessed in Google Books, https://goo.gl/8EJxBE.

10. *The Life of Luther Written by Himself*, arr. M. Michelet, trans. William Hazlitt (London: David Bogue, 1846), 293. Accessed in Google Books, https://goo.gl/uaqQX1.

11. Henry David Thoreau, *Letters to Various Persons* (Boston: Houghton, Osgood, 1879), 165. Accessed in Google Books, https://goo.gl/qNv497. Letter with quotation is dated November 16, 1857, to Mr. B. [Harrison Blake].

12. "SLC to James Redpath, 15 June 1871," Mark Twain Project Online, http://goo.gl/Io1Ihy.

13. [Untitled article], *Operative Miller* 23, no. 4 (April 1918): 130. Accessed in Google Books, https://goo.gl/fsU5tK.

11

1. J. K. Rowling, *Harry Potter and the Goblet of Fire* (New York: Scholastic, 2000), 525. Verified in hard copy.

2. "Gems Gleaned from the Teachings of All Denominations," Religious Thought, *Mansfield News* (Mansfield, OH), January 29, 1910, 15. Accessed in NewspaperARCHIVE.com.

3. *Letters Written by the Late Right Honourable Philip Dormer Stanhope, Earl of Chesterfield, to His Son, Philip Stanhope, Esq., Late Envoy Extraordinary at the Court of Dresden*, vol. 1, 4th ed. rev. (London: J. Dodsley, 1774), 289. Accessed in Google Books, https://goo.gl /5Ts96N. Letter in question is dated May 17, 1748.

4. An Irish Country Gentleman [William Parnell], *An Enquiry into the Causes of Popular Discontents in Ireland* (London: J. Milliken, 1805), 78. Accessed in Google Books, https:// goo.gl/btWbCA.

5. "Courtesy to Inferiors," *Farmer's Cabinet* 51, no. 8 (September 30, 1852): 1. Accessed in

GenealogyBank.

6. [Freestanding quotation], *Printers' Ink* 40, no. 10 (September 3, 1902): 26. Accessed in HathiTrust, https://goo.gl/CX0bt5.

7. "Freedman's Address," *Daily Review* (Decatur, IL), September 15, 1911, 1. Accessed in NewspaperARCHIVE.com. Many thanks to Suzanne Watkins for pointing out this citation and her pioneering exploration of the saying more broadly. She also pointed out the adage in Rowling's book to **QI**, and she showed that the saying could be traced back to the early part of the twentieth century.

8. Leland Stanford, *San Francisco: Its Builders, Past and Present: Pictorial and Biographical*, vol. 2 (Chicago: S. J. Clarke, 1913), 26. Accessed in Google Books, https://goo.gl/cwZ585.

9. I. S. Caldwell, "Civilization's Yard Stick," Let's Think This Over, *Augusta Chronicle* (Augusta, GA), August 15, 1930, 6. Accessed in GenealogyBank.

12

1. Carl Sagan, *The Cosmic Connection: An Extraterrestrial Perspective* (Garden City, NY: Anchor, 1973), 189–90. Verified in hard copy.

2. Ellen Frizell Wyckoff, "Star Land," *Greensboro Daily News* (Greensboro, NC), June 15, 1913, 8. Accessed in GenealogyBank.

3. Albert Durrant Watson, "Astronomy: A Cultural Avocation," Retiring President's Address at Annual Meeting, January 29, 1918, in *Journal of the Royal Astronomical Society of Canada* 12, no. 3 (March 1918): 89. Accessed in HathiTrust, https://goo.gl/3iyHML.

4. [Advertisement promoting a new contributor to the *Evening News*], *Evening News* (Sault Ste. Marie, MI), January 24, 1921, 2. Accessed in GenealogyBank.

5. H. Gordon Garbedian, "The Star Stuff That Is Man," *New York Times Magazine*, August 11, 1929, SM1. Accessed in ProQuest.

6. Doris Lessing, *Briefing for a Descent into Hell* (New York: Vintage International, 2009), 180. Verified in Amazon's "Look Inside" feature, https://goo.gl/I6aPLN.

7. Guy Murchie, *The Seven Mysteries of Life: An Exploration in Science & Philosophy* (Boston: Houghton Mifflin, 1981), 402. Verified in scans.

8. "Carl Sagan—Profound Words of Wisdom," YouTube video, 2:32, posted by "braincandy," January 22, 2011, https://www.youtube.com/watch?v=ECuarAmpK00. Quotation starts at 1:58. This video excerpt is from the episode "The Shores of the Cosmic Ocean" from the 1980 television series *Cosmos: A Personal Voyage*. Sagan delivers the line in an introductory speech near the beginning of the episode.

9. Vincent Cronin, *The View from Planet Earth: Man Looks at the Cosmos* (New York: William Morrow, 1981), 282. Verified in scans.

10. Michael Shermer, *Why Darwin Matters: The Case Against Intelligent Design* (New York: Henry Holt, 2007), 158. Accessed in Google Books, https://goo.gl/QeQPTv.

13

1. Dwight Whitney, "Carol and Joe and Fred and Marge," *TV Guide*, July 1, 1972, 10. Verified in microfilm. The issue's table of contents states the article title as "Carol Burnett and Her Silent Partners."

2. Steve Allen, Steve Allen's Almanac, *Cosmopolitan* 142 (February 1957), 12. This column was part of a series published between 1956 and 1957. Verified in scans from the Browne Popular Culture Library at Bowling Green State University. Great thanks to the librarians there who provided a digital image of a document from the Steve Allen Collection.

3. Janet Cawley, "Judge Crater Case Slips into History—Police File Is Closed on 'Missingest' Person," *Chicago Tribune*, August 5, 1980, 1. Accessed in ProQuest.

4. Norton Mockridge, "A Rash of Graffiti," New York Scene, *Springfield Union* (Springfield, MA), September 12, 1966, 6. Accessed in GenealogyBank.

5. John Lardner, "What Humor Means, with Samples," The Air, *New Yorker* 34 (June 7, 1958): 78. Verified in hard copy.

6. Fred Danzig, "It's Simpler Writing Gags," *Bakersfield Californian* (Bakersfield, CA), July 21, 1958, 21. Accessed in NewspaperARCHIVE.com.

7. Bob Thomas, "Humorist Disproves Romanticists' Idea," *Corpus Christi Times* (Corpus Christi, TX), November 21, 1962. 8. Accessed in NewspaperARCHIVE.com.

8. "An Evening with Carol Burnett," Variety Show of the Month, *Show: The Magazine of the Arts* 3 (February 1963): 22. Verified in scans. Thanks to a librarian at the University of Florida Gainesville Library.

9. Lenny Bruce, *The Essential Lenny Bruce*, John Cohen, ed. (New York, Ballantine, 1974), 116.

10. Carol Burnett, *One More Time: A Memoir* (New York: Avon, 1987), 52. Verified in scans.

11. Steve Allen and Jane Wollman, *How to Be Funny: Discovering the Comic You* (New York: McGraw-Hill, 1987), 29. Verified in hard copy.

12. "If_it_breaks.avi," YouTube video, 1:00, posted by "Stephen Crane," December 5, 2008, https://www.youtube.com/watch?v=lYn3IPTnkQM. Quotation starts at 0:40. This video clip is from the 1989 film *Crimes and Misdemeanors* directed by Woody Allen.

13. Associated Press, "Comic's Unique Opening Leaves Impression," *Erie Times-News* (Erie, PA), October 14, 2012. Accessed in NewsBank.

14. Barry Popik, "Comedy Is Tragedy Plus Time," The Big Apple, June 22, 2011, http://www.barrypopik.com/index.php/new_york_city/entry/comedy_is_tragedy_plus_time/.

14

1. Thomas Hood, letter to the editor, *Athenaeum*, April 22, 1837, 286–87. Accessed in Google Books, https://goo.gl/fbhFcs.

2. *The Rival Beauties; A Poetical Contest, Poem Information: Clio's Protest; Or, The Picture Varnished, Addressed to The Honourable Lady M-rg-r-t F-rd-ce* (London: Printed for W. Griffin, at Garrick's

Head, in Catharine-Street, 1772), 16. Accessed in ECCO Eighteenth Century Collections Online.

3. Lord Byron, *Beppo: A Venetian Story* (London: John Murray, 1818), 25. Accessed in Google Books, https://goo.gl/sbjWu3.

4. The Journal of Belles Lettres, *[Waldie's] Select Circulating Library, Containing the Best Popular Literature* 25 (June 20, 1837), 3. Accessed in Google Books, https://goo.gl/6wgKf6.

5. Review of *Lectures, Addressed Chiefly to the Working Classes* by W. J. Fox, *Douglas Jerrold's Shilling Magazine* 2, no. 8 (1845): 192. Accessed in Google Books, https://goo.gl/F5EipW.

6. Thomas Keightly, *The Satires and Epistles of Horace with Notes and Excursus* (London: Whittaker, 1848), 94. Accessed in Google Books, https://goo.gl/EuvJN7.

7. Review of *History of England from the Invasion of Julius Caesar to the Abdication of James the Second*, by David Hume, *Graham's American Monthly Magazine* 35, no. 6 (December 1849): 379. Accessed in Google Books, https://goo.gl/uqyJup.

8. Review of *Hurry-graphs; or Sketches of Scenery, Celebrity, and Society, Taken from Life*, by N. Parker Willis, *Daily National Intelligencer* (Washington, DC), June 7, 1851, 2. Accessed in GenealogyBank.

9. Thomas Hood, *Prose and Verse*, new ed. (New York: Kiggins and Kellogg, 1857), 90. Accessed in Google Books, https://goo.gl/Sa2nR0.

10. Charles Allston Collins, "Our Eye-Witness Among the Buildings," *All the Year Round*, June 2, 1860, 189. Accessed in Google Books, https://goo.gl/dnDz3V.

11. Review of *Cyclopedia of Biblical, Theological and Ecclesiastical Literature*, by John Mclintock and James Strong, eds., *Methodist Quarterly Review* 27 (July 1867): 460. Accessed in Google Books, https://goo.gl/hjH2GP.

12. Anthony Trollope, *Kept in the Dark* (Leipzig: Bernhard Tauchnitz, 1882), 267. Accessed in Google Books, https://goo.gl/PNMrfJ.

13. Review of *Ancient Religion and Modern Thought*, by William Samuel Lilly, *Daily News* (London, UK), August 21, 1884, 3. Accessed in 19th Century British Newspapers by Gale Cengage.

14. Review of *De Pontibus: A Pocket Book for Bridge Engineers*, by J. A. L. Waddell, *Engineering Magazine* 15 (June 1898): 534. Accessed in Google Books, https://goo.gl/DYHp3J.

15. C. A. Bustard, "Richmond Compared to 'Living in Museum,'" *Richmond Times Dispatch* (Richmond, VA), April 20, 1979, A14. Accessed in GenealogyBank.

16. George Plimpton, "Maya Angelou: The Art of Fiction No. 119," Interviews, *Paris Review*, no. 116 (Fall 1990), http://www.theparisreview.org/interviews/2279/the-art-of-fiction-no -119-maya-angelou.

15

1. Andy Warhol, *The Andy Warhol Diaries*, ed. Pat Hackett (New York: Warner Books, 1989), 156. Text is found in the diary entry dated July 27, 1978. Verified in hard copy.

2. John Leland, "The Invisible Man," *Spin* 5, no. 9 (December 1989): 13. Accessed in Google Books, https://goo.gl/QB8Tk4.

3. Quotable, *PJ: Privacy Journal*, May 1996, 2. Verified in hard copy.

4. Graham Greenleaf, "The Inevitability of Life in Cyberspace," *Privacy Law and Policy Reporter* 48, no. 5 (August 1996): http://goo.gl/KsAbyS.

5. Neal Gabler, *Life: The Movie; How Entertainment Conquered Reality* (New York: Vintage, 2000), 160. Verified in Amazon's "Look Inside" feature, https://goo.gl/qQKJBH.

6. Ralph Blumenthal, "Neal Gabler: Roll 'Em: Life as a Long Starring Role," At Lunch With, *New York Times*, December 8, 1998, E1. Accessed in ProQuest.

7. "Photos from Banksy's LA Show," Flickr photostream, 25 photos, Peggy Archer, September 15, 2006, https://goo.gl/SPPhaZ.

8. Sheryl Garratt, "Dennis Hopper: The Ride of His Life," *Telegraph* (London, UK), September 25, 2008, http://www.telegraph.co.uk/culture/film/3561177/Dennis-Hopper-the-ride-of-his-life.html.

9. Denise Sutherland and Mark E. Koltko-Rivera, *Cracking Codes and Cryptograms for Dummies* (Hoboken, NJ: Wiley, 2010), 316.

10. Guy Trebay, "Fashion Review: Designers Anonymous," *New York Times*, January 19, 2011, http://www.nytimes.com/2011/01/20/fashion/20MILAN.html.

16

1. Alice Calaprice, ed., *The Ultimate Quotable Einstein* (Princeton: Princeton University Press, 2010). Verified in hard copy.

2. Susan_madari, "Life and Society: More Life and Society," Questions, answerbag.com, accessed March 19, 2013. The website answerbag.com is now defunct, but the webpage cited here can be found via the Internet Archive Wayback Machine, which captured a snapshot of the webpage on October 25, 2012. See https://web.archive.org/web/20121025152939/http://www.answerbag.com/q_view/2809436.

3. "The Day That Albert Einstein Feared May Have Finally Arrived," imfunny.net, November 3, 2012. The website imfunny.net is now defunct, but the webpage cited here can be found via the Internet Archive Wayback Machine, which captured a snapshot of the webpage on November 10, 2012, although, unfortunately, the picture with the quotation was not part of the snapshot. (The Internet Archive Wayback Machine does not always store all images.) See https://web.archive.org/web/20121110025042/http://imfunny.net/the-day-that-albert-einstein-feared-may-have-finally-arrived/.

4. "Talk:Albert Einstein," [discussion page], Wikiquote, https://en.wikiquote.org/wiki/Talk:Albert_Einstein.

17

1. Kurt Vonnegut, *Deadeye Dick* (New York: Delacorte, 1982), 224. Verified in scans.

2. Paul Crume's Big D, *Dallas Morning News*, January 29, 1968, A1. Accessed in GenealogyBank.

3. "Strangers in the Night—Frank Sinatra," YouTube video, 5:10, posted by "kumpulanvideo," July 6,

2007, https://www.youtube.com/watch?v=hlSbSKNk9f0. Quotation starts at 2:23.

4. Weekend Chuckles, *Times-Picayune* (New Orleans, LA), July 28, 1968. Accessed in GenealogyBank.

5. [Advertisement for Joe Griffith Inc.] *News and Courier* (Charleston, SC), January 31, 1969, 15B. Accessed in GenealogyBank.

6. John Anders, "Wishbone for Pros?" *Dallas Morning News*, November 10, 1971, 4B. Accessed in GenealogyBank. The original text contained "Sarte" instead of "Sartre."

7. "Medical Education—A Review," *Aequanimitas* 1972: Yearbook of the Medical and Nursing Schools, University of Michigan Medical School, 120. Accessed in HathiTrust, https://goo.gl/5yS69p.

8. Diane White, "Graffiti by the Girls," *Boston Globe*, August 31, 1972, 42. Accessed in ProQuest.

9. P. H. S., The Times Diary, *Times* (London, UK), January 2, 1973, 10. Accessed in *The Times* Digital Archive by Gale Cengage.

10. P. H. S., The Times Diary, *Times* (London, UK), January 5, 1973, 12. Accessed in *The Times* Digital Archive by Gale Cengage.

11. P. H. S., The Times Diary, *Times* (London, UK), January 12, 1973, 12. Accessed in *The Times* Digital Archive by Gale Cengage.

12. Jerry Rubin, *Do It! Scenarios of the Revolution* (Simon and Schuster, 1970).

13. Personals, *Reason*, January 1982, 58, http://unz.org/Pub/Reason-1982jan-00055.

14. Vonnegut, *Deadeye Dick*, 224.

15. "Do," rec.humor Usenet newsgroup, March 21, 1990. Accessed in Google Groups, https://goo.gl/3RhS05.

18

1. Laurel Thatcher Ulrich, "Vertuous Women Found: New England Ministerial Literature, 1668–1735," *American Quarterly* 28, no. 1 (Spring 1976): 20. Accessed in preview page in JSTOR, http://goo.gl/YwJe8z.

2. Ibid.

3. Ibid.

4. Hazel Dixon-Cooper, *Born on a Rotten Day: Illuminating and Coping with the Dark Side of the Zodiac* (New York: Fireside, 2003), 42.

5. Dennis Lythgoe, "Ulrich Touts Women in History," *Deseret News* (Salt Lake City, UT), October 21, 2007, E10. Accessed in NewsBank.

19

1. Steve Marcus, "Color Yogi a Happy Guy; Now Wearing Astros' Rainbow Uniform, Berra's Relaxed, Popular," *Newsday* (Long Island, NY), February 24, 1986, sports section, 92. Accessed in ProQuest.

2. William Safire, "Mr. Bonaprop," On Language, *New York Times*, February 15, 1987, A8. Accessed

in ProQuest.

3. Yogi Berra, *The Yogi Book: I Really Didn't Say Everything I Said!* (New York: Workman, 1998), 30. Verified in hard copy.

4. Clifford Terry, "Gimmicks Jam 'The Silencers,'" *Chicago Tribune*, February 22, 1966, B5. Accessed in ProQuest.

5. Gleanings, *Nonconformist and Independent* (London, UK), February 23, 1882, 178. Accessed in NewspaperARCHIVE.com.

6. Sparklets, *Daily People* (New York, NY), December 7, 1907, 2. Accessed in GenealogyBank.

7. "Here and There: Clear but Confusing," *Philadelphia Inquirer*, December 19, 1907, 8. Accessed in GenealogyBank; "Clear but Confusing," *Titusville Herald* (Titusville, PA), March 9, 1908, 5. Accessed in NewspaperARCHIVE.com.

8. "Clear, but Confusing," *Middletown Daily Times-Press* (Middletown, NY), March 4, 1914, 7. Accessed in NewspaperARCHIVE.com. Thanks to top researcher Barry Popik who identified this primal version and located other valuable citations. See his post about this quote on his website: "'Nobody Goes There Anymore. It's Too Crowded' (Restaurant Joke)," The Big Apple, July 22, 2004, http://goo.gl/VPMVtC.

9. Paul Harrison, Harrison in Hollywood, *Racine Journal Times* (Racine, WI), September 8, 1941, 14. Accessed in NewspaperARCHIVE.com; Paul Harrison, In Hollywood, *Trenton Evening Times* (Trenton, NJ), September 30, 1941, 14. Accessed in NewspaperARCHIVE .com.

10. John McNulty, "Some Nights When Nothing Happens Are the Best Nights in This Place," *New Yorker*, February 20, 1943, 13. Verified in hard copy.

11. Havey J. Boyle, "Mirrors of Sport," *Pittsburgh Post-Gazette*, April 12, 1943, 22. Accessed in Google News Archive, https://goo.gl/t39Ysy.

12. Earl Wilson, "Emotional Bit Better Now That Phil Can't See Critics Leaving," Best of New York, *St. Petersburg Times* (St. Petersburg, FL), January 6, 1961, 10D. Accessed in Google News Archive, https://goo.gl/ku1EQp.

13. Hal Lebovitz, "Flap Your Arms, Hitters Tell Perry," *Cleveland Plain Dealer* (Cleveland, OH), April 1, 1962, 2C. Accessed in GenealogyBank.

14. Fred Tharp, Fred Tharp on Sports, *Mansfield News Journal* (Mansfield, OH), December 29, 1963, 20. Accessed in NewspaperARCHIVE.com.

15. Roy Blount Jr., "Yogi: As a Reincarnated Yankee Skipper, Yogi Berra Is Working for George Steinbrenner," *Sports Illustrated*, April 2, 1984. Accessed in Sports Illustrated Archive.

16. Joe Sharkey, "Commencement Ain't Over Till It's Started," *New York Times*, May 19, 1996, NJ1. Accessed in ProQuest.

17. Berra, *The Yogi Book*, 16. Verified in hard copy.

20

1. Ralph Keyes, *The Quote Verifier: Who Said What, Where, and When* (New York: St. Martin's, 2006), 87. Verified in hard copy.

2.   "Toys," *Once a Week* (London, UK), April 18, 1868, 344. Accessed in Google Books, https://goo.gl/5VCWKn.

3.   Milton J. Horowitz, "Trends in Education," *Journal of Medical Education* 37, no. 3 (June 1962), 637. Verified in hard copy.

4.   Silvan S. Tompkins, *Exploring Affect: The Selected Writings of Silvan S. Tomkins*, E. Virginia Demos, ed., Studies in Emotion & Social Interaction series (New York: Cambridge University Press, 1995), 445. Accessed in Google Books, https://goo.gl/Z12rlg. Article originally appeared in Silvan S. Tompkins and Samuel Messick, eds. *Computer Simulation of Personality: Frontier of Psychological Theory* (New York: Wiley, 1963).

5.   Harold Borko, review of *Computer Simulation of Personality: Frontier of Psychological Theory*, by Silvan S. Tomkins and Samuel Messick, *Science* 142, no. 3593 (November 8, 1963): 656. Accessed in JSTOR.

6.   Abraham Kaplan, *The Conduct of Inquiry: Methodology for Behavioral Science* (San Francisco: Chandler, 1964), 28. Verified in hard copy.

7.   Abraham Kaplan, "The Age of the Symbol—A Philosophy of Library Education," *Library Quarterly* 34, no. 4 (October 1964): 303. Accessed in JSTOR.

8.   Abraham H. Maslow, *The Psychology of Science: A Reconnaissance* (New York: Harper and Row, 1966), 15–16. Verified in hard copy.

9.   Richard Harwood, "FCC Is Divided on Regulating 'Quality,'" *Washington Post*, October 23, 1967, A22. Accessed in ProQuest.

10. Howard Jacobs, "Checks May Soon Be Thing of the Past," Remoulade, *Times-Picayune* (New Orleans, LA), September 10, 1974, 15. Accessed in GenealogyBank.

11. Howard Jacobs, "Today Is Dedicated to Local Versifiers," Remoulade, *Times-Picayune* (New Orleans, LA), November 21, 1974, 19.

12. Howard J. Ruff, *Survive and Win in the Inflationary Eighties* (San Ramon, CA: Target, 1981), 44. Verified in scans.

13. Edward B. Fiske, "Computers Alter Lives of Pupils and Teachers," *New York Times*, April 4, 1982, A1. Accessed in ProQuest.

14. Warren E. Buffett, "The Superinvestors of Graham-and-Doddsville" *Hermes: A Magazine for Alumni of Columbia Business School*, Fall 1984, 8. Verified in scans.

15. David Lenfest, letter to the editor, *InfoWorld* 6, no. 34 (August 20, 1984): 6. Accessed in Google Books, https://goo.gl/pZ4WIY.

16. William Gaddis, *Carpenter's Gothic* (New York: Viking, 1985), 223. Verified in scans.

17. "Race Relations in U.S.: A Dilemma Which No Commission Can Solve," Viewpoint, *News Herald* (Panama City, FL), October 21, 1995, 8A. Accessed in NewspaperARCHIVE .com.

18. Charles Clay Doyle, Wolfgang Mieder, and Fred R. Shapiro, eds., *The Dictionary of Modern Proverbs* (New Haven, CT: Yale University Press, 2012), 114. Verified in hard copy. Special thanks to Charles Clay Doyle and his colleagues for their research.

21

1. Proverbs 17:28, Bible Hub, accessed October 24, 2012, http://biblehub.com/proverbs /17-28. htm. The website Bible Hub contains several translations from the Online Parallel Bible Project of Biblos.com.

2. Fred R. Shapiro, *The Yale Book of Quotations* (New Haven: Yale University Press, 2006), 446. Verified in hard copy; "Advice," *Golden Book* 14 (November 1931): 306. Verified in hard copy.

3. Geoffrey C. Ward, Dayton Duncan, and Ken Burns, *Mark Twain: An Illustrated Biography* (New York: Alfred A. Knopf, 2001), 189. Verified in hard copy.

4. Robert Christy, *Proverbs, Maxims, and Phrases of All Ages* (New York: G. P. Putnam's Sons, 1887), 268. Accessed in Google Books, https://goo.gl/uO3OOH.

5. Jewels of Thought, *Stamford Mirror* (Stamford, NY), August 8, 1893, 1. Accessed in Old Fulton NY Post Cards, fultonhistory.com.

6. Maurice Switzer, *Mrs. Goose, Her Book* (New York: Moffat, Yard, 1907), 29. Accessed in Google Books, https://goo.gl/waA7Kh.

7. Charles Clay Doyle, Wolfgang Mieder, and Fred R. Shapiro, eds., *The Dictionary of Modern Proverbs* (New Haven, CT: Yale University Press, 2012), 83. Verified in hard copy.

8. [Front-page banner text], *Duluth Sunday News-Tribune* (Duluth, MN), December 17, 1922, society section, 1. Accessed in GenealogyBank.

9. [Freestanding quote], *Crescent* (Evansville, IN), June 19, 1923, 3. Accessed in NewspaperARCHIVE.com.

10. Bob's Sportitorials, *Seattle Daily Times* (Seattle, WA), June 10, 1924, sports section, 1. Accessed in GenealogyBank.

11. Doc Rockwell, "Rockwell Tells How to Behave Like a Human Being," *Omaha World Herald* (Omaha, NE), March 22, 1931, 8. Accessed in GenealogyBank.

12. Tony Wons, As I Think It, *Albany Evening News* (Albany, NY), May 25, 1931, 9. Accessed in Old Fulton NY Post Cards, fultonhistory.com.

13. Not So Swell, letter to the editor, *Daily Northwestern* (Evanston, IL), October 16, 1931, 2. Accessed in GenealogyBank.

14. You Answer It, *Omaha World Herald* (Omaha, NE), July 13, 1936, 4. Accessed in GenealogyBank.

15. Lee Morris, Free Speeches, *Evening Independent* (St. Petersburg, FL), June 1, 1938, 4. Accessed in Google News Archive, https://goo.gl/QKoh4p.

16. Jane Gale, It's Always Same Answer, *Saskatoon Star-Phoenix* (Saskatoon, SK), May 29, 1953, 13. Accessed in Google News Archive, https://goo.gl/rnCyq3.

17. Henry C. Wallich, "Keynes Re-examined: The Man, the Theory," *New York Times*, April 20, 1958, SM13. Accessed in ProQuest.

18. Mark Twain, *Mark Twain: Wit and Wisecracks*, Doris Benardete, ed. (Mount Vernon, NY: Peter Pauper, 1961), 18. Verified in scans.

19. Phraseologies, *Aiken Standard and Review* (Aiken, SC), March 21, 1962, 2. Accessed in

海明威才沒有這麼説

NewspaperARCHIVE.com.

20. Roger Appleton, "Calm, Reasonable Approach Best," Action Line, *Ottawa Citizen* (Ottawa, ON), December 26, 1980, 49. Accessed in Google News Archive.

22

1. Jeff Sommer, "Funny, but I've Heard This Market Song Before," *New York Times*, June 19, 2011, BU5. Accessed in ProQuest.

2. John Robert Colombo, *Neo Poems* (Vancouver, BC: Sono Nis, 1970), 46. Verified in hard copy.

3. John Robert Colombo, email message to author, April 18, 2011.

4. [Untitled Q&A appeal to readers], *New York Times Book Review*, January 25, 1970, 47. Accessed in ProQuest.

5. Charles Clay Doyle, Wolfgang Mieder, and Fred R. Shapiro, eds., *The Dictionary of Modern Proverbs* (New Haven, CT: Yale University Press, 2012), 121. Verified in hard copy.

6. Review of *A History of the Church in Russia*, by A. N. Mouravieff, *Christian Remembrancer* 10 (October 1845): 265. Accessed in Google Books, https://goo.gl/83aKE2.

7. Mark Twain and Charles Dudley Warner, *The Gilded Age: A Tale of To-Day* (Hartford, CT: American Publishing, 1874), 430. Accessed in Google Books, https://goo.gl/T5DuiE.

8. Max Beerbohm, *The Works of Max Beerbohm* (New York: Charles Scribner's Sons, 1896), 41. Accessed in Google Books, https://goo.gl/tzt21x.

9. Mark Twain, *The Jumping Frog: In English, Then in French, Then Clawed Back into a Civilized Language Once More by Patient, Unremunerated Toil* (New York: Harper and Brothers, 1903), 64. Accessed in Google Books, https://goo.gl/rmFih5.

10. "History May Not Repeat, but It Looks Alike," Chicago Tribune, May 11, 1941, 16. Accessed in ProQuest.

11. Harold Witt, "Suite of Mirrors," *Contact: The San Francisco Collection of New Writing, Art, and Ideas* 3, no. 3 (August 1962): 21. Verified in hard copy.

12. Colombo, *Neo Poems*, 46.

13. James Eayrs, *Diplomacy and Its Discontents* (Toronto, ON: University of Toronto Press, 1971), 121. Verified in hard copy.

14. Michael Hornyansky, review of *Neo Poems*, by John Robert Colombo, *University of Toronto Quarterly* 40, no. 4 (Summer 1971): 375. Verified in hard copy.

15. James Eayrs, "Policy Toward Greek Colonels Found Wanting," *Windsor Star* (Windsor, ON), May 3, 1972, 11. Accessed in Google News Archive, https://goo.gl/PgIWCt.

16. Trevor Lautens, column, *Vancouver Sun* (Vancouver, BC), December 19, 1972, 33.

17. David Pratt, "The Functions of Teaching History," *History Teacher* 7, no. 3 (May 1974): 419. Accessed in JSTOR.

18. Barry Popik, "History Doesn't Repeat Itself, but It Does Rhyme," The Big Apple, June 5, 2010, http://www.barrypopik.com/index.php/new_york_city/entry/history_doesnt_repeat _itself_but_ it_does_rhyme.

木馬文學 130

海明威才沒有這麼說—— 名言真正的作者，佳句背後的真相
Hemingway Didn't Say That: The Truth Behind Familiar Quotations

作者	迦森・奧托爾（Garson O'Toole）
譯者	洪世民
社長	陳蕙慧
副總編輯	闕志勳
副主編	林立文
行銷	李逸文、廖祿存
電腦排版	極翔企業有限公司
讀書共和國出版集團社長	郭重興
發行人兼出版總監	曾大福
出版	木馬文化事業股份有限公司
發行	遠足文化事業股份有限公司
	地址 231新北市新店區民權路108之4號8樓
	電話 02-2218-1417　傳真 02-8667-1065
	Email: service@bookrep.com.tw
	郵撥帳號 19588272 木馬文化事業股份有限公司
	客服專線 0800221029
法律顧問	華洋國際專利商標事務所 蘇文生 律師
印刷	成陽印刷股份有限公司
初版	2019年6月
定價	新台幣380元（平裝）

ISBN 978-986-359-677-6
有著作權　翻印必究

國家圖書館出版品預行編目(CIP)資料

海明威才沒有這麼說 ——名言真正的作者，佳
句背後的真相/ 迦森・奧托爾（Garson O'Toole）
著；洪世民譯. -- 初版. -- 新北市：木馬文化出
版：遠足文化發行, 2019.06
　　面；　公分. --（木馬文學；130）
譯自：Hemingway didn't say that : the truth behind
familiar quotations
ISBN 978-986-359-677-6（平裝）
1.文學　2.文學評論

810.7　　　　　　　　　　　　108006561